淮水之上

散文集

张晓玲 著

By the Huaihe River

Prose collection of Xiaoling Zhang

九 州 出 版 社
JIUZHOUPRESS

图书在版编目（CIP）数据

淮水之上 / 张晓玲著. -- 北京 : 九州出版社，
2023. 11
ISBN 978-7-5225-2360-6

Ⅰ. ①淮… Ⅱ. ①张… Ⅲ. ①散文集－中国－当代
Ⅳ. ①I267

中国国家版本馆 CIP 数据核字 (2023) 第 201779 号

淮水之上

作　　者	张晓玲　著
责任编辑	陈春玲
出版发行	九州出版社
地　　址	北京市西城区阜外大街甲 35 号（100037）
发行电话	(010) 68992190/3/5/6
网　　址	www.jiuzhoupress.com
印　　刷	四川福润印务有限责任公司
开　　本	710 毫米×1000 毫米　16 开
印　　张	18
字　　数	310 千字
版　　次	2023 年 11 月第 1 版
印　　次	2023 年 11 月第 1 次印刷
书　　号	ISBN 978-7-5225-2360-6
定　　价	88.00 元

序一　拥有生花妙笔的淮河女儿

邢思洁

美丽的淮河从大平原蜿蜒而过，潮涨潮落，生活在两岸的人民如坚韧的杞柳，演绎了多少可歌可泣的故事。在千里淮河中游王家坝所在的安徽阜南县，散文作家张晓玲用生花妙笔写出了一行行优美的文字。她像一只腾空而起的百灵鸟，翱翔于蓝天白云间，为淮河母亲歌唱。

近日，张晓玲的散文要结集出版了，这实在是文坛喜事。作为文友，也打内心感到高兴！但是，当她想邀我写点类似序言的文字时，我又感到惶恐。说实话，我是怕自己写不好。我最了解自己，不过是个业余作者罢了。

最初，正是从那一篇篇言语精巧、构思独到、如行云流水般优雅的散文知道张晓玲的名字。七八年前，当她的散文连续出现在当地的日报、晚报副刊、当她参加各项大赛屡屡夺得大奖时，立即引起阜城几位德高望重的老作家、老领导的关注，他们纷纷打听张晓玲是谁。我也细细品读了几篇，感到了那些文字的与众不同，读来如同清风扑面，我也预感有文学新星正冉冉升起，早晚会光彩夺目。我被下派到阜南一乡镇扶贫后，接触到了不少热情而有才华的阜南作家，张晓玲就是其中一位。她为人低调，不善言辞，工作却兢兢业业。她生在书香之家，自幼喜欢读书与思考，在家庭的耳濡目染之下爱上了写作，工作之余进行笔墨耕耘。从那些纯净的文字就可以看出，她没有什么功利之心，只为抒情达意而已，所以她最喜欢也最擅长写抒情散文。

读张晓玲的散文，里边出现最多的就是淮河、蒙（洪）洼、庄台子、王家坝以及生活在那里的父老乡亲。文如其人，生活中的张晓玲就是一个有爱心的人、细心善良的人、乐于助人的人。更难能可贵的是，她为人正直，敢于直言，多次到蒙洼蓄洪区采访，了解民情，通过文字为弱势群体说话。她对生活充满了热爱，热爱身边的一花一草一木，也写出了不少感动人的文字，字里行间充满真挚的感情。

千里大淮河作为阜阳人的母亲河，以她的博大精深，给张晓玲提供了丰富的创作素材。淮河流过的这片土地以宽厚与大爱给了她快乐与梦想，那些在蛙鸣阵阵、白鹭如云的美好夏日，赤脚走在河边浅滩或绿树成荫的堤坝上，自由自在、无忧无虑的日子，给了张晓玲创作的最初灵感。

"我们紧紧相拥着站在淮河岸上，看一排排船只泊在水湾；看鱼鹰立在船头，渔民撒开网捕鱼；看对岸大片大片的油菜花映照在水面上，蓝天的影子落在水底；看群鸟在高空自由自在地翱翔；听高高低低的婉转啼鸣回响在原野上。我握紧孩子的手，心中默念，这就是淮河，我们的母亲河。"（《淮水汤汤》）。散文，贵在有真情，文字也需要以情动人。张晓玲的散文，字里行间充满对家乡的爱，对淮河母亲的爱，这爱是那么真诚、那么深沉，从来没有无病呻吟。"一脚踏上洪洼的土地，心口热热的，有着根脉相连的亲。年年惦念，年年来，来了又不想走——"（《又逐春风到洪洼》）

读这些情真意切的文字，总能让人动容。

散文是语言的艺术。张晓玲驾驭文字的功力是很强的，这可能缘于她对古今经典诗文的大量阅读和深刻感悟。"一夜一夜酿出的新绿抬高十万亩庄稼地，十万亩碧波汇流成海，接连远天。彩云之上，婵娟自多情，轻解罗带，抛向南湖，一条白练落入新河。清清的新河水，一头挽着洪河，一头挽着濛河，兄弟们手挽手向前走。"（《南湖》）这些文字，让人感到她的语言十分凝练，优雅生动，似乎是信手拈来，却字字珠玑。"太阳晒得麦草垛暖融融的，像个黄澄澄的玉米糁子馍馍。猫舔着嘴巴伸伸懒腰卧上去，扯起呼噜像一只黄蜂在耳边打转，嗡嗡，嗡嗡，没老厚邪乎。祖母手里纳着鞋底，看见猫打呼噜，她也开始栽嘴儿，一磕头一磕头，额头差点磕到手里捏着的纳鞋底的大针上——"（《入冬》）

这些生动的文字，明显是张晓玲吸收了淮河岸畔的民间语言营养，进行了提炼升华，质朴中充满灵动，古拙中蕴含新韵，非常可读、耐读、有趣。

张晓玲的散文让人读之难忘，我觉得这源于她丰富的想象力、独特的构思力。她写我们熟悉的淮河，写蓄洪区，总写得很美很可爱。"不舍昼夜奔腾不息，累了，只是在我的家乡弯了一下腰，缓缓地弯了一下腰，伸开双臂，轻轻地抱一抱我的祖先，抱一抱岸上的稻菽和草木、鸡鸭和牛羊，又直起身匆匆离去。"（《淮水汤汤》）

写得多么动情，多么形象，这些文字营造的画面，让人读罢掩卷，总有一种久久萦绕于脑际、挥之不去的感觉。

文学之路是坎坷、艰辛而漫长的，需要耐着清贫，需要有定力。在文学之路上，张晓玲是小荷才露尖尖角。我相信，以她的才华，有大淮河的丰腴滋养，又适逢一个伟大的文学时代到来，她的文学之路虽长，但上升的空间很大。今后定会有更多更精美的文字在她的生花妙笔下诞生。

期待着。

2023 年 5 月 20 日
（作者系中国作家协会会员　安徽省阜阳市作协原主席）

序二　写在《淮水之上》边上的只言片语

张晓东

生命是有季节的，年轻时就是春夏；现在呢，慢慢只是秋冬了吧！我的文字也是萧疏零落着了吧，近几年我再也没写过任何长篇大论的文字。"顺其自然"，不经意间已从口头禅变成了我的心头禅，俨然真是顺其自然了。

晓玲要我为她的《淮水之上》写点文字。其实，在她之前是其兄玉明向我提起的，当时我踌躇了一下，回他："行的。"现在想来，我应该延缓一些，让玉明体会到我的迟疑——现在着实有些后悔。我此刻甚至推断，我若用踌躇推脱了玉明，以晓玲的羞涩就不会再向我提及了吧，那我不也就可以免除了此刻的眉头紧锁、搜索枯肠？近十一年我读得很少，写的欲望就更没有了；脑子倒是比前半生更高效地被消耗着，而脑子里那些不值得的产出则被我死死地锁在心府里。这些当然与别人无关。

我担心自己这种状况会辱没了晓玲的文字和她对我的信任！

十年前初次看到晓玲的文字的时候，有一种惊艳感。她的文字像她家乡淮河岸边的庄稼，籽粒饱满，闪着暖暖的柔光。后来见到人，好素静。"人也好！"此念一出，立马对自己嘲讽出了笑声："可不是，文好，人怎么会差？"

我从来都坚信，文字是人最真实的骨肉。这真实的骨肉不仅是晓玲自己，还有她笔下那些纯朴的乡人。

好文字常给人两个感受：一口气读完或者舍不得读完。我一口气读完了晓玲的文字，心里却是舍不得一下读完的感受。

晓玲文字触动我的不只是它的清隽，更是文字里裹着的慈悲。慈悲是人性中的神性，按理说并不难得，可在世间还是罕物。对此状况，我百思却有百解，百解之后终得一解，这一解回到了我的本家爱玲那里：因为懂得，所以慈悲。慈悲之所以世间所罕，根子就在芸芸众生太多还是"不懂得"，再往下推，则是私欲太过"我执"吧！

贫穷是苦难。晓玲少时多少经历过一些，以她敏感的心，当然多少也会咀嚼出其中的一些况味。苦难是人生为数不多的导师之一，至于它会导出什么，人各有异。在晓玲这里，我相信苦难是锻造其慈悲心的利器之一。当然我更相信，慧根才是更基本的，我甚至宁愿把慧根等同于慈悲，慧根会把经历过苦难之人的慈悲心唤醒。

真正的写作者都是心怀慈悲而写作。阅读晓玲的文字，立即就沐浴在慈悲的辉光中，比如《家园》。"家园"在人心里永远是最温暖的意象。晓玲笔下的农人"老梁"尽管饱经沧桑，历尽苦难，但他对家园的那一份依依难舍、透入骨肉的深情，让我读得黯然神伤。

家园，一片汪洋。燕子在电线上低飞，电线在水面上漂浮，时隐时现。水面下，有鸡舍、鸭棚、鹅圈、牛栏，有大豆、花生、芝麻、高粱、玉米、水稻，有盛开的丝瓜花、南瓜花、葫芦花、瓠子花，有180平方公里的劳作和吟唱，恬静或欢愉。

这是老梁的主观镜头吧！如此"哀静"之境，我不知该如何概括此境中之心！

雨在下。路二面的紫薇花一直开，那是要一鼓作气开满一个夏天的。老梁又吹箫了，呜呜咽咽的音调，又是《北国之春》。立在二楼窗前吹箫的老梁，隔着紫薇花，吹给堤坝下的滔滔洪水听。洪水下面有他的鱼塘、藕塘和稻田，都是跟自己有着几十年交情的老伙计。他的芝麻、花生、大豆正开着花，被他侍弄得汉宫美人一样耐看。没承想洪水一来，他的美人都送给东海龙宫了。

他心里不得劲，吹箫。夜半箫声，他的鱼虾、藕塘，还有他的美人，都能听到的。冥冥之中，箫声接通了他与它们之间的灵魂感应。他想抚慰它们，让它们别走，洪水退去后，他还去把它们找回来，悉心照料。大水过后的蒙洼，哪一家哪一户不是这样过来的？

该走的也莫管。鱼塘的鱼没了，继续放养鱼苗；藕塘冲没了，来年再种；美人走空了，幸好，他早已备下绿豆种子用来补种，绝不会让一寸田地撂荒。

与其说这是老梁的意识流，还不如说是晓玲的。她感同身受，她只是让自己的"魂"附在了老梁的"体"上。这是人与大地万物的对话，是生命的哀歌，是心灵深情的诉说。

01991年的那场大水过后，老梁赤着双脚、高绾着裤腿、挎着柳条筐去湖地'站'绿豆，迎面碰上村干部。村干部说："老梁，瞎种啊，看阵势还要拔闸，种上也是冲走。"老梁信他这话，但他管不住自己，还是把半筐绿豆'站'完了。他不站绿豆夜里睡不着呀。他总觉着但凡有一线希望，他得救那块地，给那块地一线生机。结果，第二天又拔闸蓄洪了。那一年，他"站"了三遍绿豆。（为什么叫"站绿豆"？就是水未完全退去，人们为了早一天抢种，"站"在泥水里往地里丢绿豆。）到秋收的绿豆还不够种钱。种一葫芦收一瓢，这种不划算的买卖，只有淮河愣子才会干。

人到底是人，很多时候，理性会让位于感性、天性。亏得"淮河愣子"老梁还饱含人类初心，让我们得以体味这"痴憨"之美，不至于因为过于功利而让我们身上的美感消失殆尽。

晓玲本也是憨人，所以才能在笔下呈现憨人之美：朴素、勤劳、傻气。我心里琢磨这些词的时候，想起鲁迅的"中国的脊梁"来。同时想，脊梁就是脊梁，未必需要在其中填充太多的太过文人气的隐喻、象征之类。

晓玲的文字获过不少奖，她一定偷偷地乐过。我相信那只是一刹那，获奖不是她写作的初衷。

我的只言片语毫无意义，晓玲的文字自带光芒，读者诸君自会从其中获得自己想获得的。

祝福天下所有善良、诚挚之人！

2023年5月17日

张晓东

自　序

一粒叫乡愁的种子

　　多年以前，村庄还在。归宁——远远看见的是村子里的树木，梓树、槐树、榆树、杏树、枣树，亭亭如华盖；远远听见的是村子里的和声，鸡声、鸟声、蛙声、蝉声、虫声，啁啾啼哮如弦歌之音。心情一下子就迫切起来，到家了，这就是我的家。它们是村庄的一部分，而我只是村庄的一分子。

　　多年以后，我离开村庄，移居他乡，而它们依然是村庄的一部分。它们在我越来越深的年轮里，悄无声息地播种一粒叫乡愁的种子。这粒种子如同长在我的身体里，我用浓稠浓稠的血液养它，用苦咸苦咸的泪滴喂它，长夜里陪它一起看星星，收集一片一片月光，酿酒，烹茶。我醉了。醉了也好，梦一梦村庄，梦一梦我的乡下邻居，那滋味，妙不可言。

　　早就动了这个念头，想写一组乡土文字。燕子、蝉、蚂蚁，梓树、杏树、野菊花，它们是动物和植物，而又不是单纯意义上的动物和植物。它们和我的家族一样，是这个村庄的组成部分，万物皆有灵，当我用文字触摸村庄的灵魂时，触摸到的也一定有它们的灵魂。

　　当我看见老父亲把一只受伤的斑鸠捧回家，精心喂养数月，放归原野，我的灵感突然被擦亮。村庄之所以能以村庄的形式延续数百年，不仅仅是因为人与人之间和睦相处，更多的是人与周围动物植物和睦相处。

　　《我的乡下邻居》一文中的故事，大多是真实地发生在村庄里的，只有《蝉》一文中的疯姑的故事，是小时候听邻居讲述的，是发生在另一个村庄里的故事。村庄里爱情的生发，单纯到只需一次含情脉脉的回眸，便已情定终身。我笃信这是一个真实的爱情故事。《燕子》中的"我"，正处在一个非常渴望被人关注、被人怜爱的年龄，去过最远的地方，无非是邻近的几个村庄。多么羡慕燕子有一双飞翔的翅膀，想去哪儿就去哪儿。那么美的江南，它拍拍翅膀就去了，我多么渴望跟着燕子去一趟江南啊。时至今日，我一直有一种幻觉，江南的某个山村，杏花如云，烟雨缥缈，一个少年郎在等我。

　　想说说那些树。村庄拆迁之后，村庄里种类繁多的大大小小的树木，卖给一个木材收购商，几日之内被砍伐殆尽。我家有两棵树没卖，一棵是桂花树，它该有三十多年的树龄；另一棵是老榆树，它更老，老到父亲也说不准它的年龄。桂花树据说可以卖到 2 万元，一家人谁都舍不得卖它，留下了。父亲两手比划着说："把满树的桂花都摘下来，能装满满一麻袋，一点也不瞎话。"那棵老榆树，出价五百元，父亲动了心，毕竟是一棵弯腰老杂树，七个窟窿八个眼，成不了器，卖到这个价，不少了。哥坚决不同意。拗不过他，花费千余元，请人用挖土机移栽至回迁房前的绿化带。老榆树到底没能成活，也许是故土难离吧。给 500 元不卖，倒赔 1000 元，树还是死了，本折大了。一家人成了周围人的笑柄。

我懂哥的心思，他想留住时光里的一些东西，比如一棵老树、一片碎瓦、一抔故土，还有那粒叫乡愁的种子。

目录
contents

第三章　我的桃花源

第一章

淮水汤汤

淮水汤汤

那是千万匹白龙马，自桐柏山太白顶，咆哮着奔腾而下。一千里，又一千里，朝着大海的方向奔流不息。一百年，一千年，一万年，似弹指一挥间。回首望，依然万马奔腾，一泻千里，气象万千。

母亲河——淮河。

淮河——母亲河。

她不舍昼夜奔腾不息，累了，只是在我的家乡弯了一下腰，缓缓地弯了一下腰，伸开双臂，轻轻地抱一抱我的祖先，抱一抱岸上的稻菽和草木、鸡鸭和牛羊，又直起身匆匆前行。

她把漾河、洪河、颍河、润河、谷河留下来，哺育蒙洼和洪洼的孩子，喂养颍淮大地的儿女。千百年来，碧水汤汤，滋润万顷良田，养育几十万淮河儿女。王家坝、老观、郜台、曹集、中岗、洪河桥、地城、方集。淮河，这些沁润着乳香的名字，都是遗落在您臂弯里的明珠，被蒙洼和洪洼串起，挂在您的胸前。他们都偎依在您身旁，只需您一声轻轻的呼唤，他们就会匍匐在您面前，眼含泪水，唤您一声，母亲。

又一次去曹集看淮河。车子一猛劲穿过曹集老街，爬上高高的淮河大堤，一直往东走，走过杨树林，走过青竹园，走过弯腰老槐树，还往东走，就看见淮河了。看见淮河，淮河就在脚跟前了。每一次看见淮河，都心生敬畏。爱有许多种表达方式，面对养育了祖先的地方，我只能选择敬畏。我的祖先——身披蓑衣、手持长矛、狩猎捕鱼稼穑的祖先，第一次面对这条滔滔不息的大河，震慑于她雄壮的气势，一定也心生敬畏。

这一次，我的孩子跟我一起来看淮河。我们紧紧相拥着站在淮河岸上，看一排排船只泊在水湾；看鱼鹰立在船头，渔民撒开网捕鱼；看对岸大片大片的油菜花映照在水面上，蓝天的影子落在水底；看群鸟在高空自由自在地翱翔；听高高低低的婉转啼鸣回响在原野上。我握紧孩子的手，心中默念，这就是淮河，我们的母亲河。

一、又逐春风到洪洼

李 集

三月的小雨下过，麦苗儿蹦一蹦长一拃，油菜花开得一天比一天热闹。蒲公英小脸儿仰着，坐在房前、路旁、田埂、渠边晒太阳，如出门去听戏的邻家小妹妹一般欢喜。春天把洪洼捧在手心里，簪花戴朵，披金着翠，装扮得像个人见人爱的小娇娥。

一脚踏上洪洼的土地，心口热热的，有着根脉相连的亲。年年惦念，年年来，来了就不想走。李集这个小小村落，从旧时光里走来，抖抖一路风尘，依然岁月静好。它福慧双修，恬淡安适地躺在洪洼的臂弯里，一晃已百年。同行的朋友是李集人，说老辈人管它叫"一阵子集"，也叫"露水集"。太阳一出来，草叶上的露水干了，买的卖的各得其所，各回各家，不耽误吃罢早饭、下地干活。当年，李集就是根扁担集，从东到西一条道。清早起来，卖豆腐的挑着担子，拐到集东头，一嗓子吆喝"卖豆腐喽"，集西头的人都能听见。一担豆腐从东挑到西，抢空了。卖豆腐的汉子亮两嗓子嗨子戏，晃着担子往回走，整个集上的人捧回家的都是热豆腐。洪洼人淳朴厚道，待人热情。手捧热豆腐的乡亲打迎面过，跟你客套：尝尝俺李集的豆腐多筋实，掉地上都摔不烂。

走走李集这根扁担集，脚下松软的泥土里，有一种时光的回响，仿佛昨夜的一场嗨子戏尚未散场，袅袅的余音绕梁不去。百年的行走，集市的繁华渐渐淡去，市声远了，灯火淡了，它以一个华丽转身还原成一个村庄的模样。

它在以另一种景象出镜，越来越会装扮自己了。家家新筑的小楼，鳞次栉比。楼前桃杏三两枝，不动声色地开着，妖娆得让人起了怜爱之心。家家门前都有一片菜园。豌豆在开白花，蚕豆在开淡紫的花，两只黑亮的小眼珠，闪着闪着，就映在花瓣上。有一片别墅在众多楼房里出类拔萃，格外醒目，那是朋友王先生兄弟俩的新居，我们戏称其"王府"。三层小楼，碧瓦朱檐，雕梁秀柱，羡煞旁人。这几年，他们兄弟办起了混凝土搅拌厂，年利润达三百多万元。

朋友邀我们常来李集走走，住一住他的"王府"，养养眼，清清肺，静静心，写写字，过过安闲日子。

南 湖

岚烟氤氲，南湖出浴。

烟柳画桥，桃花照水。恍然觉得，这儿住着一代一代相袭的浣纱女子，月闭了，花羞去，容颜不老。牛背上的青笛，三声两声，不知为谁吹起，引来云雀和画眉鸟婉转和鸣。

南湖里卧着一条河叫新河，是洪河的一个小兄弟。大河淌水小河满。汛期到来时，为分担上游的压力，洪河的水往新河里灌，十万亩低洼地溃成泽国。南湖之所以为湖，由此得名。而今，数年不遇洪灾，南湖这片肥沃的土地成了洪洼的一座大粮仓。当年，五黄六月去收麦，一家一家的壮劳力齐出动，赶上牲口，拉上牛车，带上锅碗，一头扎进一眼望不到边的庄稼地，三天五天不回家。白天忙着割麦、拉麦、脱麦、扬麦、晒麦，夜晚疲乏至极，倒头睡在地头上。天为庐地为席，风弄琴弦，百鸟和鸣。朋友豪情激荡地说："我在南湖当皇帝。"

南湖有一处高高的土堆，叫胥岗。据说南湖涨水时，随着水位上涨，胥岗也在长高，从来不曾被淹没过。传说，当年伍子胥率领部队在此宿营，翌日出发时，士兵们磕掉靴子里的泥土，堆成了这个高高的土堆。夏天，胥岗有一处斜坡没有蚊子，据说，那是伍子胥睡过的地方。朋友的父亲在胥岗上犁地时，指着那一处给他看。果然周围成群的蚊子在盘旋，唯独中间一处无一只蚊子。天护佑伍子胥呢。据说，伍子胥的部队在这里休整过后，每次都打胜仗，似有神助。

南湖的春天，裹挟着一种气势，策马而来。一夜一夜酿出的新绿抬高十万亩庄稼地，十万亩碧波汇流成海，接连远天。彩云之上，婵娟自多情，轻解罗带，抛向南湖，一条白练落入新河。清清的新河水，一头挽着洪河，一头挽着濛河，兄弟们手挽手向前走。造化钟神秀，南湖得天独厚的自然资源和历史底蕴，为洪洼地区的经济发展引来了金凤凰。在当地政府引导和扶持下，村民陆续办起了生态养殖场、休闲垂钓中心和农家乐饭庄等经营实体。

走在新河高高的堤坝上，有一种登高望远的快意。堤坝上到处开满野花，长满野菜。朋友说，这儿至少生长着一百种野菜，在饥荒年间，这些野菜救过很多人的命。遇见三三两两挖野菜的人提着满满一篮子蒲公英。问："做什么用呢？"答："喂鸡呀，清火败毒，鸡吃了不得病。哪有那么多的鸡呢？"多的是，前面就有一个养鸡场。顺着手指的方向，看见精彩的一幕，把大家逗乐了。养鸡场里的鸡像鸽子一样，一个个都飞上了房顶晒太阳。吃着新鲜的野菜，喝着清冽的河水，晒着明净的太阳，这些幸福的鸡产下的蛋，可是抢手货。说话间，已经有人上门来采购了。

地理城

站在地理城大桥上瞭望，新河东去，携濛河，汇入淮河。

一座古城就躺在脚下，千年的沉睡，让人们几乎忘了它叫颍水县城。还有塔，双塔，曾巍峨耸立在大桥北侧的位置。双塔早已归为尘土，但悬羊击鼓的故事还活灵活现在人们茶余饭后的趣谈中。随便抓一把泥土，仔细端量：哪一把曾烧过唐砖？哪一把曾捏过汉瓦？风吹过，水流过，岁月无痕。

地理城太像一座城，一座簇新的、繁盛的城。它的地城中学和乡镇卫生院在当地颇负盛名。小镇的繁华淹没历史的遗迹，时光酝酿的千年韵味从鳞次栉比的商业店铺的缝隙中逸出，返回老街。

去老街走走。朋友的亲戚住在老街，他上中学的时候住在亲戚家里。他曾对这一带太熟了。但数年不曾走动，老街也变了，他辨不准亲戚家的位置，一路走一路回头，一脸迷茫。

老街的铺面变新了，但老街还是老街，底蕴没变，节奏没变，阳光的味道没变。养花，喝茶，听戏，聊天，晒太阳。缓慢，悠闲，惬意。时间在这里放慢了脚步。凉棚下，一张方桌，四条长凳。几个闲坐的老人，面对面，少有言语，只是喝茶，抽烟，陪老街慢慢走向时光深处。

春天的小雨不邀自来，润湿了一街垂柳。把老街的气息装进镜头，返回繁闹的街市，寻一家土菜馆，坐下来。新河的鱼虾，南湖的野菜、土鸡蛋，在这里应有尽有。新茶端上来，是"一帘春欲暮，茶烟细杨落花风"的新茶；春酒端上来，是"不知雨意将诗意，但觉花香带酒香"的春酒。

细雨中，多想再走一走老街。

二、曾沃子这个地方

一条黄土路

这是一条公路的路基，坑坑洼洼的黄土路面已具雏形。从曾沃子直通地理城十五里，往前赶二十里就是阜南县城。这条黄土路一下子拉近了曾沃子与县城的距离，曾沃子不"偏"了，赶阜南走亲戚就像串个门那样方便。

查了字典，还是弄不懂为什么要起"沃子"这个地名。当地人都把它叫成"曾窝子"，周边的还有"于沃子""唐湾子"，都是跟水沾亲的地方。"跟谁沾亲呢？""洪河。洪河出了淮河，转几百里地，来到俺们这儿打个弯，甩甩尾巴走了。"性情豪爽的洪洼人敞着嗓门跟我"喊"道。

走在这条颠簸的黄土路上，看见麦田和羊群，我的心底已经有了草原和牧场。冬日的阳光温情地喂养着这些麦田和羊群，麦苗嫩嫩的眼神和羔羊洁白的叫声把严寒逼到哪儿去了呢？

倘若不是树，不是一抹灰灰的树的轮廓在为一个村庄作证，你猜得出这是一个村庄吗？在一幢幢华丽气派的楼房面前，时间已经忘记远古村落的密码。麻雀一阵一阵从楼房里飞出来又落在麦田里。主人家把偌大个新房留下来交给这些小家伙打理，它们焉能不尽到作为麻雀的心意？几只斑鸠在我们前面赶路，咕咕、咕咕，念经念得忘记给我们让路。地盘是人家的，路打人家门口过，不摆摆老资格，你晓得原著民的霸气吗？

沿途遇见的每一张笑脸，都是因为这条即将修成的水泥路笑给我们看的。有了这条路，人们的笑容更添几分春意。

一条黄土路，径直朝着洪河岸奔走，抵达曾沃子的风情。曾沃子，你还远在深闺人未识吗？

一所学校

曾沃初级中学只是一所偏远的农村中学，数年来，假若没有稳居全县前列的重点中学升学率，"曾沃"这两个字能走多远？

因为要为他们写点文字，我们才坐在一起。他们推让着，让最有德望的老同志坐在上座，谦卑而恭敬。他们的外表和农民无异，黄土的底色、洪水的流痕，都在这些铜锈的脸庞上埋下沧桑和坚毅。说起学校的孩子们，每个人都笑得如同一个淳朴的父亲，这让我对他们肃然起敬。

孟凡平老师今天特意换了身新衣服，还让我们看他脚上穿的新皮鞋。2012年因患痛性周围神经病，他的双下肢落下残疾，行走极为不便，走路只能一步一挪。从办公室到教室，五十米的路，却要走七八分钟。他当年就是从这所学校走出来的，大学毕业后，又回到这所学校，成为自建校以来第一位大学毕业生教师，一晃有二十五年了。那年头，穷乡僻壤出了个大学生，那就相当于祖祖辈辈不冒烟的老坟地出了个孝廉。那是国家待举之人，咋又回来了呢？他淡淡一笑，说："俺知道农村孩子求学的艰辛，就想尽自己所能帮帮他们，一辈子除了会教教两个学生，别的也没啥本事。"他是国家级模范教师，是任谁也"挖"不走的"阜南县教学能手"。

与学校一河之隔的是河南省淮滨县，最多的时候，有一百多名学生渡河来这所学校上学。学校每天都安排值班老师到渡口接送学生，每逢恶劣天气，老师还要亲自护送学生到家。学校里有 70% 是留守学生，这些长期与父母分离的孩子，正值心理叛逆期，有上网不归的，有早恋逃学的，有当街醉酒的，有离家出走的，有打架滋事的，孩子们不太省事，可真让老师们操碎了心。每晚夜巡成了老师的另一项职责，查查孩子放学后回家没有，问问家庭作业写好没有，煤气罐关好没有，叮嘱明天天冷再加件衣服。他们是老师，也是家长。

他们不仅是这所学校的脊梁，也是洪洼这块土地的脊梁。

一个渡口

曾沃子渡口，一条河，一只船，一个撑船的老人。老人今年七十一岁，看上去不过六十来岁。问他，在这干多少年了？快六十年了，十二三岁就替大人撑船，打他爷爷那辈算起，已经是三代人了。老人握着船桨回答，语气很平淡。上了岸就是他的家，两间极简陋极低矮的砖房，前面围了一圈院墙，院墙上还缠着凋枯的南瓜藤。老伴在屋子里熬药，锅底下的炊烟和着锅里的热气塞满整个屋子。

老伴比他大两岁，身体不太好，走路有些趔趄。赶到饭晌或农忙时节，老伴替换他撑船。看不出眼前这位瘦弱的老太太也是撑船的一把好手。

他说，以前是自己打制的小木船，载的人少，赶到年节要过河的人多，累得不行。木船不经用，已经用坏几个了。他指给我们看河岸半腰弃置的一个船头。现在好了，政府给配了机械船，燃油费还给补贴。

祖辈三代在这里摆渡，图的是有口饭吃，乘船的人尽管坐，无须掏腰包，年底了给点粮食就成了，给多少，全凭你心意。来来往往的行人，都是洪河两边的乡亲，摆渡的厚道，乘船的也厚道，心里都热乎。隔着河一声招呼，船就来了，哥俩碰个头，纸烟已经接上火了。

老人叹息一声，说渐渐体力不支了，想找个接班的，没人愿意干。现在外出打工的多，过河的人少了，不兴家家给粮食了。论人给钱，过个单趟就是一块钱，带个车子啥的，再添一块。收入也没一定，旺季一月也挣七八百块钱，淡季差不多五六百块吧。现在村里胳膊腿灵活的都出去挣钱了，谁稀罕靠摆渡挣的这俩辛苦钱？三个儿子也都打工去了，哪个都不情愿干这个。大儿子说等老了打工不行了，才回来摆渡。

可老人说："我都一大把年纪了，能撑到儿子愿意回来接手的那个时候吗？"有渡口，有渡船，有要过河的人，就不能没有摆渡的人。

三、段台看荻花

去段台看荻花。看明艳的秋光下荻花照秋水的娴静，看白鹭一行一行自云端来，又向云端去，看大片大片的辣蓼花把紫色恣意蔓延到湿地深处。冬果、抱岩、克强还有刘敏，你们去吗？都去，都去。

冬果新买的车，我们揩她的油，打劫一样绑架她上路。进入蒙洼蓄洪区，一道岗又一道岗，车子一路翻山越岭，爬高爬低，到达郜台乡段台村时，大好的秋光即将转身离去。夕阳下，苍苍茫茫的大地上，是一眼望不到边际的青纱帐。那是荻花？是看一眼就能让灵魂仙鹤般起舞的荻花吗？抓住仅剩的那一点点夕阳，我们张着膀子如雨燕一样朝着庄台下的湿地俯冲下去。

庄台下，一畦一畦的水塘，鸭子和鹅围坐在水草中间，各忙各的营生。站在水边，清亮的水面照见我们的影子。水这么清，正适合掬来洗一洗脸上的尘土。有鸟三三两两从头顶飞过，灰白色的翅膀亮开了，像一只风筝盘旋着插入荻花深处。大片大片的荻花就开在一只鸟拍几下翅膀就能抵达的地方，而我们的脚步紧赶慢赶、迂回曲折颇费了一些时间。

荻花，想象中你就是这个样子的，仙家一般，隐逸乡野，雪一样干净的颜色，守一湾静水，从凉秋望到寒冬。荻花，捧着你鸟一样的羽毛，问一问你：谁守着一蓑烟雨，修一身道骨，闲看江河日落月升？谁独钓一江寒雪，静听红炉汤沸？你打着望乡的手势，转身望一望高高的庄台，望一望炊烟下一树枫叶正红，秋来了又去，你在等与一场雪邂逅，像一个灵魂干净的人与另一个灵魂干净的人，参悟智慧。了无牵挂了，谁也留不住你纤美的身姿，孤鹤一般，云游而去。

辣蓼花开着紫色的小花，星星一样闪着晶亮的眸子，一团一团缀成花环，年复一年，依恋着荻花优雅的风姿，不离不弃。

捧一束辣蓼花，荻花丛中探出半张脸，留个影多好。克强一大步跨过去，惊起一只野鸡惊叫着扑向天空，又有几只鸟扑棱着翅膀飞出巢穴，惊慌着落入荻花深处。我们这群不速之客惊扰原住地居民了。

落日孤美，像沧海遗落天边的一粒朱砂。无端记起那句诗：只恐夜深花睡去，故烧高烛照红妆。

薄暮中，对面的荻花丛中，一只鸟栖在一管荻花上，拉着挑衅的架势，跟我们叫板。抱岩止住步，面对面跟它对上了。抱岩高一声，它高一声；抱岩低一声，它低一声。那只鸟不惊不惧，毫不示弱。一直对峙到天完全黑下来，我们不得不撤离。你想啊，这是人家的一亩三分地，抱岩不认输又能怎样？

摸索着爬上庄台，车灯大开，我们按原路返回。台子里家家亮着灯，狗开始狂吠。屋子里的村民听见动静，走出来跟我们打招呼，嘱咐我们天黑路上小心。好像打他们家门口走过的，都是这一方水土滋养的远亲近邻。

四、曹集人

淮河湾里坐着几个闲散的庄台子。

庄台子里坐着几棵闲散的老槐树。

老槐树上坐着几个闲散的老鸹窝。

老鸹窝下坐着几个闲散的曹集人。

曹集人都是庄子，闲适安生，自在逍遥。

曹集人生性直爽，待人热诚。他们端着海碗蹲在台子上吃饭，远远地就站起来与过路的人打招呼，让到家里吃饭。问今儿吃的啥，回你：卜楞卜楞斗两碗面条子了啦。碗里冒着热气，鼻尖上透出汗滴，淳朴的笑容很动人。

曹集人个个都是神嘴，说话幽默风趣，吐字讲究押韵合辙，节奏感强，歇后语妙语连珠，比喻惟妙惟肖，刻画入木三分，颇具地域风韵。说人能耐小干不成大事——小窟窿里掏不出大螃蟹。诸如此类还有：格尔嘎子（一种小贝壳）过江——浪得过劲；猪八戒背把烂套子——人没人，货没货；蒜薹调藕菜——光棍的光棍，眼子的眼子。

曹集有许多人家在淮河上跑船，收入颇丰，日子过得殷实。喝淮河水长大的大姑娘小媳妇，出落得灵秀可人，杨柳小腰扭起来袅袅娜娜的，一个个赛似貂蝉，若论穿衣打扮，比县城里的人还入时，也难怪她们笑话县城的人冤、土。但一开口说话，曹集方言的土腥味都带出来了，比身份证还好使。

曹集人"硬承"（实在），也爱"装光"（显摆），腰里揣五块大钱，决不买四块九一盒的香烟，脸面比啥都要紧。古语说："前门留客，后门当地。"但凡有客上门，家里没一个皮钱，即便把老祖宗留下来的地产当出去，也要顿顿有酒有肉，好好招待客人。我夫家的一个二舅，住曹集东边的程台子，一辈子爱酒，人瘦得一阵风能刮跑，穷得一天吃三顿稀。跟人去饭店吃饭，死活不让别人结账，兜里没钱，不碍事，欠着，说哪月哪日还上，就哪月哪日还上，店家信他。我打心里敬佩有硬骨头的人。一次，二舅酒也喝高了，说话舌头不太好使，一字一顿地问我："我要老（死）了，外甥媳妇，你可来送我？"我说一定去。他欢喜得不得了，一而再，再而三地重复着一句话：外甥媳妇说她来送我。好好好，好得很呐。

民以食为天，曹集人对吃更是情有独钟。曹集人乐天，老天给多少吃多少，打一网鱼够一家人吃一天，躺在草坡上眯着眼晒太阳，也决不再下第二网。挂嘴上的一句话：吃干弄净业熊。每日逢集，甭管上市多少青菜、萝卜、鸡鱼肉蛋，炸的、煎的、煮的、炖的，咸的、辣的、酸的、甜的，不等过午，集上早已经空空荡荡，全部被人抢购一空，跟猪拱过一遍似的，故曹集被人戏称为"老母猪集"。

但此话也不尽然。夫家的表哥就是曹集人，祖辈上就推豆腐卖，传到他手上，也干十几个年头了。头天晚上泡 50 斤黄豆，做 200 斤豆腐。不论寒暑，雷打不动，每天凌晨两三点钟起来磨豆腐，天一亮，挑着豆腐去卖，直卖到晌午。吃过晌午饭补个觉，傍晚又把 50 斤黄豆泡上。每天累死个狗。

曹集人笑话岗上的人"尖"（抠门），没他们湾里人"舍得"（大方）（注：沿淮的低洼地叫湾里，淮河泛滥淹不到的高岗地叫岗上）。传出来一个笑话，说过去人家里穷，湾里有闺女说亲说到岗上有个叫淮井的地方，新女婿头一趟去亲家吃饭，端上来一盘红彤彤的闪着油光的"八大块"（大块红烧肉），令人垂涎欲滴。亲家一个劲地劝人吃菜，新女婿刚来头一趟，不明就里，举筷子就去夹，"咣当"一声没夹起来。仔细一瞧，原来是一整块桃木疙瘩刻的假八大块，过油炸后，红亮红亮，足可以假乱真，庄子里谁家有红白喜事就借去摆一次，权当是个样品，饭桌上多个它，好配个整数，图个排场，主家客家心里都有数，谁都不下筷子，偏偏就遇上心里没数的主，闹出个笑话。

这个笑话多少有辱淮井人的脸面。我婆家刚巧就是淮井人，回去问过老一辈的人，都摇着头说：绝无此事，纯属谣言。

晓得曹集人嘴上功夫厉害，权当他们是在八卦，图个乐子而已，不予计较。

五、中岗老街

一脚踏进中岗老街，恍若梦着旧时的江南。一片一片旧时光落下来，像一场雪，纷纷扬扬，一线一线把老街埋进去。老街矮了，佝偻了，像一位久不谋面的远房亲戚，几十年不遇，突然拄着杖站在你面前，彼此怯生生地惶恐着不敢相认。

老街依旧扮着青砖黛瓦的模样，安静地傍依在正午的树荫下小憩。一些杂树，诸如梓树、榆树、槐树、桑树，从来没有离开老街，因袭着百年的姻缘，和睦相处。楝树开过紫色的米粒花，已经结一粒一粒青豆那么大的绿奶子。桑树的枝头挂着墨紫的桑葚，高大健硕的体魄，半空里悬着纷披的枝叶，罩着左邻右舍的旧房子。想吃桑葚的人踮起脚也摘不到几粒，一任鸟儿糟蹋，啄来啄去，都丢到地上，树底下黑黢黢铺一层。路过的人，慢下一两步，抬头羡慕地看一眼，惋惜着走开。老街的树，贴着老街的脸，后面钻出来两棵，左边右边又钻出来三两棵。破败的屋顶上探出来一根细细的枝权，墙根上的一根藤顺着屋角爬上去，缠住一扇木格窗不撒手。树们，像泼皮的娃娃，围着老街躲猫猫。

老街沉寂着，一觉睡下去。天亮了，太阳出来了，过半晌了，正午了，老街仍睡意犹酣。一扇一扇的木门素净着，堆满岁月的折痕，似乎很久都没有打开过真的要怀疑主人家投亲靠友去了，三五年都未必能转回来。木门皲裂的纹理终于被风雨洗刷得清晰起来，毕现岁月的沧桑。沧桑的背后藏着多少繁华和兴衰，只有老街的人才知道。一条街的门脸，掩起来，想要藏住什么？是往昔里米铺、布铺、酒肆的兴盛？是"日有千帆过，夜有万盏灯"的繁华？老街把昔日的辉煌藏在时光的背后，让后来的每一位造访者兴叹之余又肃然起敬。

终于看见一扇开着的木门，四扇门板，拿开两扇，洞开一个幽静又深邃的庭院。一位老婆婆坐在门里，神情安然。她的苍老，像是陪着这条老街的沧桑一起熬过来的，熬得木门发暗发黑，松散了骨架。一个世纪的光阴像一条河汤汤流过，老婆婆依旧静坐不语，她是这条老街的一块碑。又一扇门也敞开着，着红衣裙的小女孩和母亲正说着什么，看见一行人路过，往门外多瞥一眼。那稍稍侧一下的小脑袋，正好撞到"好摄之徒"的镜头上，一行人争看照片上稚嫩又灵秀的眼神。

狗和猫都住在这条街上，狗用一条链子拴住，活动范围仅限于主人家门前的场地，远远见着陌生人靠近，龇牙咧嘴一通吓唬。相比狗，猫就自由多了，想去谁家逮耗子就去谁家，吃饱了，想去谁家屋檐下打一会儿盹就去谁家，不管东家长西家短的闲事，所以猫总是比狗活得清静安适。猫躺在阴凉里打盹，同行的人中，总有小女人伸出一只手怜惜地爱抚一番。

走在老街上，总感觉有一种厚重的东西蕴藏在某一个地方，它让这一方的人、这一方的水土淳厚又清简地存在着，像一壶好酒的酿制，有好窖、有好水、有好谷，得天地之灵气，采自然之英华，方能酿一池好酒。

清真寺。这座古寺蕴藏着一种厚重的东西，让老街得数百年修炼之造化，成就一个回民大镇典雅浑朴之大气。走进古寺，迎面的芙蓉花和玫瑰花开得正娇艳。飞檐斗拱的礼拜大殿和望月楼，历经数百年的雪雨风霜和世事变迁，依然肃穆庄严地耸立着。

慕名而来，总要品尝老街的风味小吃。走进"十"字型老街的另一条深巷，悬挂"中岗清真烧鸡""中岗红曲五香牛肉"的店铺鳞次栉比。恍惚中，如风声过耳，时光的深处，一阵阵走街串巷"咸唻烂唻"的吆喝声渐行渐近，牵出悠长又悠远的古镇幽思，让人流连而不忍离去。

老街的清韵，用一管什么样的竹笛，才能穷尽其妙？

六、王家坝

窗 外

车子开往王家坝，窗外满眼好秋光，已是初冬时节，秋天还翘着尾巴没走远。白杨树一直都是这条路的侍卫，坑洼不平的柏油路拓为宽坦平整的水泥路，树也觉着沾了荣光，挺着腰杆直板板地站着。一路风清日和，天空澄明，麦田里密匝匝铺一层新绿，白杨树落光了叶子，灰色的枝干拢一团薄雾揣着，像吸着旱烟袋的汉子，燃着心头纠结的过往，寂寞的时光越抽越长。叶子堆在树下，灰色的堆，很干净，是谁在收拾秋天离去后清寂的空场？一捆捆麻秸秆竖起来，头搭头顶成尖尖的塔——白色的象牙塔。远处的河，不太像河，白亮亮的，像一匹舞落的绢带。风去了，秋雁远了，它静默着不流动，从秋天迁往冬天的路上，心底澄澈成一片海子。雀鸟起一片，落一片，一个部落一个部落地群居。这份恬静，久违了。

阳光和水，喂饱麦田和草滩。麦田和草滩安分下来，让牛踩过田埂，漫不经心地下到低洼处吃草。羊比牛动身得早，牛经过羊的身边时，羊歇了，互道早安，像绅士遇见绅士。两只大白鹅远远地落在草滩边上，心里盘算起小桥流水人家的日子。坐在后座的是两位摄影爱好者，忙着更正说："那是白鹳，一庹多长的翅膀展开来就能看见黑色的花纹了。赶巧了还能看到成群的野鸭和野鸡，那才壮观呢！"

校　园

一边是幼儿园，一边是中心学校，我就站在路中间，辨别方向，我的方向感极差。隅中的太阳光稍稍把疏墙的影子斜向身后，我推断面南坐北的便是王家坝中心学校了，这是一个树人的地方。树谷需一畦平畴，树木需一山幽谷，树人要给孩子一片高远明净的天空。操场敞亮得像个大晒场，阳光满满地照着。篮球、排球、乒乓球安静下来时的样子，像极了一群要累了倒头躺下的毛孩子。走过去，是树，是亭子，空闲下来的花畦夹一条小径通向池塘。倘若荷叶田田时来这里，清风与淡月，蛙鸣与荷花，会不会缠绵出闲云野鹤般的情怀？

从疏墙下一直走，一直走，像从田野走向村庄，从牧歌走向炊烟；又像从荒芜走向殿堂，从稚子走向学子。这一段路很长，一头接着淡远的天，一头铺向浑朴庄重的校舍。四栋三层的教学楼并肩立着，前后拉开两排。青黛的颜色亦庄亦秀，像广袤的舞台上轻挪莲步的大青衣。前面的两栋教务楼恬静立于阳光下，鸟儿落在栏杆上啁啾，风细细地捋着它的羽毛。有个员工用毛巾细细擦抹走廊和楼梯。到处很干净，很安静。孩子们在后面的教学楼里上课。热情的女教师脸上始终舒展着笑意，那浅笑像挂在二月枝头的一朵梅。让座，沏茶，敬烟，女同胞还分得一个口香糖，周到得像款待娘家人。

阅览室里，孩子们排着队走进来，手里捏着作文本。有位老师大声跟他们说："今天来的客人都是咱们县的作家，请各位作家帮你们辅导一下作文。"我迟疑着不敢结对，我不算是"作家"。一个小姑娘站到我跟前，羞怯着递给我本子，伶俐可人得像我家丫头。这是一名初三的学生。看过清纯的文字，再看纯净的脸，我的眼底泼洒出怜爱和愉悦。直到最后离开，我和小姑娘照过三次面，每次她都挥挥手一转弯不见了。至今没想起她的名字。

农 家

这是一座没有围墙的城堡，它高踞于护堤之上，也安枕于洪浪之巅。沿着斜坡往上爬。摄影师前跨几步，举着相机喊"大家笑一笑"。都笑得开了瓢，弯了眉。正午的阳光贮满每个庭院，老人们三三两两串到一块晒太阳，唠嗑。狗置于院门前，纯属摆设，见谁都摇尾巴迎来送往。前面第二家，户主叫郑继超。他那双长满厚厚老茧的手被胡锦涛总书记握过之后，又被许多人重新温暖过，都是慕名而来的。他院子里的水龙头，被尊为"龙头"。他家的甜水，来过的人都尝过，我也尝了一口，跟胡总书记当年喝的是同一脉水。满院子的好阳光，多得实在受用不完。白菊花像个懂事的好孩子，从不糟蹋它的粮食，喂饱了就可着劲长力气。莹白的花瓣羞涩着把那点私囊打开，暗暗的香，怕是要出墙。

三间两层面南坐北的院落，崭新宽敞，排列于整齐划一的农院中，不甚凸显。他家堂屋的墙壁上，一位慈祥的老人正捏着饺子，灾后重建后的年夜饭，他要亲口尝一尝。神州八方，哪一家的冷暖饥寒，不紧紧系着他这位大国总理的心？

这块土地，灾难过后，来不及痊愈，依旧长出好庄稼，喂饱蒙洼的孩子。喝着淮河水的汉子，淳朴得不沾一星点浮华，心里有啥就说啥。那些感恩的话，已经复述过很多遍，我听到的这一遍，一如千江汇流，令人心潮澎湃。

夕 照

那条发白发亮的河，现在看起来有些慵懒，远远地躲开王家坝闸，退缩到一条河应该去的地方。被它肆虐过的土地，已经被草根收复，牛和羊带着它们的孩子，已经走在暮归的路上。

落日踩着一片树林往下沉。那是一片落光了叶子的白杨树，秋风典去了它的歌喉，灰色的枝杈，是迈向天空的脚步，在夕阳必经的路上，沉默寡言。

荻花摇曳成望乡的姿态，那一袭橘红，是它百看不厌的披纱。它站在岸边，等在船尾，一天一天地盼着，等待夕阳把它带走，去过一种了无牵挂的日子。

雁和所有高飞的鸟，告别这块土地，去南方寻找离春天最近的地方。此时的淮河，空寂着，任余晖在水面上照来照去。那团酡红，眼看着要从天边坠下来，坠下来，坠到河里去，在快要浸着水面的一刹那，心里替它发紧，闭上眼再睁开时，河面上已空茫茫一片。

七、淮河鱼道

茶有茶道，酒有酒道，吃鱼是不是也讲鱼道？淮河人家就有他的鱼道，谓之鱼经。

一日赴宴，做东的王老师，王家坝人，打小就在淮河里泡大，水性极好，入水就是一条鱼。席间他聊起家乡的一些饮食礼俗及其厚重的文化底蕴，尤其论起鱼道，真让我大长见识。

他说起一个奇妙的现象。烹饪淮河鱼，一定要用淮河里的水，并且一定要在那里的土泥巴支成的地锅里做，才能吃出那种独特的鱼香。即便是把那里的鱼、那里的水提回来，拿到县城的家里去做，无论如何也出不来那个味道。奇怪不？他反复试验过好多次，就是弄不明白其中的玄机。我猜想，淮河的鱼、淮河的水，一旦离开原生地，接不上那里的地气，就没了灵性。正如陕西的羊肉泡馍，一定得用大粗碗盛着，三五人扎成一堆，一人端一碗，蹲在土墙根上，眼面前还有一条狗眼巴巴地盯着你。唯其如此，才能吃出羊肉泡馍的厚味来。大概淮河鱼的吃法也须如此吧。

传上来一道蒸咸鱼，上面还覆了一层腊肉。他开始品评，说这道菜的做法欠妥。做咸鱼一定要放蒜才能去异味提香味，大蒜、蒜苗都成，以季节而论。若是做鲜鱼，一定不能少这么两样东西：猪油和米酒。其次火候也要拿捏得准。若是清蒸鲫鱼，半斤以上的，要在鱼身上划几刀，好入味。凉水坐锅，放鱼，大火烧开，依鱼的大小，蒸五至八分钟即可。煎鱼也是有讲究的。拌面粉之前，鱼身不要裹一层蛋液，否则的话，蛋液遇热先凝固，鱼肉自身的水汽从里面出不来，湿乎乎的，鱼肉容易散架。直接滚上干面粉，煎出来的鱼肉紧实，入汤不散形。煎鱼，用油越少煎出来的鱼肉越香，不粘锅即可。

他说起已故老祖母的厨艺。老祖母出身大户，深谙烹调之道。她蒸的那个糖醋鱼呀，个个整整壮壮的不散形，吃到嘴里是面的，一星点骨头渣滓都吐不出来，那真叫好吃。那时候家大人口多，吃饭硬实。晚饭后，满满一大竹箩炸好的鲫鱼，一层一层整整齐齐码在蒸馍用的大锅里，淋上糖醋配料，锅底下架柴，大火烧开，改小火煨一袋烟的工夫，明火燃尽，留下通红通红的暗火，一把一把将麦糠堆满灶膛，一定要填实在，留出个火眼，细慢细慢焖着。好了，不管灶间的事了，回屋睡觉。鱼在隐火里舒舒坦坦安稳一宿，明儿一早，滋味活了，吃鱼的人享受得要替它死了。

他在对面侃侃而谈，我在这边臆想醇厚的鱼香绕梁，无端生出几分沉醉。我常年不买鱼就是因为不会摆弄，宝贝闺女跟着我受屈，也没吃过一顿像样的鱼，我觉得很是亏欠孩子，想借此机会好好向王老师讨教一番。他说现在的孩子口味重，应依先重后轻的顺序来培养孩子吃鱼的兴趣。先做个红烧的，再弄个糖醋的，然后再来个清淡的，清蒸一个，这样依序作膳食的调理，孩子更容易接受。王老师把手张成五根股杈子，往桌上一挥，自信十足地说：“这三顿鱼吃下来，孩子再皱巴着脸不放喜色，找我！”

王老师喝了些酒，兴致很高，说哪天我孩子放假回来，提前一天电话告知，他要亲自到鱼市选鱼配料，捉刀下厨，为我家宝贝闺女做一道真正的淮河鱼。买鱼要会识鱼，懂吗？进了鱼市往那儿一站，眼面前一大塑料盆鱼活蹦乱跳，啥样的是淮河里土生土长的；啥样的是在淮河里下的籽，半指长的鱼秧子又窜到野沟里长的；啥样的是在淮河里长到半斤重，捞出来又放养到鱼塘里的；啥样的是在鱼塘里饲养大，前三两个月才投放到淮河里养养土腥味，以此冒充淮河鱼卖出个好价钱的……一大盆子鱼，能让他分拣得一个不剩。鱼贩子被惊得目瞪口呆，连呼：“行家，行家，神了，神了。”

酒过三巡，菜过五味。服务员征询众宾客要什么面食，面条，还是饺子？大家附和，随意，随意。王老师随即截住话茬：“哪能随意，迎客的面条，送客的饺子，在我们家乡可有讲究了。若是两家提亲，一方去另一方家吃头一顿饭，端上来的是饺子，态度已经很明朗了，人家不乐意，亲事不成。这一方也心知肚明，知趣地离开。若端上来的是面条，这家中意了，两家离做亲家不远了。”

依了淮河人家的规矩，吃罢淮河鱼，一人一碗面条。鱼道，客道，都圆满。

（《又逐春风到洪洼》发表于 2017 年 3 月 20 日《阜阳日报〈平原〉副刊》，获“金种子”杯阜阳日报社 2016 年度副刊优秀作品散文一等奖；《曾沃子这个地方》发表于 2015 年 1 月 31 日《阜阳日报〈平原〉副刊》；《王家坝》发表于 2011 年 12 月 24 日《阜阳日报〈平原〉副刊》；《淮河鱼道》发表于 2013 年 11 月 23 日《阜阳日报〈平原〉副刊》。2018 年全文入选安徽省文联主编的《走淮河》一书）

蒙洼，生生不息的土地

题记： 站在蒙洼大堤之上放眼望去，星罗棋布的湖泊波光粼粼，宛若上天遗落在淮河湾里的璀璨明珠。天上的白云，飘到水里变成鸭群，跑到对岸变成羊群，飞到空中变成鹭群。每一种阵势，都壮观无比。

大自然这般美好，赋予劳动者质朴的心灵、宽厚的胸怀，让万物在此和谐共生，代代繁荣。

笔者走进淮河岸边一座座秀美庄台，记录蒙洼大地的美丽蝶变，感受蒙洼人民在与灾难、疾病抗争中，表现出的自强不息、顽强拼搏精神，以及与生俱来的乐观豁达。

西田坡的天是艳阳天

2020 年 8 月 18 日清晨，王今桂迎着朝阳，站在阜南县曹集镇西田坡庄台上，眺望远方。那一天，西田坡的天是一个艳阳天。习近平总书记到安徽考察，走进西田坡庄台，了解普通农户的生活情况。

时隔一年，王今桂坐在自家堂屋里，望向窗外。台子下，水塘如镜，翠柳倒映，莺啼燕啭，声声入耳。此刻，悬身于庄台上的观景房，犹如诗意栖居。

他转过脸，看到我面前摊开的笔记本，笑了笑，娓娓道来："王家坝拔闸三天三夜，蓄洪区成了汪洋大海。没想到，快退水的时候，习近平总书记冒着酷暑到西田坡庄台来了。"

前些年，王今桂的日子过得不是滋味。三个儿子，就剩两个了。2007 年正月初二，小儿子没了。啥病？白血病，花 20 多万元，也没治好，人财两空。欠一屁股债，到 2013 年才还清。因为打击太大，加上长年累月辛劳，他们两口子都病倒了。他是糖尿病、肺心病。他家属是冠心病、脑梗死、腰脊炎。按说，王今桂也是老高中毕业生，算是个文化人，能写会算，要不是家里倒霉事一个接一个，把他打倒了，他咋会沦落到这般光景？

秋季正收稻子，王今桂在台子上坐着。一个长辈走过来，对他说："你吃哩肥头大耳，在台子上闲坐，你咋好意思？"他当时恼哩，就下地收稻子，百十斤重的粮食袋子往肩膀上一搁，扛起来就走。干完地里的活，他睡了三天三夜没起来，空腹血糖达 28.5，到医院住院治疗半个月，病情才算平稳下来。

"好胳膊好腿，谁想蹲家里闲着，谁想当让国家照顾的贫困户？"回忆当年往事，王今桂至今还有些激动。

去年大水退去后，他们家及时补种 5 亩地萝卜，国家补助 4800 元钱。秋冬种小麦，每亩收了 800 斤，一共卖了 3000 元。今年，村里给他入了低保，每月 340 元钱。村里让他负责公益岗位监督，每月领 100 元工资。他们两口子平均每天药费要花 158 元钱，享受政策报销后，不到 20 元钱，不用再为吃药看病发愁了。

"等俺把身体养好了，还想出去打工。俺两个儿子都在苏州，在建筑工地搞大理石外墙干挂。他们那个小区需要保安，三班制，一月发 2800 元，儿子问我可管干。这活清闲，我想我管干。等忙过这阵子，我就去苏州。"王今桂又说。

日近黄昏，牧羊人和羊群淹没在田野深处，群鸟唱响苍茫原野。一条大河沉寂了，像一位刚刚哺乳过儿女的母亲，轻声吟唱着摇篮曲，抚慰着酣睡的孩儿。远古的风，从《诗经》里吹来，拂过她美丽的秀发。

一抬头，王今桂看见满天绚烂的云霞，突然想起要给在外地打工的哥哥打个电话，他想告诉他，在外面不用低声下气总觉着低人一等了，咱现在腰杆比谁都硬。

"跑"了的媳妇又回来了

2018 年，时任阜南县委书记崔黎到郜台乡宁台子村调研。村支部书记汪明珠说："因为穷，加上人居环境差，宁台子村跑了 27 个媳妇。啥叫'跑'？就是走了，没音信了，不和你过日子了。家家都是男劳力外出打工挣钱，留下两个老的照顾两个小的，导致 27 个家庭都成了困难户。"

跑了的 27 个媳妇中，有一个叫芳子的，是宁台子村白仲庄台潘俊的媳妇，现在又回来了。我问，她走了两年多，为啥又回来了？"他人心肠好，能干，不胡弄，这是其一；其二，整治后，庄台焕然一新，人居环境改善了，村民安居乐业。"一旁的村干部说。

头天夜里一场骤雨，把一望无际的庄稼地滋润得通透：鲜嫩、青碧、苍翠、葱茏、繁茂……用多好的词来夸豆子和稻子长势，都显得力道不够。漠漠烟雨中，鸥鹭翩跹，上百顷碧水绿田雾锁烟笼，一畦一畦织成江南的水乡。

回想当年情景，潘俊叹了口气，神色有些黯然。他撩起裤脚，让我看他受伤的右腿，从大腿弯到脚心，贯穿着一条长长的疤痕。20岁那年，他开收割机割麦子，收割机翻了，把他砸在底下，水箱里滚烫的开水倾倒在他右腿上，造成他四级残疾，腿脚不大灵便。

潘俊21岁时，母亲走了。兄弟两三个，没了娘，家里又穷，娶不起媳妇。25岁时，经人介绍，芳子带着两个娃，改嫁过来。后来他们又生了两个孩子，一共4个孩子。潘俊心肠好，对那两个孩子视如己出。吃饭、穿衣、上学，样样都得花钱。日子过得清苦，芳子有时埋怨他没本事挣钱。台子上，6口人挤在一个屋子里，连个厕所都没有，根本看不到生活的出路。

2016年，村里帮潘俊申请了5万元小额无息贷款，建了一个标准场棚，养了7000只蛋鸡，当年就见了效益。眼瞧着一家人的日子就要翻身了。

2017年春，潘俊把老本垫上，借了10多万元，继续扩大规模，又建了一个大棚，养了1.5万只蛋鸡。他们一家人起早摸黑拼命干，估摸到年底能挣个十几万元。没承想，一场大火把养鸡场烧得一干二净，砸进去的20多万元血本无归。

"人要倒霉，喝凉水都塞牙。"潘俊回忆说，"当时，芳子看俺遭了难，家里没指望了，把四个孩子扔家里，一声招呼都没打，跑了。钱也没了，人也走了，上有老下有小，一家六口人，靠啥生活呀？我恼哩！都不想活了。俺爹70多岁了，一把抱住我，俺爷俩抱头痛哭。俺爹劝我：'儿呀，你死了，你四个孩儿咋办？不都跟孤儿一样了吗？人穷志不穷，咱大水窝子里的人啥样的灾难没经历过，只要活下去，咱就能重新站起来。'"

在政府扶持下，潘俊的养鸡场又重新办了起来。政府还投资30万元，为养鸡场修了一条水泥路。2019年，潘俊家顺利脱贫。意想不到的是，当年底，芳子又回来了。"她走这两年，俺也想通了。俺不怨她。那时候，俺是猪八戒背把烂套子——人没人，货没货。人家嫁给咱，不就是想过好日子嘛，咱让人家受屈了。她回心转意回来，帮俺把养鸡场办起来，共同把4个孩子养大成人，这个家就有指望了。"潘俊说。

笔者到访时，身着红色罩衣、脚穿深腰胶鞋的芳子正忙着清洗养鸡棚里的各种器具。得知我们来意，她不好意思起来，打个照面，又忙活去了。

2020年开闸蓄洪，养鸡场虽然遭受损失，但国家补偿20多万元，算下来损失不大。

"潘俊实诚得很。让他上报蓄洪造成的损失，死多少鸡就上报多少，多报一只都不干。"村干部说。

老实巴交的淮河汉子，大灾大难面前从不退缩，不等不靠，凭自己勤劳的双手脱贫致富奔小康，同时，重新赢回了爱情。

王家坝毛豆变成致富"金豆子"

半晌，一阵急雨骤然而降，哗哗的雨声笼盖着王家坝宽敞悠长的街巷。街道两侧，这样的情景不时映入眼帘：门前青绿的豆秧堆成了小山，七八个人坐在屋檐下摘毛豆。

因为避雨，笔者一行滞留在张锦喜的屋檐下，看他们一家摘毛豆。72岁的张锦喜人缘好，一声招呼，八个人——两家亲家、侄媳、嫂子、小舅子都来帮忙。大水窝子里，人跟人亲得很，左亲右邻，有事招呼一声，都能腾出手搭把劲。张锦喜身材高大，面相喜庆，手里忙着摘毛豆，还不忘跟女亲家打趣取乐，逗得大家笑得前仰后合。

2020年，大水过后，他们家2.5亩地得了1750元补偿款。种毛豆划算，来钱快，清明种上，生长期八九十天，六七月份就能见钱。今年长势好，价钱也高，卖一块四、一块五一斤，种一亩多地的毛豆，能卖2800块钱。

张锦喜拉开衣领，露出左肩上的勒伤，大片红肿的肌肤隆起，深深的勒痕处，一块破溃的皮肤开始泛白。他说："一天一趟一车。十一天，十一趟，十一车。一车摘200来斤，卖二三百块钱。连阴雨，车子下不到田里去，回回都是用绳子捆着从地里背上来，青秧子淋上水，重，勒的。俩孩子混得都不赖，也不差这两个钱，不让俺出这个苦力。可俺就是闲不住，干活受累心里得劲。"

勤劳、坚韧、乐观、豁达——这就是王家坝人，多大的灾难都能扛下来，多难的生活都能从容面对。

"和谐村共有4150人，1025户。其中，贫困户620人，186户，2020年全部脱贫。4600亩耕地，种毛豆800多亩。把各家各户的毛豆统一收购上来，通过电商，销往全国各地。清早带露摘下的毛豆，傍晚就能端上淮南、淮北、合肥等地市民的餐桌。我们要把王家坝毛豆变成群众增收致富的金豆子。"王家坝镇和谐村党支部书记刘杰说。

依托王家坝毛豆，共言农产品电子商务应运而生。经纪人郎克月，34岁，王家坝镇和谐村金黄岭人。他有着浓黑的头发，青青的胡茬，清瘦却不失英俊，面色略显暗黄，像是大病初愈。

22岁那年，在外打工的郎克月带着心爱的恋人回家见父母，准备步入婚姻的殿堂。谁料，命运跟他开了个大玩笑。他因身体不适，到医院做检查，查出尿毒症。当头棒喝，小伙子晕了，从天堂坠入地狱。恋人不辞而别。父母东挪西借，筹钱给他治病。撑到2015年初，眼见着郎克月的病情越来越严重，已经60岁的父亲郎泽顶咬咬牙，做出了一个重大决定：卖房子，把自己的肾换给儿子。房子卖了30万元，又欠下17万元债，才凑齐医疗费。2015年5月24日，在安徽省立医院，父子俩做了肾移植手术，父亲用自己的半条命救了儿子的一条命。

"即便换了肾，活个年把就死，我也值了。"66岁的郎泽顶提起当年往事，哽咽得说不下去了。

好端端的一个家庭，因为病，一下子跌入谷底。王家坝镇村干部得知情况后，带头捐款，干群踊跃献爱心，捐了3万多元。2016年，镇里把他家纳入A类低保贫困户，享受"351""180"等医疗扶贫政策。

重获新生的郎克月被"贫困户"的帽子压得抬不起来头。以前，他是多阳光帅气的男孩；现在，躺在家里让政府养着，心里憋屈。他跟父亲一合计，做电子商务，把王家坝的毛豆、香葱、萝卜和小白沙花生，通过电商远销到安徽合肥、河南郑州、江苏南京、湖北武汉等地。

"俺这里的毛豆、香葱、萝卜等农产品，都做过无公害检测，高品质、味道好，客户信得过。"郎泽顶说。

由于讲信誉重质量，郎克月的电商生意做得风生水起，每年盈利6万多元。这几年，他不但还清了债务，还在2019年脱贫。扔掉了贫困户帽子，郎克月的干劲更足了。今年，一位浙江客商投资10多万元，购置了包括选择机、洗毛豆机、风选机和翻播机在内的一套流水线，与郎家父子共同努力打造"共言精品毛豆"。

目前，郎克月接受父亲的肾移植后，已经安全度过术后5年过渡期。父亲郎泽顶身体也无大碍，虽然重体力活干不了，但可以帮儿子管管账。他们另外请了9个帮手，都是周边庄台的已脱贫户，工资一人一天140元。亲帮亲，邻帮邻，有了门路，大家共同增收致富。现在，正是毛豆销售旺季，平均每天收购5万斤，一季子下来，销售100多万斤。一斤提一毛钱代办费，十多万元，再去掉9个帮工的工钱、水电费、机器加工费、运输费等，能剩个三四万元。其他季节收购香葱、萝卜、花生等农副产品，也能挣两三万元。

如今，共言电商已经与周边上千农户建立合作关系，由电商公司提供种子、化肥、农药和种植技术，一亩地成本不超过 300 元。收获后，公司按市场价统一收购，确保农户无后顾之忧。最新引进的优质毛豆新品种"早先锋"，产量高，品质好，一荚三籽；生长期 65 天，较以往品种提前 20 天上市，亩产 1800 多斤，每亩地净收入 2000 多元。

公司为啥叫"共言"？顾名思义：铭记共产党宣言，不忘党恩。小伙子的命是爹用一个肾换来的，他的幸福生活是共产党给的，所以特意起了这个名字。

政府建设排灌站，"锅底"庄稼不怕淹了

2021 年 7 月 8 日下午 3 点，淮河干流王家坝水位 26.78 米，接连几日的暴雨，让淮河及支流水位陡涨。

骤雨初晴。站在郜台乡刘台小学教学楼上向两边眺望，白绢、绿绸，一裁两开，风景殊异。一边是四里湖行洪区内白浪滔滔，如水乡泽国；一边是蓄洪区内绿油油的庄稼地，一派生机盎然。一堤之隔，判若阴阳。同样遭受水灾，为何两边情境大相径庭？原来，是宋台子排灌站发挥了重要作用。

2017 年，国家投资 4000 万元兴建宋台子排灌站，2021 年建成投用。蒙洼蓄洪区内包括宋台子、段台子、安台子、郜台子和曹台子等 5 个村计 4 万多亩耕地从中受益，旱涝保收，有效避免了"大雨大涝，小雨小涝，不雨大旱"造成的农作物损失。

"2020 年蓄洪，曹台子大水退去后，路上能跑车了，我们这里还有一米多深的水，洼地里还管行船。直到 8 月 23 日开闸蓄洪过去一个月了，大水才退净。大家都知道，曹台子是蒙洼蓄洪区的锅底。"站在高高的庄台上，宋台村文书张玉龙说，"其实，我们宋台子村小马台子的马家湖才是锅底的锅底。"

宋台子老百姓说，要是没有这个排灌站，今年的黄豆至少要淹 1500 亩。今年的黄豆、旱稻长势特别好。去年大水退去后，宋台村 1.1 万亩耕地全部种上小麦，喜获丰收，平均亩产 1000 斤以上，每斤市价一块二，光这一季小麦就收入 1300 多万元。大灾无大难，又逢丰收年景，蒙洼人是托共产党的福呀！

今年 60 岁的张玉龙回忆，他 14 岁就参加抗洪，经历过十几次抗洪救

灾，是大家口中的"老洪军"了。2020年7月20日王家坝开闸泄洪，两天两夜后，大水漫过濛马河，到达郜台乡境内。23日早上8点，大水已经漫过路面。一直坚守防汛一线的张玉龙想趁水浅，赶快骑摩托车回家拿几件换洗衣服。往回赶的时候，大水已经汹涌而至。台子上一个自家爷们儿追上去拦住他，说："这水恁大，水头就来到，你上哪去？"他说："到坝堤防汛，我骑快点，还能赶不上水头吗？"可是，张玉龙根本看不清哪是河哪是路，一头扎进一丈多深的大沟里，差点没上来，毁了两部手机，腿上也挂彩了。从7月17日开始防汛，到8月23日大水退去，张玉龙只回过这一趟家。他借住的小学教室里，一张草席地上一抻就是床铺，一盒方便面开水一泡就是拦腰一顿饭。

在每一次的抗洪救灾中，蒙洼的基层干部敢于牺牲、甘于奉献的事迹比比皆是。洪水就是他们的敌人，洪堤就是他们的战场，就算拼掉性命，也不能让洪水进犯一寸。人在大坝在，这是军令。

"不要问我为什么，要问你就去问淮河；因为没有奉献，就没有山河。"

这是蒙洼广为流传的一首诗，作者是从省城合肥主动申请来蒙洼扶贫的女干部李玉涵。我在波涛汹涌的淮河上，听王家坝镇党委书记余海阔巡河时深情吟诵过；也在苍翠欲滴的庄稼地，听王家坝镇和谐村党支部书记刘杰朗诵过；今天，在高高耸立的宋台子庄台上，又听张玉龙以淮河小调的形式弹唱出来，倍感鼓舞人心。

蒙洼18万亩沃土，哪一寸不是跟水休戚相关？水进人退，水退人进。哪个又曾怕过水？

因为奉献，才有了蒙洼的美丽蝶变；因为奉献，蒙洼人民才重新书写出蒙洼"不怕淹"的历史新篇章。

在这片生生不息的土地上，小麦、油菜、大豆、高粱、玉米和花生，亲拥着面朝黄土背朝天的脊梁，和着风，迎着太阳，成长为大地的粮仓。

大河奔流，王家坝闸巍然耸立。沉浸在安澜之乡的人们，枕着拍岸而来的涛声，酣然入梦。

（发表于2021年8月20日《阜阳日报〈平原〉副刊》，获2021年度安徽省新闻奖一等奖）

高高的庄台上

　　蒙洼蓄洪区是海拔最低的地方。阜南县城中心百货大楼海拔为33.4米，曹台所在位置海拔为19.2米，相差14.2米。这里是最高的庄台。王家坝庄台高度31.5米，曹台高度32.3米，相差0.8米。开闸蓄洪后，这里水深达8.9米。开闸退洪后，这里还需要30多天才能显露出地面。

曹台子成了"海景房"

　　一侧是蒙河入淮口，一侧是蒙洼蓄洪区。围在滔滔洪水中，淮堤上的曹台子成了"海景房"。站在这个"鸡鸣狗叫听三县"的偏僻之地，远眺奔流东去的汤汤淮水，烟水渺茫，似有远山如黛。

　　王家坝闸开闸泄洪后，大水一路漫过来，到达郜台乡曹台子这个"锅底"，大概需要26个小时。这个时间差，弥足珍贵，是留给人们搬迁转移的黄金时间。包括几个种植养殖大户在内，曹台村需要搬迁的人口达100多人，留守老人和儿童居多。村委会立即组织党员干部帮助群众搬迁转移到安全庄台。19日先搬迁养殖大户。把饲养的黄牛都牵到淮堤上，围起来，搭建临时牲畜棚圈。鹅群赶到堤坡上，用网圈起来，饲料搬运到安全地带用防水布盖严实。20日搬迁其他住户。老话说："人恋故土，虎恋山。"风风雨雨走过来不容易，居住了很多年的老屋，琐碎叮当的东西，一样也不舍得丢。一劝再劝，就是不舍得挪窝。"老爷子，咱走吧，大水就要到来了，顾人要紧，东西丢了咱再置办。"陈锁背起老人一口气跑上大堤。

　　今年3月份，曹台村被确定为县级脱贫攻坚挂牌督战村。郜台乡年轻干部陈锁是这个村的包点干部。防汛期间，因为忙没能回家，倒是新婚的妻子带上慰问品来台子上探望他。他风趣地说："今年是个不平凡的年份，换三个袖章了，抗疫、秸秆禁烧、抗洪，回不了家，每次都是妻子来看望他。"

　　"收了淮河湾，富了半边天。"曾经的湾里人富得流油。曹台村现有6000多口人，耕地4700亩，加上河滩地5000亩，一共9700亩地。正常年份，种植玉米、大豆和水稻等作物，平均亩产 800 斤，总产 776 万斤，按一斤粮食卖一块钱算，就是 776 万元。陈锁算了一笔账，这场大水至少让曹台村损失 700 多万元。

一家三口去巡堤

大水到来之时，这个 2000 多口人的庄台，自发组织 200 多名巡防队员，对所辖 6800 米长的淮河大堤实行 24 小时不间断巡防护堤。

村长陈树玖家，有三名巡防队员。67 岁的老爷子陈孝荣老当益壮，亲自挂帅，带领 69 岁的老伴吕国秀，精神抖擞地跟随儿子去巡堤。巡堤昼夜 24 小时不停，人员分四个班组轮岗。越是刮大风下大雨越要加紧巡堤，清理掉堤坡上的杂草，查看有没有渗漏的地方，防止险情发生。

今年 45 岁的陈树玖是 2018 年被推选为曹台村村长的。三年前，他还在江苏省南通市如皋的一个码头上搞短途运输，年收入 13 万元。富了不忘乡亲。他决定回到家乡，利用郜台独特的地理位置和丰富的自然资源，发展生态种植养殖一体化，带领乡亲们共同发家致富。

陈孝荣老爷子守着台子一辈子，亲历过 16 次开闸蓄洪。面对汹涌而来的洪水，他紫铜色的脸膛有一种处乱不惊的镇定和沉稳。他头戴一顶旧草帽，胳膊戴着印有"抗洪"字样的红袖章，手拿一把铁锹，腰里别一杆旱烟，俨然像个"老八路"。他说，值夜，熬人，旱烟劲大，吸两口提神，不瞌睡。

老爷子很诙谐，说："大水来了，俺这里的人都不怕，不焦不虑。"

不焦不虑，老爷子就是这么说的。

宋台子来了医疗队

7 月 29 日—8 月 7 日，阜南县第三人民医院抽调精干力量，成立防汛救灾应急医疗队前往郜台乡 33 个庄台，进行为期 10 天的巡回义诊。7 月 31 日上午，来到宋台子的是张玉献、闫永辉这一组，他们下午要去的是湖心庄台孙台子。

医疗队携带 B 超、彩超和心电图仪等设备，每天早上 7 点钟准时从三院出发，绕道中岗、王家坝堤坝，到达宋台村时已经 8 点多钟了，村民早已排起长长的队伍等候。台子上的留守老人居多，其中大多数人患有高血压、高血糖和脑血栓等慢性病。医疗队一到达，就忙着为村民把脉，测血糖血压，做各种仪器检查。眼科医生手持裂孔灯逐人筛查白内障。

今年 78 岁的村民马保和，2017 年脱贫户，患有高血压、脑血栓、冠心病等疾病，经过一系列检查后，医生给他开具处方，他还免费领取了价值 727.27 元的药品。像马保和这样免费领取药品的还有许多人。

炎炎烈日下，医疗队员们累得汗流浃背，坚持检查完第 206 名村民，时间已经接近下午一点钟。简单吃过午饭后，他们顾不上休息，又乘船赶往下一个目的地：湖心庄台孙台子。

小伙子名字叫捐献

"捐献，俺这低保本的钱咋还没打上？"

"捐献，俺这肩胛骨咋恁疼，你找人给俺瞧瞧。"

"捐献，俺的高血压药不多了，你得闲给俺送来。"

……

义诊现场，寻医问诊的村民络绎不绝。大太阳底下忙了一上午的捐献，顾不上喝口水，累得口干舌燥，脸晒得黝黑发亮。

捐献大名叫张玉献，1991 年出生，土生土长的宋台人。1991 年王家坝闸开闸泄洪，郜台乡受灾最为严重，社会各界纷纷向灾区人民伸出援手，捐献物资，奉献爱心。他的父母为了让这个特殊年份出生的儿子一辈子铭记党和人民的恩情，就给他起了"捐献"这个名字。

这次作为阜南县第三人民医院驻郜台乡医疗救助分队党员志愿者，他主动要求来到家乡宋台子支援抗洪救灾工作。宋台村共有 10 个庄台，其中 8 个是内湖庄台。每天一大早，不管雨打日晒，捐献都会坐船去各个庄台进行消杀，宣传灾后防疫和健康卫生知识，陪医生一起做健康走访记录，定时测量血压血糖，一直忙到深夜。截止到 8 月 6 日，捐献一共医疗救助 72 人次，为 32 户慢性病家庭送去价值为 6554.26 元的免费药品。

在外地做生意的父母，得知儿子作为驻村党员志愿者一直坚守在抗洪一线，也主动收摊回来，照料他和同事的日常生活，解决他们的后顾之忧。

每日的朝夕相处，乡亲们已经离不开他，不时地问："捐献，你啥时走呀？"

"洪水不退，我不撤走。"捐献响亮地回答。

"老洪军"张玉龙

"我从十几岁就开始抗洪,现在是'老洪军'了。"宋台村文书张玉龙说。

花甲之年的张玉龙依旧葆有军人挺拔的身姿,他一向以扎实过硬的工作作风赢得广大干群的称赞。张玉龙于 1978 年参军入伍,复员回家后,正赶上 1982、1983 年两年三次蓄洪,他积极参加抗洪抢险,由于表现突出,被选拔为村文书。

1991 年涨大水,张玉龙才 31 岁。那天早上 7 点多钟,他还没吃早饭,区委副书记吴光灿一路小跑来到宋台村说:"王家坝要拔闸了,你年轻力壮,赶快趟水过去通知宋台的 8 个庄台,让群众立即撤离。"当时,大水已深及腰窝,为了抄近路赶往孙台子,他一个猛子扎到大沟里,不料,被沟沿上一个锄把粗的树桩直直地扎在肚皮上,顿时鲜血直流,水面染红一片。他咬牙强忍着剧痛,硬撑着把其余的几个庄台通知到位。

把水中的 8 个庄台"跑"个遍,已经是下午 3 点多钟。又累又饿的张玉龙拖着伤痛的身子,瘫倒在自家院门口。

2020 年 7 月中旬,开闸蓄洪之际,张玉龙从 7 月 18 日开始一直吃住在村指挥部,帮助群众撤离搬迁,防汛巡查,做各种报表和救灾核灾预案,两天两夜没合眼。22 日早上,刚刚到来的大水已经漫过地面。他本想趁着水还不算深,骑摩托车回家取几件换洗衣服。往回返时,大水已经漫过地面一尺多深。一时判断不准水下的路况,他连人带车一头扎进路边的河里,水面只露出个人头。幸亏被路过的一个亲戚救起,才幸免于难。

"两部手机没捞上来,可惜了。全村几千人核灾救灾的信息资料都在里面存着呢。"张玉龙惋惜道,只字未提腿部的摔伤严不严重。

胡弦一拉唱起来

8 月 1 日 9 点 30 分,曹台退水闸开闸退洪,距离王家坝闸开闸蓄洪已过去 12 天。曹台上的村民奔走相告:放水啦,终于放水啦。临水而建的凉亭里,早早坐满了一圈人,见证这一时刻的到来。他们甚至已经开始谋划,大水退去后哪块地里播种什么作物划算,尽量把损失挽回来。

突然,有人提议:"咱今儿晚上唱出戏热闹热闹咋样?"

"好,好。"大家一致赞同。一向性格敞亮的庄台人,在被洪水围困的这段日子憋屈坏了，一听说要唱戏，个个精神饱满。

刚吃罢晚饭，村民们早就在东浅庄台的巷道里围坐成一圈，等待演出开始。胡弦一拉唱起来。75岁老党员汪庆敏拉板胡，63岁老党员汪庆喜和72岁村民熊永朝拉二胡，三人同时合奏《大海航行靠舵手》和《洪湖水浪打浪》。伴着激扬的乐声，张玉龙放声高歌。他们声情并茂的表演，赢得在场群众的阵阵掌声。

接下来，是张玉龙自编自唱的淮河小调《洪水无情 党恩如山》。

父老乡亲列旁坐，听我来言
我把党的恩情表一番
洪水无情淹了家园
党和政府送来温暖

道的是2020这一年
天降暴雨洪水泛滥
为保江苏与河南
蓄洪淹了俺的好家园

开闸蓄洪这一天
满眼的庄稼被水淹
转眼间就成了汪洋一片
被水围困实在艰难

虽说有难党没忘记俺
各级领导都来慰问咱
又送米来又送面
百姓的日子似蜜甜

防汛抗洪齐上前
共产党员冲在先
守护大堤夜不眠
为了百姓得平安

舍小家顾大家愿作奉献
生产自救重建家园
团结治水战洪魔
王家坝精神代代相传

　　高高的庄台上，因了这深情的吟唱，这片被洪水肆虐过的土地，像得到母爱般的抚慰，亦变得宁静安详。

　　（发表于 2020 年 8 月 10 日《颍州晚报〈颍岸风〉副刊》，获 2020 年度安徽省新闻奖一等奖）

家园

家园，一片汪洋。

燕子在电线上低飞，电线在水面上漂浮，时隐时现。水面下，有鸡舍、鸭棚、鹅圈、牛栏，有大豆、花生、芝麻、高粱、玉米、水稻，有盛开的丝瓜花、南瓜花、葫芦花、瓠子花，有180平方公里的劳作和吟唱，恬静或欢愉。

一

雨在下。路二面的紫薇花一直开，那是要一鼓作气开满一个夏天的。老梁又吹箫了，呜呜咽咽的音调，又是《北国之春》。立在二楼窗前吹箫的老梁，隔着紫薇花，吹给堤坝下的滔滔洪水听。洪水下面有他的鱼塘、藕塘和稻田，都是跟自己有着几十年交情的老伙计。他的芝麻、花生、大豆正开着花，被他侍弄得汉宫美人一样耐看。没承想洪水一来，他的美人都送给东海龙宫了。

他心里不得劲，吹箫。夜半箫声，他的鱼虾、藕塘，还有他的美人，都能听到的。冥冥之中，箫声接通了他与它们之间的感应。他想抚慰它们，让它们别走，洪水退去后，他还去把它们找回来，悉心照料。大水过后的蒙洼，哪一家哪一户不是这样过来的？

该走的也莫管。鱼塘的鱼没了，继续放养鱼苗；藕塘冲没了，来年再种；"美人"走空了，幸好，他早已备下绿豆种子用来补种，绝不会让一寸田地撂荒。

1991年的那场大水过后，老梁赤着双脚，高绾着裤腿，挎着柳条筐去湖地站绿豆，迎面碰上村干部。村干部说："老梁，瞎种啊，看阵势还要拔闸，种上也是冲走。"老梁信他这话，但他管不住自己，还是把半筐绿豆站完了。他不站绿豆夜里睡不着呀。他总觉着，但凡有一线希望，他得救那块地，给那块地一线生机。结果，第二天又拔闸蓄洪了。那一年，他站了三遍绿豆。（为什么叫站绿豆？就是水未完全退去，人们为了早一天抢种，站在泥水里往地里丢绿豆。）到秋收的绿豆还不够种钱。种一葫芦收一瓢，这种不划算的买卖，只有淮河愣子才会干。

二

老梁的大名叫梁淮生，淮河湾里叫淮生的人一撮一大堆，一辈一辈喝淮河水长大的人，就乐意取这个名字。"走千走万，不如淮河两岸。"湾里人粗坦（日子过得滋润）得很。

老梁打小水性就好，说是"浪里白条"也不为过。但那一次的涨大水，害得他差点没回来。

傍晚，老梁仗着自己水性好，坐着一只汽车轮胎去小台子，打算把存放在那里的几座麦垛再用油布盖严实一些，以防因雨水侵蚀而腐烂变质。但他万万没想到，风浪太大，汽车轮胎置于无边无际的洪水中，就像大海里漂浮的一片树叶一样，一个浪头就能轻而易举地将它打翻。老梁紧紧抱住汽车轮胎，任凭洪浪把自己推向远方。

天完全黑下来，一直不见老梁回来，心急火燎的老伴赶忙跑到村部报告。人命关天的事一秒钟都耽搁不得。情况上报到区委以后，区委立即组织两支搜救队前往小台子救人。由于夜黑风浪大，第一支搜救队前去搜救未果，第二支搜救队扩大搜索范围，继续在小台子周围十几公里范围内展开拉网式搜救。经过十几个小时的奋战，终于成功救出老梁。

老梁原本膝盖就有旧伤，由于在洪水里长时间浸泡，旧伤复发。区委立即安排人员把他送到区委卫生院救治。由于伤口在浑浊的洪水里长时间浸泡，导致严重感染，且长时间不能愈合。如果不能得到及时救治，恐怕有截肢或留下残疾的可能。为此，区委把他的伤口感染情况专门跟前来抗洪救灾的南京军区医疗队作了介绍。军区医疗队看过他的伤口后，高度重视，立即派专人送老梁到南京军区总医院住院治疗。经过一个多月的住院治疗，老梁的伤口痊愈，没有留下任何后遗症。

老梁逢人便说："我这条腿是共产党给的。"

三

老梁下地回来，屋里人说，晌午没下饭的菜。老梁撂下铁锹，背起渔网就走，一网撒到淮河里，白花花的一片，大鱼小鱼乱蹦。

这是十年前的事了。现在淮河里可没那么多鱼，十网总有九网空。祖祖辈辈靠水吃水，也没把淮河里的鱼吃绝。而近些年情况可不妙，淮河的许多

031

珍贵鱼种逐渐减少，甚至灭绝。政府颁令淮河禁渔十年，老梁打内心还是认同的。背靠一条大河，总得给子孙后代留点稀罕物吧。

老梁的儿子儿媳外出打拼几年，挣了不少钱，已经不习惯在庄台逼仄的空间里过生活，他们在县城里买了商品房，盘下一间店铺，做个小生意，也时常回来看看，惦记庄台上已经年迈的爹娘，也惦记红心沙瓤的咸鸭蛋、小磨子香油、小白沙花生和磨盘南瓜。

小孙子说，街上买的鱼咋是面的，一点也不好吃。老梁就背上网，到自家鱼塘里撒鱼，鲫鱼、鲤鱼、鲢鱼、嘛嘴穿子、泥巴狗子应有尽有，满满一大水桶，都让他们带上。老梁嘴里念叨着，咱淮河边儿地里长的水里养的，样样都好吃哩很。

大雨，大暴雨，特大暴雨。淮河水位不断上涨，翻滚的黄水已经逼近家园。司空见惯的淮河，已经变成一只张牙舞爪的怪兽，咆哮着肆虐这片土地。

2020 年 7 月 19 日晚，接到开闸泄洪的通知，老梁穿上雨衣，拎起铁锨，拿起手电筒就往堤坝上跑。老伴跺着脚在屋檐下喊：咱家的鱼塘还没捞咋办？毛豆、倭瓜、大葱都没收咋办？鸭子、鹅都还没上岸咋办？你看着办！老梁头也没回，冲进雨中。没人通知他去防汛，他上了年纪大家怕他有个啥闪失。但保护家园，人人有责。但凡是个淮河汉子，都有这个觉悟。

"爹，您咋也来了？"雨幕中，循着声音，他慢慢看清一个高大魁梧的身影。

"儿子，啥时回来的？"

"要开闸泄洪了，我来抗洪。"

2020 年夏季的千里淮河，倾盆而下的雨注定要让千千万万个平凡的名字走上历史的丰碑。

四

老梁掐灭烟头，定了定神，看了一眼门外翻卷的洪水，徐徐道来：

在建蓄洪库之前，蒙洼幅员辽阔，地多人少，十分富饶。即便时有洪水泛滥，但洪水来得快走得也快，不会造成多大的损失。洪水退去后留下的淤泥，给广阔的大地施了一层厚厚的肥料。发一次水，富三年。"家有三件宝，不怕水打扰。"三件宝分别是：摇钱树——高处田地栽种的果树；聚宝盆——挖的水塘，水来得多，沉（滞留）的鱼多；灵芝草——杞柳、淮草和荻草。

"编筐打篓，养活家口；逮鱼摸虾，养活全家。"祖祖辈辈傍水而居的蒙洼人民，靠水吃水，过着自足而恬淡的生活。

开闸泄洪，就等于把洪水引到家里，淹没自己的家园。那滋味，谁没亲身经历过，谁就不知道。1991年那次蓄洪，老村支书眼看着大水摧毁自己的家园，上千顷丰收在望的庄稼血本无归，肝肠寸断，倒在堤坝上的泥水里打滚哭，几个人都拉不起来他。

那一次，大堤出现管涌，几处都在冒浑水。老支书带领民工经过两个多小时反复过滤处理后，在近处又喷出了直径20厘米的水柱，小虾、小鱼都被喷出来了。突然出现的惊险一幕，让在场的民工吓得不知所措。老支书立刻意识到：如不及时找到洞口，并采取有效措施堵漏，马上就有溃堤的危险。他立刻乘坐小船到堤外寻找洞口，经过仔细观察，发现离岸边十米处的一片水面有草杆停留。凭借多年的抗洪抢险经验，他断定洞口就在下面，便毫不犹豫跳到三米多深的水中摸探洞口。一个大浪打来，眼看着他就要被吸进巨大的漩涡中去，如不是紧紧抓住事先预备好的一根长竹竿，他非被洪水卷走不可。查到洞口之后，他紧握竹竿站在湍急的洪水中，指挥村民抱来棉被和草袋堵洞口。经过三个多小时的抢险，大堤终于化险为夷。

老村支书就是老梁的叔父，几年前已经故去。临终留下遗言，把他埋在大堤下面，活着看护大堤，死了也要为乡亲们守护家园。老梁指着庄台下面的那片洪水："喏，就在那儿。"

五

雨已经停了。堤坝的紫薇树上，不时传来画眉鸟清脆响亮的叫声。洪水正悄无声息地退去，矮树林慢慢显露出来。白鹭和燕子终日流连于洪水之上，它们在寻找丢失的家园。

老梁的鱼塘和庄稼地还淹没在水下。莲藕在遭遇洪水时，努力地把叶子高高擎出水面，幸运地躲过一场灭顶之灾。老梁心疼着劫后余生的藕塘，目光里多了一分柔情。

老梁思忖着，等洪水退去，自己的鱼塘、藕塘，还有几十亩庄稼地是不是该转包出去。他觉得自己的体力越来越不济，儿子又不在身边，没个帮手，他怕自己侍弄不好，对不住跟自己要好了几十年的老伙计。最好是转包给村里的年轻人，自己得空还能去打个下手，瞧看瞧看这些老伙计。毕竟在自己手上经营了那么多年，一想到要把自己与它们分开，老梁心中泛起一种隐隐的酸痛。

夜晚，儿子打来的一个电话，让老梁激动得彻夜难眠。

儿子说，"爹，跟您商量个事，我想回去干，养鱼，养虾，养鸭，种地，你看可行？"

"你城里的店铺咋办？"

"现在生意难做，不想干了。"

"你一个人也干不了呀。"老梁担心地问。

"我跟咱村的海亮和顺子合计好了，俺们三个联手干。"

"你们三个可要想好了，到时候可没有后悔药。"老梁还是不放心这事，反复叮咛。

"爹，灾后重建家园，咱不能总向国家伸手，咱得自力更生。"

"那是，那是，咱王家坝人啥时候向国家伸过手？"

放下电话，老梁觉着自己还有几分年轻时的豪气，儿子越来越像年轻时的自己。

大水退去，那个绿树环抱、群鸭戏水、鱼虾满塘、瓜果飘香的美丽家园又将重现眼前。

此刻，老梁心中掠过一丝从未有过的从容和淡定。

（发表于 2020 年 8 月 1 日《阜阳日报〈平原〉副刊》，获 2020 年度安徽省新闻奖二等奖）

淮水之上

天下粮满仓

地处黄淮平原腹地的太和，历来农耕文化底蕴深厚。"牧童归去横牛背，短笛无腔信口开。"田园牧歌式的生活延续至今。

皖西北大平原广袤辽阔的土地上，麦子的盛宴刚刚散场，接续登场的是郁郁葱葱的庄稼——玉米、大豆、高粱等，它们呈现出勃勃生机。太和县旧县镇张槐村的徐淙祥祖孙三代人，牢记习近平总书记的殷殷嘱托，种好粮，多打粮，在这片金色的大地上挥洒着汗水，引领广大农民科学种粮，共同致富奔小康，让天下粮满仓。

一

太和县城满大街的羊肉板面和油酥烧饼馋得让人流口水。旧县镇也是一样。一方水土养一方人。千百年来，细水汤汤流过，滋养着两岸的万物繁荣生长。这一方土地上，面食有着最纯正的色香味，返璞归真，把大地的精华呈现在世人面前。

一棵庄稼，从一粒种子开始，犹如一束生命之光，播种在希望的田野上。春华灼灼，秋实离离，岁稔年丰，穰穰满家。大丰收之后的粮食，穿上太和人的鞋子，戴上太和人的帽子，以面和饼饱满丰盈的姿态，走出太和，走向华北，走遍祖国壮美河山。

热爱粮食，对脚下土地满怀痴迷和虔诚，依然是农民对土地最真挚朴素的情怀。40多年来，太和县旧县镇张槐村的徐淙祥祖孙三代人，接力延续着种粮人"多种粮，种好粮"的美好愿景。

二

缘于前天的一场滂沱大雨，青绿无边的庄稼地白雾缭绕，恍若仙界。俄而日出，光照万方，四野有群鸟唱响。

凌晨五点，晨曦初露。徐淙祥像往常一样，走出家门，骑上电动车，到大田里转转。

"无论冬夏，我都比别人下地早。"69岁的徐淙祥跟太和县旧县镇张槐村里的其他农民一样，双手关节粗大，脸颊又红又黑。不过，仔细一看，身着白衬衫、黑裤子的老徐身上还是有着与众不同的气质，那就是"专家范儿"。

徐淙祥从大豆田里走出来，脚上粘着厚厚的泥土，手里捏着一棵豆苗，说："你看，叶子开始枯黄了，这是锈病，得打药了，是接连的阴雨天造成的。要是晴日无雨，大豆就不会生这个病。"说完，立即掏出手机，联系用无人机给大豆喷施农药。因为现在露水未干，对方建议晚些时候喷药为宜。

一眼能看出庄稼害啥病，用啥方治。这"妙手回春"的精湛技艺，可是徐淙祥在庄稼地里摸爬滚打40多年摸索出来的经验。

"这也是锈病吗？"记者看到部分豆苗上有一些大小不一的窟窿。

"不是，这是前儿个下冰雹砸的。"

"要不要紧？"

"现在不要紧，搁以前可不得了。"

眼前经了冰雹依然苗壮成长的豆苗，让徐淙祥想起了2003年。"偏偏那年天气不好，洪涝、龙卷风、冰雹，都来考验我。"徐淙祥回忆说："下大雨、刮大风，人家都朝屋里跑，俺们却朝地里跑。"为了能及时把田里的水排掉，保障大豆生长环境，徐淙祥和爱人连续两三天都泡在大豆田里扒沟排水。在农村，"下雨知道往屋里跑"，是对一个人正常智商的最低要求。"按这话说，我们是有点傻啊，但是要种好粮，就得有傻子精神。"

其实，1972年高中毕业的徐淙祥并不傻，他是肚子里有"墨水"的人。"当时80%的同学出去当了教师。"徐淙祥走出张槐村不久，又回来了。"还是想种地，想多打粮食。"

带经而锄，历史上西汉倪宽的励志故事，在太和这片土地上有着悠久的传承。那时，徐淙祥经常把农业科技书带到田间地头，对照书本上的讲解，边试验边摸索。1983年，他成功研制出高效土化肥和土农药，在自家的田里试用，产量提高了40%左右。这一下子提振了徐淙祥的信心，他决定申请种植农业示范田，进一步探索农作物的科学种植技术，他的申请得到农技站和相关部门的批准。此后几年，徐淙祥几乎吃住在田间。每天天不亮，他就带着馒头和水壶下地，不管刮风下雨，在田里一待就是一整天。"农作物每个时间段的生长情况不一样，晴天与雨天不一样，高温天和低温天也不一样，这些都需要观察和记录下来，找出其中的规律。"

从20世纪90年代开始，村里小麦产量普遍在七八百斤时，徐淙祥种植的小麦每亩产量就超过了 1000 斤。徐淙祥的优质高产技术受到广泛认可和推广，他也因此获得全国农牧渔业奖，破格晋升为高级农艺师，并于 2000 年获评全国劳动模范。同年，徐淙祥当选为张槐村党支部书记。"既然当了书记，对村民就有了责任，得带大家一起多打粮。"

徐淙祥认准了科技增产增收的路子。"一定要搞出个名堂！"白天要在地里忙活，他就在夜里挑灯看书。手头不多的几本农技书，徐淙祥反复看，一边学一边琢磨，书本都被他翻到卷边，内容烂熟于心。根据书本知识、传统节气和自己的实践观察，徐淙祥总结出小麦绿色高效 20 项关键技术，总结起来就是"一增、二示、三改、四推、十统一"栽培法。他制成表格、编成谚语，向乡亲们推广。比如，在讲述小麦苗期管理时，他总结出以下谚语："小麦生产变化大，苗期掌握三耳朵。马耳苗，直梳梳，又黄又瘦是弱苗。猪耳苗，耷拉叶，过旺生长肥又黑。驴耳苗，半耷拉，壮苗生长葱绿色。"他将麦苗长相形象地比作牲畜耳朵，通过麦苗形状判断其长势。这样的谚语生动、好记，大大方便了农户学习、实践。

在钻研种粮的过程中，徐淙祥深知种子的重要性。为了获得好种子，他四处考察、求教，并与种子公司合作，给他们繁育良种。后来，徐淙祥的钻研劲儿受到农业科研机构的青睐，在他们的支持下，徐淙祥开始参与并自主繁育粮食种子。通过逐年杂交选育，徐淙祥培育出具有自主知识产权的小麦新品种"太丰 8 号""太丰 3 号"和高蛋白大豆新品种"太丰 6 号"。

施行良种良法，必须依靠现代化机械。

1962 年出生的张丙银，性情豪爽，60 岁的人看上去依然很强壮，是干农活的老把式。他长期为徐淙祥提供农机服务，并不断对机器进行更新换代。这些年他换了精播机器，播种前还要用深耕机帮农户把土地平整好。"看他这苗出得多好，一行行直直的，行间距还均匀。"站在徐淙祥的田地里，张丙银像看自己家地里的庄稼一样骄傲。他闲着没事，喜欢信口"拎"几句太和清音——"秋江河下一小舟，今朝每日浪里游；左边上下青丝网，右边又下钓鱼钩。"摄人心魄的唱腔，饱含清雅、淳朴之气，裹挟着扑鼻的泥土之香，扑面而来。

"规模出效益，要上规模就离不了大型农业机械。"徐淙祥的示范田里长期盘踞着一个"大家伙"——自走式喷灌圈。"这个一启动，跟下雨一样，它走一圈能浇灌五六百亩地。同时，开启地埋式微喷设备，能喷洒得又细又匀。这1230亩地，3天就能浇一遍。"除了横跨多个地块的喷灌圈，老徐的千亩示范田里还有很多不显眼的"神器"。"这地里还有渠道，涝了可以排水，旱了可以引水灌溉。"除此之外，田里还有一些观测站，可以检测到天气条件、土壤状况以及庄稼的生长态势。"感觉现在种一千亩地，也就跟以前种二三十亩地一样。"老徐自豪地说。

四

夕照。归鸟。羊群。原野。河流。

归鸟在夕阳余晖中群飞共舞，与大地万物齐声鸣唱。牧人一声口哨，嘹亮的声音在半空回响，羊群从苍茫原野中归来，纷纷下到河流饮水。天空像天鹅一样缓缓收拢翅膀。

劳累了一天，徐淙祥坐在田埂上歇息。他忍不住望向远方，暮色中，两棵柳树若隐若现。那是他的父亲和妻子的长眠之地。一想到这，徐淙祥心中依然隐隐作痛。

2003年，那些刻骨铭心的日日夜夜，令他终生难忘。"农月无闲人，倾家事南田。"农忙时，徐淙祥78岁的老父亲也跟着一起下地干活。"活又紧，人又急，连续几天也没好好吃饭。"从那一年起，徐淙祥落下风湿病，至今走路都不太利索。妻子那一年哮喘发病，2014年不幸病逝。儿子徐健也在那一年诊断出心脏病。"都是跟我干活累的。"忆起辛酸往事，徐淙祥一边愧疚心疼，一边说："可没办法啊，干农业就是得吃苦受累。"

那一年夏季多雨，出现内涝，其他地块种植的大豆40%绝收，平均亩产不足50公斤。当年的灾害性天气，给太和县小麦和大豆造成大面积减产甚至绝收，而徐淙祥科技承包田的300亩大豆，通过选用优质高蛋白大豆新品种，采取足墒旱播、间苗定苗等增产关键技术，长势良好。经农业部和省、市农业专家监收监打，平均亩产达161.2公斤，并出现一部分亩产超200公斤的超高产田块。大灾之年不仅没有减产，还获得了增产丰收。当年《人民日报》在头版头条刊发《大灾之年创高产》，报道了徐淙祥的经验。

大豆喜获丰收之后，徐淙祥的科技承包田的规模迅速扩大至千亩。徐淙祥帮乡亲们到河南偃师去调（采购）麦种，一调就是十来万斤，来回都得半个月。

刚去六七天，家里派车前去找他，说他父亲病得厉害了，就这两天的事，让他回去跟老人家说句话，见最后一面。当时，徐淙祥要是回去见父亲最后一面，麦种就调不成了，会影响下一步的小麦播种；可如果不回去，又见不上父亲最后一面。一时间，徐淙祥陷入了揪心的抉择，找不到两全之策。最后，徐淙祥忍痛跟来人说，你回去吧，后事该咋办咋办，我回不去了。等他调完麦种回来，老父亲已经入土为安了。没能见父亲最后一面，徐淙祥留下了终身遗憾。

后来粮食连年丰产丰收，渐渐抚慰了徐淙祥心里的遗憾和伤痛。

2003 年以后，全国劳动模范和村支书徐淙祥想发挥自己的特长，改变村里粮食生产低产低效的状况。尽管头上有不少"光环"，但徐淙祥到农户家里"游说"时，还是遭到了怀疑。后来，徐淙祥想了个"科技承包"的办法："我就跟大伙儿说，你按我说的种，不增加你的成本，如果小麦亩产不到 1000 斤，大豆达不到 300 斤，我包你的；超过了合格产量，多出来的部分，我提 20%，作为有偿技术服务费。"这种稳赚不赔的方式得到了当地农民支持，徐淙祥"科技承包"土地最高时达到上万亩。

徐淙祥不仅对农户进行技术指导，还流转承包土地进行小麦高产攻关，亩产突破 600 公斤。至 2009 年，徐淙祥承包土地达到 3200 亩，技术推广面积达到 8000 多亩，当年午季创下最高亩产 718.2 公斤的全省小麦单产最高纪录，他也因此获得安徽"麦王"的美誉。

五

"他就在这块地里和咱说话！"站在青青豆苗间，徐淙祥念起习近平总书记的殷殷嘱托。

2011 年 4 月 8 日，时任中共中央政治局常委、中央书记处书记、国家副主席习近平，来到太和县旧县镇张槐村调研。习近平一下车，就走进田间，仔细察看麦苗长势，与徐淙祥及其他正在忙农活的村民亲切交谈。陪同的农业部部长韩长赋说："习主席您看，老徐这麦茎秆粗壮，根茎发达，叶片浓绿，是典型的一类麦田。他这块麦田自 2009 年以来亩产都是超 700 公斤。"习近平惊讶地说道："哦，700 公斤？我 70 年代下乡插队时，小麦亩产一般很难超过 300 公斤，300 公斤都非常少见。那你们能种出亩产超 700 公斤，真是不简单，值得学习推广。我们一定要加强农业新品种新技术的研究示范与推广，抓好科技兴农，国家粮食生产才有保障。"

　　得知徐淙祥管理的这片地 2010 年亩产达到 700 多公斤，比平均亩产高出 200 多公斤，习近平十分高兴，鼓励徐淙祥继续攻关小麦高产关键技术，为国家粮食生产多作贡献。

　　徐淙祥每年都承担小麦大豆优良品种选育、大豆区域实验、引种观察、耕作制度优化、病虫害防治等 10 多项国家级农业科研项目。此外，由他领衔研制的玉米绿色提质增效技术、夏大豆绿色优质高产技术等，先后荣获"国家发明专利""全国农牧渔业丰收奖""全国农技推广贡献奖""科技兴农突出贡献奖"。因为在农业领域作出突出业绩，徐淙祥先后获得"全国劳动模范""全国十佳农民""全国种粮标兵""全国科技兴村带头人"等称号，并当选第十二届、十三届全国人大代表。

　　今年午季，徐淙祥种植的 1230 亩小麦，总产、单产、品质再创新高。开镰当天，徐淙祥忍不住提笔给中共中央总书记、国家主席、中央军委主席习近平写信。6 月 27 日，习近平给他回信，向当地的乡亲们表示问候，对他提出殷切期望。"没想到习总书记给俺回信了，还说记得俺这个太和的种粮能手！"

　　习总书记的回信极大鼓舞了徐淙祥一家种粮三代人，坚定了他们继续做好农业研发推广工作，带动更多农民多种粮、种好粮的决心。

六

　　徐淙祥一家人的早餐很简单，面鱼茶，锅巴馍，自家产的咸鸭蛋，凉拌荆芥洋葱，腌香椿头。老了芽的香椿，摘下来，捣碎，青椒丝细盐麻油一拌，拿锅巴馍一蘸，咦，要多好吃有多好吃。只知道香椿芽炒鸡蛋是一绝，没想到竟还有更地道的吃法。

　　"以前 1000 亩地得 10 个生产队长，我们这 1000 亩地就一个生产队长，就是文英！"看着儿媳忙碌的背影，徐淙祥满脸自豪。调机械、管工人、收拾家务……无论农忙农闲，姜文英一年到头没闲过。"咱家就是这样，担子得有人担起来！"因为丈夫徐健 2019 年动过大手术，文英主动揽下大部分农活、家务活。

　　"徐健苦活、累活也没少干。"徐淙祥说，儿子就是因为那些年跟着他干农活才累成心脏病。徐健一边做农资生意，一边支持父亲的"科技承包田"，卖农药的时候还给人打农药。徐健背着药机子帮人家麦地打药，一天打几十桶。一个桶自重 20 多斤，加上 40 多斤配好的药液，60 多斤重的家什背在身上，一背就是一天，双肩压得又红又肿，咋能不累？

由于长期操劳过度，徐健的心脏膨大，随时可能危及生命安全。2019 年6 月 3 日，正是开镰割麦的第三天。谷熟一时，麦熟一晌。老话说："麦忙麦忙，绣女也要出闺房。"一家人忙到昏天黑地，摸不着一顿饭。偏偏在这个节骨眼上，徐健的病情加重，被紧急送往安徽省立医院医治。姜文英一边心急火燎地操心着徐健的病情，一边记挂着地里的活。她每天无数个电话，遥控指挥着一场远在几百里之外的声势浩大的农事——抢收抢种。6 月 19日，徐健成功完成心脏置换手术，姜文英激动地流下了眼泪。

如今，徐健负责管理 1200 多亩高产田，成为又一个种粮能手。"父亲做农业靠情怀，我是赶上了好政策，我儿子徐旭东是正逢好时代。中国人的饭碗牢牢端在自己手中，不是哪一代人的事，我们希望这份事业能一代一代传下去。"徐健说。

七

在徐淙祥的带领下，他所在的张槐村 7000 亩土地，已流转近 6000 亩。这几年，村里像徐淙祥一样的种粮大户渐渐多起来，靠种粮致富的人也越来越多。丰收之后的农家小院，处处洋溢着喜悦之情。

推开实验室的门，一股秸秆炙烤过的香味扑鼻而来。"香吧？这就是我童年最熟悉的味道。"徐淙祥的孙子徐旭东，1996 年生人，有着和祖辈、父辈完全不同的童年经历。旭东打小身体结实，没少帮着家里干活，他也通过爷爷的熏陶，对种子和农业产生了深厚感情。"小时候最喜欢闻爷爷烤麦子的香味。"长大后，徐旭东才知道，爷爷烤麦子是为了取样本、做实验。2018 年大学毕业后，徐旭东选择了回乡和爷爷、爸爸一起种粮、做农业科研。3 年多来，徐旭东跟在爷爷和专家身边，逐渐学习了系统的农业科学实验方法，目前已经能独当一面。

"现在实验室、试验田都是我在负责。"在二楼实验室里，记者看到数千个牛皮纸信封装着的麦穗、麦茎、麦叶样品，每个信封上都有徐旭东做的标记。

一旁的工作室里，有一台电脑、一台风扇，还有一张单人床。电脑里储存着徐旭东搜集的一手资料和数据。"时间来不及了，就干脆在这睡觉。"

麦子样品数据还没处理分析完，试验田里玉米、大豆的观察记录又要做了。所以，徐旭东时常也要跟爷爷徐淙祥一样，起早下地、摸黑回来。

"习总书记的回信对我们一家人都是鼓励。"徐淙祥说，近几年，家庭的每个成员都各司其责，各自为粮食生产作着贡献。接下来，全家人将继续利用好现代农业科技和机械，开展适度规模经营，齐心协力多种粮、种好粮。

在徐淙祥书房最醒目的位置，端端正正悬挂着一张放大了的相片，那是他和李登海委员、"杂交水稻之父"袁隆平院士在北京开会时的合影。2015年2月9日，农业部在京召开"全国十佳农民、十大种业功勋人物"座谈会，会议特别安排袁隆平院士、徐淙祥代表、李登海委员合影留念，寓意我国水稻、小麦、玉米三大粮食作物年年优质高产、丰产丰收。如今，那位德高望重的老人走了，他把"一稻济世万家粮足"的梦想留在了华夏960万平方公里的大地上。徐淙祥也有一个梦想，那就是完成袁老的遗愿，不负习总书记对全国农民的嘱托，多种粮，种好粮，让天下粮满仓，让世人远离饥饿。

（作者：张晓玲，李方达。发表于2022年8月5日《阜阳日报〈平原〉副刊》，获2022年度安徽新闻奖一等奖）

把自然之子还给方集

她在洪河畔住了一千年。种桑养蚕，浣纱织布，生儿育女，日出而作，日落而息，过着男耕女织的日子。

尘烟和霜叶落了一地，月光和河水清澈照人，过往的人去了远方。而方集——一个叫方集的浣纱女子，在岁月中穿越，容颜依旧。

一

一街的行人空了，只留下脚印。一街的脚印没了，只留下青石板。长长远远的青石板，守着清寂的老街，从那一年到这一年，从这一头到那一头。滴滴答答的唢呐声一路吹响，大红的花轿里坐着貌美如花的女子，吹吹打打抬进老街深巷。炊烟袅袅处，流水一般的岁月帮她们对镜梳妆，四季的风来了又去，打探她们的消息。一晃，时间都老了，临街坐着一排晒着太阳闲说过往的妇人。

起个大早赶个背集。赶个背集也好，一条街的清静都留给我一个人受用。朝颜花可以安静地开，我也可以一个人走走停停，慢慢呼吸。青砖黛瓦的老屋，接连成片，躲在整条街的背后，风雨百年，也不怎么见破败，只是慢慢熬着，缓缓老着，但气息很足，经得起岁月的折腾。

方集老街的韵味，就在这个"老"字上，沧桑，厚重，古朴，有风骨。墙角下绿茸茸的苔藓，屋脊上摇曳的狗尾草，爬出墙外的拐枣子树，躺在脚下的青石板，无一不是一条老街的述说者。它们以无声的语言，不动声色地将一个中原重镇的辉煌历史，向每一位过往者传颂。随着"吱呀"一声店铺木门沉重的开启声，尘封的岁月被慢慢打开，一个商铺林立、商贾云集、水运便利的滨洪古镇复苏了……

据史料记载：颍西南有个方家集，旧称方家埠口，又名滨洪镇。该镇始建于宋朝，设置于清朝，地处豫皖两省三县交界，雄踞于洪河北岸，水陆交通便捷，航运发达，自古为商家汇聚之地、船运云集之处。镇内店铺林立，商业兴隆，是颍州西南一带的商业重镇。清乾隆年间，阜阳县丞移驻该镇，并更名为滨洪镇，在镇上设立文、武两座衙门，并设有盐、铁等税卡。

方集老街原有6个大寨门，3个小寨门，远远都能望见高耸的门楼。寨门内，有8条街巷，街上有7个雕刻精美的过节牌坊，6座规模宏大的古寺庙。镇东西头各设有文街、武街，洪河沿岸还有上、中、下3个水运码头。店铺酒肆林立，贩夫走卒穿街走巷，赶集上店的男女老幼人头攒动，招呼声、吆喝声、买卖还价声一片喧哗，俨然一座繁华的水上贸易集市。

明末清初，一世祖陈晓堂从六安州郝家洼迁至上蔡县东四十里陈桥居住，后沿洪河顺流而下行至方家埠口上岸。三世祖陈起云、陈海云、陈祥云分别在方家埠口开了当铺、香铺、场铺，成为富甲一方的商户。经过近两百年的积累，于乾隆年间，陈氏家谱五世陈焕升斥资修建陈氏宗祠。

陈家祠堂青砖灰瓦，重梁起架，古朴典雅。祠堂坐北向南，南北呈长方形。祠堂三重，面阔三间。其中：祠门三间，割为门屋一间与耳室二间，门屋略高于耳室若干，配以砖雕及石鼓等门饰，手法简洁造型生动；明伦堂、寝堂均面阔、进深各三间，构架用"五架梁并前后出单步"法，云版、驼峰、雀替及梁端等饰以木雕，其构图舒展，刀法流畅，属北派建筑木雕精品。祠堂占地面积689平方米，建筑面积269平方米，是一处清代早中期的建筑。2012年，方集陈家祠堂被安徽省人民政府公布为第七批省级文物保护单位。

南来北往的商贾聚集埠头，等待渡船。怕一时半会儿走不了又误了饭时，着急忙慌地催着店家赶紧备好一份饭食。店主从香气四溢的卤锅里捞出一块滚烫的卤猪肉，三分肥七分瘦，啪啪一剁，拎一张豆腐皮，拍一个青辣椒，又是啪啪一剁，搁在捞罩子里回一下锅，抖三抖，刚出锅的锅巴馍横一刀切开，菜往中间一夹，递过去。客人双手倒腾着接过来，吹着热气，一边小跑着往渡口赶，一边品咂着外焦里酥的卤肉锅巴馍。仰赖四方客商的赞誉和青睐，方集名吃"锅巴夹卤肉"的口碑不胫而走。

每年的农历三月三，是方集逢庙会的日子。关老爷庙前搭起戏台子，一唱就是个把礼拜。庙里唱戏本是给神仙听的，凡俗之人也听得。台上唱着《陈州放粮》："此一番到陈州去把粮放，休把我吴妙贞挂在心上；饮罢了杯中酒起身前往，为百姓公废私理所应当……"台下大姑娘小媳妇围在一起，七大姑八大姨地相互叫着，听不听得懂戏文不打紧，打紧的是图个场面热闹。姑娘出落得灵秀可人，便有婆子挤过来凑近了低声打听：姑娘家住何方？芳龄几何？是否许亲？李寨李铁匠的二丫头年方二八尚未许配。刚巧与方家集陈家杂货店的陈大公子门当户对，金玉良人一对。台上耍得热火朝天，台下即将促成一对佳偶天成的姻缘。这戏听得多值，难怪四面八方赶过来逢庙会的人山人海。

二

洪河在皖西北的大地上逶迤，不舍昼夜地入淮东去。它见证着两岸的历史变迁，也目睹了无数风流人物的匆匆身影。

在老街徜徉，随便问一个七十岁以上的老人：你见过方老端？咋没见过，一跺脚上房梁上了；咳嗽一声，手指头粗的椿树枝条生生断落下来；二百斤重的粮食麻袋，一手提一个，行走如飞。

方方正正的一畦天麻还没开罢花，就种在一间老店铺跟前。店铺门脸不大，门外摆着笤帚、扫把、锅铲、篦子等不多的几样物件，门里住着王献英老人，三两个邻居正坐在门前白话。今年 88 岁的王献英身体硬朗，耳聪目明，口齿清晰。她一边回忆一边配合着手势，描述当年的记忆："我 22 岁就见过他，大脸，长胡子，有恁长，到这。"她把手掌横在胸口比划一下："长头发，向后梳，垂到脖子下边；个子中等，不甚高，还没有他高。"她指了一下旁边坐着的一个邻家。我目测了一下，那人有 1.75 米左右。

方端臣（1894—1959），阜南县方集人，俗称"方老端"，爱国武师。方端臣自幼读书习武，师从山西花沟山罗宾甫，后又拜岳甘嗣、段升堂、万小方等为师，学得一身武功，尤以五音八卦掌、岳飞的三推掌、二指点穴功和上乘轻功最精。在当时武林中自成一家，其弟子有马汉卿、陈丰厚等，人称方派，在黄淮平原及长江中下游甚有名气。

1924 年春，方端臣为无锡盐务局保镖。一次，路过扬州大明寺，见两个日本武夫当众炫耀武功。其中一人将一面碑石连击三掌，那石碑断为两截。日本武夫面对中国观众，极为狂妄嚣张，大有目空一切之态。方端臣见状，被激起了民族自尊心和为国争光之勇。他走上前去，连击三掌，将另一更宽更厚的石碑断为两截。周围观众掌声雷动，日本武夫目瞪口呆，不得不鼓掌示服。又有一次，方端臣路过上海黄浦滩小校场，见一英国武士把"千斤盘"推转一周后口出狂言："东亚病夫，哪个敢与我较量！"一连几个中国武师上前推盘，皆不足一周。英国武士更加得意忘形。方端臣胸中顿腾爱国烈火，发功运气，把铁盘推转一周多。在场观众扬眉吐气，英国武士恼羞成怒，竟指使随从一拥而上，大打出手。方端臣奋起还击，随从连连倒地，英国武士亦受重伤。

同年秋，方端臣与五六名镖友在上海外滩英租界前，发现大门上悬挂着"华人与狗不准入内"的牌子，方大侠蹦起一丈多高，飞起一脚把牌子踢飞成碎片。事后，方端臣遭到国民党政府通缉，离开上海。

　　新中国成立后，方端臣参加了方集业余剧团，曾在阜南县文艺会演上表演"铁板桥"，享誉全县。1959年，方端臣因病辞世。

　　1954年那会儿，方老端在南边已经不教拳了，回到方集，在街边支一个长条案卖药。他坐在旁边拉二弦胡，招徕人来买药。方家的二弦胡是祖传的，祖孙三代都会拉，拉得可好听了，方圆打转都知晓。

　　方老端去县里戏园子表演，他外甥扛个大铁锤跟他后面。大铁锤是农村榨油用的头号油锤，重约50斤。他仰面往大桌子上一躺，脖子、手腕、脚腕坠五块青石板，肚子上放一块大磨盘，通红通红的料子，有一拃厚。他外甥抡起大铁锤往他肚子上的磨盘"嘭"地就是一锤，磨盘一破两半。他起来拍拍身上灰星子，原模原样，没掉一根毫毛。

　　他妹子来请人给稻田浇水，方老端跟他妹子说，你先回去备一桌子好酒好菜，人一会儿就到。他妹子心实，以为要来一伙人帮忙，就回家做了一大桌子好酒好菜等着。等了二半年，只来了方老端一个人。他妹子有点生气，就问他："你请的人呢？"方老端不搭理她，把一桌子好酒好菜都吃完，打完响嗝，才问："你家稻田在哪？"别人家浇水都用水斗子，两个人抬着往田里擓（huō）水，他嫌费事，用个独轮推车下到河里把车厢灌满了水往上推。就这他还嫌不济事，远远瞅见有个坟堆裸露着半截棺材，他去到跟前，伸手把棺材拽出来，扛起来就走，下到河底，灌满水，端起来，蹭蹭蹭，爬上来，啪，往稻田里一掀，又回头跑第二趟。小半天的工夫，他把二亩半地的稻田灌得满满当当。四面八方浇水的人都歇工了，都跑来看他浇水。别说这辈子没见过，祖上八代也没听说过这番浇水的。

　　半个世纪过去，在方集古渡的浩渺烟波里，在青石板哒哒的马蹄跶音里，在沧桑百年的青砖黛瓦的屋檐下，方大侠的传奇故事依然妇孺皆知，有口皆碑。

　　我曾在县城的街心公园遇到一个练徒手倒立的汉子，个把钟头，纹丝不动。练过倒立，丹田撞树。一抱多粗的银杏树，枝叶繁茂，"嗨"一声，肚皮靠上去，满树的枝叶惊如飞鸟。问过，方知练的是方老端留下的硬气功。壮汉方集人，师承方大侠的后人。据悉，目前保留下来的只有方老端的"小五手"，尚有百十人习练。

　　有人说，若把方大侠的传奇故事搬上银幕，名气定不亚于霍元甲。

三

　　凌晨五点半，李中强夫妇已经起床，打开店门，开始了一天的生计。他们给炉子生火后，抬出大案板，把昨晚和好的两大盆面剂子搓成长长的细条，一圈圈盘到大盆里用香油养着，等待下一个工序，下锅油炸。

　　今年52岁的李中强干炸馓子这行已经快20年了，祖上都会这个手艺。那时候，一天也就炸个一二十斤，逢集了就担着两个席篓子搁在集市上卖，背集就扛着两只篾筐下到乡下走村串户叫卖，挣俩活钱养家。

　　李中强夫妇馓子店悬挂的招牌上写道：方集正宗纯菜籽油馓子。头天晚上他们吃罢饭就开始和面，有时是三袋面，有时是两袋面（一袋面是50斤），这要看老主顾的预订量。从晚上七八点钟一直到十一点多钟，两个人撸起袖子轮番上阵，抡着拳头不停地㧐面（俺庄里人把揉面说成㧐面）。直到一大盆面被揉得光洁如玉，整个面盆被面剂子攒得不带一星点面粉，盖上湿布，醒一宿，期待明天的破茧成蝶。和馓子面不但是个力气活，也是个技术活，加多少盐多少水，马虎不得。面和硬了或盐加多了，第二天框条的时候面紧实拉不开，炸出来的馓子又粗又硬，白胡子老大爷"咯噔"一口下去，门牙掉俩。水加多了，面和瓢了，等到第二天面就"柳"了，炸出来的馓子并条，卷卷巴巴没卖相。在俺们老家，谁家过年的馓子炸并条了，少不得要生一场气。嚼不动煮不烂，扔猪圈里喂猪，猪都不睬。糟蹋了那么多平时不舍得吃的好东西不说，还会被别人家笑话娶个媳妇不会过日子，孩子们更是埋怨长长一年的盼头没了。

　　早上七八点钟，刚吃罢早饭，油锅架起来，炉内的煤火燃得正旺，李中强夫妇开始炸馓子。妻子从油盆里将出养好的馓条，挑出三个头，并在一起，一匝一匝框到自己手臂上，挂到撑杆子上撑开。李中强一手握一根长长的馓撑子，挑起撑好的馓条，小心放入油锅，慢慢炸至金黄，出锅。馓子金亮，匀细，酥香。

　　走在方集蜿蜒悠长的老街，隔中的太阳照着满架的老南瓜，一只猫在其间跳来跳去。墙根上，卧着两只蜷成团的狗。门旁，一边坐一尊老神仙，眯着眼听琴书。

　　做个深呼吸，仔细嗅一下空气，到处弥漫着炸馓子的油香气，从街头到街尾，飘满一条街。刹那间，静谧的空气中，一种穿越千年的绝响，自大宋迢迢而来——"纤手搓来玉色匀，碧油煎出嫩黄深；夜来春睡知轻重，压扁

第一章　淮水汤汤

佳人缠臂金。"这是苏子的深情吟哦。当年，苏子知颍州，在方家埠头等候渡船。背着席篓的小姑娘的沿街叫卖声，惊动了他。"卖馓子了，又香又酥又细的方集馓子。"时已过午，还没有捞着晌午饭的苏子，被这纤细柔长而又无比诱人的叫卖声，诱惑得饥肠辘辘。他赶紧唤住小姑娘，揭开篓盖子，一股奇异的香味扑面而来。他惊愕得踉跄着倒退几步，以为在赴王母娘娘的蟠桃宴，惊呼"此香只应天上来"。于是，胸怀锦绣、有贯世之才的苏子口吐珠玑，落地成金，成就了方集馓子的传世美名。

　　方集镇的当家人说，别小瞧了方集的麻花馓子，大大小小近百十家作坊，年产值5000多万元，不光走俏大江南北，还漂洋过海远销国外。无独有偶，方集的小白沙花生像遗世独立的修道高人，深藏不露，随着时代的发展也揭开了神秘面纱，走进千家万户，加工销售年产值达到800多万元。方集的豆腐千张也远近有名，只是豆腐坊不多了，但一直有人在坚守这个手艺。

　　方集的手工业很发达。当年，方集的铁匠铺、竹编工艺，都久负盛名，从业者数百人。十村八店，迎面遇见一个背口大铁锅的，问哪儿买的，方集西头陈家；遇见赶毛驴的驮着一张竹床，问哪儿编的，方集东头方家。随着时代的发展，许多古老的民间传统手艺逐渐退出历史的舞台，但也有一些民间古老工艺一直薪火相传，这得益于民间匠人们的苦苦坚守。从某种意义上说，他们不仅仅是为了挣钱养家糊口，也是不忍让世代传承的手艺在自己手上丢失。这才是一个古镇应该承袭的精神内核和文化底蕴，也是古镇历经朝代更迭和战乱频仍却兴盛不衰的原因。

　　陈家祠堂后面，有家制香作坊，地上摆满大大小小的鼎香，造型酷似八层佛塔。殷中杰老人正蹲在"佛塔"丛中，有条不紊地捆扎鼎香基座。今年74岁的殷中杰已经干这行51年了，说这都是家传的手艺，丢了可惜，也没人愿意接手。子女都嫌干这个不挣钱，外出打工去了。原料是从临泉县的一家香料加工厂购进的，自己进行再加工。鼎香按重量有20斤、30斤、50斤、100斤等不同的规制，30斤的卖60元一盘，混20块钱，拉扯平均一斤香混六七毛钱。一年做一两千盘鼎香，还不够过年卖的。从腊月二十三往后，外出打工的人陆续回家过年，都想图个吉利，兴旺发达呀，升官发财呀，风调雨顺呀，平安顺遂呀，逢大年三十、正月初一、正月十五，家家都要请三盘鼎香回家。生意不用出门，都是让方集镇方圆打转的人买走。

　　在桥头的菜摊旁边，今年69岁的李士仁还在摆摊兴秤，逢集的时候就挑着挑子过来摆摊，背集的时候在家兴地。他打25岁高中毕业时就接过哥哥的挑子学兴秤了。（他笑着补充一句：俺上学晚，下学也晚，到25岁才高中毕业。）老人的祖上都是干这行。一杆秤也混不了几个钱，三十斤制卖30元、五十斤制卖45元、一百斤制的卖60元。一个集好了卖四五杆。他记得，20世纪80年代，阜南一共有73个兴秤的人，光县城就有7个，方集街上3个。每一年，兴秤行业协会都会对这73人进行专业培训，请行家里手传授宝贵经验，大家相互交流学习，技艺大有长进。这些年，随着电子秤的兴起，手工制秤走向衰落。现在，全阜南境内不到10个兴秤的，县城还有2个，其他地方的都不好找了。他想申请非物质文化遗产，不知道这个行业算不算得上。

背街窄巷，传统手艺人落寞而又坚实的身影，是一个古镇另一种生生不息的气息和底蕴。

四

方集一直在走依托自然资源、传承历史文化、发扬传统手工艺之路，这正是方集镇政府集思广益、匠心独运的发展思路。

方集具有优良的生态环境。四面环水，沟壑纵横，四条洪河故道在裴湾河呈"O"形环绕。洪河分洪道两岸，沃野平畴，林木葱郁，水产丰富，素有鱼米之乡的美誉。这里也是大批野生鸟类自然繁殖和栖息之地。良好的生态环境利于人的长寿。据史料记载，在明清两个朝代，方集都曾出现过七世同堂的家族。独特的自然景观和悠久的人文景观，成就了方集发展旅游业的区位优势。

方集牡丹园应运而生。经过十多年的精心培育，牡丹由当年十几株的庭院栽培扩展成占地十多亩、由当年的几个品种增加到140多个品种的赏花园。每当春风浩荡之时，牡丹园百花竞放、争奇斗艳，给古镇平添几分富丽华贵与吉祥幸福。方集因而声名大噪，方圆数百里内，慕名前来赏花踏青的人络绎不绝，流连忘返。

方集旅游业的鹊起，带动了方集传统手工业的发达兴盛。馓子、麻花、五香花生、小磨香油、豆腐千张、锅巴夹卤肉等家庭作坊如雨后春笋，遍布大街小巷。同时，也让濒临失传的古老手艺得到重视而薪火相传。但凡来方集走一遭，必是满载而归。

方集旅游业的发展要想向纵深层次延伸，必须抓住"文化"这个词做文章。

方集人杰地灵，历史悠久，文化底蕴深厚，有着丰厚的自然资源和文化资源。千百年来，二者的相互渗透和融合，相辅相成，奠定了方集在中原大地独树一帜的地位。方家集古埠头遗迹、老街古色古香的民居群、历史悠久的陈家祠堂、方大侠的传奇故事、一井担二庙、五凤岭、南天门、地眼等一系列独具地域色彩的历史典故，将是方集敞开胸襟、向世人展示"水秀方集，淮上古埠"的一道道靓丽的风景线。

方集小镇很像一个"藏在深山人未知"的贵族后裔，曾经显赫的身世、富甲一方的财气，不足为外人道矣。尘世的烟云悄悄隐去它的喧嚣与浮华，而古镇千百年来一脉相承的是植入骨髓的贵气。风华绝代是它，独步天下是它，布衣青衫是它，剑啸江湖是它，煮酒诗画是它，采菊东篱是它。仁厚，通达，坦荡，磊落，古朴，厚重，优雅，淡泊，集汤汤千里淮河上下五千年文明智慧之大成，它是上天隐匿在洪河岸边的"自然之子"。

把"自然之子"还给方集，让古老的方集在现代文明的催生下复苏，这是方集镇党委政府一班人集体智慧的体现。

在洪河故道，我希望遇见一个美丽的浣纱女子，她是自然之子的化身，她的芳名叫方集……

（发表于 2021 年 11 月 8 日、11 月 15 日《颍州晚报〈人文〉副刊》）

淮水
之
上

816，书写隐秘而伟大的青春岁月

题记：816地下核工程是我国第二个核原料工业基地，是三线建设中的重点项目，承载了我国三线建设那段特殊的时期和核工业国防建设的一段重大历史。

从1966年到20世纪80年代初，成千上万的建设者怀揣着建设祖国的崇高理想，从祖国的四面八方云集于深山峡谷，进行了一场鲜为人知但规模宏大的工程建设。他们风餐露宿，肩扛人挑，用艰辛、血汗、青春和生命，建起了这一举世震撼的地下核工程。

这里当年因此与世隔绝，连地名都从地图上抹掉，20多年无迹可寻。说它神秘，是因为当时特殊的时代背景和严格的保密制度，无人知道它的存在。部队的一切活动，包括部队番号、编制、驻地、通信及所执行的任务等都是绝对保密的，不能报道、不能宣扬，要做到守口如瓶，保密终身。这支部队存续期间没有留下一份音像资料，所有的人员都是"无名英雄"。它的代号为8342部队，真实番号是：中国人民解放军工程兵建设第54师。它就是为两弹一星做窝的工程兵建设第54师。

1970年12月，1300多名阜阳籍战士应征入伍，汇入到承担国家"两弹一星"三大基地建设任务的6万神秘大军中，即8342部队，成为无名英雄。其中，阜南籍的300多名战士，分别来自城关、苗集、柳沟、黄岗、焦陂等五个公社。转眼50多年过去，青丝已老，白首堆雪。他们回忆起当年情景，依然热血沸腾，感慨万千。

一、每个人的档案里都有一张保密卡

苗振友，现年70岁，现居阜南县苗集镇苗集居委会苗西队，原8342部队8040团1营1连2排7班战士，1971年1月入伍，1974年12月入党，1977年3月31日退伍，历任副班长、班长。

蛙鸣、荷塘、麦浪、原野以一阕词的豪放，恣意呈现在淮河两岸时，五月悄然离去，炎炎夏日来临。

苗集西街。小院幽深，门扉虚掩。青杏含羞，石榴花烂漫，栀子花的香气追着衣袂飘飘的小姑娘，穿街过巷。

老人正俯身侍弄一株月季花。花影叠着人影，掩映生姿。这位面容刚毅的老人叫苗振友，正在忍受着一种叫细菌性肺炎的疾病的折磨，而这种病与他50年前参军入伍，参加祖国"三线建设"时吸入过量粉尘有关。他的战友中已经有不少人患上一种更严重的肺病——矽肺病，有的已经离世。

1970年12月28日，这个日子苗振友记得清清楚楚。当时，苗集是个大公社，那一批参军的有63人，外加城关公社10人、临泉县10人，一共83人编入一个团，再没有打散分开。年方20岁的苗振友，年轻力壮，血气方刚，一心就想当兵。他说："一人当兵，全家光荣嘛，咱也不管去当啥兵。"苗振友不知道自己要当的是特政兵，只知道政审很严格，沾亲带故都不能有一星半点黑疤。他们庄西头有一个人，他姥爷曾当过国民党的甲长，政审没过关，没去上。

当时54师属军委直属的工程兵部队，担负着国家"两弹一星"三大基地的建设任务，工作性质是绝对保密的，因此在征兵中对兵员的政治条件要求特别高，被列为特政兵（即特殊政治条件的兵）。特政兵除普通征兵条件外，还有其他特殊的要求，如必须是贫下中农出身，祖上三代和直系亲属中没有杀、关、管的，个人政治上没有污迹等，还有若干政治审查内容。对每个应征青年，在身体合格的条件下，都要进行三见面（单位、家庭和本人）。地方武装部定兵时，首先保证中央警卫团和特政兵，而后才是普通兵，审查程序非常严格。

入伍时，他们先从阜阳坐汽车到蚌埠，转火车到南京，和全国各地汇聚来的战友一起，再转乘东方红32号客轮到达涪陵，前后8天时间。团政工干部在新兵动员大会上，说："你们大门走对了，小门走错了。"意思是说，你们当兵当对了，但选择当工程兵很辛苦，甚至比你们料想的还要辛苦，大家要本着吃苦的精神，搞好三线建设。

据有关资料显示，816工程体系庞大复杂，完全隐藏在一处毫不起眼的山体内部。设计洞体内厂房进洞深度400米左右，顶部覆盖层最厚达200米，核心部位厂房的覆盖层厚度均在150米以上。部队日夜轮班施工，前后近10年，将整座大山挖空，共挖出石方150多万方，山洞里挖空的面积有13 000多平方米。建成后，洞体可以承受100万吨TNT当量氢弹空中爆炸冲击，还能抵抗8级地震的破坏，是一处理想的战备工程；洞体总长20余千米，共有大小19个洞口，道路、导洞、支洞、隧道更是多达130多条（个）。816工程的核心——核反应堆大厅是洞内最大的洞室，高达79.6

米，上下9层，相当于现在的20多层楼房高，与一个标准的足球场相差无几。据专家评估，816工程"乃世界第一人工洞体"，"816核工程的伟大足以和三峡大坝媲美"。

苗振友所在的8040团就是负责816工程的主体工程——核反应堆大厅的开挖。部队实行"四四"编制，一个连下辖四个排，一个排下辖四个班，分别是一个风钻班、两个扒渣班和一个保养班。每天上班时，他们排着整齐的队伍，齐声高喊着口号"下定决心，不怕牺牲，排除万难，争取胜利"，雄赳赳气昂昂地走向施工阵地。工作安排实行"三班制""四班倒"，每隔8个小时，四个班轮流上，24小时不停歇。他被分配到扒渣班。那时，条件简陋，防护措施就是一顶柳条编的安全帽，防尘口罩就是两层布，根本起不到防尘作用。风钻班先在作业面上打眼，爆破员安装炸药爆破，然后是他们扒渣班清运石块。每天光用坏的劳动工具堆起来有一人多高，交由保养班负责维修保养。在坑道内，充斥着机械操作时产生的巨大的噪音和粉尘，即便面对面贴身站着的两个人，也分辨不出谁是谁，浑身上下，没鼻子没眼，都是厚厚一层粉尘。需要搭话时，都是打手势，根本听不见对方说话。每人每天一共3角8分钱的伙食费，要吃四顿饭，夜里12点要多加一顿夜餐，由炊事班的人把饭挑到工地上。

刚刚爆破的坑道，上下左右悬着的大大小小的石头块，跟挂着的葡萄串似的。人到里面，头顶是石头，脚下是石头，前后左右都是石头，戏称"石头缝里夹个肉饼"。因为要不断往里面喷水降尘，坑道里阴冷潮湿，即便暑天上班，也要穿棉衣，再穿上雨衣、雨靴。很多人后来患上了湿寒病，腿走路一瘸一拐的。有的还皮肤过敏，奇痒难耐，甚至手脚溃烂。但大家仍带病坚持工作，没有一个人退缩。那时大家喊着口号鼓舞士气："多打一个眼，埋葬帝修反；多出一车渣，支援亚非拉。""苦不苦，想想长征二万五；累不累，想想革命老前辈。"

历时3年的地下坑道开挖工程告一段落，移交下一批部队继续建设。苗振友和他的战友们于1973年3月份移防到天津张贵庄修建飞机场。隆冬季节，室外气温降到零下二十几摄氏度，滴水成冰。工程不能施工，部队就开拔到河北省一个偏僻荒凉的地方搞拉练，历时一个多月。

"没有营房，战士只能睡在当地老乡的家里。一家一个炕铺，咋睡呢？老乡白天活动夜间睡觉，我们作息时间跟他们反过来，夜间搞拉练白天睡觉。等他们天明起来干活，我们再躺到他们的炕上睡觉。"

"那真叫一个冷啊。说出来不怕你笑话，有个战士小便没憋住，尿撒裤子上了，粘肉上愣是脱不下来了。"老人貌似调侃的话，无不透出几多苦涩。

苗振友和他的战友们，每个人的档案里都有一张保密卡，上不告父母，下不告妻儿。因为涉及国防最高机密，部队要求全体指战员"知道的不说，不知道的不问"。他们的通信地址只能写"四川涪陵55号-丙-741信箱"。当年大家保密到什么程度？很多人为这个山洞拼了半辈子，却从没在洞里完整走一圈。每个人除了本职工作交流，都默契地不多说一字。有两个亲兄弟在同一个洞工作了几年，竟都不知对方也在，某天在白涛镇上相遇，双方目瞪口呆，却不敢相认……直到后来他们从新闻媒体上得知解密的消息，才向外界讲述起当年那段难忘的峥嵘岁月。

二、千钧一发之际，奋不顾身，荣立三等功

冷全峰，现年71岁，现居阜南县鹿城镇项集村，原8342部队88713团2营7连战士，曾任班长、排长、副连长，1971年1月入伍，1971年6月入党，1982年12月6日退伍。

"我喜欢静。"冷全峰说。他仰首伸眉，举手投足，皆有军人风采。从阜南县鹿城镇副书记任上退下来后，他选择回到老家安享晚年。绿树环抱，小院清凉，房前一口水塘，屋后一片菜园，饲喂鸡鸭鹅一群，侍弄庄稼地一亩。清静恬适，怡然自乐。

"我是结过婚的，又是家里的独子，按说不符合征兵要求。但来接兵的班长看上我了，说啥非要带我走。"回想起当兵时的情景，冷全峰依然神采奕奕，容光焕发。来接兵的1营1排14班班长郭玉和一眼就相中了头脑机灵、身体壮实、办事沉稳的冷全峰。入伍时，他刚结婚半年。

来自阜阳地区阜南县的一批新兵被分散到机械连、运输连、团后勤和施工连，冷全峰跟随班长郭玉和下到施工连风钻班。当地有句俗话："地无三寸平，月无三日晴。"说的就是四川涪陵一带峭壁险峻，山高林密，阴湿多雨，终年不见太阳，让人时常分不清白天黑夜。

在施工现场，每天重复的是"抬头见石头、低头走石头、上班搬石头、下班抱枕头"的单调、枯燥、艰苦的生活。进入坑道内，人人身穿粘满灰浆的工作服，脚蹬深筒水靴，头戴安全帽，面戴猪鼻子样的"防尘口鼻罩"，活像"猪八戒"；走出坑道外，摘掉"防尘口鼻罩"，个个是"熊猫眼"，鼻孔黑黑、满身泥水，酷似"挖煤工人"。到了夜间，各路工程管理员头戴安全帽，脸上罩个"防尘口鼻罩"，手拿着装有3~5节1号电池的手电筒，相互见面了，电筒晃几晃，代表着问候和致敬。强大的光束，近看是探照灯，远看又像无数的萤火虫，在施工作业现场形成一道靓丽的风景线。

风钻班当时打炮眼用的是日本制造的凿岩机，重达50多公斤。每次进坑道，新兵们都争着扛风钻，还要爬45度坡的作业面，脚下石渣踩上去一步一滑，每次爬上去都要大汗淋漓。操作时，两个人一组，一人扛着风钻在作业面上打眼，一人扛着喷管，空气压缩机压下来的空气通过一根塑料管道喷射出来，扫向岩壁。风钻班工作时需要带水作业，战士们贴身穿着绒衣绒裤，外加棉衣棉裤，再套上雨衣雨靴。8小时的持续高强度的机械作业下来，贴身穿的绒衣绒裤全部被汗水浸透，能拧出水来。每个连都建有一个烘干房，衣服脱下来洗了，赶紧挂烘干房烘干，以备下一个班再穿，因为每个战士只配发两身衣服。

每天开挖出的大量土石方要运往弃渣场，翻斗汽车来往穿梭。为解决交通拥堵，在坑道口修筑了2公里多长的轻轨小火车道和一个编组站，用电瓶车牵引装满石渣的矿斗车。汽笛一鸣，由几十个矿斗车组成的"小火车"摇摇摆摆地来回于坑口和弃渣场之间，场面十分壮观。

有一次，小火车拉渣石，拉了27个斗子，拉完最后一趟，就下班了。因下雨路面湿滑，车轮打滑，小火车没停稳，27个斗子带着巨大的惯性沿着山坡飞速向下滑去，眼看要与上行的小火车撞在一起跌落山涧，酿成重大安全事故。千钧一发之际，冷全峰捡起一根一米多长的钢钎飞身冲上前去，猛地往铁轱辘上插，试图"别"住下滑的小火车的轮子。只听"铛"的一声，钢钎被撞飞。他迅速捡起钢钎又飞奔着追上火车头，再次插进钢钎。火车终于在不远处慢慢停了下来，没有造成财产损失。吓得心惊肉跳的冷全峰瘫坐在地上，左胳膊的肘关节处划开一个大口子，里面白色的筋腱看得清清楚楚，他居然没觉出来疼。

回到营房后，他倒头睡去，跟谁也没提刚刚发生的惊险一幕。睡得迷迷糊糊，有人把他叫醒，让他把脸洗洗，身上收拾干净，出来照相。原来，刚才发生的那一幕，恰巧被正在巡察工作的副师长遇上，副师长被这名小战士临危不惧、奋不顾身的英雄气概深深感动，要求全体官兵学习他"一不怕苦，二不怕死"的革命牺牲精神，他也因此荣立三等功。一夜之间，他的照片和宣传材料贴满整个工地。

1982 年 12 月 6 日，时任 2 营 7 连副连长的冷全峰光荣退伍，结束了长达十二年的神秘、艰苦而充满激情的军旅生涯。"退役不褪色"，脱下军装，走上新的工作岗位，他依然葆有军人雷厉风行的工作作风。几十年来，冷全峰在基层政府工作，始终以一个军人的标准严格要求自己，言出必行，行事果断，爱憎分明，得到了当地群众的信任和支持，也在社会上赢得了较好口碑。

三、危险时刻安全员冲在最前面

曾照友，67 岁，现居阜南县鹿城镇曾老庄社区，原 8342 部队 8040 团 1 营 1 连 3 排 10 班战士，历任副班长、班长。1971 年 1 月入伍，1973 年 6 月 30 日入党，1977 年 3 月退伍。

"我那时虚岁才 18 岁，家里穷，吃不饱，一大家子人，炆一大锅红芋，正中坐一碗水馏成开水，留给俺爹喝。"忆往昔，曾照友嗟叹道。他听说 8342 部队来招特政兵，托了亲戚，才报上名。当时，有人还故作聪明地问 8342 接兵部队首长："你们和中央警卫团 8341 部队是什么关系？"接兵首长笑着回答："当然是兄弟部队啦！"曾照友猜想一定是去北京、上海这样的大城市当兵，穿着崭新的军装，军帽上戴着鲜亮的红五角星，迈着整齐的步伐，走在宽敞的马路上，飒爽英姿，羡煞旁人。

汽车、火车、轮船，历时 8 天，他们被送到一个地方——四川涪陵，一个以出产榨菜而蜚声中外的地方。

"我年龄小，在家总是吃不饱，身上没力气。下了轮船，从涪陵到白涛镇金子山下，在崇山峻岭中穿行几十公里，走了一两天才到达。腿累得疼得呀，跟断了似的，歇了三天才缓过来。"曾照友至此才明白，所谓的 8342 特政兵部队，原来是为两弹一星做窝的中国人民解放军工程兵建筑第 54 师，他们的任务是——开洞挖洞。

刚到部队，连队领导照顾他年龄小，不让他干重活，就让他专门给运送渣石的小火车拉电缆线。一次，战士们正把爆破后的渣石往小火车的车斗上装，由于装得太满，小火车往后倒时，车体微微倾斜，车轮偏离车轨。在巨大的惯性作用下，车身斜着向他猛撞过来，他躲闪不及，他的身体一下子被挤到后面的石壁上，导致腰部严重受损，在医院治疗半个多月才出院。从此他腰部留下伤残，走路时右侧身子微微向后歪斜。事后，战友说："你真是命大，差一点点就被挤成肉饼了。"

伤好后，换了岗位，当安全员。其实，安全员也是爆破员，自身时时都处于最危险的情形之中。安全帽、面罩、矿灯、哨子一一佩戴齐全；他们的工作服——拎起来足足有七八斤重的旧棉袄棉裤，沾满灰尘，穿在身上潮湿冰冷。

工程兵作业的一个流程是：风钻班打眼，安全员装炸药引爆山体，扒渣班再把渣石运出坑道。循环往复。"吃饭，睡觉，打眼，放炮"这八个字的顺口溜，就是工程兵战士单调而枯燥生活的最真实的写照。

风钻班在坑道作业面上打眼，打好之后撤离。安全员开始吹哨子，提醒里面的战友快点撤离。先将电雷管塞到钻眼的最深处，再塞炸药。一米多深的钻孔里，一筷子恁长、擀面杖恁粗的炸药管，能塞八九节。一个作业面大约高3米，宽4米，往往能钻40多个孔，塞几百节炸药管。把所有电雷管的线缆全部接好后，拢在一起，扯到离坑道口百十米远的地方，那儿有个总开关，接上电源。安全员再次吹哨子，嘹亮的哨子声一遍遍响过之后，班长开始逐人点名，确定所有人员都撤离到安全地带后，合上电闸。只听"轰隆隆"一声巨响，山崩地裂般，震得脚下的山石晃动。顿时，巨大的粉尘腾起滚滚浓烟，四散开来。待烟尘渐渐消散，安全员再次进坑道，手持柄长两米的钢铲子，逐个敲打洞顶上的石块，看看有没有松动的迹象，把已经松动的石块敲下来，以防施工人员进洞作业时被掉下来的石块意外砸伤。

敲打石块时，不可预见的危险随时都会出现，处处暗藏杀机，稍不留神，就会造成伤亡。施工中，要数安全员伤亡人数占比最高。安全员最怕碰到哑炮。来自阜南县黄岗公社的刘文礼，也是与曾照友同一批入伍的战友。一次，爆破兵对岩体进行爆破后，随着一声巨响，坑道内浓烟滚滚。待浓烟渐渐消散，身为安全员的刘文礼和排长一起进去察看作业面的爆破情况，突然看见一个哑炮正在冒烟，排长大喝一声："不好，快跑！"他们回转身就往洞外跑，还没等跑在后面的刘文礼跑出洞口，哑炮就响了，炸飞下来的石块重重砸向他的头部，刘文礼当即头部血肉模糊，不省人事。后经医院全力抢救，虽保住了性命，但从此落下了半身不遂的残疾。

"我的腰痛就是那时受伤埋下的根。想着自己年轻，一点小伤不算啥，也没让部队出一份伤残证明。转业回来后，一直不能干重体力活。后来有人劝我说，你也是为国家作过贡献的，咋不能跟国家申请伤残军人津贴？我说当兵哪有不流血牺牲的？俺不给国家添麻烦。"朴实敦厚的人说出的话，句句有担当，透出内心善良的光芒。

四、念念不忘牺牲的战友

张大喜，现年 67 岁，现居阜南县经济开发区杨庄居委会杨庄花苑，原 8342 部队 8040 团 740 营 744 连部通讯兵，1971 年 1 月入伍，1972 年入党，1977 年 3 月 16 日退伍。

张大喜坐在门岗室一旁的三轮车上择鱼。小半盆一拃长的小鲫鱼还泛着黄澄澄的鳞光，这是他午休时候的成果。他现在是杨庄花苑小区的门卫，小区住户都是四邻八村返迁过来的熟人，东家长西家短的，琐碎，管理起来颇为费心。趁着还没到接班时间，他忙里偷闲干点私活。

在门岗室的桌子上，摆放着一本《中国共产党历史》，一本学习笔记。翻开笔记本，扉页上赫然出现一行端端正正的钢笔字：像雷锋那样做一颗永不生锈的螺丝钉。这是他一生的座右铭。

1970 年 12 月，17 岁的张大喜一心想当兵报国，怕部队的人嫌他年龄小没达到标准，虚报大了一岁。3 个月的新兵训练结束后，他被分配到连部做警通兵（警卫兵兼通讯兵）。当兵前，张大喜仅上过小学三年级，肚里没墨水。一次，团长张德坤拍拍他的肚皮说："小鬼，你肚子里光装米饭，咋不装文化？"从那以后，他在工作之余，开始发愤自学文化知识，并养成了每天写日记的习惯。

工程兵既辛苦又危险，每遇伤亡事故，他跟随部队领导必须尽快赶往现场，处理事故。面对每一次不忍目睹的惨烈场面，他都忍不住流下眼泪。提及当年往事，张大喜老人心有戚戚，念念不忘那些牺牲的战友。

有个叫李慧宇的战友让他一生都刻骨铭心，至今想起依然泪流满面。李慧宇是个学生兵，北京市人。小伙子当年才 18 岁，身高一米八，长得非常阳光帅气，篮球打得很好，是个人见人爱的帅小伙。一个夏天的深夜，李慧宇当班给夜班的战友们做面条，准备送往工地。锅台离地面半米高左右，大锅里水烧开后，李慧宇端着生面条往锅里下时，不幸被地上的胶皮水管绊倒，连人带面条摔倒在滚烫的开水锅中，被活活地烫死。可怜的小李就这样告别了自己的人生，献出了自己的青春。听到这个噩耗，全连干部战士放声大哭，至今回想起来都感到揪心的疼痛。

跟他一起入伍的阜南籍老乡张保福，是爆破班的战士。一次在坑道实施爆破作业时，由于对事先埋好的炸药的爆炸时间计算失误，导致炸药提前引爆，尚在施工的战友未能及时撤离到安全地带，被落下来的石块砸伤。张保

福不顾个人安危，带头冲进坑道营救战友。突然，坑道出现塌方，张保福被深埋在坑道里，献出了年仅 21 岁的生命。等张大喜他们赶到时，坑道内的石块已基本清运干净，地面上仍遗留斑斑殷红的血迹。张大喜捧起沾满战友鲜血的碎石，放声痛哭。年轻的战友走了，留下新婚还不到半年的妻子，和她腹中的遗腹子。现在回想起这段往事，张大喜禁不住泪眼婆娑。他说："那孩子我见过，面相仿他爹，长得光滚（方言：指相貌俊朗）。也该快 50 岁的人了，儿女一大家子，过得挺好。"

有一个施工连队的干部叫毛劝来，组织上考虑到他家的具体困难，决定让他转业。这名干部已经给爱人去了信，快要团聚了，离队前还恋恋不舍地工作，坚持到施工现场带最后一次班，突然从坑道顶部掉下一块大石头，正好砸在他的肩上。当战士们急忙跑过去，搬开大石头时，发现他满身是血，已停止了呼吸。

还有一名战士，因劳累过度从洞的上层掉到洞的下层，刚好掉在出石渣的运送带上，连人带石一起被倒在了渣堆下。待下班后点名时，才发现少了一个人，当找到这名战士的时候，他已经光荣牺牲了。

816，是 6 万"无名英雄"用热血和汗水书写在祖国大地上的隐秘而伟大的青春岁月。

在整个 816 建设过程中，先后有 100 多名官兵牺牲。在距离 816 工程大约 4 公里远的地方，有个叫"一碗水"的烈士陵园，安葬着李慧宇、毛劝来、孙好发等 76 位烈士。牺牲时，他们的平均年龄只有 21 岁，青春永远定格在那个最好的年华。

直到 2002 年 4 月，由国防科工委下达解密令，"816 工程"才得以重见天日，为世人所知。那些长眠于地下的烈士们的英雄事迹才得以被世人传扬。

张大喜说，他跟阜南的战友们商量好了，等今年的十一"国庆节"，他们重返阔别 50 多年的军营，瞻仰当年挥洒热血和汗水的 816 工程，祭奠牺牲的战友们。

金子山下，武陵山巍峨绵延，乌江水滚滚流过。四川涪陵白涛，8342 部队老兵们心中的第二故乡，半个世纪的魂牵梦绕，终于可以如愿以偿了。待和平鸽掠过蔚蓝的天空，待漫山的枫叶红透，老兵们迎着瑰丽的朝阳整装待发。

（发表于 2021 年 6 月 23 日《颍州晚报〈奎星楼〉副刊》，获《颍州晚报》"百年荣光"征文一等奖，并获 2021 年度安徽省新闻奖二等奖）

四里湖有一个爱情天堂

我曾无数次梦见一个遥远的地方,遇见一个中意的人,过简简单单的生活,粗茶淡饭,粗布麻衣,守着二亩薄田,屋前屋后一群鸡鸭,清清静静一辈子。

一

淮上春早。中岗四里湖湿地万亩油菜花竞相怒放,漫野尽染金黄,倒映谷水,水天无杂色。人在花间,花在天上,天在水中。人如潮花如海,成为网红打卡地。花海茫茫中,西南远望,有一座"孤岛",杂树掩映,四周被芦苇荡环抱,犹如孤悬于世外的桃花源。

"孤岛"叫张庄子,因高地只住着一户老两口,老头姓张,所以人称张庄子。六十多年前,老两口从外地迁来,在本地一直没有户口,没有身份证,身世背景无人知晓。他们选择在四里湖中高地居住,两间矮屋,外加一间灶房,一棚禽圈。不通电,没电视,信息娱乐仅靠一台收音机。老两口生活简单,和善淳朴,鲜与外人来往,日出而作日落而息。两人厮守一生,男九十、女八十八而终。如今人去屋空,令人嘘唏。

据四里湖一带的村民说,当年,他们是一对恋人,老家在河南鹿邑,因抗争家族的包办婚姻,毅然选择私奔,一路逃荒要饭,流落至此。一辈子靠打鱼、开荒种地、给人帮工谋生活。两个相爱相守一生的人,在风雨飘摇中携手走过一个甲子漫长的岁月,把这个人迹罕至的荒芜之地经营成爱情的天堂。

二

轻轻推开那扇已被风雨剥蚀的小木门,阳光洒进来,照见从前的模样。一切安静如初,岁月不曾被打扰,就像我今天从未来过。

墙上的挂钟指针指向十点四十三分。那一刻起,时间从这间破旧的小屋里离开。四里湖安静得像一个处子。

黑色的鸭舌帽挂在墙上,等候那个晚归的男人背着鱼篓回家。四里湖的春天干净得没有尘埃，只有碧水蓝天、绿草繁花。那顶帽子像是他今天早上出门时走得急，忘在那儿的。

两只燕子把窝筑在低矮的房梁上。一只觅食，一只抱窝。五六只光光的小脑袋挤在窝沿边，打量这世间的黑白和冷暖。时光流走，乳燕的唧唧声渐渐远去，老人也刚刚动身到另外一个地方去，燕窝没有离去，它在等冬去春来的燕子，等走出去的人再回来。

女人的发卡落在床沿下。那个发卡，在斑驳锈迹抵达之前，就别在女人的发髻间，阳光的斑点跳动在女人的脸庞，发卡愈发明亮。男人那天运气好，撒了一篓子好鱼，其中还有一条好大的鲑鱼，拿到集上卖掉，换了灯油、食盐和一瓶花露水，再给自己买了两瓶雪花牌啤酒。剩下的钱，刚好够买一个发卡。晚上回到家，女人已经把饭烧好，鸡鸭鹅都归了圈，狗儿摇着尾巴迎上来，猫儿在窗台上端坐。他帮女人把发卡别在头发上，女人浅浅的笑挂在脸上，仿佛天边挂着浅浅的月亮。女人的一颦一笑，都是爱情最迷人的样子。

那台带天线的银灰色收音机，还遗落在羊圈的围栏上。夏夜凉爽的风，带来虫鸣、蝉鸣、蛙鸣的协奏。男人和女人偎依着躺在门前的木板床上，把收音机的音量拧到最大，听豫剧选段马金凤的《对花枪》、常香玉的《花木兰》、李斯忠的《下陈州》。男人格外享受李斯忠的唱腔，洪亮的嗓音，似虎啸狮吼，声传数里，人称"八里吼"，名不虚传。乡音乡情乡思，浸润在字字句句里，就像老姜根浸渍在陈年老醋里，酸辣过瘾。

月色照人，树影高大，小屋门楣低矮，四周茂盛的芦苇荡摇曳出"沙沙沙沙"的风声。故乡在他们的梦里吗？

三

从中岗大桥西行，沿四里湖坝堤走一截子地，有户人家，住着戎泽桂老两口。他们跟张庄子老张家是隔水隔田遥遥相望的邻居。今年80岁的戎泽桂，在四里湖的堤坝上住20多年了。临水而居，门前是一棵大杨树，水畔倒扣着一只锈迹斑斑的小铁船，老人管它叫铁筏子。他这几天正打磨船体的锈迹，想把它重新刷漆。整饬好了，可以帮人摆渡过河，闲了打打鱼。他们家真热闹。两只老母鸡领着两窝小鸡娃围着门前转，一窝13只，一窝7只，咕咕咕，唧唧唧，没个消停。屋后还有一窝鸳鸯鸭11只。一群大白鹅领着两窝小黄雏漂在水上，自东向西游去，18个小家伙众星捧月般被众多家长呵护有加。

这个大家庭加起来一共30多只，这还不算家里还有一窝尚未出窝的。草坡上卧着站着的一大片白，是羊，7只大的，3只小的。

这是老戎家自繁自育的禽畜，阵仗不小，大大小小七八十个。那鸡鸭鹅，总有三两个老是丢蛋，那是想抱窝了，找个隐蔽的草窝子，把蛋藏起来。主人是知道的，不管它。不知道哪天它们就会领出来一大趟子儿。倘若张庄子的老张还在，他们门前屋后不也同样热热闹闹吗？

老戎停下手中的活计，颇为深情地跟我聊起老张两口子。那老张老两口人好哩很啊，方圆打转受过他恩惠的，数都数不过来。俺这里的人，一到夏季青草长出来，就把牛牵过河到湖滩去放牧，三两个月都不带回来的。几百头牛散养在湖滩上。每个牛群都有它们自己的领地，一个牛群十几或二十几头，由一个头牛领着，一块吃草一块下河喝水，一块卧着休息，乱不了。放牧的人闲了就过去看看，有时不赶巧过了饭晌回不来，就到老张家吃去。若遇上大雨没法回来，几天几夜都住老张家，有啥吃啥，老张老两口从来都不嫌麻烦。

钓鱼摸虾的，经常上老张家讨碗茶水喝。你问问来四里湖钓鱼的，哪个没喝过老张家的茶，没吃过他家的饭？有一年，有个人来湖滩用旋耕机给人旋地，一干就是一整天，夜里就睡旋耕机底下，没吃的没喝的。去老张家，把情况一说，老两口热情款待。老张背上网去逮鱼，老婆子鸡蛋鸭蛋煮一大锅，可劲吃。那人很受感动，后来领着自家闺女去上门，非要让闺女认老张两口干爹干娘。自那以后，两家人走得可亲了，待那闺女跟自己皮出的没两样。

老张这辈子认了一个干闺女、一个干儿子，交了三个过命的朋友，都是有名有姓的人，俺中岗这儿的人都知道。老张待他们亲，他们待老张也亲。老张老（去世）的时候，一大片人跪在坟前哭得那可叫伤心，拉都拉不起来。

四

当年，老张两口子从河南一路逃荒要饭，先到黄岗，又到苗集，再到四里湖。老张精通织布的手艺，靠给人织布挣口饭吃。有一年，要饭走到吕岗头，遇见一个老头坐在地头的瓜庵棚里看瓜。老头看他们实在可怜，就跟他们说："你们干脆挨着我这瓜棚搭个庵棚住下吧，我也好有个伴，相互能照应。"打那以后，老张两口算有了安身之地，他们的家就是后来的张庄子，这一住就是60多年。

四里湖不涨水的时候，是个丰收的大粮仓。西南风一吹，麦浪翻滚，绵延不断。低洼处，水草肥美，牛羊满地。一旦涨水，白浪滔天，水天一色。早先，水淹到老张家门槛时，幸亏他的几个过命的朋友，划着船来把他们接走。也没啥家当，拾掇几样，坐上船就走，朋友包管吃住，等大水退了再回来，回回都是这样。后来，每到涨水，政府的人就赶紧派人把他们接出来，安置到坝堤上。

老张黑黑的，个头不高，长得敦实，一身的劲疙瘩。女人白净，水灵，高挑个子，模样中看。老张这人拗（拧的意思），话不多。女人碎嘴，叨叨叨，没完没了。老张一烦，就躲出去，或下地干活，或下河打鱼。到傍晚回来，女人也不叨叨了，老张气也消了，跟没事人一样，俩人又和颜悦色地端起碗吃饭。两口子床头吵架床尾和。一辈子都这样，磕磕绊绊，剧目从来不曾翻新过。

那一天是数暑的第三天，天热得下火。吃过早饭，女人又开始叨叨。天热，老张本来不想出去，女人叨叨个没完，他实在不想听了，临到中午11点钟，搬个板凳下到庄子底下坐坐。女人叨叨一辈子了，他从来不争辩，不还嘴，不想惹女人生气，知道女人是刀子嘴豆腐心。

可这一回，老张再也没有走回来。一辈子风里来雨里去，没少吃苦，到老腿落下残疾，走路腿脚不利索。他想到田里去看看庄稼，往田埂去时，一头栽下去了，再也没有起来。到傍晚，有人到塘里捞龙虾，才发现老张躺在地里，手里还攥着一把青草。

老张被人抬回来放在屋里的地上，女人坐在地上给他扇扇子，任人怎么劝都不起来。女人88岁，驼背，白发，满口无牙，皱纹堆砌在脸上，悲伤起来没有足够多的眼泪可流。男人给她扇了一辈子的扇子，她在男人这棵大树下乘凉。她一下一下扇着，一下一下还他一世的情。男人离开时，享年90岁。

五

在四里湖，经典的爱情故事还有另一个版本。

中岗东有一条河叫雁河，那儿曾经有一座桥叫蓝桥，旁边有一眼井，叫蓝玉兰井。桥没了，桥墩的大块青砖还在，井也完好保留下来。相传，魏生和蓝姓姑娘玉兰相爱，却遭到两家人的强烈反对。两人私定终身，约定当日夜晚在蓝桥下相会，一起私奔。孰料，当晚突遇狂风暴雨，河水陡涨，先到一步的魏生被洪水冲走。待玉兰姑娘赶到时，只看见桥下树枝上挂着魏生一件衣衫，却找不到魏生。千呼万唤，无人应答，悲伤绝望的玉兰姑娘纵身一跳，投井自尽。

我恍然觉得，张庄子住着的老张两口，就是魏生和玉兰姑娘的转世之身，再续了他们的前世姻缘。

斑驳的木门，破败的老屋，颓圮的羊圈，锈蚀的压水井，纹裂的石磙，折断的老树。荒芜至极，孤寂至极。它们是在等离开的主人再回来吗？有狐吗？有蛇吗？我真真在门前不远的水塘里见到了蛇。如此荒境，爱情该有多么大的力量，才能让凡俗世间的两个人将天长地久的爱情进行到底——爱情降临到哪儿，哪儿便是天堂。

现世的人，一不小心把爱情弄伤了，把爱情弄丢了。来这里找一找吧，或许能找回来。

（发表于 2022 年 6 月 20 日《颍州晚报〈奎星楼〉副刊》）

淮水
之
上

安澜之乡

那是千万匹白龙马，自桐柏山太白顶奔腾而下，一泻千里；那是仙人酿得的一瓯白乳，合邀明月饮高楼；那是哺育世代淮河儿女的鱼米之乡，和孕育华夏文明的发祥地，也是灾难深重的母亲河。

迎着秋阳，一队淮河的后裔，一路朝拜，特来谢她一点血脉。

梦里水乡

格桑花从雄鹰的故乡飞来，淮水之上，一个叫王家坝的地方，铺满五彩祥云。广袤的原野上，淳朴厚道的淮河汉子，刚刚把水稻玉米大豆高粱芝麻花生红薯领回家，又把麦子油菜豌豆蚕豆领到地里。这群憨态可掬的孩子，被汉子养得清灵秀美，一个个天庭饱满地角方圆。晴空之上，雁阵，鹤阵，鸽阵，喜鹊阵，斑鸠阵，麻雀阵，井然有序地操练八阵图，宛若指挥若定的孔明先生端坐云端，排兵布阵。

所谓伊人，在水之湄。恍然觉得，那个早已融入美丽神话的伊人，从千年的时光深处翩跹而来，簪花扶摇，袅娜娉婷，下庄台，涉淮水，浣纱弄碧水，自与清波闲。历史与伊人擦肩而过，又回眸一顾，多少桨声灯影里的传奇故事被一条大河留下。

船，渡口，淮河人家。船是木筏子，机动船，货轮。渡口是田河尖渡口。摇着船过去，就是河南省固始县境。载渡的船由从前的小木筏换成现在的机动船，载客量陡增几倍。船家是对岸村庄的人，壮年，络腮胡须，身材高大，脸膛赤红，嗓门敞亮。上身穿一件褪色的迷彩服，下身着一条枣红色的棉睡裤，样子虽滑稽但感觉很可亲。朋友把一根烟递过去，头碰头接上火，发动机摇把一摇，船"突突突"就开动了。迎着风，有一种"乘风破浪会有时，直挂云帆济沧海"的豪情和快意。

摇着双桨的老艄公在河心打鱼，一网网抡圆了撒下去，彩云之影，飞鸟之影，岸上白杨之影，庄台上错落有致的粉墙黛瓦之影，在西下的落日映照下，又被他一网网悉数收回。

朋友赵丰超的家门正对着渡口，七个姐姐和一个妹妹一字排开了都住在这条高高的河堤上，汤汤淮水自家门前流过，诸如"孤舟蓑笠翁，独钓寒江雪""仍怜故乡水，万里送行舟""孤帆远影碧空尽""门泊东吴万里船"呈现的景象，如看白菜萝卜一般稀松平常。从学会走路他就会水性，说他是"浪里白条"都不为过。朋友的姐姐热诚厚道得很，知道我们一行要来，一早就约了木筏子，支付了定金。可船家空等了一上午，这会儿刚出去打鱼。待我们从对岸将返回时，老艄公摇着小木筏过来了。木筏太小，一行八人略显拥挤，脚下站不稳的，索性坐下，蹲下。夕阳和船影在波心荡漾，晚风懔然，我们犹如一群意气风发的少年，目视远方，正朝着一个远大目标勇往直前。朋友戏称我们是"八仙过淮"。

是夜，梦里水乡枕着安澜之河，甜美入睡。

秀美庄台

它们该有五百多岁，甚至五千岁，与这条大河同庚。祖先的身影被岁月带走，让它们孤独地站在淮河岸上看流云擦肩而过。它们有一个古老的名字——庄台。那一群高大的身形，是淮河先民用殷红的血、苦涩的泪和沉痛的呻吟浇筑而成的。

远隔千里之外，福建客家土楼，是它的一个孪生姊妹。它们都是智慧的象征，是沧海遗落在岁月长河的一颗璀璨明珠。倘若让它走进文艺作品，不啻另一部"云水谣"。自古以来，沿淮流域一马平川的大地上，为了抵御水患，淮河先民堆土成台。筑台而居的方式是人类趋利避害的自然居住习俗，也是人类智慧和文化的结晶。傍水而建的庄台星罗棋布，与沃野田畴、蜿蜒淮水交相辉映，一派旖旎风光。

不知是谁请来一位丹青妙手，把郑台子庄台画在繁花似锦的大地上。鲜花、绿草、青竹、碧水、小桥、回廊错落有致，粉墙黛瓦的楼群掩映其间。人在台中走，如入画境。在一面风景秀美的文化墙上，画工正挥毫泼墨即兴题诗一首："绿竹扶摇上云空，白鹭飞舞迎东风；云英花开迎盛世，祖国山河处处新。"墙根下，阳光煦暖，几位老人围坐一张方桌，喝茶，嗑瓜子，唠嗑，打牌，听琴书。问听的什么段子，一老者不停地"呵呵呵"笑着回答："陈关宝三下四川。"庄台下面，一只体格健硕的大红公鸡领着七八只母鸡在草窠里觅食，母鸡身后又跟来一大群小鸡仔，叽叽喳喳喧闹不止。

44岁的杨玉笑起来很妩媚，泛起浅浅的一抹桃红，让人想起那句"春风着意，先上小桃枝"。她说这辈子最让她知足的是，2017年12月7日，李锦斌书记来王家坝蹲点走访时，就入住在他们家。李书记那句"这几天我住在这里，咱们就是一家人了"，至今记忆犹新。三间三层的小楼宽敞明亮，坐落在庄台最前排。客厅条案的正当中悬挂着李锦斌书记与他们全家人的合影。整洁的院子里栽种有菊花、太阳花、格桑花、芍药、海棠、玫瑰等十多种花草，四季鲜花不断。杨玉一家七口人，六亩承包地，爱人赵年龙在无锡打工，月入4000元，儿子开挖掘机，月入10 000元。她的两个刚满两周岁的孙子正在玩推土机游戏，征得同意，我也参与进来。他俩一个叫赵浩宇，问另一个叫什么——赵噔噔。奶奶在一旁纠正——赵成成。

郑继洲家的院子里，依然保留着被当地村民尊为"龙头"的自来水龙头，胡总书记亲口尝过的甜水，至今依然甘之如饴。被郑继超小心呵护的"龙头"已经用红绸缎细致包裹好，系上黄缎带。在他们一家人眼里，那是世代相传的稀世珍宝，是党和人民心连心的历史见证。

历史丰碑

从王家坝抗洪纪念馆走出来，松柏苍翠，野菊花一片明黄，鸽群呼啸着飞过头顶。年轻的讲解员声情并茂的解说，依然在耳畔回旋。自1953年建闸以来，12个洪水年份里，15次开闸蓄洪。不屈不挠的蒙洼人民与灾难顽强抗争，舍小家顾大家，才换来淮河的安澜。历史的跫音依然在蒙洼181平方公里的土地上回响，巍巍王家坝闸，这座历史的丰碑，不仅承载着几十载的风雨重任，肩负着几代人的治水梦想，孕育着当代人脱贫致富奔小康的希望，也即将见证这个时代的辉煌灿烂。

60年来，蒙洼庄台的人口增加了3倍，宅基地一寸也没增加，人均不足20平方米。庄台里面的通道狭窄，救护车开不进去，连棺材都抬不出来。由于大部分庄台基础设施薄弱，人居环境较差，发展也受到制约。"抬头一线天，垃圾靠风刮，污水靠蒸发，衣服靠阴干"的窘迫现状，成为脱贫攻坚"最难啃的硬骨头"。

随着蒙洼地区人居环境攻坚战的全面打响，这片饱受水患之苦的蓄洪"洼地"，正以一个华丽转身，蝶变成生态宜居的民生"高地"。

一幢幢粉饰一新的楼房，一条条拓宽的沥青道路，一个个新建的居民健身休闲广场，一面面图文并茂风光秀美的文化墙，一口口青瓷白画般清澈的

第一章 淮水汤汤

69

鱼塘……水清鱼读月，花静鸟谈天。碧水环抱、绿树掩映下的庄台，亦庄亦秀，像广袤的舞台上轻挪莲步的大青衣。鹭鸶起起落落，翩跹而舞，飞来疑是鹤，下处却寻鱼。一个鸟语花香、民风淳朴、端庄秀美的蒙洼庄台正以崭新的姿态脱颖而出。

　　蒙洼庄台的美丽蝶变，又一次体现了蒙洼人民"舍小家，为大家"的顾全大局、无私奉献精神。和谐村张凤春，在蓄洪时家园多次被淹，遭受巨大损失。在这次庄台建设的拆违拆旧中，为了支持工作，他带头拆除了刚刚花了几十万元为儿子建筑装修好的新房。拆房子时，老张眼里流着泪表示理解、支持政府的工作。李郢村刘郢庄台，被温家宝总理称为"淮河老人"的刘克义，深明大义，积极主动劝说家人，带头拆迁，为大家带了个好头。由不理解到理解、不支持到支持，并作出巨大牺牲的感人事例不胜枚举。

　　在蒙洼，有这样一群人，甘做人民的公仆，在抗洪抢险的危难时刻，为了蒙洼人民的生命财产安全，一次次不顾个人安危，冲锋陷阵，与洪水争夺每一寸高地；在淮河安澜之际，又一次带领蒙洼人民打响"人居环境攻坚战"，为建设美丽和谐富饶的新蒙洼，作出了巨大贡献。

　　在郎湾庄台，我遇到一个叫李省的镇干部，他孩子出生刚三天开始驻村，已经43天没有回家了。张跃武，明年就退休了，仍然工作在庄台建设第一线，每天早出晚归，带领村干部做群众的思想工作。不断涌现的先进典型还有郑继波、刘杰等人。这一个个闪耀着光芒的名字，像一座座丰碑，用生命和汗水驻守着淮河的安澜，用心血和双手缔造一个秀美如画的"淮上江南"。

　　（发表于2019年1月5日《阜阳日报〈平原〉副刊》，获2019年度安徽省新闻奖副刊类三等奖）

大水大泽的老观

一行白鹭引我，又见老观。

"雪衣雪发青玉嘴，群捕鱼儿溪影中；惊飞远映碧山去，一树梨花落晚风。"杜牧先生抑扬之声，犹山风在耳，而我已经置身天水一色的茫茫大水大泽之中——10 000亩的阜南县老观乡芡实种植基地。不仅如此，占地300亩，集垂钓、农家乐、民俗客栈于一体的田园综合体，近水得月，依托蒙洼得天独厚的自然资源优势，亦落地生根。这样的大手笔，谋划者不光要有胆气和豪气，更需要有运筹帷幄的韬略和为民谋福的责任。

芡实是大名，当地人只管叫鸡头米，淮河两岸古已有之。芡实首见于《神农本草经》，被视为延年益寿的上品，具有"补中、除暑疾、益精气、强志、令耳目聪明"等作用。名儿大俗，一旦入诗，模样儿便玲珑精致起来——"紫罗小囊光紧蹙，一掬真珠藏猬腹"。老观亦因珠玉在怀大放异彩，而令人刮目相看。

老观跟淮河隔着一抱的距离，驻守蒙洼边际。蒙洼几个乡镇，老观像个长子，虽另起了锅灶，但兄弟们屋檐挨着屋檐，彼此关照得很。长子地面不大，也不张扬，沉稳厚重，隐忍担当。沟河湖塘，星罗棋布，鱼肥蟹满。沃野田畴，广种菽麦稻粱，喂养牛羊成群、鸡鸭成片。古老庄台上的家家户户，依然自称淮河人家。端着一碗淮河水，走到哪儿，都敢说自己是淮河人——谁雪俺们台子高头哩不是淮河人（谁说俺们台子上住的不是淮河人）？

前年，有友来访，去看淮河，回程，特意去老观看了庄台。庄台文化的奇特与古朴，令友人大为惊叹。看见一行人爬上来，以异样的眼神打量这座古老的庄台，三两户人家纷纷走出门，打探我们的行迹。一位操着河南口音的女子，身后跟着一群母鸡，母鸡后面跟着一群鸡仔。门外是通道，两步宽都不到，门里是厅堂、灶间、鸡舍，杂乱，阴暗，潮湿。她好奇地问："你们这是来干啥的？""看你们住的庄台。"

"有啥好看的呀？请你们来住都请不来。俺们都住够了，有本事谁还会住这高头，蛤蟆尿泡尿都受淹。"

"经常有外人来这里吗？"

"哪有呀？一年到头也见不着几个生人。走路磕磕绊绊的，过不来车。"

难怪见着我们跟见外星人似的。

那么有底气的淮河人家，就是拗不过脚底下的三尺地。祖辈传下来的庄台，一辈一辈添丁增口，但庄台面积一寸也没增加，房屋盖得像积木垒的迷宫，门挨着门，屋檐压着屋檐。不光来客容易绕迷，据说连偷牛的都没法把牛牵出去。兄弟叔伯间，常常为了一铁锹宽的宅基地互不相让而大打出手，此类事件屡屡发生。"抬头一线天，垃圾靠风刮，污水靠蒸发，衣服靠阴干"的窘迫境况，一直困扰着这里的一代又一代人。

随着蒙洼地区人居环境攻坚战的全面打响，这片饱受水患之苦的蓄洪"洼地"，正以一个华丽转身，蝶变成生态宜居的民生"高地"。

到处是正在改造中的庄台建设工地，场面热火朝天。车子拐拐抹抹开往老观乡政府。远远地，前面有一人打着手势引路，中年，一身迷彩服，高大魁梧，面容黝黑，声音嘶哑。都以为他是热情周到的门卫，让进会议室，落座，才知道他是乡长王军。偌大一个乡政府，此刻显得很空落。王乡长很风趣地解释道："人员都上前线了，拼到只剩下一个炊事班。24小时不下火线，庄台改造工程不竣工不准撤下来。我今天坐镇指挥，兼司机、门卫、勤务员。"

这是一座陈旧的办公楼，午后的阳光照在斑驳的墙体上，也照在墙角一丛怒放的野菊花上，明艳的色彩瞬间驱走我们脸上的一丝倦意，令我们对那些为了庄台建设依然奋战在这片土地上的人们肃然起敬。

在河口村的建设工地，一个中年汉子，满面尘灰，挂着双拐，艰难地行走在高低不平的工地上，正组织村民移民搬迁。他叫庞纪红，河口村党支部书记，右脚刚骨折。他拖着打着厚厚绷带的伤脚，站在村口，对大家承诺："我决不能因为挂着拐杖而让河口村的工作拖了全乡的后腿。"这位淮河汉子不光话说得硬，掷地有声，根根骨头都坚硬如铁。无论是当年的抗洪抢险还是今天的庄台建设，正是无数个这样的铮铮硬汉，撑起这块土地的脊梁。

仿佛在一夜之间，古老庄台以另一种景象出镜。公园、公路、公厕、健身场，错落有致，映雪一般莹白的楼群耸立其中，却不显突兀。融山水风景和传统文化于一体的文化墙，比比皆是。人在台中行走，如入诗情画意中。在一面文化墙前面，一位年轻的母亲正指着墙上的字画，教孩子读《三字经》："人之初，性本善。性相近，习相远。苟不教，性乃迁。教之道，贵以专……"

在去往三里庄台的田埂上，迎面遇见一位荷锄待归的老者，他精瘦健朗，腰杆笔挺，须发如雪，一路走一路吟唱《朝阳沟》的曲调，听不清唱词。他头戴一顶旧草帽，外檐掉了一大圈，早褪去原有麦草的光泽，慢慢黑去，黑到与脚下的泥土同色。上前打过招呼，问他为何戴一顶破旧不堪的草帽，他仰面朗声大笑，说："我这是一顶隋朝的帽子。"

"为啥说是隋朝的帽子？"

"隋朝的帽子值钱呀。"

同行的人都被老者的幽默逗乐了，与老者一齐大笑。在蒙洼的土地上，世代与洪水搏斗的人们，苦难和洪灾不仅没有压垮他们坚韧的意志，反而历练了他们乐观向上、豁达开朗的心胸和气度。

夕阳西下，在郭圩子庄台下，打鱼人摇着双桨，满载而归。苍茫之中，一行白鹭掠过树巅，飞过原野，朝着大水大泽的地方飞去。这片恬淡安适的土地，复归于恬淡安适。

（发表于 2019 年 2 月 23 日《阜阳日报〈平原〉副刊》）

王化，闪烁在历史的灿烂星空下

题记： 阜南县王化镇自古地阜物华，人杰地灵，汤汤谷水蜿蜒流过，历史文化遗存较多，田间地头散落着古代不同时期的陶片，比比皆是。这里有三国大将吕蒙故里吕家岗，战国时期向阳城遗址，诸如七旗仓、双龙桥、大井沿和卧龙岗等的传说在民间广为流传，赋予了王化历史神奇的色彩。这里，采撷一二，以飨读者。

吕家岗历史深处的回眸

长淮在侧，涛声入梦。一梦千年，醒来已是春暖花开。

吕家岗，这里是他的故乡。来到这里，他是故乡的陌生人，梓树、桑树、槐树，皂角树都不认识他。那些开着的花，桃花、杏花、梨花、棠棣花，天真地笑对这位远方的来客。89岁的黄四娘，是村里最年长的人，摇摇头，不认识他。86岁的吕三爷，是村里辈分最高的人，左看看右看看，没认出来他。他离开得太久，从十五岁离开家乡，而今算来已是1828年整。

他说："我是吴下阿蒙，是熟读《孙子》《六韬》《左传》《国语》和'三史'，'士别三日，当刮目相看'的阿蒙。"

这块高高隆起的土地，与周围大不相同，背靠一条河流，蜿蜒东流。曰，伏牛岭；又曰，卧龙岗。肥沃的土壤滋养着高大的乔木、茂盛的灌木和绿油油的庄稼。杞柳、荻草、淮草、芦苇、菖蒲，从诗经走来、从楚辞走来、从生宣走来、从五墨走来，在一条大河的涛声里，摇曳生姿，顾盼生辉。

这儿是他的出生地，他的胎衣早已化为尘土。他的爷娘、他的先祖就沉睡在这块黄土下。那个叫故乡的地方，已在他的耳畔呼唤千年。他要循着岁月的流痕，溯流而上，寻找生命的源头。

家境贫寒，少年出走，南渡长江，依附姐夫邓当，征战南北，建功立业。第一次的偷偷离家，十五六岁的少年正意气风发，还不懂慈母的牵肠挂肚。一句"不入虎穴，焉得虎子"，令吕母怜惜而饶恕了他。

1800多年前的历史，缓缓展开泛黄的长卷，一个纵马驰骋沙场、屡建奇功的背影渐次清晰起来。

建安九年（204 年），孙权讨伐黄祖，击破黄祖水军。

建安十三年（208 年），孙权采纳将军甘宁建议，发兵进攻夏口，吕蒙随军出征。吕蒙统率前锋部队，身先战阵，亲自斩杀陈就。

建安十三年（208 年）十月，吕蒙跟随周瑜、程普等人在赤壁大破曹操。

建安二十年（215 年），谲郝普计取三郡。

建安二十一年（216 年）冬，濡须会战，置强弩万张以拒曹军。曹操的前锋尚未安营，吕蒙即率兵出击，将其击溃。

建安二十四年（219 年）七月，白衣渡江智擒关羽。

建安二十四年（219 年）年末（220 年初），因病去世，享年四十二岁。

遥远的天际，传来一声沉闷的雷声，酣睡中的吕家岗轻轻颤了一颤，历史继续书写黎民苍生。

群雄并起，三分天下。当历史的尘烟落定，历史功过，孰是孰非，权作后人茶余饭后的谈资。他只是一个归乡的游子，停下蹒跚的脚步，让疲惫的身子靠着一棵大槐树歇息，喝一口清凉甜润的井水，听着鸟儿的鸣唱，沉睡在蜂飞蝶舞的光影里，等待一个似曾相识的人路过这里，唤醒他。

琅琅书声传来，仿佛来自远古。那句"士别三日当刮目相待"，岁月越千年，在这片黄土高岗上一遍遍回响，依然被孩子们轻轻吟诵。回想当年，"吕蒙读书，开西馆以延杰髦，共相抆扬，识见日进""折节读书，识见精博，渐能克己让人，有国士之风"。如今，好学上进，依然是吕氏子孙代代传承的美德。

他来过。穿越历史的尘烟，一个回眸，让一个小小村落温暖如儿时的摇篮。那条大河托举着他，奔腾不息，不舍昼夜，滚滚东去。

远去了，历史的刀光剑影

我在一条河边捡到一个已经破损的陶器。它有高脚酒杯大小，盈盈一握，便在掌中，状如荷叶亭亭，一茎，一叶，风姿卓然水上。像灯盏，又像酒盏。濯洗干净，釉色深褐，破损处露出新茬。殷红的陶胎依然鲜活如新，像从历史深处涌出的一脉鲜血，滋养着这片泥土，仿佛历史的脉搏轻轻跳动了一下，赋予那陶器新的生命力。我猜想那是古时的灯盏。天黑下来，男人燧石取火引来火种，点亮灯盏，如豆的灯光照亮低矮的茅庐。孩子就着灯光捧读书册，女人借着灯光纺线织布，男人借着灯光编筐打篓。深秋的夜有阵阵凉风袭来。远处有明灭的星光闪过。

我的同伴在麦田间的乡村小道上走一遭，随意捡捡，就是一塑料袋陶片。黑褐色，砖红色，麻绳纹，波浪纹，都有。大的如掌，小的如指。一段干涸的河床，如今长满青青的麦苗，隐隐有远古的涛声传来。河床的上面，是两个高大的土堆，横亘在一马平川的平原上，尤显突兀。那是一座古城门遗迹。长长的斜坡面上盛开着金灿灿的油菜花。

我脚下踩着一座遗失在岁月深处的古城——向阳城。它毗邻谷水，东至吕家岗头，西至七旗仓、花门楼，南至王冲以南的杨庄、大许庄。遗址曾出土过楚铜贝，以及战国铜鼎、剑和陶器。两千多年前，它曾巍峨耸立在战国末期的楚地汝南郡。楚国衰落，强秦如虎狼之师步步相逼。

两千多年前的那个深夜，如豆的灯光燃尽最后一根灯芯草，即将熄灭。孩子合上书册，已经倒头睡下。女人和男人拖着疲惫的身子，和衣躺下，鼾声渐起。

护城河外，秦军突然大兵压境，数万人马直逼向阳城。守城的将士势单力薄，敌众我寡，远不是强敌的对手。有人心生一计，把驴子吊在一面大鼓上，驴子四只蹄子挣扎时，正好敲响大鼓，鼓声如雷，声震四野，恰如千军万马擂鼓助威；再把羊头朝下倒吊在一座大钟前，羊作垂死挣扎时，头上的羊角撞向大钟，发出洪亮的响声，犹如号角争鸣，士气高昂，严阵以待。

秦军听到向阳城内战鼓如雷，钟声震天，一时摸不清守城的士兵人数有多少，不敢贸然攻城。正举棋不定之时，突然有人喊："快看，河里有白洼子（白鹳）。"大家围过来一看，当真有白洼子在河水里走来走去觅食。秦将立刻命人下水试一试，水深不足一尺。秦军本以为护城河水深不可涉，才心有顾忌不敢妄动。秦军大喜，军令一出，蜂拥而至，大破向阳城，烧杀劫掠，伏尸遍野，向阳城顿成一片焦土。

民间有句谚语："驴打鼓，羊撞钟，洼子失了向阳城。"流传至今。

远去了，历史的刀光剑影。

仔细端详手中的这个来自古城遗址的器物，仿佛在一瞬间，接通了远古的神祇。我得到一个启示：这个器物于那一晚在战乱中被打碎。

此时，我不关心历史功过、孰是孰非，我只关心那盏油灯下，读书的孩子、纺线织布的女人和编筐打篓的男人都去了哪里。

大井沿，一瓢水就是一个中药铺子

出门，人问："你在哪住？""王化集大井沿。"问的人不吱声了。

王化集大井沿，十村八店哪有人不知晓的？大井沿旁侧，从西南到东北方向，十二个水塘连在一起，十二条牛撇绳连起来都箍不过来。有人曾看见，塘里的鸭子凫到井里，又从井里凫出来。这说明大井沿的井水与十二连塘的水来自同一个源头。

大井沿正东，一截子地远，有柏树林，植柏树 100 棵，不多不少。林中有庙，曰"柏间庙"。林、庙皆为王氏家族私产。抗战时期，柏树林被毁，数百年间屹立于风雨而岿然不倒的参天大树悉数被砍伐殆尽，王姓人家均而分之。其中一支得钱财后迁往焦陂开枝散叶。

大井沿沉寂已久，像一位老人偏安一隅，独享安详的黄昏时分。井石、井砖、井水、井蛙、勒痕、苔藓、凤尾草……时光粗粝，而它们在经受磋磨中，慢慢生出岁月的包浆。

大井沿，它有多老了呢？86 岁的王广富说："听俺老太爷讲，他的爷爷就是吃这口井的水。方圆三四里地的人，都来这里挑水吃。井沿四周可容八个人一起站着打水。一到年二面，来挑水的人排成队，家家都有口大缸，管盛五六挑子水。"

清冽，甘醇，解饥渴，消暑热，医疾苦，一瓢水就是一个中药铺子。原王化集食品站的老王龄，吃东西吃坏了肚子，拉稀不止，早、晚喝一碗井水，好了。说拉稀喝凉水能喝好，谁信？不信都来喝喝，不怕你不信。结果，每遇人拉肚子，都来大井沿讨碗井水喝，都喝好了。

大井沿的井水能清热败火。张大银的娘害眼疾，红肿，眼眵目糊多，对面过来，照不清人，这是天热上火了。张大银挑来一担水，他娘就着水桶，舀一瓢"咕咚咕咚"一气喝完，心里凉爽一截子。连喝三天，眼好了。第一天，红肿渐消；第二天眼眵目糊少了；第三天，别说认人，认针都清清亮亮。

张桂香害胃病，烧心，一吃东西就发撑。俯身下到井沿下一两尺深处，采一把凤尾草，用井水煎出一碗药汁，早、晚各喝一剂，七天后病愈。凤尾草还兼具降脂、降压、降糖等功效。大井沿周边上了年纪的人，但凡身上有不得劲的地方，都要去采把凤尾草熬水喝。都说凤尾草是神仙草，长得快，这边采，那边就长出来了，不耽误给人医病。

大井沿的井水不但可以医治肉体的疾苦，还可以慰藉哀思和乡愁。宝根的娘躺在坟堆下，宝根说他想娘了，爹就舀一碗井水递给他，说，喝完了就不想娘了，井水里有你娘的影子。天天喝，天天就不会想娘了。长大后，背井离乡，去广东打工，宝根夜里梦见的都是大井沿甘甜的井水和娘清瘦的影子。

　　大井沿，像一部传世已久的医书，医百姓疾病，解黎民哀苦。

　　（发表于 2021 年 8 月 2 日《颍州晚报·人文版》）

树 的 精 神

"介（这）些树，是我祖辈人的恩人。没得介（这）榆树，俺爷俺奶、俺爹俺娘，还有俺哥早饿死了。他们都是靠剥榆树皮吃才度过饥荒之年。"程跃老师说的是淮河古语，土腥味重。

他手指的那一片古树，是他费尽心机从每个即将消失的村庄抢救过来的，有榆树、枣树、荆条树、槐树、棠棣树、皂角树等，不足百棵。这块地也不大，七八亩，是他掏钱租赁来的，暂作这些落难古树的栖息之地。

那棵救过他们三辈人性命的榆树，大半个树干已经中空，茂盛的树冠与根部养分的上下输送，皆依赖仅存的两片巴掌宽的树皮顽强维持。春来淮上，老榆树虬枝峥嵘，挂满串串榆钱，一派生机盎然，一丁点儿也不逊于后生，仿佛有棵跟黄永玉同样有趣的树在说——谁说我是老头儿，我才一百多岁呢？

一百多岁的树在这里的确不能算"老"，最多算得上垂髫少年，旁边还有三百多岁的枣树和五百多岁的荆条树正靠着墙根晒太阳呢。五百多岁的荆条树已经老到看不出年轮，深深的皱褶里，依旧尘封着一个个流传久远的古老故事。他听爷爷的爷爷说，这庄子里一辈一辈人都是靠编筐打篓的手艺养家糊口。肩上担的粪筐，背上背的背篓，臂上挎的草筐，手里拎的笊篓，就连逮鱼摸虾的鱼罩鱼篓，哪一样不是荆条编的？荆条树有着极其旺盛的生命力，当年的藤蔓被一茬茬斫伐殆尽，来年春天又生发更多新枝条，人们继续割荆条编筐打篓，一辈一辈往下传。

程跃老师扎根蒙洼，从事小学教育已经三十多年。他对这片乡土的热爱，胜过三千诗词的书写。咱们平原一马平川没有山，我小的时候就把大树当成大山来仰望。每当夏夜，天为庐地为席，躺在地上看满天的星斗，看萤火虫提着灯笼走东家串西家，看远处巍巍的"山影"绵延不绝。终于能见到大山了，心中有一种自豪感油然而生。

他太爱树了，也太熟悉树了。沟头田边随便捡一根枯死的树枝或一片干枯的树叶，他都能准确无误地辨认出原本属于什么树的一部分。他见不得树遭罪，看见被摧残的树，他会难过得落下泪来，连着几天心里都不好过。一有空，他就骑着电动车到处转悠，打听哪儿有老树，不论什么树，他都要去看看。有好几回，他得到信儿，急急忙忙赶过去，树已经被树贩子以白菜萝卜价收购了。他磨破嘴皮子再以高出几倍的价钱买回来，移栽到古树园，挂点滴，呵护亲儿子一样。他尤其见不得那些遭人遗弃的老树。现在的家具都是成套成套的卖现成的，农村的木匠几无用武之地，树也一样，除了长相好、材质好能卖个好价钱，那些歪脖子榆树、七个窟窿八个眼的枣树，当劈柴烧又劈不开，被随便挖掉，丢一边去。在人家眼里当劈柴都不够料的废树，可在程跃眼里，都是宝。只要一息尚存，他就竭尽所能去抢救，决不放过一线希望。没能抢救回来，他会不停地自责：若能早些时候发现，那树一定能救活，怪我去晚了，对不起那棵树。

还有一次，头天跟人家谈定了，说第二天来挖树。等第二天他找来几个帮手开着挖掘机，到地方一看，满地狼藉，湿漉漉一个大坑，树头丢一下哩，树根丢一下哩，树干被树贩子锯成几节拉走了。素日里温和儒雅的程老师，这回爆粗口了——那老马子（老太婆）真该死了！每回去县城经过那个树坑，他的心都要被刀剜一下疼。他说，他又对不起一棵树。

那些都是活了上百年的树，咋没人心疼呢？咱淮河湾里就是个大水窝子，哪棵树不是被洪水泡大的？它活下来比人还要艰难，要比人遭受更多更大的磨难。能活过百年的树，受咱们祖先护佑过，救过多少辈人命，都是有灵魂的树，跟人心灵相通，咋能说残害就残害了呀？

三百多年的枣树，在这片古树林中，算是老枣树中较为年长的一棵，旁边还有许多有着相同遭遇的"难兄难弟"。其中一棵，整个树头折断，树梢倒挂在树干上，唯有一处相连的树皮，维系着整棵树的生发。倒挂着的树梢，却结着粒粒青绿的枣子。程跃说，这棵老树多像一位老人，怕子孙爬树摘枣摔着，把枣送到他们嘴边上。

程老师激动地说："老枣树心肠真好呀，头一年移栽过来，第二年就挂果了。枝头都压弯了，最少有50斤。把它救活了，它咋就知道报恩了呢？"

这棵三百年的枣树，可没少让程跃费心思。旧村庄改造，那树要挖掉。他问人家多少钱管卖，答曰："300。""我给400，你卖给我吧。"人工费、机械费花了他好几千，总算给它安了新家。为了买树，几个工资都垫进去了，冒哩一屁股两肋巴，亲戚朋友没有不埋怨他的。村里辈分高的老人劝道："你咋胡弄，要那弄啥？"只要是他认定了的事情，任谁劝阻都不回头，千难万难都不退却。程跃把自己活成了一棵树，一棵坚韧不拔的树。

他在古树园里种西瓜，种甜瓜。整个暑天他都在这块地里滚，一顶草帽，一身臭汗，两腿泥浆。累了，坐在树下，听国家合唱团水准的蝉声大合唱，看鸟都来吃他的瓜，他乐得哈哈大笑。他不但不驱赶它们，还把西瓜掰开，让成群的鸟儿都来抢食。他种的瓜不施肥不喷药，甜中带沙，结得满地都是，最大的有三十多斤。可他不卖，送亲戚朋友，送左邻右舍，送老少爷们。路过的口渴了，尽管摘了吃，不怪你。大的摘吃了，留下小的给鸟吃，给黄鼠狼吃，连小蚂蚁都能嘬上一口。大热天的，小家伙们也饥渴难耐。

程跃还有更大的野心，再租赁 20 亩地，把濒临灭绝的本地树种都抢救过来，造一个更大的古树园。为此，他特意去外地找园林专家拜师学艺。人家听说他大老远地跑来求教是专门为了救那些古树，大为感动，免费传授技艺。造这么大一个园子，钱从哪儿弄？借。先跟亲戚朋友借，找儿子要一点。有人看中了他的几棵古树，出个好价钱要买。不卖，舍不得。一日不见想得慌，怕人家不好好疼惜它。买他的树跟割他的肉一样疼。他宁愿硬着头皮去借钱，也不愿拿他的树去换钱。他说："你没瞧见那些树吗？但凡能活过来，能开花就开花，能结果就结果，都知道来报答我呀。"那些树，都是他的亲人。值得欣慰的是，在他的影响下，已经有一批有识之士加入保护古树的行动当中去。

"我跟介（这）些树一样，住在淮河岸，喝着淮河水。过去人食不果腹，树是人的亲人，现在人生活富足，树更是人的恩人。我把介（这）些树保留下来，是为曾经多灾多难的蒙洼土地树碑，树一块活的丰碑。子孙后代将来看到介（这）些树，知道咱蒙洼人是怎样从灾难深重的岁月中走过来，又一步步迈向美好幸福生活的。"

晚间，程老师发来短信：中秋来古树园吃枣。

（发表于 2020 年 8 月 26 日《安徽日报农村版〈芳草地〉》）

第二章

故园之恋（组章）

故园之恋（组章）

一、村庄，我的村庄

六里桥，一个村庄的乳名，它的大限就要到了。推土机狰狞的齿轮叫嚣着倾轧在它褐黄的肌肤上，一个村落就此陨落。我的先人从土壤里窜出来，阴翳的眼神遮过远天，怎堪忍听村庄最后一声凄婉的哀吟？

不知道脚下这片土地上，是先有我的祖上还是先出现这个村庄？我的家族到我这辈儿已是21世，约略算下来，也有五百年的岁月。五百年的生息繁衍，远过于一个村庄所能容纳的人口。这样推算下去，六里桥权且算作我祖辈的一个幼儿，它的贵庚亦不过两个世纪。父亲的记忆深度里，村庄西南是块风水宝地，合搂粗的柏树比肩接踵密不透雨，堆尖堆尖的祖坟连绵成片。盛夏，外面骄阳如火，墓林里阴森幽暗，凉气飕飕，无论大人孩子，独个不敢擅入。村庄旧时的繁茂由此略见一斑。柏树林的销匿也不过一个甲子的光景，我若赶早投世二十年，也能瞥一眼巨树的葱郁和凛然，蹒跚着捡来一捧水鸟遗落在树杈下的虾鱼小蟹。那时的村庄里不光居住着我的祖辈，还栖息着热热闹闹飞进飞出的邻里们，它们与我的先人和睦共荣。

先人的坟茔易为良亩，也算泽被子嗣后人了。五黄六月，谷粒满仓，丰润之年，人丁兴盛。习习凉风下，族人渠边偶遇，班荆道故话桑麻，其乐亦融融。一个村庄在一个地方落脚，树就印着农人的脚印，在房前屋后扎下根，蓊蓊葱葱，年滚着年，月滚着月，过着树的营生，一春一秋与农家娃子同宿同息同滋养。树撑开了村庄的轮廓，又渐渐合拢成村庄的模样。村庄里到处繁衍着树的子孙，桑树、梓树、楝树、槐树、榆树落地生根，安安生生地落户在族人的脚下，与家族一同壮大。树的脉续却比族人旺盛得多，它的繁茂把村庄像裹棉絮一样一丝不透地包裹起来，村庄成了它的蛹。树大招风，也招来了远客，各种鸟儿结着伴儿张着翅膀剪身飞进飞出。它们中意了这片村落，愿意与树结个连理，于是，忙里忙外，把家安在树上。树木讷着不肯说些什么，鸟儿倒是新奇地"叽叽喳喳"啰唆着，总没个消停。鸟儿的喧噪与鸡犬的鸣叫融成一种和声，终日响彻在村庄的上空，酿成村庄最初的声音。

棠栗子树脚下抠紧岸边的黄泥堆，斜着身子探向水面，照见水面的镜子，开出满枝梨花白的小花，"嗡嗡"的小黄蜂围着花枝打转，水面不时有鱼儿探头，划出细细的涟漪。泡桐树下，落一地淡紫色的"小花帽"，蚂蚁身着黑色的礼服，绅士般排着长长的队伍，在"花帽"丛中鱼贯而行。桑树不断长出嫩绿的叶片，一张接着一张的蒲席上，蚕宝宝"沙沙"地横扫残云，之后慢慢地吐着银亮的丝。银丝绕过女人的指尖，经纬纵横着织成青衫。那衣襟裹着墨香在向晚的暖风里飘曳，残黄的族谱里还依稀散落着他们檀香的名讳。学堂里摇曳的书声一阵盖过一阵，像风声、像雨声、似燕语、似虫鸣，浑浑圆圆，纤纤细细，如注，如烟，如缕，飞落在村庄上空，锃亮族人兴奋的耳膜。

夏日里，一场暴雨整日整夜地倾泻，灌满大大小小的沟塘。雨住了，沟塘没边没沿地流着"哗哗"的水声。村前的大水塘颇为壮观，被围在塘中央的两块绿洲成了孤岛，远远地瞥去，一个似龟，一个似蛇。葱郁茂密的芦苇丛中，不时掠过白鹭娴静的身姿，鸭子"嘎嘎"的叫声盖过一阵阵蛙鸣，招来泼皮的半大小子们。他们撸去身上的外衣，提着裤衩，一队鱼秧子似的游过去，鸭子惊叫着，扑腾着翅膀蹚下水去，撇下一窝白晃晃的鸭蛋，便宜了这帮毛头小子。西天的红霞浸染半边水面，荷锄的男男女女，歇下来，排开了蹲在塘沿，晕开水面，掬一捧清凉凉的流水，撩在脸上，滑滑的，爽爽的，惬意极了。索性挽起裤腿脱下鞋子，"扑通扑通"搅起翻滚的水花。不知谁家的娃子端坐在老榆树斜向水面的虬枝上，垂下的双脚踩着水面，鱼儿唼得他的脚丫子痒痒的。他眯着眼"嘎嘎"地只顾笑，大人在一旁嚷道："掉魂了，笑个啥？"

夏日里最不能让人消停的算是蝉嘶了。大雨过后，老宅子前后松软湿润的泥土中不声不响地拱出一个个金盔金甲的家伙。它们要赶在夜阑人寂时蜕去笨重的盔甲，只待一缕清凉的晨风"飒飒"地洒过来，一声清越的嘶鸣穿越数年深埋于泥土下的期盼，黑翼云裳飘逸着一个歌者对生命的吟唱。蝉，同"禅"，出自佛家，故称"知了"。烈日下，村庄上空所有噪噪的杂声被亢奋的蝉声喧夺，从清早折腾到傍黑，裂帛般的声音把整个村庄笼罩在炎热的焦躁中。积年的历久蛰伏，蝉要用一个季节的歌唱倾诉一个优秀物种渊远的历史，犹似草原上的牧人三五围坐篝火旁，抚琴吟唱《嘎达梅林》的壮美诗章。蝉的嘶鸣被村庄的天空和泽土收藏，成了日后缅怀这片村落最壮美的绝响。

老黄狗喘着粗气没日没夜地吠着。孬四爷抬腿踹它两脚，恨恨地骂娘。最近，他的老残腿走起路来跛得更厉害了。他围着残破的老屋，走走停停，停停走走。这村庄这老屋藏着他的魂啊！孬四爷自幼腿残，双目生疾致一目失明，孤单一世、形影相吊。他像一棵树一样守着一个村庄一辈子。而今，他老了，老屋也老了，村庄也衰落了。人老了不中用，村庄老了也不中看。可村庄里的树没老，一茬接一茬吸纳着灵气挺拔于膏腴之地。树依旧是村庄一件干净朴素而淡雅的衣服，它依旧把村庄装扮得青衫淡墨、灵秀可眼。先人把目光落在这片沃土之上，自有它得天独厚的优势。土地平整，开阔肥沃，与一方古市毗邻接壤。当年的那个古市已经繁华成一座县城，县城的商业嗅觉已经触碰到这片村落。村庄面临被覆灭的命运，在劫难逃。

终于有了这么一天，在春天一步步向着夏天靠近的日子里，这个放大到县域地图上也只是蚁卵大小的村庄，在电锯连天加夜尖锐的呼啸声中，轰然倒下的是瞻望过先人仪容的树，以及那些树的后生。它们倒下了，血污沾满锯齿，它们不能再守着先人的遗言，生生世世荫育且守望这片土地上生息着的人们。鸟儿惊恐着四处飞散，一窝窝的雏鸟及卵从高高的树巅跌下，无人问津，只待青蝇来吊。一个村庄，在一阵阵鸟儿的哀鸣散去后，戛然失语。推土机卷土而来后，那种穿透耳膜的嚎叫已不再属于这个乡村，乡村躺在被风撕碎的地图上已经溘然长逝。紧接着，这片土地上长出一簇簇楼宇，白晃晃的，像一个个笼子，从村庄里挪移出来的人们就要被装进这样的笼子。

流离失所的鸟儿们，还会念及乡情，五里一徘徊，一声一声为我的乡人婉转啼鸣吗？

二、老屋

老屋被一把锁拦着，静默了很久。老屋被掏空后，留置，合搂着满园无法迁徙的花木，夜夜入睡。它周边的树木，沟渠，宅院，已先它一步，履为平川。白晃晃的废墟，灼痛每一双回望的眼睛。

阿黄哀哀地乞怜，不愿与老屋相守，晃着蜷曲的尾巴，亦步亦趋地紧随主人。主人怕老屋孤寂，想让阿黄守着老屋作伴，阿黄心里跟明镜似的，它知道，主人这一去，不复返。父亲重又撂下扁担，粗糙的巴掌，贴着门框将上将下，"砰砰"，厚重地拍两下，算是跟老伙计辞别。母亲从早到晚拿那不争气的东西洗脸，一阵唏嘘一阵鼻涕。

被弃置的老屋，更像一座祖庙。黑漆相框里，八十四岁的奶奶还在，二十三岁的二妹也在。二妹吟吟地笑，拢着奶奶满头的银丝，门前的一缕阳光安静地浅卧在奶奶的蓝布围裙上。父亲母亲，与他们的荞麦、耕具、家什器物一起，住进了新区。奶奶和二妹没走。除了老屋，她们无处栖身。

老屋不算老，离二十年还差着几岁。奶奶跟二妹还在时，老屋换了筋骨，父母大半生的心血被一堆堆钢筋水泥透支。老屋落成那天，父亲点了五千响的鞭炮，他"咯咯"的笑声比炮仗还脆响。母亲头上扎着一方青布头巾，跑前跑后，忙着给帮忙凑热闹的邻里亲友们敬烟散糖果。母亲跟父亲说，这钢筋水泥的屋子牢固结实，能陪到咱俩进棺材。父亲接茬说，三辈人也住不垮塌。三间面南坐北的钢混平房，与侧面的厢房合拢成一个四四方方的院落。一株桂花树，染着半个世纪的风尘，撑开华盖，站在院子中央，纹丝不动，看新屋老去，看呜呜咽咽的唢呐声中奶奶被棺木抬走，看二妹被车轮碾压下的魂灵装进猩红色匣子，掩埋在母亲抬眼就能眷顾的地方。老屋熏着丹桂馥郁的香气，出落成母亲中意的模样。母亲扶着墙壁弓身挪行的手印，一年年矮了下去，直至不得不把另一只手搭在手杖上。母亲说她其实不算老，是老屋太壮实太发旺，把她自个儿比下去了。呵呵，母亲在跟老屋私下里较着劲。

不是老屋太老，是老屋落脚的村庄不能再芜杂着古往今来的树、沟塘及褪色的老屋，这儿要用一种舶来的颜料粉饰成另一种新象，老屋不得不顾全大局。麦田的欢愉，炊烟的袅袅，柳叶的絮语，黄鹂的鸣唱，水草的娴静，蝌蚪的洄游，被驱逐着流亡在那卷黑白胶片上，作茧，成蛹。那长长的钢铁的巨臂，一伸一曲，顷刻间，老屋便垮塌，肢解，倾轧，还原成一堆砂砾。老屋的命相酷似当年的二妹。被老屋紧紧搂在怀中的桂花树，战栗着枝条，惴惴而惶恐。一窝安扎树巅的斑鸠，惊慌溃散，仓皇逃亡，箭离弦一般。阿黄呜咽着低吠两声，怯怯地退到主人身后，怒而不言。

老屋犹在。奶奶和二妹犹在。我把五脏六腑掏空，把老屋装进去，请奶奶和二妹入住。

三、遥远的树

"穷人莫信富人哄，楝树开花有一冷。"又听到这句话，突然记不清楝树的模样。隔着谜、隔着雾、隔着烟尘，我怎么也望不见故乡的老屋前，楝树撑起的一盖繁华。泥筑的老屋，站到身心交瘁、形容枯槁、风雨百年、沧桑落尽，躺下，遗容安详，在我先祖安歇的地方，静卧成泥。老屋走了，村庄走了，树也走了。故乡的树，背井离乡，渐行渐远。它们的孩子，南下了，北上了，远得望也望不到一眼，扯得我心痛。

只想看一眼楝树花开时节的繁盛。记忆远得没有一丝的踪迹。我拿什么怀念故园的草草木木？

站在曾被我唤作"家"的地方，废墟，被昏黄的暮色扯成满地的魅影。不日，又一片高楼将踩踏着村庄和树的墓葬，拔地而起，向着天空扶摇直上。我的家，消解了，不是被土地、天空、河流降解成最原始的形态，而是被工厂沉闷的噪声、狗屎黄的烟尘、恣意漫溢的废液所攫取，像一场新新文明对远古文明的侵略。我的乡愁，从此流浪。

行囊，装一架摄像机；摄像机的黑白胶片，舒展着树的手势，凝静的天幕下，累述树的前世今生。行囊缚在一个寂寞的脊背上，蜗行，走进国家画院，走进东京的个人影展厅。村庄里房前屋后的树啊，被它的游子搀扶着，行走四方。不再像缠着裹布的小脚女子，围着三尺锅台转一辈子，它大大方方，光艳艳走进色彩纷呈的世界。树，以最古老的装束走进岁月的河流，它的寂寞，被一把琵琶弹奏。从此，大漠深处，高一声低一声的回应，遗落在西行的路上。把照片贴在胸前，树就扎下根，盘根错节的乡思，浸着夜的静寂，更深露长到天明。

哥在他乡，把故土遥望。

树从照片的光影里走下来，依旧长在祖屋旁。母亲进进出出忙着给猪添料，给牛喂草，身后一队"御林军""唧唧""呱呱"寸步不离左右。大白鹅竖起脖子，教诲"黄盔白甲"们，要知书达礼，懂得做禽的规矩，不能不顾尊严和颜面。荍麦会有的，面包也会有的。柳树弯下腰，垂垂的枝条，蘸着柔黄的光影，纷披在母亲的背上。母亲把红润的双手和平静的目光交给流水，任水面的涟漪揉碎了她的倒影。娃的衣服在泥水里滚了几天，堆起来能当柴草垛。母亲站在水塘边，站在柳荫下，腰，弯下，又直立，直立弯下，弯下直立，反反复复，重复一个机械的动作，连水里的鱼儿树上的花雀都看腻烦了，怏怏地不愿意围着母亲打转。母亲的眼界小，只盯住娃的一件件灰灰的脏衣服，没工夫理睬身边的那些动静。母亲干活的时候，把自己站成一棵树，半天也不会挪一下、吭一声。淳朴、善良、坚忍的母亲有着与树相同的品格和秉性。

春天召回所有树的灵魂，召回记忆里散落的一地梨花。燕子飞时青杏小，桐花声里笑声落。房前屋后的树，相处得很和睦，没有谁欺老凌弱。杏树老了，知道自己时日不多，枯一半枝杈，透下一片光亮，让脚下的一棵枣树拔拔筋骨，一个夏天能长成半大小子。槐树和椿树属于村里的大多数居民，谁家的宅院里也少不了它们布下的荫凉。它们像农家娃，长高长壮了，就出息了，筑屋架梁，它们就是顶梁柱。庄稼人拿它们当自家娃指望，一辈一辈能堪大用。我只惦记桑树能结满枝的桑葚，紫得发黑的桑葚，吃得满嘴黑洞洞的，祖母说我嘴唇乌紫像个厉鬼，我就扮个鬼脸朝祖母龇牙咧嘴。多年以后，桑树被伐倒，清凄凄的泪沾湿匠人锋利的斧锯。父亲的目光一遍遍丈量着那根木头，连同夜的无边无际的黑，被父亲丈量成黑漆漆的棺木，奶奶被那具棺木抬走。那个落着梨花的春天被棺木抬走了另一半。桑树，"丧树"，来生还是一棵被人敬畏的"棺木"。我再也不敢吃桑葚，怕咬痛先人的每一根神经和血管。祖母走后，父亲折一段柳枝，插在坟上。三春雨水多，柳树不声不响就成活了。柳树通人性，晓得亲人的思念长又长，它就起劲地往上蹿。长长的柳丝一年一年婆娑成荫，祖母一岁一岁静卧安好。我敲打键盘时，定有几只黄雀从柳梢上落下来，在祖母的草堂前跳跃，卿卿复卿卿地呢喃，像说给伴侣，又像说给祖母听。祖母抿着嘴唇，说一句："这丫头，羞不羞？"

母亲大半辈子没变更过农民身份。她奢望了半辈子，不想再受农民的罪。农民太辛苦，她的脊梁拼命往上顶，累得弯成弓，再也不能复位。她侧卧在架子车上，被父亲推着去了医院。医生抬头看一眼，就认出母亲是农民。母亲是农民，母亲的病也成了农民的病。母亲因为是农民而卑微着。这几年，母亲突然稀罕起土地、稀罕起农民的身份，开始回味土地与她的亲。土地被征用了，母亲一家被装进三室一厅的楼房里。母亲的身边，厮守着一些不太入眼的老式家具，谦卑的模样，只能配得上老屋的陈旧。这偌大的新居啊，莫不是陈焕生进的那个城？母亲靠着、躺着、挂着、坐着的，哪个物件不是树的前世今生？哪把椅子是哪棵树做的，那棵树当年站在老屋的什么位置，长成什么模样，树巅的那篷鸟窝孵出的是什么鸟，母亲如数家珍。树又以另一种方式复活了。母亲祖护的目光，安抚着一棵树，一片林子，一个村庄和一群飞鸟。我在母亲身边转个圈，所有的树都醒的，开一春的花，结一秋的果。

四、百岁老太

阳光下，她是一尊佛。

秋日的午后，阳光落满晒场，剥好的老玉米棒子像被奶过的婴儿，你蹬蹬我，我推推你，挤挤挨挨安睡了。她就坐在晒场边下，靛蓝色的斜襟褂子，褪去浅浅的浮色，针脚绵密匀称，是她多年前的手艺。她怨怼自己这些年纫不上针眼，是废人了。双手，是松柏的虬枝，落满霜色剑影。双手细细地捋好一把韭菜，握在手心里攒成整齐的一小撮，摞在脚前的笊篓里。捡起脚下的玉米棒穗，挤压在一个光棒子上，拧着劲旋转，黄灿灿的玉米粒"啪啪"地剥落。一声雀鸣惊落，皓首略略抬起，下颌微微上翘，红润的舌尖轻轻滑过光秃的牙床，探出双唇，翕动，舔着阳光。眼窝周围，平展着细细的涟漪，眼睑像静静落下的两枚秋叶，掩着两只婴儿的眼。朝着雀鸟滑去的飞羽，放飞一丝清和的笑，淳和，安详，像一枝古莲的仪姿，静谧在时光里，百年不凋。

　　十五年前，祖母过世时，享年84岁，她高祖母一寿。祖母念了她一辈子好，她也念了祖母一辈子好。她在村里辈分最高，高高低低几百号人都是她的子孙辈，我尊她为高太奶。她说祖母命苦，祖父年纪轻轻被绑去充壮丁，孤儿寡母守了一辈子。她的命何尝不是如此？她说那死鬼在外面输了钱没脸见人，一根麻绳吊死在门框上，撇下仨儿女嗷嗷待哺。一个小脚女人顶起了头上的天。女人脚小力薄，干不了肩挑、背扛、犁田、耙地的苦力活，只好没日没夜地帮人家纺线、织布、缝衣、纳鞋，讨点粗粮糊口。闺女8岁那年，遭遇饥荒，眼巴巴看着孩子的小命难保，万般无奈，把闺女送给人家做了童养媳。每每忆起这段往事，老人都支起一只手拢住双眼，哽咽不能语，眼泪顺着手心簌簌落下。她说这辈子亏欠孩子太多。二十年的寡妇熬成婆，给两个儿子安顿个窝，老人栖身于一间茅屋，粗茶淡饭，简衣素食，纺织稼穑，不辍劳作，风雨几十载。老人说，一眨眼恍若昨日。一眨眼的工夫，她送走了一茬又一茬的旧人，又迎来一茬又一茬的新人，像一季一季的庄稼，收割—播种，再收割—再播种。这期间，送走的还有她的儿子儿媳，耄耋之年又迎来第五世玄孙。

　　祖母在世时，常常念叨一件往事。那年深秋，枯风老雨下个不停。母亲生下弟弟，身体虚弱得不行，饿得弟弟一夜一夜地嚎。家徒四壁的父亲急得搓着两手在屋里转来转去，祖母顶着一把破油纸伞迎着风雨走出去。一会工夫，祖母颠着小脚笑吟吟地回来了，裰子大襟里兜着十几只鲜亮亮的鸡蛋，那是老太奶攒了个把月的油盐钱呐！祖母后来归还了几次，老太奶死活不肯收下，说，门户添丁，心里欢喜啊，哪能还见外？祖母不在了，父亲还是年年念叨，他说，这份情，咱不能忘，你妈跟你弟就是那十几只鸡蛋才救活的命。老太奶和善，人缘好，村里老老少少从田地里下来，总喜欢在她门前歇个脚讨口茶水，拉个家常嘘个冷暖。父亲免不了隔三岔五要去絮叨一番，否则，心里惦记得发慌。祖孙俩盘腿坐在床沿上，细细地扯着体己话，说到高兴时，父亲"哈哈"仰面大笑，无拘得像个顽童，太奶松开掉光牙齿的嘴，笑得直抹眼泪。赶上饭响，太奶就留住父亲，父亲也不推辞。父亲往灶膛里添着柴，锅里的红薯块"咕嘟咕嘟"腾起满屋子的热气。太奶弯着腰一擀杖一擀杖地擀面，父亲把一海碗面吃下去一半，一筷子挑出俩荷包蛋来，羞得父亲手足无措。太奶嗔怪道："你这孩子，还假啊！"父亲"嘻嘻"地笑着，吞下碗里的饭。

古稀之年，父亲的步子亦日趋蹒跚。隔三岔五，依旧去太奶那儿讨个欢心，卖个乖腻，无拘的笑一波又一波传出去。乡村的夜，只因祖孙俩的无邪而静谧。

太奶的背弯成一张弓，打我记事时就已经弯了。弯弯的脊梁上背着一个簸筐，夕阳下的田埂被一双小脚踩成路人的风景。老人的步子，不急不慢，不愠不火，不偏不倚，一如她一世的修行。

五、梓树，梓树

五月的黄昏，遇见一位故人，梓树，它是我离散多年的乡亲。

我从一地的紫色花筒上踩过去，猛然回头仰望，撞见一个高大的身影，它已经把我笼在翼下。我木立着仰视这位久未谋面的乡亲，一时语塞。我寻思了好一会儿，才想起它的名字，梓树。

想起梓树，童年的印象就醒了。一株高大的梓树，不声不响站在屋墙后，一年一年过去，也不见它有多大变化。只在五月里开淡紫的花，大朵大朵的花筒子砸下来，屋前屋后覆了一层又一层，忙坏了钻洞房过家家的蚂蚁。我那时就想，如果它不开花，不开喇叭状的大花朵，小孩子家谁会记起它的存在呢？梓树长在我家的屋后，匝一大片浓荫，刚好给后面的一家人乘凉。那家人在梓树下支起一块磨盘，老老小小一大家子一日三餐都离不开磨盘了。

盛夏的夜晚，乡村有一些隐秘，须等到一树一树的知了拼命地嘶鸣过之后，夜色才肯好好配合他们遮掩。梓树底下乘凉的大人，摇着摇着蒲扇，蒲扇就掉下来了。瞌睡得不得了，进屋倒头就睡。"咕咕咕""咕咕咕"，夜鸟的两声清唱，诱出一个人影从屋子里飘出来，拐过墙角，粘着另一个人影，往村外飘去。凤子和亮子的事，藏着掖着有些日子了。梓树知道，啥也不言语，盼着两个孩子有个好结果。它喜欢这俩孩子。那年入冬，凤子到底没跟亮子好成，她被继父逼着给半傻的弟弟换了亲。出嫁的前夜，凤子半夜里在梓树的丫杈上挂一根绳子，想把自己吊死。碗口粗的树杈，齐崭崭地断了，凤子没事。凤子穿着大红袄被人搀走时，想必梓树和亮子一样伤心。

每年的秋天，屋后的那家人往梓树上挂一嘟噜一嘟噜披着蓑衣的玉米棒子，一树的金盔金甲，直挂到立冬。有一年的那个时节，我跟那家的一个孩子结了仇，抱着我家的那棵梓树，愣是不让人家往梓树上挂玉米棒子。父亲拉我不走，还挨了他一掌。父亲说，人跟人知道结仇，树跟谁结仇了？若干年后，想起这句话，心中不免酸涩。树跟谁都没结过仇，可树被谁逼着失去了故乡？

我和我的这些乡亲一同失去故乡。这些年，我在城市里浪迹，不晓得它们去了哪里，日子过得好不好。我时常望着电线杆上的一串麻雀发呆，不知道它们中的哪一只曾经是我的乡邻，在老家的屋檐下做过窝。灰灰的蓑衣，高高低低的啼鸣，像一群身着统一校服的孩子站成一排试唱和声。燕子、喜鹊、斑鸠、黄鹂鸟都去了哪里，唱和声的孩子们有谁知道？好些年不见，心中惦念得发慌。

当年被抓了壮丁又辗转去了台湾的一个老兵回村里认亲，他犹记门前有一棵梓树，好大的树，上面垒了好多鸟窝，刮风下雨时，树上掉下来许多小鱼儿，那都是老鸟衔给幼鸟的口粮。那棵梓树已经在多年前给他的娘亲做了棺木。只是他不知道，他的娘，瞎了，为他哭瞎的。老兵鬓发已染秋霜，他绕着村庄走啊走，走到哪眼泪落到哪，他就想见见那棵树。

乡村多梓树。梓树的叶子和花散发苦味，且有毒，猪羊不睬，所以梓树跟没事人一样在村里到处落脚，谁家房前屋后都有一两棵。梓树材质轻、耐水沤，适于造船。没大沟大河的，用不上船，故村里不造船。但村里的许多大事，只有梓树才担得起角色。三贵的娘走了，抬的是梓棺。大有的爹走了，抬的也是梓棺。三贵是村里最寒蛋的老光棍。大有是村里最大的官，大队支书。梓树最大的道义就是为村里走掉的人预备着"三长两短"的"活材"。梓树送走了多少辈人，谁记得清呢？

在乡下，梓树活三十年跟活五十年，区别能有多大呢？都是一棵老树，等着一个行将就木的人把它带走。它迟早都要走的，只是不肯远离故园，所以它选择做一具棺木，躺下了，也要躺在故土下，恋着这片土地的乳香。

再见到梓树，我已是泪水涟涟。两个丢失故园的乡亲，多年以后，在他乡重逢，喜极而泣。下一次，我想带我的孩子来，让她知道我有一位乡亲也住在这座城市里，我和它都曾是淮河之滨的原住民。

（《梓树，梓树》发表于2014年6月10日《颍州晚报〈奎星楼〉副刊》，2017年《故园之恋》获"首届阜阳市散文精品创作大奖赛"一等奖）

我的乡下邻居

有几个年头没回乡下了，邻居们都还好吧。

燕 子

燕子回来了。我以为它是回来看我的，瞎喜欢了好几天。它一回来，就跑出去看杨柳，看桃花，看油菜花，根本没顾上看我一眼。它又不是蜜蜂，天天赶花会。

无边无际的油菜花，熏得人张不开眼。不晓得，在造物主那里，黄颜料很便宜吗？一分钱能买多少桶呢？否则，怎会奢侈浪费至如此地步？随意泼溅，恣意横流，村前屋后，林间渠边，直至天边。一脚踏进去，就出不来了，一不留神，怕是要葬身这花海。

邻家的燕子也回来了。邻家的小男孩不安生，把红头巾挑在一根竹竿上，迎着燕子晃个不停。燕子在屋前旋一转旋一转，飞不到屋里去。那男孩面朝天仰着脸，豁牙嘴张多大，也不怕燕子拉屎落他嘴里。正赶上男孩的姐姐放学回来，上去就拧他耳朵。男孩咧个苦瓜嘴，想哭憋着没哭，丑死了。

燕子一回到窝里，也不知道它们唧唧个啥，娇娇喘喘的，温温软软的，柔柔绵绵的，亲个没完没了，我想插句话都不能。我多想问问燕子："江南是个怎样的江南？顿顿都有大米吃吗？晚上归来鱼满仓吗？那户人家待它好吗？有没有像我一样大的小孩子？男孩女孩，模样好看不好看？乐意不乐意挖草喂兔子？喜欢不喜欢写作业？我有一肚子的话要说，燕子怎就不明白呢？

燕子做窝了，抱了五个光屁股出来，也辨认不出哪个是扎小辫的姑娘，哪个是留鸭尾巴的小子。唧唧，唧唧，虫子一样嘤嘤着，声音细得像根丝线。它们是七口之家，若再添一位老奶奶，就跟我们家情况一样了。不晓得它们家的老奶奶住在哪个亲戚家？该给它们起什么名字呢？它们的娘才不会像我娘那么笨，大妮、二妮、三妮，全村的女孩儿就我们仨没正经名字。

五个小黄嘴头挨着头簇拥着趴在家门口，等老燕子衔了虫子喂它们。燕子爹衔一口飞回来，喂了老大；燕子娘衔一口飞回来，喂了老二；再衔一口喂老三，老四、老五接着喂。爹娘不偏心，小家伙也规矩，谁也不争抢谁的口粮。

邻家的燕子也抱窝了，出来四个软软乎乎的光屁股蛋子。邻家的女孩，就是那个拧男孩耳朵的姐姐，见天就往我家跑，瞅瞅两家的小燕子哪个长得快，哪个最能叽叽喳喳，哪个爱跟别人争嘴，就是个捣蛋荏子的料；哪个爱梳理打扮，哪个最乖最省事，有个小姑娘的样子。娘数落我们净是瞎操心。春天有那么多的日子，各种各样的野花儿每天都在开，我们有什么要紧的事要做呢？无非是看看燕子，采采花儿，数数星星，一点一点慢慢长大。

祖母说："咱家有人气，你看燕子都比别家的多；赶紧地，换个大点的笊头子吊在燕窝下面。"燕子就这点烦人，拉屎不捡个时候，不防着点不行。燕子飞进飞出，家家的门锁不防它，门头都留有门洞，方便燕子出行。燕子如此的优厚待遇，在村里绝无仅有。猫狗愤愤然，见燕子落地，箭一样扑上去，吓得燕子惊叫着蹿上高空。猫狗啥也没捞着，还挨主人一闷棍子。

牵牛花还在开，干干净净的小脸儿挤满篱笆墙，结了满架的黑籽儿，来年还会开一模一样的蓝眼睛。

天就那么蓝，水就那么清。我在地里帮大人往架子车上搬红薯，累了就看一眼天，渴了就跑水塘沿上捧一口水喝，还捉了几只蚂蚱，用草藤子串了，拿回去跟燕子交朋友。

燕子飞了，都飞了，窝是空的。我多想让南归的燕子捎封信，我想念那家的孩子，想跟他们做朋友。

蛙

水塘是蛙的家。二爷跟水塘搭边住，也是跟蛙搭边住。蛙，乡里人直呼蛤蟆——青蛤蟆、土蛤蟆、癞蛤蟆。蛙，从城里人嘴里弹出来，柔润嫩滑，有风摆杨柳的飘逸。到后来，中山装上衣兜别一两支新农村钢笔的后生也跟着改口，蛙。

我至今没有改口。我叫它蛤蟆，它喊我大妮子。乡里乡亲多年不见，照面喊一声乳名，人情、亲情、乡情，都满了。浓浓的，辣辣的，热热的，像一杯酒下到肚子里。

我的这位邻居，精怪，白天藏在水塘的杂草丛里，露个尖头，门脸挂俩大眼珠子，四爪揸开，王八一样一动不动悬在水中。可到了夜晚，它就不消停了，蹿上跳下，猴似的，蹦到我家的墙根下，咯咯哒，咯咯哒，叫个不歇。我一觉能睡到大天亮，可祖母不行，死蛤蟆一闹，她就睡不安稳。每年的二月二，天不亮，母亲就拎一根竹竿出门，沿着沟沿敲，边敲边说：二月二，敲沟沿，癞蛤蟆不吵老奶奶。母亲年年都敲沟沿，可蛤蟆照样吵得祖母睡不好。

二爷不怕吵。二爷手里的吃饭家伙响起来比它能邪乎。二爷会说大鼓书。二爷天生长一张会说书的嘴，能把死蛤蟆说得尿淌。二爷阶级成分高，没结着人，寡汉的日子寂寥，跟人学了大鼓。二爷唱大鼓不惜力气，大鼓一敲，大嗓门一亮，声震十里，手挥目送，绘声绘色，活灵活现，书唱得十里八乡出了名的好。

蛤蟆真不把二爷当外人。晚黑里，屋里的灯一亮，地上乱绊脚，疙疙瘩瘩趴一地，踢踢哪儿都是蛤蟆。二爷不伤它们。床底下敞亮，蛤蟆起劲蹦，不管。灶膛里的柴火灰得掏一掏，怕点火烧着这赖皮。夜壶也得倒一倒，怕半夜里一泡热尿淹着它。更深夜半，二爷的锣鼓家什一响，满地的蛤蟆都入了戏文——云鬓花颜，一袭青衣，脚踩莲步，迤逦而行——真真是仙女下凡。

天一落了雪，人闲得心里痒痒。二爷去南湾里说书，换点大米回来好过年。踩着大年边儿，二爷才回来，人胖了，也精神了。说是住在生产队长家里，一家人没拿他当外人，好吃好喝待着，亲兄弟一般。刚过罢年，二爷又急着去南湾。柳眉儿新绿，杏花儿始笑。二爷回来了，身后是一个女人牵着一个孩子。二爷把那边队长的女人孩子弄回来了。队长脚跟脚撵来了，矬粗，黑胖，木讷，没二爷亮堂。队长憨实得很，不敢近前，找人去劝和，女人死活不肯回去。男人没辙，蹲在村口的路头上守了三天，走了。

二爷里里外外翻新了房屋，改了灶台，垒了烟囱，用芦苇笆子夹了一圈篱笆院墙，屋里屋外多了几分鲜亮的人气。蛤蟆在屋前屋后呱呱叫，它们想见见二爷屋里来的新人。新人见人只顾低头笑，不大待见蛤蟆，见着蛤蟆就往外扫。蛤蟆恼火，呱呱呱，呱呱呱，一宿一宿起劲叫。

新人过了新劲，二爷的赖脾气就不压着了，开始数落娘俩的不是，孩子花钱厉害，女人炒菜舍得放油，粮食荧子说见底就见底，挣钱裹不住花钱。寡汉锅台上不能撂俩碗，他多心。隔三差五吵一架，十天半月打一架。女人到底念着旧男人的好，带着孩子不声不响地走了。

女人走了，蛤蟆又住进来。能跟二爷对脾气搭伙计的，就蛤蟆了。二爷的大鼓又敲起来了，满地的蛤蟆都入了戏文——云鬓花颜，一袭青衣，脚踩莲步，迤逦而行——真真是仙女下凡。

蝉

蝉声如嘶。太阳正毒，村庄像埋在锅底下灰堆里的红薯，被烤得半生不熟。狗不叫，猪不叫，牛不叫，鸡鸭也不叫。人泡到水塘里爽够了，湿淋淋一身水上岸。蝉像挨了打的野孩子，拼了命地叫着。虚张声势的叫声，势必把整个村庄掀翻。

疯姑满眼的陶醉，坐在林子里听蝉声。疯姑不疯，原先是叫凤姑，因沉湎蝉声而痴。蝉声如乐，疯姑如醉如痴，如入蓬莱仙境，久而不能回转。

那年，邻家要筑新屋，请来远亲近邻帮忙。凤姑帮着邻家大婶在灶房里打下手，油黑的大辫子甩前甩后，水汪汪的大眼睛回头往门外一瞥，一眼就撞上一个年轻后生清秀的面庞。只那一眼，有个东西硬生生直往她的心里闯。凤姑像偷了人家一块宝贝，披哪藏哪都觉得不稳妥，心里慌得厉害，一整天都恍恍惚惚。那后生是邻家的远房外甥，就住在十里开外的村子，小名叫响儿，外号叫叽嘹子。叽嘹子的大号就叫蝉。乡下人说话土，"叽嘹子，叽嘹子"，就这么叫。

邻家的新房筑好了，帮忙的亲戚朋友也都陆续走了。凤姑大眼闪闪地立在柳树下，目送叽嘹子远去，始终没敢上前和他说一个字。

过了秋天，冬天来了。过了冬天，一转春，眼看南去的大雁就要飞回来了。凤姑心中始终藏着他，没日没夜地藏着，藏得失魂落魄，茶饭不思，人睡倒了。郎中说，你这闺女心里是不是有人了？解铃还须系铃人。家人忙着托邻家大婶上门去提亲。大婶急着去又急着回来，晚了，那后生突发急症，人已经不在了，就这三两天的事，坟头的泥巴还是湿的。凤姑疯了，成了疯姑。

牵牛花的蓝眼睛藏着对露珠的思念，蝉的嘶鸣藏着对夏夜的思念，疯姑的不言不语藏着对年轻后生的思念。那个外号叫叽嘹子的人，就藏在林子里的树叶间，没日没夜地跟她说话，热切的话语烘烤着一个夏天。两个人的世界里，外人谁也进不去，只有他们两个人能听懂彼此的心声。

疯姑善良温和，有分寸，话语少。剪纸绣花是一把好手，织布裁衣也是好手，就是不能听蝉儿叫，一听蝉叫人就迷了。屋子里整箱整箱的都是捡来的叽嘹子壳，就是蝉蜕。每个蝉蜕里面，都藏着疯姑的梦。一夜一夜地梦着，一辈子的梦，一千个一万个，都压在这些箱子里面，都是疯姑的魂。

疯姑一直住在娘家，终身未嫁，过继了一个亲侄儿到身边，也算有个照应。侄儿取名蝉。

蛐 蛐

蛐蛐的吟唱最适宜月下斟酒。半弦月，半盏酒。就酸黄瓜、糖拌藕片、炝辣椒、卤豆腐皮下酒，有酸，有甜，有辣，有咸。

蛐蛐的吟唱是一种史诗般的叙事，像蒙古族的《嘎达梅林》、藏族的《格萨尔王》、柯尔克孜族的《玛纳斯》。史诗太长，蛐蛐每晚的功课都要做到很晚很晚，直唱到牵牛花开遍了，月亮跑偏了，星星瞌睡了，露珠儿弄湿了蛐蛐的眠床。

杜老师老了，一听见蛐蛐的吟唱就犯困。半弦月好，半盏酒好，再好的东西也抵挡不住困意。头一歪，芭蕉扇滑落地上，响起了鼾声。过了明年春季，杜老师就退休了。杜老师教初三语文，课教得好，县里都挂得上名，村里的老老少少都恭恭敬敬地称他杜老师。祖母说，人家杜老师就是有个教书先生的样儿，人长得亮亮堂堂，衣裳穿得周周正正，说话温温雅雅，待人客客气气、有礼有节。

杜老师年近五十才娶妻生子，都是地主成分给害的，眼也被人打瞎一只。考大学、参军、招工都没他的份，在村里当代课教师，一当就是二十几年。年年考转正，分数年年全县第一，年年政审过不了关。转不了正，杜老师就不结婚，他跟自己较劲，其实是跟自己的命较劲。杜老师的国学功底深厚，诗词歌赋，张嘴就来。他双手背后，在讲台上一边吟诵一边来回踱着步子，清瘦，帅气，一袭白衫，有仙气，像唐时的孟浩然，"骨貌淑清，风神散朗"。杜老师年轻时拉得一手好二胡。二胡的如倾如诉，在清夜里低回婉转，与蛐蛐的唱和，起起落落。蛐蛐用一生的吟唱，感谢夏夜的美好，感恩世间万物的生长。生命多美好，心儿在歌唱。

杜老师猝然倒在了讲台上。那个清晨的太阳升起得那么早，那么鲜红，那么明艳，而我们的杜老师再也没有醒过来。那两天，他就一直头疼，前一天晚上还坚持备课到深夜，一早又坚持给学生上早课。他是累死的。

多年以后，我去祭拜先生的墓地。远远地，有个乡亲放下锄头，引我到墓前，我们一起，向先生三鞠躬。

乡村的夏夜，蛐蛐吟唱着属于乡村的另一种史诗般的叙事。如泣如诉的叙述中，一位教书先生手执二胡端坐月下，花儿开了，露珠儿笑了。

蚂 蚁

妈扯着嗓子唤弟回家吃饭，弟跟聋了似的，置若罔闻，蹲在柳树下看蚂蚁搬家。弟怕耗子，怕飞蛾，怕菜青虫，怕蝉蜕，怕鸡毛，这些七零八碎的物件他都怕，独不怕蚂蚁。蚂蚁顺着他的脚趾头往上爬，爬到他的膝盖时，抖抖裤腿，放它下来。弟不知道一窝蚂蚁有多少，你问他，只管笑，低头，小声嘀咕一句：三个。再追问一句，他便恼火，白你一眼，大声嚷道：三个，咋恁笨！众人皆捧腹，不再逗他。

妈骂我是愣子，但从不说弟愣，只道他不是个明白人。弟是先天性佝偻病，脚底下不稳，走路蹒跚。弟一天有两件事要做，去村外的打麦场麦秸垛，拽麦秸烧锅，早半天一筐麦秸，晚半天一筐麦秸。早半天一筐要从吃罢早饭直拽到小学生放学回来，晚半天一筐从吃罢午饭直拽到太阳落西。去去来来的路上，净是小学生乱窜，他们拿蝉蜕吓他，把鸡毛塞他裤裆里，吓得弟哇哇乱叫，一路上跟弟疯个没完。

别家的孩子看见蚂蚁窝掏一泡热尿就浇，蚂蚁四处溃散。弟一手摁着地瘫坐在地上，一脸的愤怒，亦一脸的无奈。他不晓得怎么去跟人争，连个三岁的孩童他都争不过，老大一个人，只会咬牙，只会愤怒，亦只好无奈。他是一个村子的孩童的玩偶，不哭，不闹，不恼，始终面带微笑，活脱脱是一大木偶。

弟晓得从哪儿能找到蚂蚁窝，搬开朽木墩子，掀开烂草堆子，甚至揭开石磨盘子，都能发现蚂蚁和蚁卵的窝。弟拿灶房里的馍块子喂它，掰一块揉碎了丢过去，几个蚂蚁抬一粒，统统运回老巢，交与蚁后分配，谁都不会偷吃一口。蚂蚁们爱它们的母后，爱它们的家。弟也爱自己的亲人，爱我们的家。家里来客人，炒了花生待客，弟也揣了两把放兜里，却不见他吃一个。过了一阵子，哥嫂从外地回来，弟把藏起来的花生拿出来给他们吃，花生受潮变软了，已经吃不了了。妈在医疗所打点滴，半拉腰里下雨了。正愁怎么把妈送回去，弟胳肢窝里夹把伞出现了，满头满脸都是雨水。他只顾着给妈送伞，却不知道把伞撑开给自己挡雨。就像妈说的，他不是个明白人。

弟拒绝长大，三十岁时像个孩子，四十岁时更像个孩子。妈絮絮叨叨的话语，只有他始终微笑着听下去。他不知道家里的钱物放哪儿，但他知道妈的药在哪儿放着，知道妈啥时间想喝蜂蜜和奶粉，一杯水里要放一汤匙或半汤匙。每顿饭，妈给他脖子上系围裙，是那种做饭系的大围裙，围裙从下巴底下直铺到膝盖底下。弟是左撇子，吃饭会撒身上。弟温顺地挨着妈坐下，乖乖地吃着妈拨到他碗里的菜。

弟生来是蚂蚁命，弱小，卑微，一生劳碌，但心存善念，目中有光。人生如蚁，谁又不是蚂蚁命呢？

我的故事讲完了。其实，把我的这些乡下邻居们请到一起坐坐，都有讲不完的故事。燕子有燕子的故事，蛙有蛙的故事，蝉有蝉的故事，蛐蛐有蛐蛐的故事，蚂蚁有蚂蚁的故事，跟人的生死别恨差不多。若在路上遇见它们，别忙着走开，停下来打个招呼，问个安，请到家里，喝喝茶，聊聊天，留下来吃顿饭，也未尝不可。毕竟，在我们共同的家园，大家都是邻居。

（发表于 2017 年 10 月 4 日《阜阳日报〈平原〉副刊》，2018 年 6 月 15 日获"市人民医院杯"第二届阜阳市散文精品创作大赛暨纪念改革开放 40 周年征文大奖赛一等奖；同年获安徽省新闻奖二等奖）

入冬

入冬的太阳起身晚。八九点钟的光景，村东头站着的弯腰老榆树苦寒的枝杈上才贴上圆圆的一张红脸。寨沟里的水一日一日往回清，清到见底的沟水走着走着瞌睡了，扯一床冰，蒙头盖脸睡到来年开春。沟那边一块白茫茫的空地上，黑喜鹊、黑麻麻落一地。

20世纪70年代初的入冬，在我脑子里烙下的印记，是从位于淮河之滨一个叫六里桥的村庄开始的。

我的小手抄进袄袖筒里杠脖子底下，倚在祖母怀里，在屋山墙根上晒暖。稍稍侧目，就看见大片的黑喜鹊在满地刚犁过的新茬口坷垃堆上踱着步。祖母说那块地留春，来年插春红薯。太阳从老榆树上一点一点往上挂，挂到高大的梧桐树巅时，霍霍得有些刺眼。

剃头匠斜背着木匣子走过来，油腻腻、灰不溜秋的匣子挺沉，坠得剃头匠走起路来头伸腔撅。拐过东屋山墙，剃头匠扯着嗓子喊："老真，剥头啦。"后面一户人家的屋里探出一个圆溜溜的脑袋，回骂道："去你的，不会说人话呀？"剃头匠是晚辈，住在后庄，他落一句骂，像是得了犒赏似的嬉皮笑脸，一点不恼羞。剃头匠走进老真堂屋，把匣子撂下，掀开匣子的上盖，剪子、推子、刀子一一在乌亮亮的膏（gào）刀布上"唰唰"地来回蹭出明晃晃的利刃。老真圆溜溜的脑袋在一个冒着热气的脸盆里涮一下，剃头匠抖开一块灰白的粗布毛巾裹住脑袋反复搓几下。老真圆溜溜的脑袋上竖起来一撮一撮稀拉拉的花白头发茬，像入冬后晾在茬子地里的几秆玉米秸，被风抖得歪歪斜斜。剃头匠捏着一把小弯刀，嘴里叼着牙黄色的烟嘴，在老真的头皮上"吃楞吃楞"地刮着，不大一会，整饬利落了。老真的脑袋一晃一晃像个吹紧了的猪尿泡。剃头匠临出门撂一句：腊月底还"剥"一回。剃头匠的手艺好，嘴皮子也欢快，长辈晚辈面前，他都敢叼一句荤话。对方骂他一句打他一锤，他照样欢喜着一家挨着一家"剥头"。

太阳走起路来，比剃头匠还风火。剃头匠还没"剥"几户，白亮亮的太阳光已经满满地罩住南墙根，照得倚着墙根晒暖的人身上发软，狗盘腿卧着都懒得动一动。祖母说入冬的天短得不够弄三顿饭。

南墙根上歪着晒暖的，有耳背的老厚，他眯着眼半仰着脸，耳朵听不见、搭不上话、也不理睬谁，就跟头顶上的太阳亲。太阳把他晒透晒熟了，他就呼呼扯一串鼾声。他的鼾声难听死了，老劁猪似的，张着嘴，淋着涎水，憋憋唧唧的老半天蹦不出来一个。孬背着拾粪的粪箕子一脚深一脚浅地拐到老厚跟前，用粪锄柄戳戳他黑乎乎的棉鞋底，他缩缩脚，不耽误扯鼾。孬跛脚，瞎一只眼，相貌实在是捧不上台面。乡下人品人长相，好就是"排场"，不好就是"孬"，不啰嗦也不遮掩。孬就孬呗，索性也不忌讳人家喊他的小名"孬"了。孬四五十竿子的人了，还一人滚被窝。孬人丑学问好，正经念过几年私塾，庄里人逢年过节求个对联，或遇上红白喜事记个账簿，都少不了把他请出来。他年轻时娶过女人，那女人长得端端正正，又粗又黑的辫子垂到腰窝。入洞房的那一夜女人尿了床，两床三面新的被褥浇个透湿，熬到天明孬就把人家赶走了。直到今儿，在外人面前他从来也不说一句懊悔或服软的话，心里酸软不酸软别人没窥见，只管落个嘴硬。庄里人都说孬信儿长，前庄后村的新鲜事一抖搂就是一箩筐。入冬没什么农活，他闲着没事屁股上撅个粪箕子到处溜达，空着粪筐逛半晌回来，招罗一肚子芝麻绿豆大的新鲜事。谁家几月几嫁女，谁家想盼个孙子却一拉溜都是孙女，谁家的公牛爬了谁家的母牛，谁家女人走路罗圈，谁家伢子光会闷头干活话没屁多……孬一只眼比两只眼看事还透彻。孬的话匣子一打开，墙根上纳鞋底的婆子、抽旱烟的爷们都瞟眼盯着孬的一只好眼，那只瞎眼巴结那只好眼似的，配合着转动白珠子。

　　庄稼人不吃闲饭，能吃得下饭就干得动活。上了年纪的人，出犟力气不行，轻来轻去摸个琐碎，手脚不闲着。老迟头面前挂一张破渔网，两扁指宽的织梭在手里不紧不慢地绾来绾去，蜘蛛补蛛网似的，补着破渔网。老迟头眯细着眼，下眼泡积起来的两个枣核大的赘肉乌黪黪的，像母鸡扇着膀子刚拉出来的两堆鸡粪。孬跟墙根上的男男女女侃得两只嘴角挂涎线，老迟头不抬头，不卖一眼，也不吱一声，专心补他的网。他冬天补网或结新网，然后用半桶红亮亮的生猪血把雪白的新网浆成暗红色，挂在树梢上晾干，生网就变成熟网，耐用结实，网撒到水里，滴水不沾。老迟头一辈子爱结个网撒个鱼，高头大马的一个人就不爱言语。他屋里的小脚女人细小玲珑猫一样耍溜，嘴甜话热，笑起来像公鸡斗架，"咯咯咯""咯咯咯"个没完。小脚女人瘪嘴里，只剩下一根越嚼越长的舌头和两长绺红虾虾的光牙板，说话关不住风。老迟头木桩一样补他的网，他的小脚女人靠着墙根纳鞋底，孬说一码事，她配合着"咯咯咯"拟声公鸡斗架，又说一码事，她又"咯咯咯"，一晌午光听两只公鸡在斗架。

老厚终于醒了，许是被身子底下的坷垃头硌醒的，一个哈欠接一个哈欠地打。伸伸手摸出来垫在屁股底下的一把麻线，抖松散了，又一缕一缕地捻劲，合成三五股粗的麻绳。老厚闲着没事就搓绳子，年纪大手劲也不随了，见天搓的绳子还捆不住一个老劁猪。

孬说着说着，话把儿又拐到香香头上了，反正无论怎么说，都不会妨碍老厚搓麻绳，他耳朵瞎实了。香香是老厚的孙女，二儿子家的二妮子，四五岁得的脑炎，把脑子毁了，成了呆傻，见人只会笑，什么时候见着她，就啥时能见着她褂子的前襟上有粘牢稳的面条和米粒。我就纳闷了，见人不笑还能哭吗？笑多了就成呆傻了？这一思量让我对笑生出一些顾忌——不能轻易把笑随便给人了，落个像香香那样呆傻的名声可不得了，长大了没人上门给说婆家的。但这种推断还是不够让自己信服。去年春天，香香长到十五岁就得了一个好婆家，男孩子长得周周正正，还不止这样，简直用上"俊秀"这个词都不过分。男孩跟在他的瘸爹后面来上门相亲。香香穿了姐姐的一身新衣服，见人还是笑。但香香的这身衣服一上身，分明就是为她量身定做的，让香香整个人上下都通气了，一点呆傻气也不显见了。香香的笑，是一朵桃花刚尝过一颗露珠的清甜，醉醉的心意儿正欢喜着的那种娇羞与妩媚。人家相中香香了，下个月择个吉日就来迎娶。香香的爹娘欢喜得手脚无处搁，头痒痒直往屁股上抓，一分钱的礼钱也没敢张嘴要，倒是给香香置办了嫁妆，比照嫁大女儿的规款办了香香的婚事，一家人欢欢喜喜把香香送走了。

但事情真实的一面却不是这样的，跟那个俊秀小伙子成亲是幌子，俊秀小伙子是替他的瘸爹娶的香香，父子俩演一出狸猫换太子，一分钱没花，替那个又残又老的爹娶了个雏。香香的父母后来也听说了，但嫁出去的女泼出去的水，跟谁睡一张床上，那是人家自家的事。虽说传出去有损门庭，但从古到今哪个庄子里没有扒灰的事儿传出来？香香的爹娘装瞎卖聋，啥也不知道。

孬喷着口水说，这一年多，香香可没过上好日子，被那老东西糟蹋得不轻，屎尿不听使唤，经常解在裤裆里。香香不咋出门了，见人不怎么笑，吊一张苦瓜脸。老东西嫌弃香香脏，不让进堂屋，就着东屋山墙披一个秫秸窝棚，香香就待在她的臭窝里，一天丢一碗剩饭给她。没撑到今年入冬，香香就死了。六里桥没外姓，出了这种事，老少爷们哪有不帮忙的？大半个庄子的叔叔、大爷、大婶、大嫂都给香香出气去了，砸了那家人仅有的几件家具，狠揍了那爷俩，海吃海喝了他们家一通。香香一身寿衣寿材落了墓穴，这事也就不了了之。

扎堆晒暖的人，除了老厚，都停了手中的活计，一阵嘘唏，一通咒骂，仿佛只有这样，才算替香香出了气。

村头人家的灶房上升起缕缕炊烟，有孩子上学的人家开始置办晌午饭了。墙根上开始有人欠欠屁股正准备起身回家张罗晌午饭，身子稍稍动弹，心思还在迟疑，经不住别人的劝阻，屁股又粘在原地不动了，那粘劲本来就没扯断过。在乡下，女人爱串门子、闲扯话，一天到晚不粘家，男人就骂她，坐断板凳腿屁股也不欠一下。正赶上货郎担子的拨浪鼓"扑扑愣登"一路摇过来，没等人家的担子落稳当，大姑娘、小媳妇，颠着小脚的婆子牵着鼻涕娃娃，像一群鸡同时瞅见地上撒的一把米，一阵风似的围拢过来。针头线脑，头绳发卡，糖豆、糖果、糯米糕，花花绿绿的都摆在担子的玻璃罩里面。最能撩得半大小子心里痒痒的，是那个红头绿尾巴的"小公鸡"，吹起来像哨子一样"唧唧"地响。那是手巧的乡下艺人用黄泥巴捏成各种动物形状，放锅底下的暗火的灰堆里细细烧，完了涂上各色颜料，各种小动物都成一个腔调"唧唧"叫起来。男娃子若是纠缠着大人不放，得了一个"小叫虫"，那谝劲可就大了，挣脱大人的手，一蹦三跳满世界招摇去了，"唧唧""唧唧"，撩拨得别家的小孩子回家闹大人，免不了有挨了巴掌啥也没捞到的。

太阳直直地照下来了，终于有人熬不住了，挪动身子各回各家张罗晌午饭。能搭把手的孩子也被吆喝着回去帮着往锅底下添把火，男人可以四平八稳地坐着不动，耐着性子等家里人来唤吃饭。若是在春夏季，男人们往人堆里一扎，就等着老婆孩娃把饭碗端过来，一堆人拿荤话当下饭菜。冬天碗里的饭见不得凉风，吃饭的人也聚不成堆。老迟头收了网走了，老厚是四个儿子轮着管饭，哪房儿媳妇的脸都不舒坦，聋子好在从来听不见人说长道短，自己也就不说人长道人短。孬是最后一个离开的，他一个人吃饱全家不饿，没人跟他急，他也不跟人急。

庄里的人估摸时间，不说几点几分，就说一袋烟的工夫，一顿饭的工夫，上个茅房的工夫。有说的更损的，鸡放屁恁大个空。我一听这句话就笑个不停，猜想鸡放屁能有多大的空，够不够眨巴几下眼睛呀。三三两两的人又回到墙根上时，孬说："瞧，一顿饭的工夫，太阳偏西去了。"太阳晒得麦草垛暖融融的，像个黄澄澄的玉米糁子馍馍。猫舔着嘴巴伸伸懒腰卧上去，扯起呼噜像一只黄蜂在耳边打转，嗡嗡，嗡嗡，没老厚邪乎。祖母手里纳着鞋底，看见猫打呼，她也开始栽嘴儿，一磕头一磕头，额头差点磕到手

里捏着的纳鞋底的大针上。我"呀呀"地惊叫着替她虚惊一场，祖母一个激灵睁开眼，笑着说："人老了，犯瞌睡也不拣个时候了。"祖母怎么看也不显老，她还能背着我走老远的路去捡柴火。祖母走到哪都把我拴在手心里，自从去年大腊月天弟弟本掉进冰窟窿里淹死之后。本和我只差一岁，他淹死时还不满四周岁。我不能再跟祖母提本的事情了，她老抹眼泪，眼神比以前差多了，针鼻子有芝麻怎大个窟窿眼，她硬说这针没针鼻是个实眼。我的眼借给她认针了，一天不知要认多少遍。一会逮不着我人影就吆喝：妮子，给奶认针，过新年做花鞋给妮子穿。我屁颠屁颠地跑回来，用舌头舔尖线头，一插一个准。祖母就夸我乖，人小不吃闲饭。

不敢在祖母面前再提本的事，可我心里忍不住想他，一想他我就浑身发冷，我是替本受冷。他从冰窟窿里被母亲水淋淋地捞出来，大眼睛紧紧闭着，脸色黄拉拉地白，脸朝下趴在一口倒扣着的铁锅上，口鼻往下放水。祖母跪爬在地上，抠开他牙板，嘴对嘴往他口里吹气，还用一只手封住他的腔门。直到父亲被人找回来，直到医生被人请过来，直到医生用一根钢针在他鼻梁上划出一道淡红色的水痕，祖母仍不放弃她的施救。母亲号啕着在地上打滚，绝望的父亲一脚把她重又踹回冰窟窿里，几乎冻僵的母亲被人拉回地面。小小的本，小小的一个冰人儿，和着一身冰硬的破棉衣，被裹进一捆小小的秫秸杆子里。一根细细的扁担中间挂着细细的秫秸捆子，族里的两位长辈一人抬一头，顶着夕阳下的残血，走出宅子，走出庄子，走到路的尽头，在父亲、母亲、祖母谁都望不见的地头，埋了本。本一身冰衣裳孤零零地躺在寒风里，躺在寒冷的土堆下，身子底下连一块薄薄的木板都没有。本被卷入秫秸捆子时，我摸了摸他的手，他的手好凉啊。族里的二爷用亮晃晃的铁锹剁去秫秸捆子两端多余的部分时，我惊吓得号啕大哭，我怕他剁到本的头和脚。

本没了，祖母时刻把我紧紧攥在她手心里，生怕我再有什么闪失。

我也只是半条命的人。庄里的孩子谨记大人的叮嘱：那家妮子胳膊上长个大瘤子，还有心脏病，绊个跟头都能摔死，甭跟她一块玩耍！我是麦糠捏的，戳一手指就会死掉，比麻风病人还恐怖。我只能跟家里的一条狗和一只猫一块疯，三个不同种类的生命在被孤立被遗忘的寂寞时光里，结成了患难朋友。

我的病说犯就犯，一发高烧父亲就用肩膀驮着我往医院跑，后面跟着自家叔叔背着铺盖卷。瘤子越长越大，县医院实在拿它没辙了，父亲咬咬牙，把一年的工资提前借了，又卖掉家里的一张大床，背着我去了合肥。医生看过我的病情，怕我下不了手术台，不肯收治，父亲好说歹说才让我住上院。父亲料定我这条小命十有八九拿不回去了，备下一个红木箱子等在手术室门前好把我装回去。哪怕只剩下一成治愈的希望，他也要跟命赌一回。不赌一回，哪能知道是赢是输？

我庆幸我一直还活着。可华光死了，庄子里人都说这么出息的娃死了真是可惜。把他从医院抬回来，担架上一块灰绿绿的旧帆布裹着他的身子。帆布很大，罩住整个担架，华光的身子被深深埋进去，像平原上一个平塌塌的小土包。华光的书本被家人撕成碎片扔进门前的沟水里，水面上白花花漂着的都是华光哭着喊着要念的书。我听见水面上的鱼儿一字一句读着华光的书，我的眼泪淌出来了。华光已经水米不进了，还哭着恳求家人把书拿给他。华光书读得好，人也乖，就是肚子越来越大，六七岁的娃子，肚子比个水桶粗。庄里人说那娃子聪明好学，将来是块料，劝他爹趁早去医院给他做手术，他爹说没钱治不起，一直拖，拖了两三年，华光就不行了。担架抬出去又原样抬回来。华光的大肚子病到死都没花家里一分钱。华光的爹后来就不能看见我，一看见我就戚戚地跟我父亲说："还是你牙咬得紧呀，你不护钱，把你妮子治出来了；我眼窝子浅，怕花钱，把娃的命丢了。"

一只麻雀落在门前一棵柿子树的光秃枝干上，喳喳喳喳，叫个没完。我冲着麻雀嚷："最后两个烘柿子都留在枝头，妈妈不让摘，说给你留个嘴，你还喳喳个啥？"我跺跺脚却没能把它吓走。

东屋山墙那边黑猫和花狗又掐起来了，两个冤家不能见面，见面就撕，谁也撕不过谁，分不出个输赢。被人呵斥着松开时，地上落的几撮白毛和黑毛，贴着地皮随着偏西风翻跟头。黑猫舔它的伤，花狗舔它的伤，舔到太阳落也不长记性，下次逮着还是弄得两败俱伤。说猫狗们没记性也不对，它们还会记仇，三官家里的狗就会记仇。三官家里的狗还没长大那会儿，天天受邻居百顺家的大狗欺负，等三官家里的狗娃长成一条彪悍的大狗时，它就开始对百顺家的狗实施复仇计划，咬得百顺家的狗遍体鳞伤，躲到茅坑里都躲不开，就差跪着求饶了。猫狗都不是个东西，谁吃谁撵的，谁吃谁攒的，谁掐死谁又能咋的，能活个人样出来吗？

太阳往西南歪，麦秸垛的阴影子往东北边歪，慢慢就倒在墙上，罩住墙根上的人。祖母说："呀，太阳落了，晒的被子该收了。"不收不是怕人偷去，是怕跑了太阳的热气，夜里盖在身上不暄腾。祖母把我摁在板凳上，起身收被子去。谁说了一句：晚黑里人都闲得发闷，该请老梁出来说书了。老迟头抬起眼皮把头转过去，也说一句：该请老梁了。孬屁股上背着粪箕子一颠一颠往西溜达还没回来，他这会儿倘若也在，听见这话，指不定有多兴奋，不像个喇叭筒子似的挨庄挨户传一个遍才怪呐。其实不用孬不辞劳苦地宣传，只要老梁的锣鼓家什"噔噔噔砰砰砰"地敲起来，冬夜静，那动静能传出老远。老梁也是庄里的单寡汉，单寡汉跟单寡汉又不一样，老梁相貌堂堂一表人才，沾娘老子的光，头上混一顶地主的帽子戴。娘老子1959年寒冬饿死在床面的光席上，他用光席卷了娘、又用光秫秸笆子卷了爹，掘两个坑埋掉。娘老子不在了，他们的衣钵还在，有那顶高帽子扣在他的头上，他就预见到这辈子就一个人屋里点灯说话了。没个人说话的日子寡淡得很，一憋气他就想吼着唱，唱着吼。老梁那时还是小梁，小梁就拜师学说大鼓书，晚上一个人黑灯瞎火敲着家什也能唱半夜，农闲时在庄里说上十天半月，各家出点粮食，算是给老梁的报酬了。

太阳一挨地，风就冷飕飕地直粘人，粘住耳朵就往耳朵上下刀子，割得生疼。祖母说不能让北风割去耳朵，人没耳朵不成猪尿泡了？我就乖乖听祖母的话，头上捂一顶蓝底碎花粗布缝制的"鸭尾巴"帽子。庄里的狗蛋猫蛋一般大的小屁孩看见我戴的帽子，老向我龇牙。你龇你的牙，我戴我的帽子，风能掰掉你的门牙，却割不掉我的耳朵。

老梁的大鼓声是从生产队的牛屋里传出来的，"嘭嘭，嘭嘭嘭"，震得父亲端饭碗的手直打颤，他三扒两扒撂下饭碗，一手抓一个馍，然后放怀里揣一个，嘴里叼一个，一步就跨出门槛。我急急跑出去，像个羊尾巴拴在父亲身后。老迟头咳嗽着走过去。孬一只眼黑夜里不好使，嘴里嘀咕着，一脚浅一脚深往前蹚。庄里的狗起哄，到处乱叫，各家的小孩出门撵狗，庄里到处都是声响，闹嚷嚷的。生产队牛屋里的屋梁上挂着马灯，马灯的玻璃灯罩里面的火心又大又亮，照得整个牛屋暖烘烘的。牛在一边很安生，吃罢草料就倒沫，站着倒沫又卧着倒沫，慢条斯理地 一点也不发急，根本不去理会这么多人聚在这里耍什么。牛屋最里边一大间空仓平时是用来储藏草料的，老梁就端坐在这间空仓里敲大鼓。来的人抓一把麦秸草往地上一垫，靠着草料堆，吧嗒着旱烟袋，围着墙根一拉溜坐一大圈，喜笑哀颦全都听老梁使唤。老梁说到兴头上把棒槌往大鼓上一砸，又高高在半空间擎住，只落下来一句：且听下回分晓！屋里人突然被收了魂似的，愣怔半天才晃过来，一阵长吁短叹，叽叽喳喳热闹开来，屋里沸腾得像一锅粥。其实，多半的小孩子跟我一样，压根听不懂老梁吼的是什么，看见大人高兴，我们围着大人转，图个乐意呗。

牛屋门前是亮敞的打麦场，光亮的场地上面，正悬着光亮的月亮，一垛一垛的麦草堆盘腿围坐在四周，像夏天的月亮地里玩丢手绢的一群娃娃。月亮往远处的麦田走去，刚出鼻的麦苗身上裹着的那点浅淡颜色，还不能够为麦田织一件绿纱衣。麦田连着麦田，连成很大很大的一片，人即便爬到树梢的那个大鸟窝也看不过来。月亮走到天明也只能从东地走到西地，那些都是俺们庄的麦田。今晚，月亮要在俺们的庄稼地里过夜了。

入冬的夜，月亮踩过的门槛和敲过的窗户里，男人和女人都起了鼾声。

（发表于 2015 年《清颍》第一期，获安徽省作协首届散文大奖赛"国口杯淮河散文大赛"一等奖）

瓜中布衣

黄 瓜

顶一朵黄花，沾几颗露珠，叶片儿半遮半掩，挽一根藤蔓倚着，风来了，也不摆，青衣青裤一身清爽，颦着笑着都很耐看。

前尘里，俗名叫青瓜。名儿沾一个"青"字，气韵大不同。恍然间，眼前像捧着一本泛黄的线装书，让人无限遐想青莲、青花、青杏、青衣所蕴含的青韵。太俗了，不好；太脱俗了，也不好。世间的事事物物，谁能做圆活了，谁就生得安适。这么一个沾着清气的不俗之物，一念之间若绝尘而去，岂不太让人心疼了？

既已了无尘念，又何必披一身芒刺，提防谁的觊觎？茫茫万象之间，放不下一盏清静心吗？

清静处修身净心，哪管他暮去朝来日升月落。目光高过红尘时，内心里一片清凉。干净的眼神里，落下白云和飞鸟的掠影。怀抱一帧老月光，枕一地竹影，一夜一夜捧出沁凉的心，为暑热难耐的世人清热、润燥、利水、解毒。

正午，荷锄归来，在屋后的一架瓜秧下，摘一根黄瓜，就着一瓢沁凉的井水，嘎吱嘎吱大嚼。那种乡下的日子，你还寻得见吗？

还是喜欢它的另一个名字，青瓜。不老的青春里，一定有千古流芳的韵事。

苦 瓜

荷月初至。屋前的大槐树下，才起了习习凉风。捧一碗绿豆汤，凉拌一碟苦瓜，卷一张烙馍，慢慢细嚼。骤然乍起一阵蝉鸣，声嘶力竭地唱一出铜锤花脸的京戏，一板一眼地听到心里去，通体一阵爽凉，夏夜的暑燥也被压到脚底下去了。蝉鸣配苦瓜下饭，这顿饭吃得，里里外外舒坦。

不像辣椒，长相乖巧玲珑，娇喘喘一个媚眼，电得你弱智，然后收拾你没商量，辣死你。怎么着也看不出苦瓜有什么凶相，浑身上下沟沟坎坎的，就是一世沧桑的命。一世的修行，只为抽出地心里的苦胆，把世间疾苦中的众生渡出苦海。秋凉了，苦瓜披挂一袭橙色，鲜亮得像个着唐装的老乡亲。它把鲜红的内心打开，每一粒籽实都包裹着甜甜的瓜瓤。谁会懂，这位饱经沧桑的老人家，把内心里的苦煎成一丝微甜，留给挨饿的乡下孩子和贪吃的小家雀。

一次，一家人同去饭馆吃饭，点了一份苦瓜煎饼，焦黄里裹着浅浅的绿，煞是好看。母亲夹一筷子，正要往嘴里送，一听是苦瓜，一甩筷头子丢了，说："苦的，不吃。"母亲吃了一辈子的苦，怕了，多一口也不想吃了。父亲笑吟吟地夹起一筷子，放进嘴里大嚼，说："不怕苦，也就不苦了。"一辈子的苦都吃了，还在乎多吃一口吗？

丝　瓜

跳那么高，想偷窥邻家阿妹的心事吗？下来，有人找你相亲。谁呀？村西头曹立善（槽里拴）家的闺女，脸跟你一样长。

谷雨前后，大妈把一根干丝瓜壳往树干上磕两下，"哗哗"爆出来一阵土鳖虫满地滚，定睛一看，原来是丝瓜下的"黑仔"。抓一把往屋前屋后一丢，下个透酥的小毛毛雨，丝瓜苗就"唧唧哇哇"拱出来了。

刚挺直腰杆就开始抢地盘，东家的竹篱西家的矮墙，哪儿都想占尽风光。还较真了，越说越来劲了，三下两下又蹭到一棵泡桐树上，倒提着一根胡须瞄着你得意。小子耶，一夏天净说大话开谎花，招蜂引蝶胡儿瞎混，都多大了还不赶紧修个正果？到底丝瓜还是有点血性，摸摸自己的胡茬子，被这句话给羞得，比马脸还长。

有多大的力结多大的瓜，让你们都瞧瞧，俺丝瓜不白吃闲饭。一朵黄花坐成一个瓜纽儿，朵朵都不虚谎，竹篱下，矮墙上，一个挨着一个，都长得粗胳膊粗腿的，大胖小子似的，人见人爱。爬到泡桐树上的，想下也下不来了，吊着脖子哭丧着脸，任凭秋风发落。

晌午，家家的烟筒往树梢上盘着炊烟。问母亲："啥饭有得吃？"花面卷子，炒丝瓜，南瓜粥。我爬上东篱又翻上西墙，摘一满怀的嫩丝瓜，蹭我一褂襟的花香。

一直没顾上打听，那小子跟村西头的亲事到底成没成？

南 瓜

又没多吃多占，大腹便便怎么了，那是福相，怕谁碎嘴？南瓜憨实，听劝，闷头睡觉不言语了。

庄里人叫它老倭倭，淮河湾里方圆百里旮旮角角都这么叫。以"老"字相称，听起来很是有辈分，威望和地位等同于一族之长，高的、矮的、胖的、瘦的、甜的、苦的瓜瓜们通通往后靠，小字辈。老倭倭不摆谱，也不倚老卖老，哪个调皮蛋拿它当马骑，一屁墩坐上去磕碰两下，几只虫子挠挠它啃它两口，在它的肚子底下叮一排疤痕，它也懒得搭理。大度，包容，乃大腹最可敬之处。

出了正月，日头顶着一丝暖和气往门前走，祖母的裬襟子上沾满阳光的暄味，把鼻子扎进怀里满满吸一口，有稻子熟了的香味。祖母很会养瓜芽子。破旧的笊篓子不让丢，就是要拿来养瓜芽子用的。暄乎乎的麦糠用温水浸透了，笊篓里铺一层，南瓜籽薄薄摊上去，再在上面覆一层。每日三餐后，趁着锅灶温热着，揭了饭锅，把笊篓放进去，南瓜籽睡上几天舒坦觉，冒芽了。专择一暖和天，抹到地里。祖母把瓜芽子栽到大田里去，偏用了一个"抹"字，想象中，就像用毛笔蘸了颜料，往宣纸上点，多柔和呀，祖母的内心里铺满线条柔和的宣画。

南瓜性情好，跟谁搭地边做邻居，都能和睦相处。红薯命贱不喜肥水太旺的田地，能跟它对脾气合得来的远亲近邻，也只有南瓜了。南瓜往地墒沟里一趴，任红薯藤无所顾忌地攀过来扯过去，不烦。不到长成红脸壮汉，它都不肯露个脸。

祖母打小落下哮喘的病根，老家人管这种病叫闷病。每到数九寒天就整日整夜地咳嗽，一个冬天都下不了床。有人传一偏方，交头九，南瓜炖羊肉，见奇效。按中医的理论，羊肉和南瓜相克，同食会得黄疸病，但祖母的闷病吃好了，从我记事起，祖母就不咳了。

直到现在，听说谁得了闷病，我就把南瓜炖羊肉的方子讲出来。对某一物种心存感念，并为其美名，目的无非是让大家都去喜欢它。

冬 瓜

一看见冬瓜，就想起胖婶。胖婶碎嘴，爱占个小便宜，但人不坏。不知冬瓜的脾性与胖婶可相仿？

冬瓜泼皮，很像乡下的野小子，受得起折腾。不管是荒废的田边地头，还是倒塌的一段土墙边，甚至是经年无人光顾的坟头上，只要有一粒种子丢过去，它就结一大片的大冬瓜，横七竖八地躺着。祖母说，真是喜人，像月亮地里卧一大群细白嫩肉的羔羊。拿冬瓜与羔羊作比，让我联想到羊肉的美味，禁不住流下口水。

那年月庄里人吃上一碗肥猪肉便引以为豪，并以此抬高自己在众人眼中的地位。家中若有男孩子正求人提亲的，晚饭少不了炒个冬瓜，捧一大海碗往凉快地里的人堆里一扎，嘴巴故意咂吧出响动，吃出香喷喷的味道来。有人伸长脖子问，吃的啥？肥肉！回应得很有几分底气。其实就是用猪油炒冬瓜，再淋一勺酱油上色，高仿真的肥猪肉就一碗一碗端出来了。

城里人有更精致的吃法，冬瓜削皮去瓤，切成一串一串的冬瓜圈，搭在绳子上晾晒，做成冬瓜干。过年的时候，冬瓜干用水发了，炖五花肉，要多好吃有多好吃。乡下的孩子想象不出那种美妙的吃法所能达到的极致，只晓得饭里只要有几片肉，炖一锅红薯叶子下饭，都不噎人。

吃下冬瓜，瓜皮和瓜籽可别扔，都是好东西，晾干了，收起来。《本草再新》说冬瓜皮："走皮肤，去湿追风，补脾泻火。"《本草述》说冬瓜籽："主治心经蕴热，小水淋痛，并鼻面酒渣如麻豆，疼痛，黄水出。"谁若用得着，尽管拿去。物尽其用，才是对天物的敬重和怜惜。

（发表于 2013 年 9 月 26 日《颍州晚报〈奎星楼〉副刊》）

故园秋痕

清秋月

披了一件夹衣，才出门。"月亮地儿凉气伤人，出门加衣。"祖母在世时，叮嘱过的一句话，至今忆念犹新。

从初月直看到月圆。每晚一个人，只带一把钥匙出门，到幽静的校园里，一株高大的榆树旁，看月亮踩过一江幽水如约而至，像千里之外的一位故人，今日今时，赴前世今生的约定。那种隐在时光深处的深情与感动，直看得人泪眼婆娑。

当年，故园犹在，老屋犹存。清秋夜，一脚跨出门，见老槐树上，一只鹭鸟衔一盏新月。远处的村庄，有点点的灯火，明灭中，一丝烟火的温暖直抵心府。屋前的小路上，正响着吱吱呀呀的车轴声、滞重的脚步声和粗重的喘息声，远了，近了，又远了。母亲、父亲和村里的许多大人一样，正在田里忙活，没有人顾上回家吃饭。小孩子放学扔下书包，捡柴、烧火、喂猪、饮牛。饿着肚子趴在门前的树墩上，分辨哪一阵是自己熟悉的咳嗽声，跑过去帮大人搭上一把劲。祖母坐在屋外掰棉花，鬓发的白和棉花的白，月光下，映成一堆雪。

故园像一位圆寂的道人，从尘土中来，又回到尘土中去。三百年的坐禅，只为修成一部家书。享年 84 岁的祖母走进这部家书里，坐到她的牌位前。

月亮踩疼的从来都是害着乡思的心。把乡愁放在哪儿，才不会被月亮照见？

桂花开了，蟾宫里有没有飘过酒香？谁的寂寞能酿一池酒香？干一杯，如何？想起天国的亲人，都有一行泪在等着。今夜，月凉，别忘添件衣裳，遥远的天国的亲人。

黄花地

所有的田块都整饬平整了，麦种就是不下地。父亲说，须满地的野菊都开了，放眼望去，天边地角都堆金子，赶上那关口，麦种下地，才能种一季好庄稼。

早上一开门，见屋角一丛野菊开着，窗下也开着三两枝，篱笆墙外，热热闹闹的，赶大集、听大戏似的，脸挨着脸，身子挤着身子。平日里不曾留意，以为是随意疯长着的一些野草。淡淡的香来了，才看出来都是些姑娘，插满头的黄花。

深秋，早起一步，踩着薄雾，一大片、一大片顶着露珠的野菊花引着你，能走到更远的田地里。露珠有多慈爱啊，怕一滴露坠下来，磕碰着野菊花小小的脸蛋儿，就把自己瓣碎了，喂给它们。父亲哼哼着曲子背着手走到田间，脚尖碰碰土块，看看墒情，心中有了数。父亲哼哼着曲子背着手往回走，一路的花香蜂拥着他进家门。父亲不是特意来看花开的，他是来看看躺在花香里的那些整好的土地睡醒了没有。

多年以后，我站在老屋前，跟父亲说，采些野菊花，晾干了，装个枕头，清热明目安神。父亲指着前前后后的野菊花，哈哈大笑着回我："俺天天枕着花香酣睡，哪还用得着那样的枕头？"

老屋动迁后，家人入住安置小区。父亲近来时常絮叨，夜浅觉少，心神难宁。这个秋天，我要跑老远的路，远离市井的喧嚣和污浊，寻一泓闲水，明净处，采很多野菊花，晾干，为父亲装一个明目安神的枕头。

芦花雪

秋水一天天瘦下去，水边的芦苇生出羽翼，雁一样被风扯着，欲飞往远方。向晚的风，借千万枝芦花的手势，送夕阳西下。

躺在淮河臂弯里的故乡，沟塘多生芦苇。外祖父在世时，是编芦席的好手。秋后把芦苇割回家，扎成捆，垛在屋前屋后，啥时闲了，就用篾刀剖一捆，削得光溜了，浸在水沟里三五天都不用去管。捞出来晾晾水，趁着苇篾柔韧性好，紧赶慢赶一晌午能打两领席出来。入冬后，沟塘里的水冰冷得能浸到骨髓里去，外公和三姨的手上满是血红的伤口，每个指头上不得不缠着几匝破布片。三姨从水中捞出苇篾时，不住地对着又脏又湿的布片里裹着的指头嘘口热气。暑天乘凉时，我身子底下铺的苇席，一定还保存着三姨嘘口热气时染着血腥味的记忆。

芦花飞白时，沟塘里茫茫一片雪痕。晨曦下，四野含烟，远远看去，水中站立的，不是芦苇，是千万只鹭鸟云集，是一支浩浩荡荡的队伍开拔前的宿营。远处摇来一叶扁舟，一位老人和两只鸬鹚，载着一船的清露，出没在摇曳的芦花中。

冬天，老家的人拿芦花和麻绳编"苇窝子"穿在脚上，厚实松软得像两只大鸟窝，一辈一辈的人就穿它抵御严冬的寒冷。做苇窝子用的芦花，须等开盛了才采，花盛期就那么几天，羽翼温滑得像抓只雁搂在怀里。采晚了不行，芦花心高有灵性，寒露一落下来它就飞了，满塘的芦苇只剩下光杆的刷把子在风中摇。

前年的大雪天里，母亲站在屋檐下跺着脚说："有双'苇窝子'穿那该多暖和呀！"

天上芦花一样的云，定是故乡的芦花去了天国，化作一片云，眼含一滴清泪，朝朝暮暮，寻觅远去的家园。

苍老的母亲，我能摘一朵云为您编一双"苇窝子"吗？

（发表于 2013 年 11 月 1 日《颍州晚报〈奎星楼〉副刊》）

红木箱

红木箱盛满书。先是父亲的书，再是哥哥的书，后来就是我的书。红木箱不大，刚好能躺下一个三四岁的孩子。我那时肯定爬进去合上盖子跟伙伴们玩过捉迷藏的。

父亲的书无非是《水浒传》《三国演义》《三侠五义》之类。哥哥的书有《格林童话》《安徒生童话》《木偶奇遇记》，看着看着我就是白雪公主了，漂亮的连衣裙和美丽的蝴蝶结就穿戴在我的身上了。我罩着母亲那件压箱子底的枣红色碎花大襟褂子，发间系一根花布条，屋里屋外张扬，一会说自己是白雪公主，一会说自己是小红帽。现在看来，着实是个结结实实的小丑。

轮到我的书放进那只箱子，箱子略显老相，筋骨松散，外形走劲，品相残次，亮眼的朱漆脱落得斑斑驳驳，内层的贴纸也被张开的板缝撑得龇牙咧嘴。箱子里不仅仅放置着书，我把那段少年时光所有的心情和心事誊写在一本本日记上，一日复一日地积淀着那些剔透的青青流年。那些拴上门、关严窗子从指缝里偷偷溜出来的文字，有些惊慌，有些胆怯，从来不曾方方正正、规规矩矩站稳过脚跟，东撇一脚、西撂一腿，四仰八叉地来，东倒西歪地去，扎眼。好在谁也没指望这个黄毛丫头拿笔杆子挣饭吃。父母虽然训斥，但他们自顾忙着他们的营生，也顾不上理会我那满纸虾兵蟹将扛大枪的是啥队伍。

从没想到过要问红木箱的来历，只知道它是父亲的书箱，一个盛放书的器物，颜色红得有些喜兴罢了。突然有一天，跟父亲讲述的一段经历对接了起来，前后衔接得天衣无缝，这才知道，我跟那只箱子的干系是确凿无疑的。

三四岁，心中就惦记着吃和玩，这两样搁在那个年纪，病痛即便如恶虎，也挡不住贪婪的欲望。先天心脏瓣膜愈合不全，先天左上臂血管瘤。冬天把我留在了医院里，父亲手心里攥着东挪西凑来的一沓软耷耷的票子，整天往缴费窗口跑。票子一张张数进去，直到父亲摊开空空的两手，赔尽尊严，苦苦央求，也无法撼动医生漠然的表情，我也只能回家了。那个冬天的天空只留给我一个复眼一般的格子窗口，我用舌头舔湿窗纸，看见大雪一场一场连着下，雀儿冷得缩进屋檐下的柴草缝里，"唧唧"哀叫几声。我胳膊上驮个大瘤子，天天发着高烧。县里医生对父亲说，去省城大医院截肢吧，看能不能保住孩子的命。父亲说不能让孩子截肢，是死是活也得给她个全乎身子。开了春，父亲就带我去省城合肥，没有哪家医院愿意收治我，父亲好说歹说，才终于在一家军区医院住下来。可人家说，没治过这么大的瘤子，孩子又小，还有心脏病，怕治了病治不了命。父亲把狠心话撂出来了：治好了算俺孩子命大，救俺一命也算你们修功德了；治死了，算你们拿她当试验品了，我啥也不抱怨，孩子就这命。手术那天，父亲从外面背个木箱子回来守候在手术室门外。母亲后来说，我出院的时候，父亲是一手提着木箱子、一手牵着我回家的。父亲的初衷是，我若死在手术台上，就直接装进那只木箱子里，以便乘车时掩人耳目把我带回家来。父亲当时想，女娃子也是咱家的一根苗啊，不能扔在外乡让野狗叼去。以后的日子，我压根不记得那是父亲从合肥拎回来的木箱子了。

串起散落的往事，我断定它就是父亲当年预备装殓我的木箱了。我很感动于父亲挑拣木箱时，那一刻的温软柔情，衣衫不整土里土气的父亲，竟然为小女的归宿选择了一道鲜活的红色，他想让我在另一个世界里光鲜艳丽地活吗？也许是冥冥之中那道鲜活的颜色，照亮了我生命的通道，我死里逃生了。回家的那一天，低着头揣面的母亲，突然被一道清亮的童音呆呆地怔住：妈妈，我大车小车都坐了！

我缄口不再追问箱子的前世今生，也不愿再触动父亲的痛。父亲说日子朝前过，人要朝前看，谁没有磕破头的时候？

父亲是对的。一个人在经历一番生死劫难之后，要庆幸自己是幸运的，要感恩那些留住自己生命的人，感恩人性中的善良和纯真。那些伤痛和艰辛，也是人生的财富。

（发表于 2011 年 10 月 29 日《阜阳日报〈平原〉副刊》）

黄花满地

秋后，庄稼按原路返回粮仓，回到儿时放摇篮的地方。田野被收拾得空荡荡的，秋风打着结也觅不着热闹的去处。野菊花不理会秋风的到处招摇，栖在不招眼的地方，安之若素的秉性，像个居士，喜欢跟沟渠边上的水草做个芳邻，闲时听听蜻蜓和小鱼儿聊起天气情况。它随意地开着，半梦半醒间，云水禅心一般，把心香打开，天地间净化出虚清的禅意。

漫野的野菊花开着明艳的色泽，无论在哪，都能看见从天上掉下来的火把，灼灼燃烧。野菊花蔓延的态势，分明抢了太阳的三分彩头，这三分彩头，足够温暖一个秋天老去后的晚景。

有一种情结，跟一个日子有关。有时忙了，有时累了，有时就忘了。记不记得一个日子都没关系，秋天替我记着；秋天记不记得也没有关系，野菊花替我记着。这漫野的小脑袋晃啊晃，诵《三字经》似的，晃得人眼前铺着金光，千伶百俐的模样儿，秋阳下，闹得多欢实。

这个时节，不能不让我操一曲古琴，怀念那些把不朽的文字埋进落花下的先人，我眼前的这些菊花，都开着他们文字的芬芳。花荫下若置一几一凳一茶盏，他们儒雅的声音谦恭的模样依稀可寻。秋天在淡远的天际下设一席盛宴，满地的黄花都来了，许多树都在写邀请函，拜托秋风捎去它们诚挚的邀请。我敬爱的先人，你们来吗？柿子堆一座山，橘子堆一座山，大豆、高粱、玉米、红薯若一起从黄土地里轰轰烈烈走出来，它们的脊梁可以比珠穆朗玛峰高一寸。如此丰盛的筵席，先人，你们来吗？

向晚，竹篱下，啜一盏菊花茶，看一轮明月来。明月照见的地方，一大片一大片的羔羊安卧在幽蓝的湖水边。你只需去想，月亮是替牧人照看羊群的。羊群饮过清冽的湖水安睡了。牧人赴一场约会去了，月亮整夜整夜都在湖边的羊群中穿梭。

野菊花的心思，在一杯茶水里缠绵。一缕苦香在杯中游走，初日的颜色、落日的颜色、向日葵的花瓣、五谷的酒色、一起融进这杯子里，茶水温润着、娇羞着靠近我的眼神，我怎么也找不到一个准确的词来表达我对它的喜欢。秋燥上火，早晚喝一杯，再好不过了。大自然总是为世间的疾病预备下解药。

单衣不御清寒。风能不能来？露能不能不落？我只要明月抛一件天鹅绒的披风给我，我就安静地守着满地的黄花，守着满地的花香通往梦里的路径，守着一个人的承诺，和星星一起坐在天空里眨着眼睛，等天亮。夜很静，野菊花许是睡了，那么多的小脸蛋簇拥在一起，没有一丁点的喧闹。一眼一眼地看过去，直爱到骨子里去了。至今，每看见婴儿酣睡的小模样，就想去屋外看大片大片的野菊花。

很羡慕一位秋天过生日的朋友，他占尽了秋光、秋水、秋华、秋实的物华风光，第一眼看见世间，大地就把遍地金黄捧进他的眼底。那是怎样的福气啊！

我看见，月光、诗人、清酒和野菊花一起过着恬淡的日子。我回头望见，漫天的黄叶翻转回旋，向大地回归；大群大群的候鸟朝着天空迁徙，一阵黑点，一行灰线，渐远渐入云端。

（发表于 2012 年 11 月 15 日《颍州晚报〈奎星楼〉副刊》）

穆家老大

面前只有一对枕头馍，没有穆家老大。可我觉着穆家老大就在我面前，没有枕头馍。

人一朝喜好上一物，琢磨久了，免不了对它的前尘后世生出莫大的好奇。让人捎来一对枕头馍，一片一片切了，麦香的气息就来了。黄灿灿的麦田从一望无际的天边直铺到脚下，一粒粒麦子从麦田里被召唤过来，脱了麸皮，碾成面粉，交到穆家老大的手上。穆家老大像个乡下接生婆，使出浑身解数，一个接一个把麦子投生的白胖小子都领到世上来。吃一片不解馋，再吃一片。翻翻包装袋，大戏院穆家老大的，记住了，下次还买这家的。

万物皆有灵性。麦子的灵性在一个人的手上转世，以另一种姿态活了。穆家老大在揣摩麦子的心思时，我在揣摩他的心思。他的一双强劲有力的大手，把心思、心性、心气心劲一点一点揉进面团里，三百多次的揉和，每一次都拿捏好了分寸。这恰到好处的力道，很像一名技艺精湛的推拿师，施展推、拿、按、摩、揉、捏、点、拨等技法，舒筋络，行气血，令人通体舒爽。生瓜蛋子似的面团哪见过这等功夫，像刚被揭了红盖头的旧时的小脚女子，抵抗着、抵抗着就半推半就了，半推半就着就百依百顺了，百依百顺了侬家今儿就是你的人了。舍了这一身软香温玉女儿身，遂了你的心、遂了你的愿。小娘子乖乖服软了，拿扁捏圆悉听尊便。小女子过不了这一关成不了小女人，大面剂子过不了这一关也成不了大卷子馍。瓜熟，蒂自落；功到，自然成。

穆家老大目送一个一个莹白温润的枕头馍远去，是不是有一点点的惜别之情萦怀？远行的人，揣了一对枕头馍，揣了穆家老大的一点点的惜别之情，揣了乡土的气息，把麦田的守望和牵挂带向远方。关不掉的乡愁，一寸一寸长高，饥饿难耐时，你一口一口咽下枕头馍。你得感激这么一个人，如此体贴入微地抚慰你舌尖上的乡愁。

"望得见山，看得见水，记得住乡愁。"一句深情的话，令人心绪难平。一个家族传承着几代人的手艺，守住一个让许多人记得住乡愁的手工小作坊，日日里，流着汗，熏着烟火，秉承一个手艺人的诚信，置身于城市的繁华与喧嚣中，不偷工减料，不急功近利，不利欲熏心，需要一个怎样平和的心境？

敢把自家名号"穆家老大"这杆旗撑起来，抖得哗哗响，就敢把身家性命押上，你信不信？这杆旗足以彰显穆家老大的底气和豪气。

剥下一片馍瓣，不忍径直入口，先擎在指尖上，细细端量一番，饱饱眼福。我在童年时代没吃过什么好东西，过大年时一个白面馍馍抓在手里，能攥出五个爪印子来，不敢递到嘴边，怕一下子没把住，一口咽进肚子里，再无想头了。日子越过越好，纵有玉盘珍馐，却难抵我对白面馍馍的眷恋。旧时光的印记，在我的手指尖一瓣一瓣苏醒。仿佛，我牵着穆家老大的衣袖，走进时光的深处，回溯生命里最刻骨铭心的那一种味道。馍的味道，家的味道；馍的香，家的香。

直到我敲打这些文字时，都未曾与穆家老大谋面。夏夜，我在煞费心思敲打这些文字时，穆家老大也该忙完活计，拧一把脖子上挂着的毛巾，撸一把脸，端一把茶壶，在树底下乘凉。一旁的石榴花不声不响开过，又不声不响坐果。

（发表于 2014 年 7 月 19 日《阜阳日报〈平原〉副刊》）

第二章 故园之恋（组章）

进城的麻雀

　　麻雀一家随农民工大军进城"淘米"来了。连麻雀也进城了，好端端的一个村庄，真成空巢了。城市里好哇，男人阔绰，一出手就是半亩肥田的收成；女人香艳，兰花指一掐，媚眼一勾，勾出半条街的菊花脸，笑得春光灿烂。城市里热闹，大街小巷车来车往，高楼大厦像个大匣子，一个个从地皮底下冒出来，把人装进去，又一层一层往云彩里拔高。瞧瞧，连地夹缝里都能冒出人影来。城市里亮堂，街灯亮如白昼，黑夜的黑被一个个匣子关进窗内，消融在梦的焦渴中。麻雀一家算是开了眼界，长了见识，庆幸自己与时俱进，终于脱了农村的皮，沾上城市的一身新。

　　可老麻雀乐了一阵子，就乐不起来了。米是天天有的吃，可没处搭窝。眼瞅着小麻雀们已经到了谈婚论嫁的年纪，一家人还在电线上挤成一串过夜，要么挤成一疙瘩在人家楼檐上眯一宿。城市那么大，那么多、那么高的钢筋水泥捏成的匣子，装得下一车皮一车皮的人，怎么就没咱们麻雀杆根草棍的地儿？街道两侧，除了电线杆子就是广告牌，连片树叶都找不着，三伏天，整个城市简直就是座火焰山。在城里想找棵像模像样的大树都难，别说在树丫上搭个窝了。城里的那些个树，根本就让乡下的同类瞧不起，笔挺的干，拉了，让你整齐划一，造型规范，让你只有共性没有个性。一年一年捯饬下来，哪里还有树的风光？

　　儿女们要成家，这都搁哪儿安个窝呢？钢筋水泥箍的匣子，密闭得那个严实，连蚊子都甭想伸只脚进去。老麻雀衔着一根枯草，飞东飞西，找不着落脚的地方。好不容易觅一截向外抻出来的圆管筒子，一家老小衔泥结草，忙活了一两天，总算把新家搭建好了，哪知道把人家的抽油烟机的排气管给堵上了。女主人拿个铁火钳，三捅两捅把它们辛辛苦苦刚搭好的新窝给戳散架了。老麻雀这次多个心眼，在一个空调外机的防雨罩里偷偷给儿女们搭了窝，不声不响，一窝光屁股雏鸟出壳了。唧唧唧，唧唧唧，雏鸟才不会跟人赔小心，饿了只管叫，没日没夜唧唧。这光天化日下的秘密还是被主人家发现了，连窝端了，光屁股雏鸟从高处扔下去，还有个好吗？老麻雀伤心之余怨恨起城里人没有乡下阿婆心善，不禁念叨起乡下阿婆的好来。阿婆的土泥巴房虽然低矮破旧，但在那屋檐下搭窝，舒心、安稳，想做几个窝就做几个窝，想

120

啥时间跟左邻右舍扯个闲话、争个是非，扯破嗓子都没人管。天寒地冻觅不到一粒粮食时，阿婆怜惜屋檐下的这些小生灵活着不易，时不时丢两穗玉米棒给它们。老麻雀越想心里越不是滋味。

老麻雀发现城里人一日三餐浪费惊人。好端端的大米白馍馍及鸡鱼肉蛋都丢进垃圾桶里馊掉了，这让在乡下一贯过着节俭日子的麻雀委实看不下去。据说，全国每年至少倒掉约两亿人一年的食物或口粮。暴殄天物，罪过。古人说得好："一粥一饭，当思来之不易；半丝半缕，恒念物力维艰。"那些城里人把老祖宗勤俭节约的优良传统都丢到爪哇国里去了。还是乡下人会过日子，剩菜剩饭都喂猪喂羊，喂鸡鸭，一丁点都不兴糟践天物。虽说天生万物以养人，但人类对养育他们的万物是不是也应该多一些敬畏和感恩之心？

进城的这些日子，麻雀们饱受背井离乡之苦，阅遍人情冷暖，个中滋味，恰如诗中所云："逢人渐觉乡音异，却恨莺声似故山。"其实，心里最放不下的那个地方，才是心灵栖息的天堂，无论贫瘠与富庶，荒僻与繁华，你都钟爱一生。那个你放不下的地方，它不叫城市，叫原乡。

老麻雀连着好几宿都没睡好觉，思来想去，决定带一家老小返回乡下老家去。

（发表于 2014 年 4 月 26 日《阜阳日报〈平原〉副刊》）

腊 月

腊月，嗅着年的香味，一步步盯近年关。大黄围着屋檐下那吊细长的肋条肉，蜷起尾巴来回磨叽，水淋淋的舌头哈着热气"突突"地抽搐。大黄贱，熊样儿。祖母恨恨地瞥它一眼，大黄就知趣地溜到柴禾垛跟前晒太阳去了。

大黄跟我同岁，那年，我六岁，它也六岁。本是我弟，小不点儿，整天挂着个黏糊糊的鼻涕，跟屁虫似的在我身后。我让大黄给他舔鼻涕，大黄把他的鼻涕沟舔得红红的，本就"哼哼"着喊疼。本还不到四周岁，跑起来腿脚不稳，摔倒了，哼哼几声，才肯爬起来。我特瞧不起他这点矫情，回头给他一响指。大黄仗势也跟着起哄，拿头顶他，他就瘪着嘴哀哀地哭个没完。

那年的腊月老早就落过一场雪，太阳赶在雪后一天一天地晴起来。天越晴越冷，沟里的冰结得严丝合缝，三竿的太阳照上去，晃得人睁不开眼。庄稼人忙着办年。路上走着的男男女女，今儿挎个柳条筐买几斤盐巴，明儿提一瓶灯油，后天又是一卷对联，仿佛这年货只许一个日子一个日子排着队进家门。对年的敬重和膜拜，让庄稼人有的是耐性，要把年攥在手心里细细地品着味儿过，不能让它"哧溜"一下滑走。说是办年货，无非就是趁着年关到集市瞅瞅热闹，撞见多年不遇的亲戚熟人，敞开襟怀，吐吐淤积一整年的心头话。

父亲那时还是一所小学的校长，哥在学校读四年级。那天祭灶，腊月二十四，是庄稼人的小年。父亲的学校在进行最后一场期终考试。太阳出来后，母亲和祖母坐在门前太阳地里做针线，那天二姨也来了，三个人各自干着手中的活，家长里短地唠嗑。母亲在膝盖上纳着秫莛锅盖，祖母手中纳着的是一双棉鞋底，鞋底胖墩墩的，没个烧饼大，想必是我的或者是弟弟的新鞋。二姨忙着给我和弟弟的新褂子钉扣子。浅红色横格子布料裁下两件一模一样的衣服，母亲说，你俩个头不差啥，可以换着穿。本盯在我身后像个尾巴，三步跟不上就瘪嘴想哭，我特烦他，绕着屋山墙来回转两圈，轻易就把他甩掉了。回想那时自己就像一个机敏的地下党，灵机一动就把盯梢的狗特务给甩掉了。我一个人趴在祖母的鞋簸箩上，捣鼓着花花绿绿的碎布卷子，拆开了拾掇，再拆开了拾掇，百无聊赖，还惹得祖母一阵阵地厌烦。太阳犊子一打眼功夫就蹿到头顶上，明晃晃地照得人身上发懒，整个人就像要酥掉的冰碴。

"本哪去了？一大晌午谁瞧着本了？"祖母突然打了个寒颤，话音未落身子已经竖起来，直直地拿眼逼我。

屋后横着的寨沟里，面朝下直挺挺地趴着我的弟弟。冰窟窿像一个摇篮，刚好盛得下翻个身伸胳臂撂腿的弟弟。妈妈直挺挺地扑进沟里，疯了似的抱起弟弟僵硬的身子号啕。庄上的人闻讯赶来，七手八脚地把弟弟架在一口倒扣着的大铁锅上控掉腹腔内的水。弟弟煞白的脸耷拉在锅沿子上，没有一丝生气。村医赶来摸摸脉象，摇摇头，走开了。奶奶捏住弟弟的腔门就是不撒手，她料定弟弟体内还存有最后一口真气，她要让这口真气活起来。父亲和哥哥被人从课堂上找回来，随同的还有一位医生。医生也是一个劲摇头，父亲央求他再仔细检查一下。医生拿出一个针头，朝弟弟的鼻梁骨划出一道口子，伤口里渗出水液，没有血色。弟弟好勇敢，没有哭叫，一动不动地躺着。我那时突然就钦佩起弟弟来，兀自猜想，人死了都像他一样勇敢吗？

残阳如血，碾过一片村庄。去村口的路上，一前一后两个人，一根扁担上抬着用一捆秫秸裹着的弟弟。弟弟的身体那么轻、那么小，两人只轻轻一扬手就把他送走了。傍晚时分，起了大风，村里村外响起零零落落的鞭炮声，祭灶开始了。弟弟一个人睡在矮矮的坟头下，那身湿衣服还结着冰碴子，冷不冷？

母亲滚下水去的那身衣服，没日没夜地贴在身上，风干后，硬得像发霉的烙饼。那是她冬天仅有的一身衣裳。弟弟在大年夜总算是赶上穿新鞋了，祖母托河神办了件差。那两件一模一样的新衣服，母亲最终没舍得给弟弟穿，后来被祖母染成绛紫色，套在了我的身上。穿上它，即便是三伏天，我总觉得脊梁骨还透出飕飕的冷风。

过罢年，一开春我就上学了。父亲抚摸着我的头，说："丫头，好好念书，没准咱家能出一位女先生。"我把泪水藏进头发梢里，咬着牙没有出声。

（发表于 2011 年 1 月 10 日《阜阳日报〈平原〉副刊》）

第二章　故园之恋（组章）

莲 境

村东有莲，半塘，不与物杂，一花一叶皆清净。种莲的人家，也住村东，女人小脚，寡居半生。

莲花一年一年开落，莲蓬任由人采了去，莲藕一茬一茬留在泥淖中，女人不管它。与莲为邻，清芬自来，心境清凉。

黄泥巴墙，茅草覆顶，一间房不大，门脸朝南。门前有鸡舍，有井，有梨树、枣树、柿子树；有塘，塘中有莲，日日临荷风，夜夜听蛙声。

房内，一床，一锅灶，一泥塑的条几，一木箱，一土茓子，几个小板凳，一件一件摆放的都是地方。进来三五个人，坐下喝茶、抽烟、唠嗑、纳鞋底、摇扇子，心里敞快，倒也不觉着拥挤。一晌午一晚上的，一拨人一拨人走了来，来了去，唱堂会一般热闹。

女人心肠好，性情温和，为人和善，人缘极好。谁家兄弟有隙，婆媳不和，邻里不睦，一经她说和，便和好如初。她的话老老少少都听，一个村的人都拿她当菩萨敬着。门前的梨子熟了，一庄子的人都尝过她的梨，甜，甜到心口窝。老连的娘腿脚不好使，下不了床，送去两个；扁担的俩娃，刚死了娘，太小，离得远，捎去几个。但凡有一口好吃的，女人把全村的老老少少一个不落都想到。吃不完的枣子，焯了水晒成红枣，谁家有闺女、媳妇坐月子，兜一裰襟去。"抓几个红枣，捏一小撮黑胡椒慢慢熬开，打两个荷包蛋，撒一把红糖，趁热喝下去，补身子好得很。"女人笑吟吟地给人讲。

女人清瘦，粗茶淡饭，饭量也小，天一热，晚饭就省了。汲一罐沁凉沁凉的井水，渴了就喝两口。女人有个好习惯，早睡早起。一大早背个大草筐，走很远的路，打一大筐草回来，给儿子家喂牛。女人身子骨还硬朗，眉眼神韵还在，就是腰弯得厉害。

女人年轻时的模样，比得了出水莲花。绣花鞋，三寸莲，天青色的裤子，月白色的裰子，容色如玉，眉眼含春。眉眼含春的花骨朵儿，被一顶花轿抬走。吹吹打打，抬进夫家，落了轿，她是人家的人。日子像门前的树叶一样稠，女人一个接一个生孩子。奉养公婆抚育儿女操持家务，纺线、织布、缝衣、纳鞋，起五更睡半夜，日复一日辛劳。男人不争气，嗜赌如命。有一回，输光了家底，没脸回家，解下裤腰带，吊死在楝树下。

哭瞎眼也没用，自己的天还得自己撑着。拉扯着三个不懂事的孩子，给人做帮工，通宵通宵织布纺线。实在养不起孩子，把八岁的闺女送给了人家。女人的苦往心底里咽，不落泪不叫苦，咬紧牙把两个儿子抚养成人。有一年夏天，日高人饥，一对蓬头垢面的母女由此路过，实在走不动了，坐在井沿上，想讨口水喝。女人去打水，恰巧遇见，领回家来，从床底下的黑陶罐里抓两个鸡蛋，擀一锅鸡蛋面叶，让母女俩吃饱了好赶路。女人的好心肠，感动了这对母女，非要把女儿许配给她家，说走千走万也难觅你这样的好心肠，闺女嫁到你家定不会受委屈。都是穷人家，场面上也没甚讲究，两个孩子磕了头，就是一家人了。等到两个儿子都成了家，添了满堂的孙男孙女，女人也算熬出了头。

清晨，女人坐在门前梳头。所有的莲花都停下来，半闭半开着，看她梳头。新桃换旧符，白发换青丝。这一生，借了月的皎洁、云的柔美、雪的晶莹，才修成那样的一种光芒，佛光一样笼罩着她。这得之不易的银丝，一缕一缕慢慢捻，慢慢捻，一圈一圈绕在脑后，缠成发髻，罩住，插上簪子。前前后后、上上下下拍拍衣服，才起身站起来。鸟儿在枝头唱了好一阵子，不见她理会，很无趣，飞走了。

女人在村里辈分最高，我尊称她为太奶。太奶面善心慈，一辈子乐善好施。早年，有个外乡的妇女流落到此，太奶不忍心看人家在外面挨饿受冻，接到家里与她同吃同住一个多月。那年月，太奶家里也是吃了上顿没下顿，多一张嘴，锅里又得多添两碗清水，汤汤水水更稀了。太奶跟孩子说："人家落难了，可怜，咱吃稀点没啥，不能饿着人家。"多苦的日子，欠过谁家的情，太奶总时时记得，日后必有报答。但她帮过别人多大的忙，有多少人家领过她的情，她不提，也不让人还。我的祖母和她的境遇相同，都是早年丧夫，孤儿寡母苦熬日子。两个苦命的女人互相帮衬着过活，搀扶着走过大半生，情同手足。祖母念叨起太奶的好来，从天黑点灯坐下纺线，直说到三更天，箩筐里的线锤子堆得冒尖，我的小眼快困瞎了，一个接一个地栽嘴（打瞌睡），都没法说完。

祖母八十四岁仙逝。她走后，父亲心里没落靠，隔三差五往太奶家去坐。太奶也不多言，汲水添柴烧茶，往茶碗里撒一大把白糖，甜得父亲泪珠子快要滚出来。祖母比太奶还小一岁，祖母走了，太奶心里也很不好过，但当着晚辈的面，伤心的话一句都不说。

月亮地里，坐着一堆乘凉的人。小孩子闹一会儿，倒在大人怀里睡了。

太奶拄着拐杖回屋拿块床单，给孩子罩上。夜里露水重，别凉着孩子。一庄子的几百号人，都是她的子子孙孙，哪个不是这样被她疼着长大的？

太奶走时，享年一百零三岁。用庄户人的话说，太奶一辈子寡净。蓝布衫洗得泛白，穿在身上有角有棱，发髻挽得规规矩矩，一丝不乱，鞋袜整洁，裤脚缠着裹腿，冬夏没有光着脚出过门。

她是一枝古莲，只是去了时光的深处。

（发表于 2017 年 8 月 19 日《阜阳日报〈平原〉副刊》）

良 丐

雪越下越大，所有的路面都干净了。此刻我在想，那个小乞丐现在到底在哪儿？我已经三个冬天没有见到他了。每一年的下雪天，我想得更多的是他的安危，而不是到处都干净的路面。

他只是一个从 8 岁就开始流浪街头的小乞丐，我跟他非亲非故，他却管我叫姨。他手脚有严重灼伤留下的残疾，又是个哑巴，那个冬天，有人把他当废物给扔了。他缩在街角，雪花一层一层罩下来，罩住他一点一点弱下去的气息，有人救了他。他管每个帮助他的人叫姨，"姨"是这个哑巴孩唯一能发准的音。

在我遇见他之前的好几年里，已经有很多人在帮他，他也在帮别人。公园里有一大拨人在跳广场舞，他每天负责搬运笨重的音响器材，得到的回报是从参加跳舞的人每月所缴经费中提取 10 元钱，支付他存身的房租。那是个不能称作房屋的地儿，是一个给人堆放废品都嫌破的仅有几平米的窝棚。跳广场舞很风行，每天早晚有一百多人在那儿扭三四个小时，热了就甩下外衣、帽子、围巾和手套，当然还有钱包。这么多人的衣物摆成一长溜，全部由哑巴义务看管。哑巴能准确无误地记住每件衣物的归属，并能"完璧归赵"。鉴于哑巴的出色表现和突出贡献，跳广场舞的阿姨们，谁家弄了好吃的，都忘不了带点给哑巴打打牙祭。这不，端午节还没到，哑巴早已吃上粽子了。

哑巴以好心人的接济和捡破烂来维系生存。他捡破烂，遇到有主的破烂，要先示意一下，征得人家同意，才肯捡走。逢上婚嫁办喜事的场面，他也能讨两个小钱花花，还能得一大把喜糖。喜糖他是不肯独自吃完的，留下最好看的，逢人都掏一个递上，人人都夸哑巴懂事，心眼好，知道报恩。

公园里又来了一个疯婆子，整天满身插红着绿，尽说些疯话，哑巴就跟了她。疯婆子把哑巴认作干儿子，去哪儿乞讨都带着他，两人形影不离。哑巴讨到好吃的，笑嘻嘻地先捧给干妈吃，干妈吃一半给哑巴留一半。

冬天的阴冷天气总是让像哑巴这样的一类人不好过。疯婆子脚上趿拉的一双棉鞋，又脏又破，湿沉沉地像俩秤砣坠在脚上。哑巴不知道从哪儿捡到一双崭新的皮鞋，一颠一颠地跑回来举给干妈看。他拉干妈坐在路牙子上，脱掉脚上的旧鞋子，把新鞋子给她换上。疯婆子欢喜地穿上新鞋子，起来走两步，总觉得哪儿不得劲。把鞋子脱掉托在手里仔细看过，哈哈大笑个不止。她是笑干儿子给她捡回来的是一双一顺头的鞋子。好端端的鞋子人家干吗要扔呀？

哑巴有手，但不会"拿"东西。我在以上的文字里，没有出现一个"拿"字，而是以"捧""举"代之。他每只手的五个指头都蜷曲着，跟个晒软的糖糕似的，与手掌"化"在了一起。他的两条腿上，油泼似的，没一块好皮肉。他身上的伤是怎么来的，没人说得清楚。一遇上阴天下雨，哑巴身上的疤痕痒呀，都被他抓破了，流水了，还抓。身上有点钱时，就去附近街边"专治皮肤病"的摊点，花五毛钱买一小瓶虾红色的药水涂涂，涂完了再去，没钱人家也给赊账，等有钱了再还。哑巴从不赖账，信誉好，人家信得过他。

我在公园第一次遇见他，他在用双手腕夹着一把扫帚清理广场舞场地。三伏天的傍晚，他浑身上下淌着油腻的泥汗。一拨人在说他的身世，他也能听到几句，但他不去理会，一直在干他应该干的事。我买了两只雪糕给他，他叫"姨"，鞠躬，点两下头。那一天起，我觉着自己跟这个孩子是有缘分的，我应该帮帮他。那个夏天，我每天早上多买一份早餐，加了鸡蛋的那份是给哑巴的。晚上买两只雪糕给他，他每次看见我，都会跑着迎过来，一只雪糕三口两口就下肚了。

我的孩子也加入与哑巴的亲情互动中。每次有了零食，会说，这个给哑巴留着，那个给哑巴留着。留来留去，她只拣最小的那个吃。圣诞节到了，她在学校里得了一份圣诞礼物，包装很精美。她带回来了，没舍得动一丁点，送给哑巴了，还跟他说圣诞快乐。

那个冬天的雪来得有些早。我找了几件棉衣想给哑巴送去，没找着人影。窝棚里没有，公园里没有，附近的几条街道没有，问谁都说没见。别说哑巴了，所有的无家可归者一夜之间都渺无踪迹。

我站在马路上往回看，看见一个干干净净的世界。雪越下越大，我只是觉着越来越冷。

（发表于 2015 年 2 月 3 日《颍州晚报〈奎星楼〉副刊》）

两个人的日子

两筐萝卜各剩半筐。天昏昏的，想晴也未必能晴起来。老汉翘着一撮白胡子，望望天，披紧袄襟，蹲在马路边，眼巴巴瞅着来来往往的人流。身后的人力三轮车上，软耷耷斜卧着的是他的老伴，双手操在袖筒里，眼睛不紧不慢地眨，一丁点表情也不想多浪费。那些讨价还价的声音，间或偷偷被人溜走的一两个萝卜，压根与她无关，整个人安静得像一堵墙。她只对一种声调有感应：你冷不冷？咱换个背风的地方卖吧？老婆子想摇摇头表示不乐意，但她脖子上围着的几圈围巾，让她转动起来有些吃力，相权之下，开口吐出几个字还是更方便些。不冷，还待在这儿吧。待在这儿，不是因为买卖会好起来。这儿有些僻静，聚不住人，一两筐蔬菜直卖到日头歪西。这儿城管不管，可以省下一元钱的市场管理费。节省的一元钱可以给老伴买一粒药，老伴每天三顿饭要吃三粒药。快二十年的糖尿病了，就么天天用药养着。

从黄瓜挂着花，掐头遍荆芥，摘头把豆角，他就占据着这个位置，半年过去了，始终没怎么挪动过。整个夏天，他的菜不多，长得也不快，园子里长啥就卖啥，隔一天才能装够两筐菜。他的菜都沾着露水带着泥星。早上四点钟推着老伴去摘的，顾不上返回家清洗就赶来了。他提着秤杆的手，指甲缝里还灌着泥浆。街道两边的紫槐，身形单薄了些，落下的荫凉，斑斑点点的，还盖不住老汉面前的两个菜筐。老汉让老伴靠着树根坐下，头上罩一把伞遮阳，老伴不言不语地坐着，等老汉卖完最后一把菜。

这样的日子久了，筑成行人眼中的一道风景。遇上刮风下雨，间歇个三两天不见两口子的菜筐，人们似乎觉着生活不那么方便了，出门买把菜，要走老远的路，拎回来还软蔫蔫的。老汉在那儿重又摆上两筐菜时，一边卖菜一边歉疚着跟人解释，似乎别人的不方便是他造成的，他有责任给人弥补过来，称菜时，把秤星往外开了又开。老伴一尊泥菩萨似的坐着，老汉腾出手端起水壶抿一口，递给她抿两口，她又递给老汉。一壶水传来传去，一晌的光景像玉簪花儿一样开落。

总会有人一边付钱一边问起老伴的情况。老婆子眼睛里亮了一下，预见老汉要夸赞她，倒先窘迫得不自在了。老汉回头望见老伴的神情，声音有些暗哑，从低音区慢慢起调。俺老伴命苦啊！年轻那会儿帮俺生一大堆娃，里里外外是一把好手。绣花鞋绣得那个巧啊，能在俺庄上的大姑娘小媳妇手上传一遍，个个都眼馋死了。她心眼好，谁央求她贴个花、描个鞋样，或给刚满月的外甥讨要双虎头鞋，她一夜一夜坐到鸡叫三遍也要准时给人备好，俺村三岁的孩子都记着她的好。大生产那阵子，她跟队里的壮劳力一样出工，挖河修田推车拉土，累死累活就想多挣些工分，多分点粮食，让娃们吃饱。等孩子们都长大成人了，她让糖尿病给缠倒了。俺年轻时亏欠她的太多，她得病了，俺就好好照料她。她好好活着，娃们心里就能踏实，一年一年在外地讨生活，都不易啊，俺得替娃们省心。

一滴泪含在老婆子的眼里。买主早收回找零的钱，怔怔地听一首老歌般低回幽婉地细述。老伴身体一年不如一年了，吃喝拉撒都不能自理，俺走到哪就把她带到哪，她是俺影子，俺一眼瞅不着她心里就发慌。两个人搭伙过日子，不就是要搀扶着走到最后吗？

买主接过菜的手有些抖，看得出，他在难过，他被这首古老歌谣点开了穴道。他迟疑着不知怎么表达自己的内心，眼睛潮红。他最终给自己鼓起勇气，艰难地说："老人家，您明天还来卖菜吗？明天，从明天起，我想跟她一块来买菜……我们不打算离婚了。"

"两个人搭伙过日子，不就是要搀扶着走到最后吗？"这首老歌，需要一把弦，两个人弹唱。

（发表于 2012 年 5 月 16 日《颍州晚报〈奎星楼〉副刊》）

青冢下，是我恩师

偶尔路过一堵剥落的红砖围墙，忍不住停下来，向内张望几眼。墙内，蒿草荒芜。曾飞落满堂书声的挑檐青砖瓦房，已片瓦无存。春来春往，二十几载飞逝，那些昔日的青春少年，也该老成满面胡茬、一把霜丝了吧？这会儿，也正忙着为儿女们操劳呢。魁梧的身量，睿智的额头，浑厚的声音，敏锐的目光，我们的杜传斌老师，哪去了？

他不在这里，这儿只是一处被时光遗弃的校园故址。岁月的红尘把他阻隔在天国的另一方，他在一抔黄土下安然歇息，已十六年。

那些旧时光里，那个一手捧着书卷，一手舒展着手势，在黑板前像排山一样移动的身影，在我小小的年纪里，铁定为男子汉之伟岸、英武。我渴望黄花插满髻时，际遇的是这样的颜面君心。那时，有一双熏着蔷薇花香气的眼睛，不时地侧向教室外，巴望着语文课的开始，巴望着杜老师腋下夹着一摞书本走进来。他的"上课"二字的口型刚要调整好，等不及班长"起立"的口令发出，一个个的屁股跟尖锥似的，齐刷刷腾起而立，磕碰得桌椅板凳一阵噼啪作响。杜老师双手支起在讲台上，目光温和地平视大家一周，从一个窗口到另一个窗口，从一个屋角到另一个屋角，检阅着每一张蕴含朝气的脸。他唇边的一丝笑，极富感染力，瞬间在教室里晕染开来，顿时春色满室。老师收回眼神，双手背在身后，微仰起脸颊，迈开步子，顿挫有致地吟诵，在教室内外如淅沥的雨声，起伏入耳。我们也跟着扯开嗓子随声应和："坎坎伐檀兮，置之河之干兮，河水清且涟漪。不稼不穑，胡取禾三百廛兮？不狩不猎，胡瞻尔庭有县貆兮？彼君子兮，不素餐兮！"

少年不识愁滋味，为赋新词强说愁。那个年纪，眼睛只在书本里罗列华丽浮躁的辞藻。作文的铺展，从头至尾，尽是些空泛乏物的堆砌，经杜老师委婉入理的点拨，茅塞始顿开。那时，自家的小文总是被杜老师拿来在作文课上点评。我涨红着脸，一节课都不敢抬头，似乎那文字是窃来的，又被人当场捉赃，窘得颜面尽无，心中似有潮水阵阵袭来。常言道：好孩子是夸出来的。负笈少年怀揣着一番心思，把一串串楷书镌绣在田字格中，宛若一片繁星散落于纸笺上。少年的心性，犹似一个且战且勇的将士，将生死置之度外，只为博得老师一个赞许的眼神。心中的那份狂热，焚着迷醉于文字的痴狂。溯往五千年的遥望，始于此。

"闲居少邻并，草径入荒园。鸟宿池边树，僧敲月下门。"碣石山人的诗句，时常让我想起杜老师模拟"推""敲"二字时的沉吟。杜老师的课，不是把我们的视野局限于书本，而是将一个个鲜活的形象生动呈现，惟妙惟肖地演示在讲台上。得益于恩师高天厚土的滋养，我的文字，耕犁于田字格中的播种，渗着老师津津的汗水。

得知杜老师猝死于上早课的讲台上，已是他身后的事了。翌年春夏交更的一个日子，循着别人指点的方向，我才来到老师的坟前。离离芳草下，那抔黄土是杜老师安然静卧的地方。我只是远远瞻望，不敢靠近，我胆怯于老师魁梧的身量、睿智的额头、浑厚的声音、敏锐的目光。一块很寻常的青石墓碑，不显突兀，很敦实地立于坟墓前。夕照里，不像是碑，像老师远行的背影。高高的蒿草在晚风中摇曳成老师舒展的手臂，"坎坎伐檀兮，置之河之干兮，河水清且涟漪……"抑扬之音如一缕清风过耳。"师恩似海无由报，哭祭天涯路渺茫。杖履成随逐一梦，封书难寄泪千行。"突然记起这几句诗，我的悲悯同诗人的哀伤一同上路，绕过岁月的流经，直抵脆弱的心径，我心哀伤。

走在这条路上，从甲骨文到大唐诗篇、宋时明月，到墙头马上吴音媚好，到孺子百态红楼梦陨，我的身形在红尘中隐现，渺如沙砾。时常被局限的思维所困，文字也生涩起来，举步维艰。这个时候，总会追念起杜老师，倘若恩师尚健在，一杯清茶之间，我们可以聊聊文字，聊聊脚下的路，也聊聊我的困惑，那该是另一番的天伦之乐吧？可现在老师不在了……青冢之中，黄土之下，风流俊才依然是吾师！

（发表于 2011 年 3 月 14 日《阜阳日报〈平原〉副刊》）

清秋令

秋起了，渐行渐近，又渐行渐远，只剩下一个清字。像极了世间修行的人，放下尘念，归了远山，隐去。

银杏树的叶子美极了，华丽得令人惊艳。每天清早大老远跑来，就是为了多看它一眼。一片一片黄叶落下，小雀儿一般，栖在发间、肩上、脚下。我被它的纯黄裹挟着，通体融化，树下多一片澄净的秋叶。它盛装出行，明丽而清绝，我只想来送送它。

东篱采菊，两盏清酒。哥醉了，陪哥喝一杯吧。你海量，一杯对一杯，喝水都能噎坏我。隔着时空，键盘与键盘对话。未曾谋面。同窗姐妹中我排行老五，是五妹，他是四姐的爱人，四哥。

三百里行色匆匆，真的去了你的家，你的容颜落在客厅正中的镜框里，黑白分明。那一刻，我以为你还在，两盏清酒清清浅浅，你采菊去了，我坐下，慢慢喝茶，静心等你。一滴一滴泪砌成冰冷的碑，我看见你的世界落叶纷披，锦绣一地。那个秋天，你华丽转身，绝尘而去，我携一程烟霞送你。

西天的烟霞，东天的秋光，都是火一样的颜色。万物荣荣枯枯，生命在一次一次的淬炼中，繁衍不息。我在一寸一寸光阴里仰望生命的高贵。你是一行一行秋色，化作人间烟霞，凄美而清丽，令我心生敬意。四哥，要飞就飞得更高一些，览尽秋光好还家。

生命之轻，像一片叶追逐一阵风，走散。你整天忙呀忙，那么多好景致被一个"忙"字挡开了。窗外的白玉兰开成一片雪，一瓣一瓣砸下来，砸得春天都动了恻隐之心。你几时曾作个惜花的人，俯身捡起一瓣，捧到四姐的手心里？旧时的燕子飞回到屋檐下筑窝，孵一窝"小黄嘴儿"，叽叽喳喳热闹了一个夏天。你可晓得家里新添了几位客人。桂花开了又开，四姐攀上高高的梯子摘呀摘，泡了好多桂花酒，都给你留着。等你不忙了，斟一壶桂花酒，邀二三知己，细细品，慢慢聊，起兴了，一行诗，一盏酒。你终于没能闲下来。谁还会东篱采菊，两盏清酒，邀我对饮？

四姐席地而坐，花儿都不说话了。一条河从天边来，流过雪山，流过草原，流过一条忧伤的河，流过席地而坐的四姐，又流到天边。岁月无痕，唯秋之静美，留存心间。她要替四哥好好爱这个秋天。每一片落叶都是世间的精灵，生命之于万物，都是值得敬畏的。

又有许多叶子落下来，那么美，不忍作别。一片一片拾起，捧在手心里，贴一贴心口处，含着泪，笑着去爱。它们是在赶路，赶往下一个春天。天空高远，有鸽子在飞。它们一直在飞，从春天飞到秋天，又从秋天飞到春天，淡然自若，恬静而闲适。秋天就是秋天的样子，你爱着它，它就是可爱的模样。把它可爱的模样装进心底，天底下的万物都可爱了。

漫野的菊花开了，遍地的果子熟了，小鸟越飞越高了，一群羊跑到天上去，东扎一堆，西扎一堆，乍看都是云。多好啊，慢慢来吧，秋天。赶路的人，急什么呢？坐下来，陪我看看风景吧，道一番十年甘苦，话一段流年絮语，任白发不紧不慢地长。七八只小雀儿飞这边啄一口，飞那边啄一口，绕个十七八道弯，叽叽喳喳，吃饱了闹够了才上路。辣蓼花一粒一粒红，芦花一缕一缕白，河水一寸一寸清。万物从容，我们着急什么？

清夜无尘，月色如银。我在天地间打坐，雁声远，明月落入心间。

（发于 2015 年 11 月 21 日《阜阳日报〈平原〉副刊》）

一生如蚁

吹吹打打，一台花轿抬进夫家，走下来面如白玉、肤如凝脂的小女子，水汪汪的眼，羞答答地笑，纤弱弱的腰身摆着杨柳风。一张脸，托出的笑，兰花一般，吐着幽幽的香。哪家的井水养出这般清靓靓的女子到你家？东庄徐家。婆婆抬手理鬓角，掩饰着心中的喜悦，搭讪各家婶娘的话。

小女子温顺贤良，心慧手巧，勤快利索，颇得夫家人欢心。进门三五载，就是怀不上娃，没少奉香火钱，送子娘娘却高低不怜惜。夫家人生生阴了脸，嫌她没用，指着母鸡骂，光吃不下蛋。小女子啥苦都能吃，啥罪都能受，哪怕日子是块冰冷的石头，她也要揣在怀里焐热，磨砺得光光溜、晶晶亮。

小女子的苦，瞅得邻人眼酸、心里慌，劝她抱个娃养。"俺做不了主。"女子怯生生地问婆婆。"就抱你小姑子家的妮子吧，只隔层皮，养大了贴心。"小女子欢喜地落了泪，没日没夜忙里忙外也不觉得累，黑天黑地侍老携小也不觉得屈。《孝经援神契》云：母之于子也，鞠养殷勤，推燥居湿，绝少分甘。有了个娃，她这辈子不贪妄什么了。把念想种下，日子总会有开花的时候。女子好胳膊、好腿，有力气，婆婆一家人拿她当个男劳力使唤。邻家姊妹心疼她，劝她别出蛮力，毕竟女人的筋骨弱。男人一瞪眼："再娇贵也养不出个娃。"女人自知亏心，人前矮下半头。

一晃岁月落了雪，小女子青丝一绺一绺地白。一张脸，枯成一丘一丘的沙，把一世的春光漏尽。岁月甩着鞭子，抽打她的脊背，这女子咬着牙对自己说，滚着爬着也要好好活。早春，天一转暖，稻秧该适时下地了。四点多钟，窗外满天星，老头子扯开破嗓子，火急火燎地催女人出门。女人拎两桶水匆忙往外走，谁知脚下一趔趄，重重摔下，冰冰凉的水浇透衣裤鞋袜。老头子龇牙咧嘴骂，女人含着泪，手撑地想站起来，无奈身子沉得像沙袋，动弹不得。女人终于哭出来，老天不能让俺瘫，没儿没女谁来伺候俺吃穿？女人戚戚的泪，苍天亦垂怜。一碗饭的工夫，女人动弹动弹腿脚，慢慢爬了起来，拎起两只空水桶，跟跟跄跄往田头走，星星亮起灯明，给她照路。六十七岁的人，肠子里岂止穿行六十七行泪？

女人侍弄一块菜园。一群鸡鸭散在她周围，狗盘腿卧在她身边，猫扯一段瓜藤逗乐。菜园长着青绿的韭菜，苋菜一天一个模样，黄瓜架上挂几朵羞答答的黄花。女人咽下心里的苦水，像蜜蜂一样酿着生活。

　　女人瘦得没了胯，裤腰总往胯上落。走在大街上，女人十分难为情，一手压着扁担，一手护着腰。一头一只鼓鼓囊囊的编织袋，与她的肩同高。远远看去，编织袋像两个气囊，拖着女人在走。她常去一栋政府办公大楼收集并倾倒垃圾，也捡拾些废弃纸张。没人给她薪水，那些废品就是她的报酬。女人逢人就笑，那笑，清馨如兰。她的身体里依旧住着十七八岁时的笑模样。老伴偏瘫了，她出来捡些废品补贴家用。公家人待他们很好，吃着低保，住着廉租房，老伴的医药费也给报销，她很知足。家里的那丁点儿难处，自个儿解决，不能再给政府添麻烦。女人净是笑，淡淡的，浅浅的，不张扬。一手养大的闺女不养你老吗？闺女拖家带口的，也不容易，俺这当娘的，不能拖累她。女人的笑里，蓄一泓温柔和慈爱。

　　此刻，我把热血沁入文字，让文字站出来呼吁：愿天下人都来祝福她——一生如意！

　　（发表于 2011 年 5 月 25 日《阜阳日报〈平原〉副刊》）

乡下的拐杖

"我的拐杖忘家里了。"母亲怕我没听清楚，又重复一遍："拐杖忘家里了。"这句话成了她在城里待不下去的正当借口。儿女们惦记她，她惦记拐杖，拐杖放在家里，家里几间旧房子，旧房子里剩下不会生火做饭的爸和弟，一只猫，一条狗，一群鸡。屋前屋后几棵老槐树正扬花。

乡下的家里，母亲屋里屋外忙活，也没见她手里几时攥着拐杖，可刚离开一天，她怎么就惦记上拐杖了呢？她椎间盘脱出，腰像一盘侧翻的碾盘，压迫一侧肢体使之疼痛不绝。她不呻吟，偶尔一两声"哼哼"从喉咙里哆嗦着滑出来，她尽量忍着。她不拄拐杖，怕碍着干活。她的腰侧弯的弧度，让我想起电影《农奴》里的强巴和他背上的大山。她背上没有大山吗？生活不能自理的弟弟是山，一辈子没扶过油瓶的父亲三天一小病十天一大病，也是山。拐杖支撑着她侧弯的脊柱，像顶在山脚下的一根梁柱，她挣扎着站住了。

她有那么多病痛，都被我无意或有意忽略。她和那个家是我想停靠的一个避风港——我疲惫了的时候总是来这儿歇息的。这个惯性给了我一个致命的错觉，我以为家还是那个家，她还是张着双翼的老鸟。殊不知老鸟已衰老到张不开翅膀，连站立都要靠一根拐杖的支撑。她不把她的病痛说给我听，怕我分担她的痛，怕我不能承受之重。我当真不明白吗？

我每个周末回去看她一次，待上三两个钟头。她不断看墙上的挂钟，怕叙着话、时间溜得快，耽误我回家给孩子做饭。她用不着猜我的心思，我毫无顾忌地袒露我情感的偏重。我一直都把孩子的事看得比她重要，她一点也不介意我对她的忽视，还帮着我加倍疼爱孩子。门前一小片薄荷，是她坚持为我保留的，我喜欢用它做鱼汤。父亲多次要拔掉它另植一些花草，她宁肯跟父亲大吵一番，也不准他动那些苗。在她心目中，我比她和父亲重要。我离开时，她每次都出门送我，手里没拄拐杖，脊背靠着墙，一只手也背过去扶住墙，另一只手搭在胯眼上，身体有所依托后，才扬起脸看我离开。我每次转弯之前回头看一眼，她还在靠着墙站着，像一棵秋树，在风中静穆。她的眼神一直牵着我，让我心中有所羁绊，脚下也谨慎了几分。骑车慢下来，耐心等着绿灯亮，避让不守交通规则的行人时，被人蹭了一腿泥，不发火还淡然一笑，突然觉得生活本该就是这样慢慢走的过程。岁月里的许多好东西，是在你慢下来的时候不经意捡到的。而教会你慢生活的人，一头白发，满面皱纹，落了牙齿，还挂一脸的笑。

　　她执意送我出门，想要我再多给她点什么呢？每次想到这里，我都要回过头，向她靠近一步，再次跟她道别。她一直都等着。我懂了，她就是想让我多看她一眼，只一眼，足以印证我对她的重视。她需要我对她的重视，渴望我对她多一些关注，只一眼的关爱。她的索要有些卑微，仅仅是一棵树对一颗果实的渴求，希望它成熟壮硕，希望它离开后记得自己的根，希望它落地后再回望自己一眼，记住树精壮时的模样。

　　下一次，我决定下一次离别时，和她拥抱，用肢体表达那滚烫的爱。

　　（发表于 2012 年 5 月 12 日《阜阳日报〈平原〉副刊》）

我是秋天的一根紫藤

霜降了，黄叶委地。我是秋天里的一根紫藤，只为单纯的活着而活着，为单纯的快乐而快乐。只是不想像小草一样生活在低处任人踩踏，我要借助一根柱子站起来，看看蓝天的模样。小蜜蜂飞过头顶，跟她打个招呼，希望她常来走动。野菊花好香，只是隔得有点远，看不清她的花容，真想贴贴她的小脸蛋儿，分享她的芬芳。燕子飞走了，她爱过我开花时的模样，我已经很知足。谁都没有理由让别人来爱你一生。冬天很漫长，我累了，我要好好睡一觉。蛐蛐们，把门关好，你们也睡吧。咱们都老了，折腾不动了。

在公园里落脚有些年头了。对面走廊里的那株紫藤，一直长势不好，前些年还是慢慢死掉的。我也不喜欢这儿，太嘈杂。谁都向往青山绿水，可是作为一株紫藤，有自己选择生长环境的权利吗？一株植物活着并不比人类容易。

春天的那场花事，千朵万朵开了，是一场梦；千朵万朵谢了，也是一场梦。千朵万朵只为等一人。夜夜捧着一颗玲珑心来，只为前世里约定的一个人，一寸一寸采集星光，一滴一滴酿成相思。淡淡的紫，瀑布一样挂在空中，像一万双眼，寻他而来，而他依然远在梦中。等他，是我开花的全部理由。春去了，等他不来，一场雨带走淡淡的紫。在心里默默祈祷：来年的春天，就为自己开一次花吧，兀自在尘埃里开落，无悲，无喜。

那么多人来看我开花，却不晓得我也在看他们。那个天天坐在花藤下仰脸痴笑半天的姑娘，整个秋天都没见她出来了。她整天就那么笑着，不跟人说话，也没人愿意跟她说话。她每个清晨都来这儿，坐在同一个位置，看人晨练，听人说笑。小狗狗喜欢跑到她跟前，两只爪子攀着她的膝盖，吐着舌头跟她撒一会儿娇。她一年比一年胖，胖到让人心疼的地步。她有一双干净的眼，我很喜欢她。我不乐意人家说她是精神病人。

挨着我身旁的是一个两层的亭子间，上面一层住着一个流浪汉，很爱干净，每天都洗衣服，围着亭子间晾晒一圈，远看像被风扯动的风马旗。春天的清晨，鸟儿稠密地啁啾，喧闹得让他睡不成懒觉。他也偶尔坐起来看看花，看看那些四处欢蹦的狗狗们，也看看那些晨练的人，肚子饿了才想起他的早餐还没有着落。人有脚可以天南海北地行走，可人为什么还是喜欢像植物一样，有自己的根，在一个地方繁衍生息、生老病死？

一天见不着那对老夫妇，感觉这春色似乎薄了几分。他们手挽着手从花藤下经过时，相依相偎的身影，是我眼中最美的风景。老先生戴一副金丝眼镜，走路腰板挺得直直的，脚步踢踏有声；老夫人也戴一副金丝眼镜，个头不高，很文弱的样子，走路不带一点儿声响。老先生原是县梆剧团的一名胡琴手，拉得一手好二胡，后来失明了。一路走来，老夫人一脸的浅笑，老先生看不见夫人脸上的笑，但他也挂一脸的浅笑。老夫人每天早上跳一段秧歌舞，老先生就安静地坐在台阶上等着。太阳出来了，照过来，他是霞光里的一尊佛。说好一生一世一起走的两个人，就应该像他们这样子，不离不弃守一生。我把花香洒在他们身上，祝愿天底下牵手一生的人都健康长寿。

花开过，夏叶葳蕤，秋叶静美，我在季节里轮回。冬天来了，我要休息好长一段时间。只是放心不下亭子间里的那个流浪汉。寒冷的冬天，他有御寒的棉衣吗？记得前天有位女士送一大包衣物给他。人与人之间，彼此靠近一点，关爱一点，不是更温暖吗？

目送一片片叶子离去，一遍遍说平安、保重、再见。我会想念你们的，孩子们。

（发表于 2014 年 11 月 26 日《颍州晚报〈奎星楼〉副刊》）

布谷声声

那日清晨，出门前，在厨房里给孩子准备早餐，煎一只荷包蛋。一种声音，似空谷传响，悠远、浑厚、低沉，又不失婉转妩媚。一声声，一声声，悠远又悠长，唤我想起一个遥远的地方，遥远的地方住着一个遥远的姑娘，遥远的姑娘牵出遥远的思念……心一下子就揪疼了。

她终于肯来了。故乡的芳邻，布谷姑娘。那么远、那么久没有音讯。

以为，故乡已远去，再也无从见到这位芳邻，就像再也见不到仙逝的老祖母——她在云朵上睡了那么久，怎么就不能醒一醒呢？让我们想得好苦、好苦。

朋友有一次说："你去我的家乡走走吧，躺在林子里听布谷鸟、黄鹂鸟、百灵鸟对歌，醉死人了。"朋友的话印在我心里了，每每五黄六月，我都把朋友的家乡当作天堂一般，美滋滋地神往一番。若是祖母还在世，定会说我想一物想伤了。老家有个女疯子，每每看见头上扎刷把辫子的小姑娘，就一把抱住不松手，认定是走丢了多年的自家闺女，嚎啕声撕人心碎。村里人都说她是想闺女想伤了。想伤了，我也算吧。

不是想念布谷鸟，是借布谷声声，度我回到从前，回到那个村庄，回到一个小姑娘的模样。太想有一个故乡了。

暮春，与朋友出游，走着走着不觉到祖母的墓地。朋友等在路边，好一会儿才见我出来，问我去哪儿了。我说看见老祖母坐在家门前，过去给老人家磕头，陪她说一会话。朋友说："你能看见？真的假的？"

从故乡走掉的人，总在黎明前回到梦里。这几年，睡不好觉，但凡混混沌沌睡去，总能梦见他们旧时的模样，一句话不说，照一面就走掉。祖母也回来过，只是笑，模样一点没变，唤她从不应声。她看我的眼神，满是怜爱，恰如怜爱一个小姑娘模样的人。但回来最多的，算三丫头。

时光把一帧老照片潜藏在某个地方，多年以后，让梦来寻它。

野蔷薇花只是开，开得到处都是粉红粉白的花瓣，香得让人睡不好觉。开着开着，布谷鸟就来了，咕咕噜噜，咕咕噜噜，也不知道它说些个什么，闹得人一早就醒。

三丫头一听见布谷鸟叫就起床，挑水把缸添满，牵猪牛羊出来屙尿，背个草筐出去再割一大筐青草回来，之后一头扎灶屋里做饭。她那爹不是亲爹。她不敢贪睡。三丫头是她娘从那头带过来的，那头的男人没了。三丫头喜欢听布谷鸟叫，走到大皂角树底下，仰起脖子好一阵观望，咯咯地笑，一对小酒窝、一口小白牙也生动起来。东边的太阳起身了，三丫头背着大草筐远远地从水塘边走过来，粉红粉白的花瓣粘在湿湿的发辫上，蜂儿蝶儿追过来。

三丫头不上学，整天拉扯着三个弟弟，帮衬着大人干活。大弟弟是个呆子，十四五岁了，话还说不成句，一说话就流口水，一流口水就往三丫头褂襟子上蹭。三丫头拧他耳朵，他就拿头抵她胸口，三丫头羞红着脸跑开。

强子实在是喜欢三丫头。一大早起来，割一大捆草藏起来，等着三丫头过来时，先装满她的草筐。在太阳还未早朝之前，田野仍裹在轻纱下，露珠儿滚一地，空中的云雀一边飞一边鸣唱，布谷鸟也不知躲在哪棵树上不住地啼鸣，整个原野都在听它们的唱和。强子和三丫头并排坐在水塘边，聆听这场天籁之声演唱会。水面照着他们的影子、野蔷薇花的影子、蜂儿蝶儿的影子、天蓝蓝的影子。

三丫头出落得越来越标致，不知不觉也到了媒婆上门的年纪。她这个爹心里早有了主意，留着给呆儿子换亲。强子家托了好几次媒人，都不应，牙口咬得死死的。三丫头只是暗地里哭，不敢说一个不字。

翌年五月，村里来了个外乡的小女人，还拖着油瓶，从山里来，给呆子做媳妇。三丫头也嫁到山里去了。除了强子的嚎啕声、一串鞭炮声、布谷声声，原野里静极了。

没过几年，传来三丫头的死讯，说是上山砍柴，从崖上跌下来摔死的。

老祖母在世时，不能提三丫头，一说起就有泪珠子滚到腮边，总戚戚地说："没人疼的孩子可怜。"

许多年也没见过强子了，听说他早年去了沿海，打拼出一片自己的小天地，有个几千万缠腰，摆阔了。不晓得他的梦里还装得下故乡、装得下三丫头吗？

一直没机会联系上他。真想找个人聊聊布谷鸟、聊聊三丫头、聊聊故乡、聊聊梦。

（发表于 2017 年 7 月 8 日《阜阳日报〈平原〉副刊》）

海的笑声

他坐在舰艇的舱顶上，等月亮出海。一只海虾顺着缆绳攀上来，举着的大螯狠狠地钳住了他的脚趾。他拎起小家伙，在眼前晃了晃，一甩胳膊又扔回到海里。他习惯了一个人听海。一身戎装辞别故土，他就被海拥进怀抱，四年了，海把他摔打成自己的孩子，他也懂海的嬉笑哀乐。闭上眼，他就能分辨出海的声音——海的咆哮，海的轻吟，海的低唱。他说，海会笑，月亮出来的时候，海就笑了，他在等着听海的笑声。

月亮出来了。海天一色，他分辨不出哪是天哪是海。白天，远处飞鸟的羽痕划出海天之间的临界线；夜晚，月亮踩着的就是海了，天在海之上。海笑了，他也笑了，他看见月亮也在笑。他天天对着海说话，海懂他的全部心思。海笑他被海浪颠簸得翻江倒海地吐，笑他那么大的小伙子还依恋母亲，笑他暗恋一个女孩却不敢对她表白，笑他所有情窦初开的梦，笑他稚嫩的眼神不曾经历风雨。他对着月亮笑，他笑大海轻觑他，好男儿志在四方焉能儿女情长？老班长临别时的那句叮咛让他记忆犹新：战士是块砖，哪里需要哪里搬。捍卫祖国疆土的安宁和完整，是一位手握钢枪的海军战士义不容辞的职责，他深谙祖国安危、民族大义高于一切。

月到中秋分外明。月亮离自己很近，近得能嗅到故乡的味道，那是一张妈妈的脸，平静，安宁，慈和，温婉。三千里山高水长，月亮不辞风尘，把妈妈的笑送过来。他晶莹的泪光掠过海、掠过涛声、掠过苍穹，守望成母亲窗前的一点萤火。修竹衔来笛声，一丝乡愁被风吹散。姐姐捎信说："家慈微恙，渐愈，勿念。"鸿雁的落羽穿透他柔软的心际，沧海一声笑，谁与共斟酌？他站起来朝着家乡的方向大声歌唱：既然来当兵，就知责任大，你不扛枪我不扛枪，谁来保卫咱妈妈？谁来保卫她？谁来保卫她？海的笑声，融和着他的音韵，一程又一程送往故乡。

故乡的颍河，也盛满今晚的月光。这月光斟满三百诗篇，醉了诗仙，醉了塞上秋风，醉了春江年年望月人，醉了青衫泪作梧桐雨。妈妈把月光叠进毛衣里，插一枝丹桂悠远溢香，并遥寄一串叮咛：孩子，秋凉了，海上风大，多添件衣服。石榴园里，邻家的小妹何时初长成？三千里相思，贮满石榴园，她今夜知否？城郭外，西湖柳荫渡波光，杏林晓莺初探荷；云亭山影观让台，芦湄秋月近雪色。故乡的河，蘸着月光，轻舒长袖，慢展画轴，俯仰吟哦间，处处泼洒人间奇景。

　　海上生明月，天涯共此时。明月为他谱一阕思乡曲，海用笑声为他伴奏。一曲乡思，回旋在海的笑声里，汇流成千层惊涛奔涌而去。海风中，他伫立成一座航标，时刻守望母亲的每一丝笑容。

　　他叫王伟伟，颍州人。点开 QQ，"海的笑声"跳动成憨态可掬的小企鹅。海的笑声里，一个英俊的海军战士依在船舷上，与我相视而笑。大姐，家乡下雨了吗？今晚能看见明月吗？今晚，秋空明月悬，银汉转玉盘；绝景良时再，清光似往年。

　　故乡啊，你可听到海的笑声？

　　（发表于 2011 年 9 月 8 日《阜阳日报中秋特刊》，获 2012 年阜阳市百货大楼"澳柯玛杯"中秋征文一等奖）

异乡是故乡

我不是远方客，只是时隔 22 年，又一次回到太和。我的孩子坐了一整夜的火车回来看我，而我却回来看您了，太和。

这些年，不断写点文字发表，有人就问我是哪所大学中文系毕业的。我不是，只是在太和一职高念过三年中专。沙颖河的水比乳汁还甜，喝过了，一直都忘不了。

旧县，三角元，八里店，那么多熟悉的地名从车窗外闪过。坐不住了，掏出手机，想给每一位同学打电话告知我回太和了。幸福得像个归宁的小女子。远处，紫色的花开得正盛，一蓬一蓬堆满村庄的天空，我以为那全是泡桐的花事。同行的太和朋友告诉我，这一棵是泡桐，那一棵和另外一棵是梓树。差一点忘了，桑梓故里，怎么可以没有一棵梓树？村庄的云，是梓树花，它让我想起费翔的《故乡的云》。

燕子来了这么久，替我打探好了村庄的一些消息：香椿腌制好了，樱桃红了，麦子扬花了，油菜结荚了，大麻鸭和芦花母鸡一天下一只蛋。一老者，捧一只碗，坐在槐树底下，慢慢嚼，慢慢喂，碗底清净了，槐花儿落了一地。村庄的气息还是那么清和，一如我远去的故乡——淮河岸上的一个小村庄。多看一眼村庄的树，就起了回家的心思。坐在老槐树下的，没准就是我的亲人，我唤一声父亲，他没准应了呢。当他张大没了牙齿的嘴巴，惊讶地说"闺女咋这时候回来了"，我会不会感动得一塌糊涂？

还是那个太和的朋友告诉我，老了芽的香椿，摘下来，捣碎，青椒丝细盐麻油一拌，拿锅巴馍一蘸，咦，要多好吃有多好吃。只道香椿芽炒鸡蛋是一绝，竟还有更地道的吃法。樱桃也有另外一个功用。刚摘下来的鲜樱桃，泡在高度白酒里，冬天的时候涂冻疮，来年永不复发。

太和人热情好客，话语含蓄。真心留客，话语却是——晚黑里白走了，到俺家里喝茶。真以为是俩馒头就着一碗白开水伸着脖子往下咽呀。好酒好菜待着，几个爷们陪着，老虎杠子敲着，脸面前一个人影晃成仨，也得给你满上，灌坏你。美其名曰：走盅。给酒量一般般的朋友提个醒，晚黑里别轻易去"喝茶"，那"茶"可是"镜湖秘酿"，度数高着呢，拿不倒，可别把咱文人的斯文丢一地。

吃过太和坟台的油炸绿豆丸子。家家过年不炸一大盆一大篓的绿豆丸子，那真没个过年的样儿。冬天水凉，头两天绿豆下水泡上。泡好的绿豆端上来，小石磨子架在蒸馍的大铁锅上，连汤带水舀一勺绿豆倒进磨眼里，来回拉动石磨的曲柄，石磨一圈一圈转动起来，白生生的浆液顺着磨沿淌下来。绿豆浆和上麦面炸出来的丸子，咬着紧实，越嚼越香。出了年，拿到太阳底下晒，晒出油来，咬在嘴里"嘎嘣嘎嘣"地响，能吃到麦熟。

太和出产薄荷，全国三分之一产量的薄荷油就产在这儿。乡里的孩子皮实，有个头疼脑热的不用跑医院。掐一把薄荷叶放到锅里煎了，打两个荷包鸡蛋，加一勺红糖，热气腾腾地端上来，趁热喝了，发一身热汗，孩子的病去掉大半。热天在洗澡水里淋两滴薄荷油，爽身祛痱，不招蚊虫叮咬，清凉一夏。

太和的朋友说，别看不上乡下的这些虫虫草草，在俺们这儿可都是药。比如蚂蟥，《本经》上说："主逐恶血、淤血、月闭，破血瘕积聚，无子，利水道。"乡下长大的孩子哪个没被蚂蟥叮过，吓得哭爹喊娘也没用。撒泡热尿一浇，那家伙就虬了。不过它也有立功的时候。若被毒蛇咬了，荒郊野外的，上哪儿寻郎中去？情急之下捉一只蚂蟥，对准伤口贴上去，把毒血拔出来，暂时能保住命。朋友的这段八卦经把一行人忽悠得一惊一乍。

离开太和这么多年，本以为跟太和"生分"了，两天的采风，让这一脉亲缘又搭上了。鸟啼，犬吠，炊烟，梓树，桐花，从我的记忆里长出来，回到一个又一个的村庄。我的母校，岁月替她保管着琅琅书声，袭袭花香，阵阵鸟影。待我迎上前去，深深鞠一躬。

沙颍河上跑船的人，踩着清清亮亮的河水，到另一条船上去串门。他们大声说着话，河面上飘过来几声耳熟的乡音。都是在淮河上下谋生活的人，船到哪儿，哪儿就是家。

仿佛时光往回走了，一转身，远去的故乡又回来了。

（发表于 2015 年 5 月 23 日《阜阳日报〈平原〉副刊》）

外乡人

一

　　五服内的大爷当兵转业回到六里桥时，身后跟着大奶抱着他们的儿子。大奶粗眉大眼，身材健硕，操一口我们听不太明白的外乡话。

　　大奶会给人接生孩子，这能耐可了不得，村里受过恩泽的人家把她当菩萨念叨着。这让大奶这个外乡人很快就融入六里桥这个村庄的亲情中。大奶在外面被人爱戴和尊重，并让许多人为之艳羡时，我却发现了一个秘密：大奶经常被大爷辱骂，并默默无声地掉眼泪。表面上性格温和又精明事理的大爷，其实性格怪僻多疑，这在多年以后得到了验证。回到六里桥后的生活，实在让大奶失望透顶，她把儿子送回娘家寄养。

　　20世纪70年代，淮河臂弯里的平原冬天来得早去得迟。到了交头九的时令，白虎眼子的天冷得能冻断骨头。一条人工河像一根扁担平展展地横在六里桥半里地开外的前方，河边桥头上有一间泵房，冬日里闲置着。流落于此的一户外乡人在那儿安顿下来。一个白头发的老太太领着两个壮腰板红脸膛的光棍儿子在小屋外面支个锅灶，冒着白气的锅盖下，不知道煮着啥玩意，那香气馋得你能把自己的舌头咽到肚子里去。后来才知道，那俩儿子是杀狗卖狗肉的。父亲从学校回来路过那里，经不住肉香的诱惑，偶尔也会拎一块狗肉回来，还顺带捧回一碗免费的肉汤。那刚出锅的狗肉被父亲用大衣揣着，回到家时还冒着丝丝热气，用不着上刀切，整块肉用筷子夹起来上下抖几下，就酥酥软软地散落开了。我敢起誓那是我今生吃过的最好吃的东西。

　　村里人馋狗肉比嗜赌还要命，有钱的拎块肉走，没钱的蹲锅灶边上喝碗滚烫的狗肉汤，跟娘儿仨拉拉家常，聊到心头热时，人家用细长的铁钎子往沸腾的锅里扎一块狗肉送到你嘴里，让你试试火候够不够。整个冬天里，一个村子有一半的人喝过他们的狗肉汤。都端着同一个碗吃一个锅里的饭了，外乡人在六里桥人的眼里，已经跟自家人无异了。

　　大爷虽然生得相貌堂堂，骨子里却让人瞧不起，好吃懒做，又嗜赌成性。大奶起初一定是被他堂堂的相貌和能言善辩的口才所打动，才定了心跟他。他偶尔拎回家的那少得可怜的狗肉，尚不够他自己打牙祭，哪能让大奶摊上一星半点？大奶时常路过那儿，被热心的白发老太太留下喝一碗汤。外乡人见外乡人，犹如老乡见老乡，两眼泪汪汪。同是漂泊他乡，她们或许有更多的酸楚可以言对。

槐树开出一簇一簇雪团似的白花时，传来一个不好的消息：大奶寄养在娘家的儿子不慎落水身亡。

没等到枣树开花，那一户外乡人不辞而别了。同一天离开的还有大奶，蓝底碎花的包袱裹着的几件换洗衣服也不见了。

二

大队部小学的几间泥巴房，每到春上的梅雨季节，屋里像个漏瓢似的往下渗雨，男生女生脑瓜子湿漉漉地往干燥的地方挤成一堆。"别挨着她，她一头虱子。"田二妮被人推了出来，她那头乱麻一样蓬乱的头发被雨水淋湿，又被她挠痒痒时抓得像狗啃过一样难看。田二妮仰着脸哭，没人搭理她。老师也不待见她，她的成绩不好。田二妮家里穷，入学晚，十四岁才上三年级，她的身体明显比同班同学发育得快。

往县城去的柏油马路上总是能遇见三两辆相随而行的贩运毛竹的架子车。他们白天行路，晚上走到哪歇到哪，若遇见阴雨天，就近安顿下来住上几日，天放晴路面干了，再接着赶路。这情景酷似电影里的吉卜赛人。大队部的打麦场里就落脚一户这样的人家。小伙子眉清目秀，穿一身崭新的海军蓝中山装，显得整洁利落。20世纪70年代中期，这身中山装不比眼下的高档毛料的档次低。这一户外乡人的到来，吸引许多好奇的小学生前来观望。上下学的路上，总要绕道过来，有事没事磨蹭一阵子才肯离开。田二妮家就住大队部后面，她捧着个破粗碗，一抬腿就凑到人家窝棚前，嘴唇在碗沿上"吸溜吸溜"地响，一半喝面汤，一半吸鼻涕。外乡人有个小收音机，没事的时候就拿出来放评书戏曲。田二妮像被收了魂似的放了学就往那儿跑，她娘拿着棍子撵都撵不走。

雨住了，天放晴了好几天，这户外乡人好像还没有要离去的打算。晌午饭，人家锅里盛着芹菜炒肉，碗里的韭菜面叶下面还卧着光亮白净的荷包蛋，馋得田二妮眼珠子都掉人家锅里了。渐渐混熟了，人家也招呼田二妮过来，夹几筷子放她碗里。二妮家穷得叮当响，在整个大队也找不到第二户，一年到头锅里见不着一回腥。田二妮像是得到天大的恩宠，对外乡人感恩戴德。

有一日中午，早过了放学的时间，田二妮她娘到处找不着她家二妮，这才留意那户外乡人不见了。田二妮她娘一屁股坐在外乡人驻扎过的地方，杀猪一样号。她本指望二妮能给她弟弟换回一房媳妇，这下鸡飞蛋打了。

第二年秋天，田二妮烫个波浪头，手腕上戴块亮闪闪的手表，怀里抱个胖小子回了趟娘家，喜得二妮她爹上街拎一吊肋条肉回来。听说二妮被那户外乡人卖给了一个暴发户，日子过得可滋润了，家里要啥有啥。几年后，那暴发户被崩了，那家伙是抢劫团伙要犯。

（发表于 2013 年 3 月 11 日《颍州晚报〈奎星楼〉副刊》）

第二章　故园之恋（组章）

远去的匠人

数九寒天，去母亲的住所，三两句寒暄过后，母亲的话题直奔一桩大事件：打铁的女人死了，没翻过去八十四岁的坎。打铁的年幼幼的就没了，骨头渣子也该沤烂了，他的女人却活到了八十四岁。母亲说的是地道的土话。"打铁的女人"就是铁匠的老婆。"年幼幼的就没了"是说正值青壮年就故去了。

压着年边了，眼瞅着茅匠也不行了。前年春上死的是锻磨的石匠的二儿子。木匠走得早些，快十年了。村里的匠人快走光了。母亲记性越来越差，记不清村里男男女女老老少少的名字，但她记得村上的那些匠人。谁是哪个匠人的女人，谁是哪个匠人的儿子，她分辨得清。

村里多匠人。打我记事起，村里就有缮房子的茅匠，锻磨的石匠，打铁的铁匠，编筐打篓的篾匠，打棺材的木匠，剃头修面的剃头匠。寻常人家过日子，生老病死是大事，衣食住行也是大事，样样离不了这些匠人。推碾子、推磨、碾谷子、磨高粱面，庄里百十号人都指着这一盘碾子、一盘磨，磨面、碾谷、米下锅。磨盘用个一月两月，牙口就钝了。找石匠锻磨，凿凿牙槽。石匠光头，戴一顶灰扑扑的瓜皮帽，腰里扎一根麻辫子，牙缝里咬一根铜烟锅子，一边低头敲石槽一边与人闲扯，涎水顺着烟管往下淋。叮叮当当从早敲到日头偏西，磨眼肯下口，驴蹄儿却沉了。驴在磨道里郁闷，哗啦啦一泡接一泡屙屎撒尿。

谁家的半拉橛子要说亲了，先把房子置好。亮堂堂的三间堂屋带个院往那儿一摆，人家姑娘相一眼，心里就滋润了。这节骨眼上，人次点也能看顺眼。家里若有个男娃腿脚出落得不利索，脑瓜子短根筋，落下点褒贬，那就往死里盖房子，把一庄人的屋子都比下去。人自身的那点儿缺陷，与一座好房子相权衡，不占斤。架屋所用木料，哪根管当大梁使，哪根管作个二梁，哪根够一合门的料，哪根够个窗棱子，哪根只配推个擀面杖、截个板凳腿，木匠说了算。上梁那天，大梁二梁都架在了高高的屋墙上，鞭炮啪啪地放着，花生、糖果、花果蛋子一把一把往下边撒着，东家那张烧饼脸笑得比天黑里梦还甜润。梁上齐了，剩下的活交给茅匠。茅匠的活是爬到屋脊梁上扎竹箦子编席笆子缮茅草。别轻觑茅匠的手艺，要你好过不要你好过，全在他手里的活上。东家的软乎话听着贴心，饭菜吃着称心，茅匠手上的活出来得也硬实，茅草缮到一尺盈余，底底上上齐整整一样厚实，拿脚踹都踹不出一个窝舀子，许你过上三五年的安稳日子。若东家有所怠慢，寒了茅匠的心，活还是一样的活，功夫下到几分，不敢说。崭新的房子缮得好好的，才过了三五月，咋就漏了呢？谁知道呢？问问你自己的心呀。

铁匠铺子三面漏风，驼背的铁匠和他的儿子永远系着缀满窟窿眼的黑粗布大围裙。铁匠的小脚女人前前后后地忙活，她的未过门的儿媳妇坐在里屋门帘子后面纳鞋底，有外人走动时，她就伸个指头撩一下门帘远远瞥一眼。张家要个铁锅，李家要个犁铧，东家的刀刃卷了，回回火，西家的耙齿断了，续上个新的，都要往铁匠铺子里跑。铁匠除了不打绣花针，再大再小的物件还真难不住他。铁匠打制的铁件耐用，钢口好，一把镰刀割五六年麦子还是它，一把粪锄头能把毛头小子熬到胡子长出来，一具铁犁铧能用到三辈人见面。铁匠铺出来的物件越耐用，铁匠的生意越冷清。你想啊，前前后后几个庄子就那三两百户人家，一件好家什用得顺手了，谁不爱惜着用呀，哪能轻易让它坏掉？即便生了小毛病，修修补补接着还用。这人要是跟物生了感情，就是个树橛子，也当金条呵护着。

铁匠老咳，老咳，咳出血来，人就不行了。铁匠跟木匠哥俩好了一辈子。到了这地步，铁匠交代给木匠，老宅子东面靠沟头有棵一搂多粗的桑树，想要那棵桑树做的活。木匠把扎在棉袄外面的腰带紧了又紧，抡起系着红绫子的斧头，砍下第一斧。桑树的老泪出来了，桑树就知道是有人来寻它转世了。铁匠躺在桑树做的活里走了。他打了一辈子铁，终究不能给自己打一具铁棺材。摊上这种事儿，木匠占着巧。

母亲说，卖盐的喝淡汤，卖席的睡光床。箦匠虽说不睡光床，但日子也没好到哪儿去。家里孩子多，净是吃闲饭不能干活的。东湖里满满的都是芦苇，每到秋天，芦花雪一样乱飞。冬天里，天越冷人越闲，唯独箦匠忙得紧。他满手的裂口子裹着脏兮兮的白粗布条，早上起来给浸过一宿冷水的芦苇剖箦子，剖好箦子就趴在地上编席，半天都不用抬头。到了掌灯时分，墙根上已经卷好几领席子。

村里还有说大鼓书的、正月十五扎走马灯的、娶亲嫁女剪彩花的，都是乡村的能工巧匠。人生大戏，从生演到死，场场都有精彩，生旦净末丑，少了哪一位，这戏都不够韵味。这些匠人就是一个村庄戏台上的角儿。

沧海桑田，四十年弹指一挥间。四十年，这些匠人一个个走掉了。母亲说："村庄也没村庄的样儿了，晚上混混沌沌得没一点儿清气，过个大年也不见正经落一场雪。正月里就想看个走马灯，可上哪儿看去呢？"

（发表于 2016 年 2 月 6 日《阜阳日报〈平原〉副刊》）

守护者

女儿四岁那年去公园玩，回来时，小手心里攥着一张汗津津的糖果纸，说是没找到果皮箱，只好带回来了。我把面颊贴到她的前额上，磨蹭一下，算是对她的褒奖。

八岁那年带她回老家，一溜烟不见了人影。不一会儿就有人来报信，说她跟一帮毛小子打起来了。我抬腿赶了去，见她正跟三个小子扭成一团，像是在抢夺什么东西。我掰开拧作一团的嫩胳臂嫩腿，一网兜活蹦乱跳的青蛙散落地上，一个个"囚徒"四散着落荒而逃。女儿愤愤地指着仨小子："他们捕杀青蛙！"

女儿那怒目金刚的架势，令我勾忆起童年的一幅图景。夏日里，生产队用抽水机给庄稼地上水，只半天的工夫，村前大池塘的水位就矮下去一大截。一圈湿漉漉的塘壁上，悬着大大小小的洞穴。小孩子猫着腰蹚着两脚泥捋过去，躲身穴中的小虾小鱼在劫难逃，终成囊中物。扁圆形稍大一点的洞穴，须孩子们费些脑筋智取。那怒目圆睁的大家伙吐着水泡抢着嚣张的大钳子，挥上挥下，一副骇人的架势。它，就是这个家园的守护者，螃蟹。它的家园，方寸之地，收留着一位避难者，鸭嘴河蚌。它因仰慕螃蟹行侠仗义之举，特于危难之际请求庇护。孩子们顺手捞起一根细草棍，很小心地探进洞里，那家伙猛地死死钳住。孩子们抽出细草棍，稳稳当当地拎起咬在上面的螃蟹。那个倒霉的避难者也跟着进了鱼篓子。从那时起，再没有在餐桌上品咂过螃蟹的鲜美，只因敬畏于一位守护者对家园的誓死捍卫。

我时常遭受女儿的指责，因为女儿的清规戒律特别多。诸如，纸张废品与生活垃圾要分装，洗菜洗涤衣物的二遍水过滤后用来拖地板、涮拖把，还要留着冲刷座便器，以臻物尽其用。更可笑的是，她把盛菜的空盘子竖起来，伸出纤柔的舌尖像巴儿狗一样舔个溜光，理由是刷洗的时候可以不用洗洁精。上小学那会儿，她从来不用草稿纸演算数学题目，眨巴眨巴眼睛用心算，狡辩说，不堪那大片大片的林木砍伐后被送去造纸厂。去澡堂洗澡，谁没随手关掉水龙头，哪个水龙头没关严实滴着水，谁把橘子皮丢到地上堵塞了下水阀，她要管的闲事就来了。我说她是严管家，她说，就管了，爱家才会管家。

沙尘暴、梭梭草、一杯水。三者看似毫无关联。梭梭草，是一种很贱的沙漠植物，栽下后，只要给它一杯水，就能艰难地活下去。一杯水可以浇活一株梭梭草，十三亿国人每天救活一株梭梭草，十三亿梭梭草啊，那该是多么壮观的一片草场，可以剿灭多少次肆虐的沙尘暴！每天节约一杯水，举手之劳，你做不到吗？

面前摊开一张雪白的 A4 纸，我在它纯洁的面孔上遐想巨树的模样，葱葱郁郁的气息透过纸背氤氲弥漫，那沉睡百年的落叶淹没了马帮"嗒嗒"的马蹄声。树和树交臂连理，风雨如磐雷电相加，彼此搀扶照应了百年。突然有一天，它们，以及成片的参天大树轰然倒地，被"突突"的拖车牵引着押往纸厂，流水线的作业之后，它就安静地躺在我面前，像一具出土的尸骨。我分明从这张纸上听到呻吟："救救我们吧，请停止杀戮！"捡起一张废纸，举手之劳，你还做不到吗？

女儿十六岁了。她说要给一百年后的小朋友们留存一片蓝得透彻的天空和清且涟漪的池塘。担纲地球家园的守护者，我们义不容辞。

（发表于 2010 年 9 月 22 日《阜阳日报〈情感〉副刊》，获安徽省 2010 年度副刊好作品二等奖）

与树的情谊

　　窗外站着两棵树。从我第一眼看见它时，它就站在那里。那时它已很茂盛，已经踮着脚尖跟四层楼比高低。我跟它相处已经十年了。隔着那块矩形的玻璃，我们每天彼此问候。有时是一个微笑，或一个招手，偶尔也用语言沟通，我的语言不及它的丰富，所以我时常很木讷。我想跟它握手时，拉开玻璃，一下子就能握到它的手，想怎么握就怎么握，一点也不生分。它的手很润滑，凉丝丝的，像刚在井水里洗过，窜着凉气。

　　两棵树，并排站着。一棵是白杨，另一棵也是。它们枝蔓相向交错勾连，像是没分家的两兄弟，经年历久，越走越近，越靠越亲。当年，来这里看房，他说：就要这套了，窗外有两棵树。仿佛买了房子，那树就归了他似的。他的心分一窍在窗外。那个夏天，树的身边，又多一窝朋友。我们两两相安，毗邻而居，我住在屋子里，它站在天地间。屋子因得益于它的荫翳，满室清风，一片阴凉。人因接连上自然之气息，筋骨舒爽，怡神怡心。它呢，一颗琴心两眸童稚。与它两两相望，日久生情，愈久弥深。春天，它在期盼中抽出娇黄的花穗，满树满枝地挂着，像奶奶晾晒她那花花绿绿的鞋簸篓子。哪片叶打着头旗先行为锋，兄弟俩你不让我我不让你，争得太阳都替它们脸红。一场春雨过后，一袭青碧披挂眼前，那份惬意，仿佛翠意尽收心底，成了私藏。清风徐来，树叶一阵和弦，伯牙操琴，子期听音，"巍巍乎志在高山，洋洋乎志在流水"。天籁之音源自天上。

　　冷月凝霜。推窗望去，谁把幸福的黄手帕挂满枝头？盈盈挥手间，祝福离我越来越近，生命离它们却越来越远。文字，蜿蜒的字符，裹着四时的感念，在我手中挥动，是我祝福它们的黄手帕。我相信那片片飞舞的黄叶是有灵性的，世间凡有灵性之物心灵是可以通达互畅的，语言和文字，我和它，还需要吗？一屋一天地，一树一世界。十年，两棵树，并肩而立，让我足不出户，四时风光，尽收眼底。十年，青丝染霜，多少擦肩接踵两茫茫。唯有树，依然靠我那么近，站着，朋友般，铁肩担侠义，不畏霜雪酷冷，给我一份执着和启迪。感念它吗？拿什么感念？

　　夏天即将到来。树在张罗着为我送来一袭醉眼的树荫，我期待着。

　　正午的阳光下，一阵尖锐的锯齿轰鸣声，让我的心骤然发慌。打开房门，推开窗子，一棵树，倒下，像个英烈，被贼寇肢解，犹如砧板上的腊肠，透着香气，令贼子垂涎欲滴。另一棵，被剃光了头，绑上绳索，等着斩立决。我看着它，一汪咸泪，渍痛我的心。它也看着我，看着我身边的这个天地，怨我无能无力劫法场，枉负了十年情深谊长……

　　我无语，我不是它们生命的主宰。唯著此文，以祭之。

（发表于 2010 年 5 月 19 日《阜阳日报〈情感〉副刊》）

年关

一

年关难过。父亲蹲在屋檐下说这句话时，嘴角抖了一下，喉咙干咽了几下，右手下意识地往怀里摸烟。父亲的烟瘾不大，但遇到话说到一半又艰涩地咽回去时，会做这个下意识的动作。一根烟燃着后，一明一暗的火头一星一点向父亲的指间蠕动，眼看要烧到手指头时，父亲才肯往下说下半截话："你都不知道那一年的年关有多难过，啥事都磕槛上了，扛不过去呀。"

父亲说他五岁那年腊月，眼看要过年了，家里还没有油盐味。祖父担两捆柴草往家走，快走到家门口时，被抓了壮丁，五花大绑着，被几个差役推搡着离开了老宅子，离开了六里桥。祖父回头高声对号啕着追过来的祖母说：让娃念书。父亲定定地看着祖父离去。夕阳落下后，吹紧的风把祖父的身影刮成一片小纸人，飘向天边。父亲的脑海里至今都无法映现祖父的音容。

祖父被抓了壮丁，曾祖母再也下不了床了，她的哮喘病日日咳出半碗血来，眼看着年关到了，她却水米不进。大雪铺天盖地地下，三间破败的茅草屋被雪摁下去矮半截，屋里存不住一丝暖和气，一星豆大的灯火映着曾祖母饥黄苍老的脸。三更天，曾祖母咽了气。一具薄材抬走了曾祖母，黑夜的黑熬成漆，把棺材煮黑，收殓曾祖母苦难的一生。一行人抬着棺材在没膝的雪地里爬行，远远望去，像一队黑蚂蚁。送棺的人还没见回头，父亲就站在屋檐下看一队黑蚂蚁被漫天的大雪吞噬。突然，系在屋檐下的一个瓦罐毫无征兆地掉下来，不偏不倚，重重砸在父亲的头顶上，汩汩的血流了满头满脸。祖母情急之下抓起一大把香灰摁住伤口，解下白孝布缠住伤口，一匝一匝的白孝布被酱成暗红色。

大年三十，我的曾祖父，做了一辈子的私塾先生，合上两扇贴着黄表纸的屋门，领着年幼的二爷三爷和一对孤儿寡母，为曾祖母的丧事，挨家挨户叩谢施以援手的村人和族人的恩典。村里村外次第响起鞭炮声时，曾祖父抱紧我的父亲，落下满怀凄凉的泪。

父亲的头顶上至今还有一道手指宽的伤痕。父亲今年七十八岁，回忆起七十多年前的往事，声音低缓略显沙哑，眼窝子里已经蓄不出眼泪。人老了，看往事如同看自己身后的影子，再怎么看都是一个影子，平常了。

二

母亲嫁给父亲，只中意一句话，就死心塌地嫁过来了。媒婆跟母亲和外祖母说：那家是独子，不操心抓壮丁的事。

我的祖父被抓了壮丁，音信杳无。我的外祖父也被抓了壮丁。我的外祖母在操持母亲的婚事上，极为忌讳"壮丁"这俩字，有同胞兄弟者，她是断然不允对方提亲的。母亲嫁给父亲，已是解放后的事了，当然不会再有"抓壮丁"的事件发生。一朝被蛇咬，十年怕井绳。那年月过来的人都是从死人堆里爬出来的，后怕得很。

"啥年景都怕摊上天灾人祸。"说起1959年的年关，母亲手中的麻线怎么也搓不上劲。她丢掉麻线，把掌心遮盖在眼睑上，有些语无伦次。母亲说她到死也忘不掉那一年的饥馑。曾祖父和二爷、三爷就是那一年的年底饿死在自家床板上的。

父亲在离家几十里外偏远的乡村当教书先生。穷乡僻壤又逢着饥荒年间，人人都饿得说话伸不直舌头。即便如此，那里的乡亲也对教书先生敬慕三分。都过小年了，留在家里的祖母和母亲饿得浑身浮肿，空着手翻个沟坎都爬不上来。父亲学校所在地的一个生产队长，差人连夜把小半袋发霉发黑的红薯干送给祖母和母亲。母亲说肚子饿得慌一宿一宿都没有觉，瞎睁着眼等天明。大约过了三更天，听见有人敲窗户，问有人吗？吓得母亲跟祖母战栗着抱成团，不敢吱声。来人说出父亲的名字，又说是父亲让他给她们娘俩送吃的来了，母亲抖抖索索才拉开门闩。黑灯瞎火里，母亲摸出袋子里果然是红薯干，抱着口袋一个劲地喊：娘，娘，咱死不成了……哭得不成人腔。

祖母和母亲靠着那小半袋发霉发黑的红薯干，挨过年关。

母亲和祖母无数次叙说那半袋红薯干的往事，每次听着她们的讲述，我的血都往上涌。我打小就记住了一个叫李坑的地名，知道那儿有我们家的救命恩人。父亲无以回报那片土地上众乡亲的恩泽，便把他半生的年华都交给了那片土地。

三

"一缸的香油，你闻闻，有多香！"母亲把我拉到近前，指着缸给我

158

看。我的下巴刚好能搭在缸沿上，趁母亲不留神，伸出舌头往缸沿里面刮一下，又刮一下。我的俩眼珠子馋得能把一缸的香油喝干。母亲说："过两天就祭灶了，咱炸馓子，让妮子吃个够。"

祖母在东屋里歇着，一个大笁子抵着她的床面前，连个下脚的空都没有。祖母绾起来的发髻，一根黑发也不见，可她满口牙一个都没少。她坐在床沿上，伸手就能拈几粒麦子丢嘴里，"咯噔咯噔"地嚼。祖母嚼出一口的面筋，顶在舌尖上让我看，说祖祖辈辈谁见过自家屋里打恁多麦子，这日子天天当年过。

父亲围着猪圈看槽里正在吃食的两头猪，那两头黑猪是秋后刚买回来的双棒子哥俩，才百十来斤，吃饱食正上膘。父亲说："杀年猪小了点，赶到明年五月端午节卖，膘情正好。"那两头猪听见父亲的话了，似懂非懂地纳闷，一齐把脸从猪食槽里掏出来，撅着黄瓜嘴，敬候着，且听下文分解。它以为父亲是它的教书先生，塌巴着眼皮往那一耷拉脑袋，父亲就给它解疑答惑了？美得你！父亲笑了，哼哼着小曲，背着手转身往村口走去，中指和食指间夹着的烟头在他身后抽出一朵柔软的棉花云。

父亲每次从学校回来，先转猪圈，后转自家的庄稼地，转到天黑，拐回头往家走，走着走着就绕高太奶门里了。高太奶自个一人一间房，跟儿子媳妇分开过，可屋里从来没冷清过，天天热闹得像开堂会，谁得闲了都想踩踩她的门槛，唠唠嗑，摘个青瓜梨枣送去。高太奶心地善性情好，谁都亲她。父亲一进到高太奶屋里，几个扯得正欢的人张口就问："你家过年炸多少馓子？"还有的问："蒸几锅蒸馍？""买多少斤肉？"父亲顾不上那几个人睁大着眼睛等他的回话，"咯咯咯"笑个不停，末了，才说："六十斤馓子，三大锅蒸馍，十斤肋条肉。"父亲像得胜还朝的将军，美滋滋地禀报战果。

那一年是1979年，我的家乡开始实行土地包产到户责任制的第二年，庄稼大丰收。年关，家家炸馓子、蒸白面馍、煮肉，盛况空前。村里人梦里都能笑醒几回，笑醒了坐起来还"咯咯"地笑。

公元1996年，我的祖母无疾而终，享年八十四岁。她饱饱地喝一碗米粥又美美地睡一觉才走的。我的那位高太奶，到农历2012年年底，整整一百岁，嘴里一个牙都没了，还天天有人找她唠嗑。她是我们村的第二位百岁老人。父亲说高太奶活得正发旺着呐，闯十个年关都说不准。

（发表于2013年1月30日《颍州晚报〈奎星楼〉副刊》）

秋 雨

秋天的雨，下了还下，不知道是跟谁过不去。

那年秋，满地的庄稼泡在雨里。祖母站在屋檐下，仰脸问，这老天想咋着，想泛洪水吗？父亲蹚着小腿深的泥水，见天去地里摸一大竹筐红薯背回家，一家老小，鸡鸭，猪狗，顿顿啃受过水的红薯。祖母后来说，老天惩罚谁，是要谁长长记性，丧天良的事莫做，万物都显灵性。

村西头有口老井，连着下雨，水沟里满满当当一池浑汤，井水也浑。浑了也没法子，回家烧开了照样煮饭。一条横着从村东头拧向村西头的蛇形道，被人踩得稀巴烂。男人们脚板上绑着泥屐子，踩高跷一般担着水桶在路上来来回回闪着扁担走。花她娘身量小、脚小，脚底下没粘劲，捆不得泥屐子，挽着裤腿光着脚板和十来岁的儿子抬一桶水回家，去去来来多比人家跑两趟。村里人都说花她娘命不好，早早地没了男人。命不好的女人只好自己担水，自己摸一筐红薯背回家，自己扶犁，自己修房，自己拉扯屋里的孩子，夜里顶紧门闩也不敢睡一个安稳觉。我眼巴巴看着花她娘一身泥水"噗嗒噗嗒"地走远，心里想替她流一大缸眼泪。

乡下女人的一辈子，没有比"命不好"更凄苦的事了。祖母说这句话时，撩起衣襟揩眼角。我看见她的胸口上一边挂一只干枯的乳房，像深秋泡桐树枝上吊着的随风摆动的丝瓜壳。祖母也是二十年的寡妇熬成婆，花她娘的苦一下子就能流到她的心里去。

我没有一双雨鞋穿，早上提着一双漏水的破球鞋，赤脚走在泥路上去学校。擦身而过的女生举着一把黑洋伞，穿一双耀眼的红胶鞋。我用伞遮住脸不敢让她看我，我的自惭形秽的神态不能白白让她拿去膨化她的优越感。这世上比她更具有优越感的大有人在，比花她娘还寒苦的也大有人在，我是大众间的中间化。我不跟她比，我只管好好念书，将来做一个命不苦的女人。

我在路边的水洼里洗了脚，穿上鞋，走进教室。斜后方的那个位置还空着，那个穿戴略显时髦的城里男孩总是压着铃声走向座位。他净白的脸上有一双秀眉杏眼，总让人忍不住借故转过脸多瞄他几眼。多瞄他几眼的女生多了，哪个都不会一路光脚走到校门口才把鞋子穿上。我也不跟哪个比心思，我只是想在阴暗的教室里看到一只白鹤飞落。我在作文上多下功夫，每回的作文课上，老师都会拿我的作文当范文大声朗读。那一刻，隐隐觉得他在背后瞟我，我整个脊背都热辣辣地冒火。

窗外的操场上，有一排白杨树，不远处积了一片水洼，白杨树的树叶被雨点敲下来，飘到水面上，黄黄绿绿地簇拥成小竹排状，在水面上漂游，直叫人遐想：青山碧水间，小小竹排顺流而下，刘三姐一路放歌，去了人间仙境。流连忘返处，一根粉笔头敲到我的头皮上。大半节的课，我不知道老师在黑板上龙飞凤舞摆出的龙门阵，谜底是什么。

那些幻象不能当饭吃，也不能当书念，分数才是跳出农门的硬指标。当我想懈怠想偷懒时，回头一看，总能看见花她娘一身泥水弓着背扛一筐红薯回家。我要从贫穷的村庄走出来。我厌烦了秋雨，厌烦了村里那条从东头拧到西头的烂泥巴路，厌烦了提在桶里的浑沌沌的井水，以及那片白茫茫没在水里的庄稼地。我不能给自己偷懒的机会。

乡村的夜守得住清寂，除了跟雨声交谈一宿，再则就是偶尔有几声犬吠插进来。乡村在蒲团上打坐时，我在替它诵经："瑟瑟金风，团团玉露，岩花秀发秋光。水边一笑，十里得清香。""一枝淡贮书窗下，人与花心各自香。""寄诗北院赊秋色，供我西窗当晚餐。"我知道，我生命中的某一部分注定要留下来，跟夜晚交换玄机和智慧。

第二年秋，我揣着录取通知书背上行李他乡求学，花她娘也坐上一架三轮车，一只膝盖上抱一个孩子，跟人去了他乡。

（发表于 2014 年 9 月 24 日《颍州晚报〈奎星楼〉副刊》）

种诗的人

他种诗，像父辈种庄稼。天天背着太阳过西山，一年就种那么几茬，收那么几茬。地力不能枯竭，土地也得休养生息。他的诗，种在庄稼地里，麦子黄了，棉花白了，瓜熟蒂落，他才采摘诗行。诗开始生长的季节，夜很安静，雀鸟噤声栖在树杈上，星星坐在家门前的矮墙上，不言不语，他怀揣月光，上路。一个胸脯贴近土地的人，一个懂庄稼心思的诗人，长相不能太像体面的读书人，太出类拔萃了，庄稼不见得会跟他亲。我所想象的脚蹚着泥土的诗人，就应该是他那个样子的，平实，安静，笑和不笑的样子，相类。笑，一涧清流；不笑，一潭静水。他的眼神，滤去忧伤，只把干净的那一注示人。额头下的两眼井，井口小了点，井底深了些，我想一眼洞穿他心中的诗经，被他拒了回来。他小气得像个小户人家，钟爱且吝啬他的粮食，深知"汗滴禾下土"的艰辛。

2010 年底，阜阳日报社联谊会上，我们应该见过面的。我后来查了与会人员名录，确有他，可我记不起来了。那之前我还不怎么会读他的诗，不懂一个人的诗心。平原，有他一块庄稼地，麦子，棉花，锄镰犁耙耧，收留他刀耕火种的日子。他是坚守这块土地的原住民，尘世的浮华不曾掠夺他心中的文明之邦，以纯净之身，感悟万物之大美。他是值得我羡慕的，他脚下还踩着世代耕种的土地，他想吟哦时，还有土地倾听。等父亲干不动农活了，他还可以继承父亲的麦场和镰刀，继续种好他的庄稼。而我眼底保留的那张黑白底片，早已经曝光，所有的鸟鸣和麦子的手势再也回不去了。那片肥美的沃土，被灯红酒绿贩卖，我的文字纵然啼血，怎唤回故乡涅槃的身影？从此，看见文字上走近的乡土，眼泪模糊一片艳阳天。我感谢这个写诗的人，他用诗行，替我保管好我与土地的血脉。

今年的阜阳日报社通联会上，终于知道他是李红军。他是一名教师。他走上去发言，一如他走向黑板，坐在他的课堂里，一如回到他的诗度里，黑白分明的日子重复走过。他缄默的样子，让人想起老照片上的黑白，那不是色彩的缺失，而是凝固在琴弦上的一段旋律，使人忘记了时间的流逝。他说他写字很慢，一首诗要写一周的时间。我心中突然起了愉悦——我的字生长得也慢，同是"蜗行人"，何必曾相识？

我在网上搜索他的博客。"马路边 / 一个女人 / 衣衫褴褛 / 头发散乱 / 前天，她在这里 / 徘徊 / 昨天，她在这里 / 坐着 / 今天，她在这里 / 睡着"，这是《马路边的流浪女》中的句子。一阵风呼啸着穿透我的胸膛。那晚去练功，经过一座桥，桥头的风口里坐着一个肢体残疾的流浪儿，头上扎着一块破毛巾，样子颇滑稽，啃着捡来的甘蔗根梢。我往回跑老远，才遇见一个卖油煎毛鸡蛋的，买了一串给他，他说谢谢，还说了您慢走，吐字不甚清晰，但我听得懂。第二天又经过那里，兜里特意揣了两把糖果，可是没有找到他。我敲这些文字时，糖果还探出头来向外张望。诗心即文心，文心即良心。这些"心"里，我感觉我们的距离很近，我欣慰有这样一位诗人住在离我不远的地方。

　　《阜阳日报》的"平原"，给了他一片沃土。愿他的诗园，长一地好庄稼。

　　（发表于 2011 年 12 月 10 日《阜阳日报〈平原〉副刊》）

杏儿黄

"你小奶奶穿一件杏儿黄的碎花对襟褂子，模样儿水灵灵的，满眼里都是笑。"婆娑的杏叶下，温黄的斑影洒在祖母青蓝色的大襟褂子上。祖母抬头望一眼黄黄的杏子，眼前尽是小奶奶的俊模样。

东屋山墙临着水沟，水沟的边沿上就是一棵老杏树，那是父亲十二三岁时从麦茬地里挪来的一棵小秧苗。几十年了，一年不差地结鸡蛋大的杏子。春天，雪一样净白的杏花，经不住一句闲话的挑逗，小脸儿潮红着没处藏。暗地里结了青杏，伏在高高的枝头上，躲在密密的叶子间，春天走远了还是不露脸。或许是上了年纪，枝头上的果子总不够密实，疏疏落落的，半羞半掩在繁密的枝叶间，一个个黄得光亮了，迎着太阳光，才算现了真身。麦收那当口，半庄子的孩子瞅着黄杏大口大口咽唾沫。

"你小爷和你小奶奶好得跟一个人似的,到东到西都是俩人影绑一块儿。杏儿刚见黄，你小奶奶害口了，你小爷把咱家那棵杏树瞅个遍，油黄透亮的都打下来了，落下来的黄杏儿在清汪汪的水面上一点一个水花。你小奶奶倚着东屋山墙根，嘴角一笑一朵花。"有一只鸟儿在树上啄食黄杏，蹬掉一片叶子，不偏不倚，落在祖母的发髻上。我帮祖母摘掉叶子，又突发奇想，若在祖母灰白的发髻间戴一枝石榴花，也该蛮好看的吧？趁着祖母张望那只鸟儿的当儿，我猫腰溜过去，真的摘一枝石榴花插在祖母的发髻上。一晌的光景，祖母都戴着那枝石榴花坐在杏树下，有一搭没一搭地说着小奶奶的事。

"那杏子真大呀，都没见过怎大的杏子，刚开窝的小母鸡下的头蛋也没咱家的杏子大。咬一口，蜜甜蜜甜的。树下那些毛小子盯瞎了双眼往树上打弹弓。我天天轰他们，不是不舍得让他们吃去，是心疼你小奶奶害口，给她留着念想呐。"熟透了的杏儿落下来不沉水，一个一个漂在水面上像只小鸭子，鱼儿追着杏儿跑。拿根竹竿绑个网兜捞上来，一个接一个往嘴里填，吃多少都不倒牙。

"咱家那杏儿是麦黄杏，麦子黄了，杏儿就黄了。一个麦季，你小奶奶吃掉的杏核儿，积攒一罐子。就等着开春埋土里，来年房前屋后长一片杏树林，由着你小奶奶吃个够。"祖母的眼神里有些醉意，醉意里缠绵着岁月里一些落满花香的往事。

"眼看着你小奶奶就要生了，老天作恶，下一场暴雪，铺天盖地的雪把房屋埋下去半截。偏偏那一夜，你小奶奶难产，大出血，乡下接生婆的土法子，实在拿你小奶奶没招。你小爷黑更半夜滚着爬着去城里请医生，医生夹着包袱赶来时，天亮了，你小奶奶也走了，两条人命啊。多俊俏的一个人儿，让老鹰叼去了似的，说没影就没影了。"一只鸟儿在啄树巅最黄的那个杏儿，一口接一口，啄下大半时，杏儿落了。落了的杏儿沉入水里，没有浮上来。鸟儿"吱吱"叫两声，飞走了。祖母盯着水面浮游的一群小鱼儿，目光里有重物下坠，坠入水底。

"你小爷疯了，冰天雪地里捧一罐干杏核，到处找寻你小奶奶，喊着要给她摘杏儿吃。一个冬天没过完，你小爷上了三次吊，最后一次终于没救成，去了。"祖母把头低垂在胸前，双手遮住脸，不再说一句话。我轻轻摘下祖母发髻间的石榴花，丢向水面。那枝红红的石榴花，像一盏燃着的河灯，静静地、静静地漂在水面上。杏儿一个个落下来，砸出一朵朵水花。

（发表于 2013 年 6 月 26 日《阜阳城市周报》）

两片红叶

清晨，我看到两片红叶躺在一起。那夜起了霜，许多的树叶都落了，一地的枯黄。两片红叶安静地躺在两棵树中间，像在做一个永不醒来的长梦，凄美的色泽哪怕只看一眼，都让人心中顿生怜意。

我捡起两片湿湿的红叶，捂在手心里，想让它们的身子暖和过来。我在猜它们的前生。这是两片形状截然不同的叶子，一片娇小可人，一片温良敦厚，像一个女子和一个男子重逢时紧贴在一起的掌心。

我断然相信它们是来自两棵树上的叶子。两棵相邻的树，那么近的距离，紧走几步就到了。可两棵树的叶子朝朝相望——仅仅是相望，一生都无法走到一起。即便是相爱了，也不能。

它们是从什么时候开始彼此关注的？春天，还是夏天？我宁肯相信它们是从秋天开始的。一棵树从春天里醒来，那么多稚嫩的眼神刚刚睁开，好奇地顾盼四方，有那么多新奇的事情需要在一起探讨，争论一个季节都喋喋不休，哪有多余的心思关注邻家的闲事？夏天更不可能了。知了啊，蜻蜓啊，蝴蝶啊，撩拨得你整个夏天都眼迷心醉，哪还顾得上左顾右盼别处的风景？我确信它们的眼神是从秋天开始触碰到一起的。铅华洗尽，只有暮年的心境才懂得关爱别人是一种幸福的责任，两颗迟暮的心靠在一起取暖才会倍感温馨。

记得一个颇为感人的故事。男女主人公年轻时是一对恋人，因为男方家庭的极力阻扰，他们不得不分手，并约定今生永不相见。谁若先走一步，就在本城的报纸上登一则讣告，以告知。终于有一天，老迈的女主人公在报纸上看到了这则讣告（那是他们约定好的，在生命的最后一个驿站写给对方的情书）。她来了，胸前佩戴一朵白色小花，为今生最后一次相见和今世最后一次送别，也为今生今世相守的一份誓约和永不相见的爱情。世间最凄美动人的爱情在那一刻绽放出最华美的色彩。其实，生命中有比两个人的爱情更重要的东西，譬如信仰和自由，譬如责任和担当。放下爱情，也许是他们最无奈的选择。生命的过程就是在一个又一个艰难取舍中曲折行进。因为生命中存在残缺的美才成就了世间的大美大德。

我手中的两片红叶，也曾经历过一段凄美绝伦的爱情故事吗？每次读这样的故事，我都要流泪。终有一天，每个人都会明白，爱情就是生命中最不浪漫的那一部分。当两只枯手紧拉着去看斜阳时，生命与爱情已经被赋予另一种意义。爱情就是默默厮守着枯坐整个下午，不置一语。爱情就是完全懂得对方的每一个眼神、每一声咳嗽。爱情就是累了背靠背坐下来歇息。爱情就是我走了，我还在那边等着你。暮年的爱情没有世人想象的那么暧昧和放纵，彼此无非是对方手中的一根拐棍。有了这根拐棍，风雨中站得更稳，人生路上能多走几步。

　　感谢秋天，还有秋风，让两片叶子染一抹艳丽的色彩，舞尽生命的华章后，有尊严地相守在一起，永不分开。

　　（发表于 2012 年 11 月 22 日《阜阳广电报〈茶馆〉副刊》）

夕照

环卫工

从西大闸东侧，沿西环路往北，到老百姓俗称的"白桥"，有四五百米长。路面斜坡下去及河面，自上而下，在绿化区内纵横五条人行道，连一个小广场。这儿，是环卫工王建华的责任区。

一条河越活越年轻了，活回到一条河原来的样子，汲来煮春茗不行，煮酒蛮行的。树木花草，葱郁生香。鸟儿来作窝，想怎么撒欢就怎么撒欢。路人行至此，歇了脚，就不想走了。他们也想像鸟儿那样在这儿筑个窝，作个闲人。

65 岁的王建华老人每天耗在这儿的时间足足有七八个小时，她不是来做个闲人的，她是这儿的大忙人。从凌晨两三点钟到日上竿头，再从午饭后孩子去上学到放学，她都在这一带忙活。她没有午休的习惯，只晓得孙子该上学了，她也该去干活了。

去年每月拿到 800 块钱，今年又涨到每月 1000 块钱。她要把手中的活做得精细得不能再精细了，完美得不能再完美了，才觉得自己拿这些钱不亏良心。用农村的一句土话说，她把这儿侍弄得比自家的灶台还干净。

水务局的一位女同志每天都经过这里，看到整日劳碌的老人，心疼地说："您扫那么干净干啥呀？"老人回答："不扫那么干净，怕你们鞋子上沾上灰尘呀。"

怕走路的人鞋上沾上灰尘。她不光是做了一名环卫工该做的事，她的心中还有着一个无尘的世界。

养蜂人

驱车去田集镇杨小寨，买老杨的蜂蜜，走岔道了。下来问路，养蜂的老杨家在哪儿？几个人一齐往前指，右拐，过了桥，第一家，门口有一排蜂箱。

老杨在家吗？院子里有人应一声。去乡下走亲串友，离老远喊一嗓子，防的是有狗冷不丁窜出来。倒是没见着狗，但一大团蜜蜂"嗡嗡"地围了过来，比狗难对付。老杨乐呵呵地走出来，忙招呼进屋。进屋就是一人一大碗蜜茶，随便喝。青花碗，淋了一坨蜜，沏了温水，淡淡的琥珀色上来了。

老杨的蜜好，好就好在不掺一星点假。老杨不出门，都是买家来他家里采购。他说，好蜜不多了，再不来就留不住了。说话间，他去里屋掀开一口缸，端出来满满一盆蜜。这是他特意给我们留的，荆条蜜。

老杨的儿子长年在外放蜂，一年回来三两趟，把一部分蜜运回来，让老杨在家里帮着卖。这一盆是山西晋中太行山屋脊产的荆条蜜。秋行晋中太行，南山的荆条开紫花，蜜色泛点紫；北山的荆条要迟一个月才开花，开小黄花，蜜液呈琥珀色。荆条蜜开胃健脾，补中益气，每一年的秋末，我都要来为母亲和女儿买一些。

"你家门前的蜜蜂采的都是什么花蜜？"我问他。

"春天采油菜花、洋槐花、枣花，秋天采芝麻花。"

"现在的乡下都见不着洋槐树了，上哪儿去采槐花蜜？"我不太信他。

"咦，俺们这儿可多了，前后庄子里的老少爷们都知道俺老杨养蜂，都喜欢喝俺的洋槐树花蜜，多粗的洋槐树都给俺留着。你到春天来，看看俺这儿洋槐树开花像雪一样飘满地。"

我都羡慕死他了，一辈子住在花海里，把蜂蜜当茶喝。七十多岁的人了，健壮得像个中年人，活一百岁都打不住。

拾荒者

她属于起得最早的那拨人。凌晨，她拎着尼龙编织袋，拿一把铁钩子，手电筒夹在胳肢窝里，出了黑洞洞的村子，去找垃圾桶。她要赶在环卫工清理垃圾之前，淘一点有用的东西，好拿去换钱。太阳升起的时候，她已经走过大大小小十几条街巷了。她佝偻着身子，背上驮的尼龙袋鼓鼓囊囊的，发梢在风里凌乱地飘着，让人不忍去想独立寒秋的那一簇芦花白。

提起这二十年来的苦，她还是一把辛酸泪。一娘生的，没姐没妹，就一个弟弟。弟弟娶妻生子，有了一双儿女，弟和弟媳离世时，大的五岁，小的不满周岁，还不会走路。她哭得死去活来，眼都快哭瞎了。料理完弟和弟媳的后事，她把两个孩子抱回了家，加上自家的四个孩子，这一大家子有八张嘴等着吃饭。从那一天起，她白天干农活，晚上和清早去城里捡破烂卖，一天睡不到四个钟头。一年有三百六十五天，她捡三百六十四天的破烂，大年三十歇一天。

她叫代洪珍，今年七十三岁，家住阜南县鹿城镇苗寺村大杜庄。20年来，她用捡破烂换来的钱，供养侄女考上大学又继续读研，给侄儿张罗成家。

磨刀人

好几次在午休时间，听见一声清亮又悠长的吆喝："戗——刀——磨——剪——子！"倒是有一把菜刀钝了，有些时日切东西不下牙了。只是这声吆喝搅了一段好觉，小情绪闹着，就跟他较劲，不搭理他。

终于有一次，是在刚吃过午饭后，睡意还没来，又听见那声：戗——刀——磨——剪——子。声音直插到云霄里又直直地插下来，这壮汉的一副好嗓子生来是唱关云长的料。喊住，下楼一看，是个糟老头。白发凌乱，胡子拉碴，麻虾腰弓着。"磨一把铁刀五块，你这把得给三块。"他看不上我这把不锈钢刀，花百十块钱拿的货，在他眼里不过是一块烂铁。"三块就三块，不能用砂轮打磨，弄坏了钢口。"我提醒他。"刀刃伤成这样，哪能用砂轮打？我用手工磨。"说话间，他从三轮车上搬下一条长凳，卡上磨刀石，淋了水，刀刃在石头上"嗞嗞"地来回走。外面风大，我没穿外套，缩着脖子站在一旁监工。他来一句："你只管忙你的吧，磨好了我冲楼上喊一声。"我付了钱，上楼去。锅碗瓢盆刷洗完毕，侧耳听听，"嗞嗞"的声音还在。倒一杯茶，慢慢喝着。放下空杯，再去阳台听，"嗞嗞"声还在，一声比一声慢了。窗外的树枝像挨了鞭子似的，瑟瑟抖动个不停。睡意一点一点爬到眼皮上，终于打起瞌睡，忘记楼下还搁着一桩生意。

不知道他已经喊了多久，又有几声没有被风带走，一个激灵，突然意识到风中的一个人和那把刀都跟我有关联。扫一眼时间，已经过去半个钟头。急忙奔下楼，他正挺直麻虾腰仰着脸朝楼上张望。我奔到他面前，扬起脸看清了他的身高，足足有一米七五。

真后悔没捧一杯热茶下来，让他暖暖身子再走。

（发表于2015年4月25日《阜阳日报〈平原〉副刊》）

向零迈进

这是一群普通人。科长，医生，病人。见了面，握手，让座，让烟。叙叙家常，聊聊过往。这又是一群不同寻常的人。防艾科长，艾滋病医生，艾滋病病人。他们因"艾"结盟，打一场没有硝烟的战争。

老韩的两间红砖瓦房与两旁的新楼房相比，相形见绌。门前用纱网围起来的一小片地，种葱、蒜苗、韭菜、芫荽、小白菜、蚕豆和豌豆。菜地的边上，用木栅栏围成一个鸡舍，一只黄母鸡在抱窝。老韩家的狗，打老远迎上来，摇着尾巴前头带路，引我们往家走。

老韩今年55岁，偏瘦，头发浓黑，坐在门里的一把竹椅上吸烟。他于2003年查出艾滋病，2006年失明。他说："我眼睛看不见，不方便招呼大家，你们随便坐。"科长和医生都不客气，进屋坐在两张小板凳上。屋子不大，里屋有灶台，外屋摆一张床，老韩就睡外屋。医生拿起床头上一塑料袋的药瓶子，打开，查看所剩药品，递给科长，又一次逐一核查六种药。这些抗艾滋病病毒的药，病人必须每天按时按量服用，缺一天都不行。如若服药出现断档，导致人体对药物产生抗体，再服用抗艾滋病毒药物，几乎无效，病人随时都会有生命危险。所以，医生必须在每个月固定的那一天，把药送到病人手里，并查看上次送来的药在规定的时间内服用完没有。有的病人因临时外出务工，突然断药了，火急火燎地给医生打电话，医生又火急火燎地跑到县城找特快专递，十万火急地把药送过去，怕的就是病人用药出现断档。

老韩跟他们彼此都很熟，一见面就掏烟让烟，都不客气。一根烟吸完，又让过去，给老韩点上。老韩叼着烟，面朝着他们说话，声音洪亮。老韩的老伴得的也是这个病，在服药，身体很好，外出打工去了。两个儿子也在外面打工。右边的两栋新楼房就是两个儿子盖的。大儿子成家了，添个小孙女，儿媳妇很能干，在村里经营个杂货店。老韩还有位81岁的老母亲，身体很硬朗，一直在照顾他的生活。平时家里有四口人在一块吃饭，包括儿媳妇、小孙女，没有谁嫌弃谁。

老韩的堂弟，49岁的韩老弟，看见科长和医生在老韩家里，跟几个人一块走进来说话。韩老弟浓眉大眼，胖墩墩的，长得挺壮实。韩老弟得的也是这病，老婆因这病过世多年。他家新起的楼房就在老韩家左边，是儿子打工挣钱盖的。村里得这病的就他们两家。韩老弟说，若不是这个病，这个年纪正值壮年，都是家里的顶梁柱，哪能在家闲得住？现在，孩子们外出打工挣钱，我给他们照应照应家里。韩老弟很健谈。

老韩摁灭烟头，接韩老弟的话茬往下说，政府对咱们真不赖，治病用药全免费，全家入低保，每月还补助 200 元。咱这死几回的人，能活到现在全托政府的福。韩老弟也说，那是，那是。

医生，乡间行医三十年，知命之年，鬓发絮白，看上去比同龄人苍老许多。"操心，累"，只三个字，道出一个五尺汉子的几多辛酸。

他说，病人被人歧视，我们这些跟病人打交道的医务工作者也被人误解，像躲瘟神一样，唯恐避之不及，不敢握手，不敢同席吃饭，不敢走亲串友。鲜有人知道我们当初处境有多艰难呐。

一位因丈夫患病而被艾滋病毒感染的妇女，跟我们说，科长一来就把她的手拉过去紧紧握住，她把手一缩，说会传染，他却握住不放。他说他了解艾滋病，不用害怕。她当时就哭了。她的那双手，已经有一年多没人敢碰过。

有人问科长，你难道真不怕艾滋病吗？答："艾滋病当然可怕，但科学防治非常关键。对待艾滋病病人，不能回避，不能歧视，真心跟他们交流，为他们做实事，帮助他们树立更好地活下去的信心。"这些，有时比药更重要。

不歧视，像对正常人一样对待病人；换位思考，像对兄弟姐妹一样去关心病人。这是他们的职业操守。零死亡，零传染，零歧视，这是他们的共同目标。

向零艾滋迈进，他们在行动。

（发表于 2016 年 11 月 26 日《阜阳日报〈平原〉副刊》）

萤火虫致中小学生的一封信

亲爱的同学们，我叫萤火虫。你们从画册里或者电视里不光见过吹蒲公英的小姑娘，还见过夏夜里提着小灯笼飞来飞去的萤火虫吧？那个蓝莹莹的小甲虫就是我。在晋代还有一个囊萤夜读的故事，你们听老师讲过吧？那个叫车胤的贫寒书生每个夏夜都把我们聚拢在一起，借着点点荧光苦读圣贤书。

想想以前的田园风光多美呀！广袤的田野上，清洌的河水随处可见，田间劳作的农人和行路的人，口渴了，随便在河边弯腰掬一捧水喝，甜滋滋的，从不担心会闹肚子。春天来了，密密麻麻的小蝌蚪，像一大群黑黑的逗号，游啊游，满世界找妈妈。燕子从一树杏花下飞进飞出衔来春泥，在人家的屋梁下筑巢，孵化出一窝可爱的雏燕。夏天到了，隐在树枝间的知了，凭着嘹亮的歌喉，每天都要举办业余歌会。小家伙多用功呀，整个夏天的日程都被挤得满满的。

亲爱的同学们，这不是童话故事，也不是很久很久以前的传说。假若让时光倒流，回到三四十年前，回到爷爷奶奶像你们这么大的年龄的时候，你们脚下的这块土地上，天空高远明净，树木繁密茂盛，河水清澈激滟，城市和乡村处处鸟语花香。每个夏夜，我们提着小灯笼从一块稻田飞到另一块高粱地嬉戏玩耍，逗引你们的爷爷奶奶们也跟着疯跑，不觉夜深，大家还余兴未尽。

可是，时光仅仅过去三四十年，依然是这块土地，昔日秀美的风光不复存在，取而代之的是雾霾，扬尘，垃圾，污水，噪声。头顶上的天是灰的，云是暗的，连夜晚的月亮也洒不出一地清辉了。大大小小的河流变成了臭气熏天的黑水河，河里的鱼虾蟹贝荡然无存。大家生活在这样一个脏乱差的环境中，许多人会患病甚至患癌症，孩子们的免疫力也在下降，经常会感冒哮喘，严重影响身体的正常发育。由于田间大量滥施化肥和农药，导致我们萤族同胞和其他昆虫及鸟类濒临灭绝的境地。我们九死一生逃往遥远而又荒僻的异乡，繁衍生息。我们像背井离乡的人类一样，皎皎月光下，每每思念起故乡，和着一滴清露饮下乡愁。

亲爱的同学们，这块美丽的淮北平原是你们人类和我们所有物种共同的家园，我们萤族同胞们多么思念这片远去的故园，多么渴望早日重返故土，幸福快乐地生活在花园般的城市和乡村，世世代代和你们人类做朋友！前不久，听南归的燕子说，政府已发动全社会的力量整治"三边三线"（铁路沿线、公路沿线、江河沿线及城市周边、省际周边、景区周边）的脏乱差现象，要让大家的居住环境更加清洁美丽起来，让万物和谐生长，共同繁荣。这是一个多么振奋人心的消息呀，我们的萤族同胞们就要结束背井离乡的流离生活，回到你们中间来了，继续为你们童话般的田园生活编织神奇的光环。

亲爱的同学们，知道什么叫归心似箭吗？下一个春深夏浅的时节，我们也许就能踏上归途了，想想那一刻的感动，现在就想掉眼泪。同学们，伸出你们的小手，拉起身边的大手，共同做保护环境的卫斗士。人人从身边一点一滴的小事做起，爱护每一个弱小生灵，不随地乱扔垃圾，处处节约用水用电，珍惜一口饭一杯水的来之不易。举手之劳，就能让城市和乡村旧貌换新颜。

亲爱的同学们，来年的夏天，山清水秀了，草绿花香了，莺飞蝶舞了，我们就回到故乡，用神奇的荧光，为你们点亮每一个夏夜的星空，以表达萤火虫对你们的感激之情。到那时，让我们像久别重逢的亲人一样，紧紧拥抱！

远握

祝同学们身体健康，学习愉快！

十分想念你们的朋友：萤火虫

（发表于 2014 年 1 月 15 日《阜阳日报三版文学随笔》）

与天堂的对话

已经很久没见二妹了。她躲在天堂里，迟迟不肯出来。倏忽间，世间返遭十四载。妈妈凹陷的眼窝，拂不去二妹侧身而去的身影。天黑下来了，她总是不肯闩门，说："再等等，你二妹还没回来呢。"无尽凄凉灌顶而下，透彻筋髓。

二妹隐匿在天堂的一隅，静穆，安适，平和，多好啊！难怪她不肯再回来。浩瀚无垠的天际，再没有车来车往，没有酗酒驾车，没有肇事逃逸，没有凝固在马路中间殷殷的血迹，也没有在罪恶的车轮下一个美丽生灵瞬间化蝶而去，没有抹杀生命的罪恶，没有痛苦凄绝的追念，没有千百次的欺骗和谴责，没有，什么都不会有……无数次面对母亲的追问，我们还能把谎言演绎多久？

二妹走的时候，一身红妆，大红的羽绒服，大红的牛仔裤，艳若一朵开在严冬里的玫瑰。那个冬夜很冷，妹妹焦急地赶在下夜班的路上。她的儿子，一个十一个月大的婴儿，正在发着高烧。迎面的风很紧，将她的自行车刮裹着斜斜地引向路中央。瘦弱的二妹在寒风中恐慌着，躲闪不及，一辆卡车撞倒两人后，直奔她倾轧过来，一朵玫瑰瞬间凋落，痉挛，扭曲，挣扎……生命的最后一搏定格在阴冷的路面上，一摊血迹凝成满地的落英。我的二妹，时年二十二岁的妹妹，走了，不告而别，还没来得及闭上眼睛，一滴泪凝在眼角。洁白的围巾沾满血迹，在风中飘起又飘落，仿佛妹的灵魂被绑架，她在奋力挣扎。儿子的哭嚎，声嘶力竭；她在魂归的路上，肝胆俱焚。

送二妹上路的那天，天气异常的阴冷。二妹一身素白，上有双亲健在，她也只能披麻戴孝，谢罪而别；她罪在不孝，父母生养之恩，竟无以回报。我想拉一拉二妹那双纤细的小手，那双手为我做过一日三餐，为我缝补过衣帽鞋袜，也无端挨过我的无情责罚。一切过往历历穿行在目，起手间，伊冰冷僵硬的手指煞白成一朵拈落的莲花……一串眼泪簌簌落下，键盘上的字符模糊成散落的黑纱，那种漫过指端的彻骨冰凉，令我失语失魄……

我喜欢夜色微阑，穹幕下的苍莽可以令我驰骋幻想，我的双翼有风在鼓动、在抬升。我能立在云端依稀看见二妹倚在烂漫梨花下，巧笑嫣然，一针一线镌绣着女红的花样。专注的神情，令我不忍惊扰。那份安详、恬淡的神色，凝若仙子出浴。七彩祥云，揽我妹妹仙鹤般翩跹起舞，撼漫天的花瓣飞旋，举手颦笑间，令玲珑的玉兔、冷艳的姣娥须输几分颜色吧。二妹回望的眼眸，写意着对亲人的殷殷眷恋。苏武操节的萧萧行吟，是你一去不复返的悲壮。你卿卿复语："双亲可好，兄妹可好，孩儿可好？"我喃喃应答："双亲康健，兄妹壮结，孩儿妩媚！我自花下穿行，轻叮一声：二妹一路走好、一路走好……"

（发表于 2010 年 1 月 13 日《阜阳日报〈情感〉副刊》，本文为处女作）

第三章

我的桃花源

我的桃花源

紫藤花开了一整天，小鸟儿叫了一整天。清早刚去看过，傍晚又去。滨河公园，五六里路程，骑车二十分钟。只是迟了一些时日，误了一场春雨，灼灼桃花一树一树都远行了。还好，它们是去了唐诗、宋词、元曲里休养生息，年年相逢依然旧时模样。

那年去看桃花，大片大片的桃花林，妖娆得让人沉醉不醒。朦胧之中，二十岁的模样重又返回，低眉，含羞，面容干净，笑声清冷，小燕子一般飞来飞去。不经意往回走了那么多年，欣欣然欢喜了一场。归来不免怅惘，毕竟老了很多。

这些年，喜欢一个人走很远很远的路去看桃花。那样的桃花林，一个人去，不好，孤寂的你起了一种奢望：与题下"人面不知何处去"的崔公子，遇见一场美丽的爱情，徒增一些落寞。那样的桃花林，一个人去，也好，静静思念一个人，一个题下"竹外桃花三两枝"的苏子，一个千回百转也不曾相见的故人，谁也不会偷窥你的内心。

有些东西，历经岁月的磨砺，方可看懂它的厚重与臻美。情窦初开时，私底下爱读席慕蓉的诗，满眼都是美到极致的浪漫爱情。二十年后再读，明月在心，莲花在目，脚下无尘，爱情已化作一抹淡淡的影子，在斜阳、树林、溪水间，驻足或徜徉。心中有一个桃花源。山上有竹，山下有溪，溪边植柳，柳岸有舍。山前种桃、杏、梨，山后植松、柏、梅。每每临水而立，风送竹响来，鱼衔花影去。卯时站桩，辰时习拳，巳时读书写字，午时劈柴汲水烧火煮饭……闻鸡而起时，双目微闭，双臂合抱，脚踏大地，百会虚虚领起，一呼一吸之间，天地万物与我同在。花儿开了，我也在开花；溪水潺流，我也潺流；风吹竹林，我也吹过竹林；鸟儿飞过林梢，我也飞过林梢；幽谷芬芳，我亦芬芳……天地在，万物在，我也在。

"我欲起身离红尘，奈何影子落人间。"说得多好。睁开眼，既出仙界，我必须要下凡了。桃花源又远在武陵，重归晋太元中。每每为稻粱谋，系上围裙，戴上袖套，为一日三餐操持，为星星点点琐事劳碌。再看看镜中灰头灰脸的那个女人，讪然一笑，梦境终敌不过现实残酷。孩子、父母、兄妹，世间有那么多牵挂，我怎能孑然一身了无牵挂，遁入一个人的桃花源？

那个已经长大的孩子，每次下班回来累得不想多说话的孩子，正在备战职称考试，我必须尽我所能照顾好她的生活。问她："今天又很忙？"她软绵无力地回："累，烦，不想提。"不知从什么时候起，她不情愿跟我说起医院里的工作。这个我捧在手心里的花朵，当初踏入新的工作岗位时，欢喜得像只家雀，每天下班回来，追着我到厨房、到客厅、到阳台，讲述每一个患者的不同遭遇，眉眼之间尽是仁爱和怜悯。一年过去，每天要护理二三十个病人，在医院走廊里来来回回要走一万多步，顾不上喝杯热水，枯燥、繁复、劳碌、紧张的工作，消磨得她身心俱疲。

既然当初选择了这个工作，苦也罢，累也罢，都是身心必经的一场历练。随着时间的推移，坚信她最终会适应并爱上这个救死扶伤的神圣职业。但孩子所承受的隐忍，直到被我当面撞见，才灼见她的宽仁和操守。那晚她值夜班，下雨了，怕天明不止，我去送伞。她不在护士站，去了病房，我在一旁等她。有一家属，见护士站一时没人，立即用极为肮脏恶毒的字句辱骂起当班护士。我实在忍不下去了，回头质问他："你说的不好听吧，几十岁的人了不会说句人话吗？换作是你的闺女你不会那样说她吧？"那人自知羞耻，转身离开。后来跟孩子说起这事，以为她会愤怒，她微微一低头，只淡淡一句："没啥。"

"没啥。"只这一句，让我感动并难过得满眼泪光。那晚，我若换作年轻时火烈的性情，依仗手上有点力气，早抬手劈他两掌。多年的书香濡养，十年的太极修炼，让我更懂得宽容和善待他人。不承想女儿比我做得更好，更有心胸和气度。

每天早晨，出门晨练前，要做几件事：煮上稀饭，烧好开水，凉上半杯备用，芝麻香油煎一只糖心荷包蛋盛在白瓷盘里，这都是为上班的孩子准备的。下楼去，骑上车，迎着晨风，心中有十分欢喜。

心中更为欢喜的是，沉疴在身的母亲，一天天好了起来。年前母亲接连三次入院治疗，一次比一次危重，实不敢奢望一家人还能坐在一起吃过年的饺子。好在有三妹细心服侍，母亲居然能起床了，能下地了，能走路了，还能一个人捧着碗吃饺子。母亲爱吃新酵子蒸的带蜜枣的大蒸馍，我就不间断地蒸好送去。母亲捧着大蒸馍，一顿能嚼一个还不济事，嚷着再掰一块来。买了河虾，用清油炸了，三妹嚼一嚼喂她，她摇着头偏不吃三妹嚼的。临走，我们拉拉手，比比谁的手腕力气大，每次都是母亲赢。她欢喜得像个小孩子，不住地点头，不停地呵呵呵笑着，我也无限欢喜。

刹那之间，如醍醐灌顶般顿悟，我想要的桃花源，不在东晋，不在武陵，就在眼前。孩子敏而好学，父母健在，家庭和睦，多年太极文字兼修，略有小成，这不正是我梦寐以求的生活吗？我爱他们，为爱而付出，累着且快乐着。

夕阳下，坐在一只蚂蚁旁边，仰起脸，听鸟儿轻吟浅唱，一起看紫藤花慢慢开着。这些纯真无邪的花儿，快乐的样子，像极了一群天真烂漫的孩子。天地间，一个白衣庄子和一个玄衣庄子，一起打坐。

（发表于 2018 年 5 月 5 日《阜阳日报〈平原〉副刊》）

春风欠我多少酒钱

我找小蚂蚁算笔账。他不声不响把三月搬回来了，怎么没把那树桃花搬来还我。说到去年的那树桃花，我还要找小燕子算笔账。她与小蚂蚁合谋，劫走了我的桃花。

北方有佳人，遗世而独立。门前的那树桃花，烂漫地开着，打此路过的人停下来，忍不住夸赞几句，都说我家养了一个好闺女，楚楚动人的模样人见人爱，谁见谁惦记。唯邻人张三由妒生恨，愤愤地说，光好看有何用？结的桃子没我家的甜。我这人就是怪，不吃桃子就图个花好看，过瘾。咋的？

桃花开得太招眼，怕被人摘了去，特意扎了一圈篱笆墙，把桃树围在院子里，招来的闲人就被挡在门外。立在篱笆墙外，饱饱眼福就行了，别生非分之想。

明明看见燕子飞上枝头，朝朝暮暮唱情歌，又跟桃花窃窃私语了什么。桃花先是低头不语，羞涩不安，经不住燕子百般殷勤，遂点头应允。风雨夜来，一树桃花委地，缤纷似锦，好不惋惜。已不见桃花满枝，凭吊一场不期而至的桃花雨，也不失为一场艳遇，学学黛玉葬花也好啊。月亮来时，陪着一地桃花，席地而坐，跟月亮说说李白杜甫、说说欧公苏子，说说那些长长短短的莺莺燕燕卿卿我我。总之，都很有意趣。

我明明看见院子里只有小蚂蚁围着桃花转呀转，一夜之间，他把一地桃花都藏哪去了。他一定是趁我还在梦中，打劫了桃花。这笔账我不找他算找谁去？我就是昨晚多贪了几杯桃花春酒，跟桃花多说了一会儿话，回屋晚了点，沉沉睡去，让小蚂蚁有了可乘之机。还有小蜜蜂，我还没找他算账。他就是帮凶，喋喋不休地教化年幼无知的桃花叛逆出逃。别看小蝴蝶素日里风度翩翩温文尔雅，没准这事也跟他脱不了干系。表面上道貌岸然，实则暗怀鬼胎，也难说。

这些可恶的小家伙，我平日里待他们不薄呀。他们欺我年老体迈老眼昏花，生生在我眼皮子底下把桃花劫走了。他们哪里晓得，桃花不仅仅是一树花，那是我闺女，我真拿她当心肝宝贝。村里那么多好姑娘不去钟情，为何偏偏对我家桃花姑娘青眼有加？桃花走了，余生徒增寂寥。

我四处打听桃花的下落，问过李四家的梨花，王五家的李花，赵六家的杏花，甚至还问了田七家的樱花，都说没瞅见。他们一副事不关己、心不在焉的样子，让人生气。也是，丢的又不是他家姑娘，他着哪门子急？没准还

181

等着看笑话呢。还好，小黄鸡、大白鹅、老麻鸭，还有小花狗、小黄猫、大黑猪都主动请缨，早出晚归，集体出动，奔走四方，帮我到处寻找桃花。他们的古道热肠，感动得我老泪横流。

夜阑不能成眠，前前后后一思量，猛然想起还要找春风算账。终归这起事端都是因他而起。明明说好的，我酿桃花春酒给他喝，他帮我照看桃花。他整日喝得酩酊大醉，放纵那些小家伙瞎胡闹，哪里管得了我家桃花的安危。他打着帮我找寻桃花的幌子，变本加厉地频频索要酒喝，多年的窖藏都快被他喝空了，可桃花至今音信全无。这笔账不找他算找谁去？这下可好，人酒两空。邻人张三隔着篱笆墙窃笑我呆，我出离愤怒到无语至今。

每每花下酿酒，不忍采撷一片，待花自零落，一片一片捡起，悉数收入香囊。以桃花入曲，桃花开时制曲，花凋曲成。酿制的桃花春酒，色清如水晶，香醇似幽兰，入口甘美醇和，回味经久不息。遇美酒如遇知己。不忍独自斟饮，遂邀春风共享。酒过三巡，春风豪言大放，定为我家桃花觅得如意郎君，美其名曰：陌上人如玉，公子世无双。

我被猪油蒙了眼，信他鬼吹灯。那些巧言令色的小东西，明修栈道、暗度陈仓，一天到晚围着春风团团转，指不定使了什么花招，贿赂并拉拢他里应外合，致使其玩忽职守，可怜我的桃花生生被人掳去。从春云到夏雨，从秋风到冬雪，我踽踽独行，皓发苍颜，竹杖芒鞋，颠沛流离，走过漫漫征途，处处打听桃花的下落，却杳无音信。整整一年，我为桃花不思茶饭，夜不能眠，形容枯槁。不知道桃花过得好不好，那些可恶的小家伙们有没有委屈了我家桃花。待我捉拿到那些小东西，定不轻饶，押解官府，先行四十大板，再发配蛮夷之地，以解心头之恨。

今早，门前池塘里的老麻鸭急急跑来告知，说他看见春风回来了。我问他在哪儿看见的，他说春江水暖鸭先知，不信你去问问宋朝的东坡先生。既是东坡所言，这话我信。

我即刻动身去找他，限他在春分到来之际，必须毫发无损地把桃花还给我。我要回的必须是从前那个"画楼春早，一树桃花笑"的桃花，"桃花嫣然出篱笑，似开未开最有情"的桃花，"去年今日此门中，人面桃花相映红"的桃花，"小桃西望那人家，出树香梢几树花"的桃花。我还要跟他算算历年来欠我的酒钱。他不是自诩十里春风浩荡吗？就算算这十里春风欠了我多少酒钱。他不仁我不义，便宜了这家伙，我岂不白白当个冤大头而让人耻笑？

不跟他废话，拿钱来。

（发表于 2019 年 4 月 13 日《阜阳日报〈平原〉副刊》）

最是书香能致远

燕筑檐下憩，倚窗听雨。

想起一些旧事，就去翻翻旧书。文字里的温馨，在暗香里浮动。整理书架时，翻出几本童话书，都是孩子过生日时，曾送给她的生日礼物。那些年，生活清苦，给不了孩子更奢侈的东西。每年过生日，问她想要衣服还是蛋糕，她只说要书，就去书店挑一本送她。好多年攒下来，书柜也被占去一小半。每每看见孩子倚在书柜前，埋头于一本书，黑发披垂，面有春色，似有林籁泉韵、燕语莺声过耳，有花香丝雨漫过心尖。

徐徐书香沁润孩子幼小心灵的成长，她开始学着去爱世上的一草一木，爱弱小的生灵，身体力行去帮助它们，并自觉加入到环保志愿者当中去。十几年来，她始终不改初衷。

有一回，孩子跑过来跟我说："非洲缺水，一杯水就能救活一个生命，全世界的人每天都节约一杯水，那该救活多少生命呀？"

话音未落，她扬扬手里的书让我看。在孩子的发起和监督下，我们家立刻掀起节水运动。从那以后，我们家的水费开支锐减了一半还多。洗脸的水只接小半盆，洗过之后倒进大塑料桶里存着；第一遍的洗菜水浇花浇菜，第二遍的也倒进桶里；洗衣服的肥皂水，直接冲坐便器；清衣服的水也存起来，留着洗抹布、涮拖把，最后冲坐便器。去澡堂洗澡，打开的水龙头下，人家刚一离身，她就跑过去关水龙头，俨然像个管事婆，见不得有一滴水白白流掉。

孩子放学回来，问家里有没有不用的旧纸箱，她要做告示牌。她在告示牌上写道："不许打鸟，鸟儿是我们人类的伙伴，地球是我们的共同家园。"每每走过他们学校门前的绿荫道，看见一张张告示牌，那上面就有我家孩子稚嫩的笔迹，不禁停下脚步仰视一阵，心中有暖暖的欣慰。

在长沙读大学期间，她去参加"保护湘江母亲河百里徒步毅行"活动，回来后，掉了一个大拇趾甲盖，她一声都没吭。她长大了，应该学会坚强。

这些年，我尝试着发表文章，也开始为她写东西。她的性情与我很相近，心底那些温软的东西，面对面是掏不出来的。每年的生日，我为她写篇文章发表在报纸上，作为生日礼物送她，屈指算来，不下十篇。《心亦柔软》《在你手心里》《你是一树一树的花开》《心在远方》《星期五的电话》《一个人说话》《长沙有没有下雨》《我的小鸟回来了》《听听鸟语》《雨过天青》。年年月月，朝朝暮暮，她像花儿一样开放，我用文字陪伴这朵花儿的绽放。每每回过头重读这些文字，仿佛时光又回到那年那月，重新走一程来时的路。那一程的路，一程的欢愉，一程的温馨，一程的沉醉，都在眼前呈现。

　　不晓得从什么时候起，她也开始写文章了，小刀初试，已是锋芒毕露。把她的那篇《今年的长沙也在下雨》置于空间，让人品评，叫好声连连。但愿"桐花万里丹山路，雏凤清于老凤声"。

　　她开始给我买书。《红楼梦》《西厢记》《牡丹亭》《挪威的森林》《百年孤独》，还有余秋雨的、李汉荣的、贾平凹的、刘亮程的、莫言的，好多好多，塞了满满一书橱。我懂孩子的心意，怕我不够用功，怕我不能自奋蹄，她给我扬鞭。文字的香，有一种无可抗拒的巨大诱惑，我沉陷于这种诱惑，忘了尘世的熙熙攘攘，忘了心底的伤和身体的痛。溯一川清流，回到生命的初始，像刚从母体里分娩出来，依旧是一个干净的、纯真的婴儿。

　　而今，那个爱书的孩子已成为一名白衣天使。心不近佛者，不可为医；德不近圣者，不可为医。我相信我的孩子，她配得上"医者仁心"这四个字。曾经，我们讨论过"扶不扶老人，怕不怕讹诈"的问题，我们的答案惊人地一致："扶！遇见一个扶一个！"生活中，我和她都扶起过跌倒的老人，被扶起的老人都是连声不迭地道谢，没有一个讹诈的。只有每个人都相信社会的正能量，这个社会才会健康有序发展。

　　想起书里的一段话："下雨了，拿起雨伞的那一刻，明白了一个道理，跟雨伞学做人！雨伞说：'你不为别人挡风遮雨，谁会把你举在头上？'雨鞋说：'人家把全部的重量托付给我，我还计较什么泥里水里的。'"其实，当我们在为别人付出的同时，也会得到别人的尊重。

　　清夜无尘，月色如银。我们挤在一个被窝里，头挨着头，捧读一本书。时而欢愉，时而唏嘘，共饮一本书的悲欢。心的灵动，在那一刻接通，我们忘了我们是两代人。

　　油然而记起一首诗："云淡风轻近午天，傍花随柳过前川。时人不识余心乐，将谓偷闲学少年。"逢春不游乐，但恐是痴人。我们手拉着手，像风一样奔跑，一起逐春，一起陶醉在花前柳下，疯得不成样子，旁人笑我狷狂。

　　笑我狷狂，怕什么？腹有诗书气自华，最是书香能致远。

空山新雨后

空山新雨后，想起一个远去的背影。

1939 年秋天的一个夜晚，我的祖父张保真身背一把柴刀，跟着外村的几个人，去了抗日战场，从此再没有回来。时隔 80 个春秋，我站在老屋门前的大槐树下，恍惚中，依稀能看见祖父临行的那个前夜，月色澄明，祖父魁梧的身影，在一块破损的磨盘上移动，霍霍的磨刀声惊起几声鸦鸣，锋利的刀刃寒光闪闪。

父亲后来回忆，祖父走的那一晚，盘腿坐在厨屋的锅灶前，怀里抱着 4 岁的父亲，从锅灶底下的灰堆里掏出来一只烤红薯，掰开来，一边倒腾着双手，一边吹着热气，剥了皮，一口一口喂给父亲吃。祖父背着柴刀走的时候，父亲哇哇大哭着跟在后面，拐过一个屋山角又撵到沟半坎上。祖父回过头，低声说："别哭，回家找你娘、你爷去。"这一幕，成为父亲晚年回忆过往时，对祖父唯一的记忆。

时隔四年，1943 年的秋天，我的外祖父曾照平也走上了抗日的战场。那一年，母亲 6 岁，还有一个比她小两岁的弟弟。外祖父走的第二年春，母亲唯一的小弟得了伤寒，病死在外祖母的怀抱里。

母亲 16 岁那年，春天来得特别早，榆钱树已经发芽，路边一簇簇的二月兰开着幽蓝的花。母亲背着满满一筐草刚走到村口，远远就看见家门口围着很多人。正迟疑着往家赶，不知被谁一把拉上前，指着院子中间站着的那个浑身穿黄衣服的人说，你大回来了！母亲吓得不知所措，躲在柴火垛后面不敢出来相认。外祖父是刚从抗美援朝战场光荣负伤复员回来的。

母亲后来回忆说，打卦算命也没想到你姥爷还能活着回来。外祖父自豪地跟人说，他用大刀片子砍死过好多倭寇。他的军长是陈毅。连长是咱安徽老乡，还在战场上救过他的命。他后来又跟着连长抗美援朝。在一次战斗中他们连伤亡惨重，一百多号人就回来 28 个，一大半是伤员。连长永远留在了阵地上，而外祖父也光荣负伤，从朝鲜战场凯旋。外祖父坐上从武汉飞往北京的飞机，在北京天安门广场受到毛主席的亲切接见。

外祖父没等到军功章发下来，就迫不及待回家了。枪林弹雨中九死一生的人，已经看淡荣辱沉浮。外祖父秉性刚强，复员回来后，不愿享受政府的优抚，只愿安安生生做个种地的庄稼人。他守着妻小，修了一辈子地球。他家有一只红釉的大瓦盆，底部正中间钻了一个洞，农闲时，用它生豆芽卖。每当太阳歪西，我站在村口，等着外祖父担着两只空席篓子从阡陌尽头走来。我能等到的，一定是一把花生，或两个麦芽糖。冬闲时，外祖父把芦苇剖成篾子编席打篓，背到集上换俩油盐钱。外祖父上了岁数后，总说自己"烧心"，胸口有烧灼感，听信别人说喝小苏打水管用。也是，一喝就好。其实他就是胃反酸。他早起背着粪箕子拾粪、晌午放牛、晚上割草捡柴禾，兜里都揣着个青霉素小瓶子，"烧心"了就赶忙倒嘴里。外祖父最终还是栽在"烧心"这个病根上，享年68岁。

当年，祖父奔赴抗日前线之前，已经是当地一个爱国进步组织的成员，经常在半夜里去位于阜南赵集老窑湖的接头点秘密集会，天快明时才回来。后来这个组织遭到破坏，祖父和几个进步青年就决定到前线去。走时，祖母又已有孕在身，因日夜操劳，加之过度思念祖父，积劳成疾，致胎死腹中。20岁刚出头的祖母，明眸皓腕，依然如荒野中兀自开放的野百合一般清新。三寸金莲下到庄稼地里一摇三晃一踩一个坑，不能犁田不能耙地。她没白天没黑夜地给人帮工，纺线织布，换些粗粮，勉强维持娘儿俩的生计。一盏小油灯蝇头大的灯火，她也舍不得用，纺车搬到屋外，借着星月幽微的亮光，直摇到三更过后。鸡鸣三遍又起床织布。

祖母信念很坚定，抱定祖父有朝一日必定会回来。每逢过新年，她就熬一两个通宵为祖父做一双新鞋子，摆在床头。床头上不知道摆过多少回新鞋子。听说她有一个紫红的木箱子，箱底压了小半层那样的新鞋子。后来遇上饥荒年间，日子实在过不去了，才拿出来换了救命的口粮。

当了一辈子私塾先生的曾祖父，家贫如洗，没能让四个儿子进过一天学堂，却发誓要把小孙子培育成能为国出力的有用之才。父亲回忆说，曾祖父满腹经纶，治学严谨，学问好得在方圆几十里出了名。他仰躺在床上眯着眼假寐，让父亲站在床头背书，稍有差错，便厉声训斥，吓得父亲腿肚子战栗。据说他教过的学生个个成绩优异，在解放后成为新中国各行各业的建设者，其中包括走上讲台的父亲。

父亲年轻时，一直在全县条件最为艰苦的淮河边上的崔集子学校执教，来回徒步一百多里路，还要背上衣物干粮，仨月俩月回来一趟是常事。秋后的雨来得急，说起就起，哗哗啦啦，从午后直到傍晚才歇。祖母和母亲坐在屋檐下做针线，阴雨天里天黑得早，祖母眼迷糊认不上针，早早收了活计起身去厨房做饭，一抬眼，见一大截朽木桩子猝然杵在眼前，一个惊吓，再一瞅，是头戴斗笠、身披蓑衣、赤着双脚、挂着棍子的一个人，父亲回来了。

母亲端了盆水给父亲洗脸洗脚，又忙着做饭。父亲换了一身干净衣服，坐在屋檐下，两个膝盖上各坐着一个妹妹，肩膀上我和哥哥各趴一边，我们像四个大秤砣一直在他身上坠着。父亲不觉得累，爽朗的笑声不时传到厨房，祖母和母亲也被感染着一同笑起来。父亲讲淮河发大水的情景。大水来的时候，他跟一个村民正在台子下面的田埂上散步。天也不甚黑，不像要发大水的迹象。突然前面有人大喊："校长快跑，大水来了！"父亲不太相信，回头一看，大水到台子底下了。"不好，学生的新书！"父亲大喊一声，迎着大水朝台子上的学校跑去。旁边的人一把没拽住他，也跟着冲过去。蹚着齐腰深的滚滚洪流，父亲一个肩头扛一箱书，在别人的搀扶下，终于把新学期尚未发放的新书本抢救出来。父亲除了身上的一身衣物，连一根草都没带出来。

吃罢饭，亮汪汪的一盏新月踩上枝头。狗已经跑出去撒欢，猫塌着腰顺着墙根溜来溜去。因为父亲的到来，一家人兴犹未尽，坐在堂屋里摸瞎说话。祖母轻轻叹了一口气，突然说起祖父。一说起祖父，一家人骤然没了响动。"咱一门子人好几十口子，没一个有你大长得亮堂，见人不笑不说话。夏天里天热，树底下铺张席子，让俺娘们坐在席子上吃饭，他端着碗蹲在边上，不眨眼地看着俺娘们，欢喜得很呀。"月亮还在我们村庄上空流连，它站在天庭梳妆的样子很美。狗不知什么时候溜进来，贴着祖母的脚边卧下。

祖母接着对父亲说："你大临走撂一句话，我到死都记着——等打完鬼子回来过好日子……好日子来了，他咋回不来了呢？"

有一年的春上，邻村有一个从台湾回来探亲的老兵，当年同祖父一起去前线的几人中，他是唯一幸存者。他说在一次战役中，战斗很激烈，打得昏天黑地分不出昼夜，祖父乘坐的那只船整个地被日本鬼子的炮弹炸沉了。至此，祖父走后家中得到的唯一的一个音讯，却是他倒在抗日的战场上。而祖母已在地下安息，她等了祖父一辈子，至死都不愿相信祖父没了。

清亮的月光照下来，溪水涓涓流过。我坐在老屋门前的石墩上，看见躬身磨刀的祖父和担着柴担走来的外祖父，也看见一位尘土满面的耄耋老者，亦步亦趋地走来，逢人便问，有个叫冷素娥的老妇人还在吗？她有一个儿子叫张国强……

（发表于 2019 年 11 月 2 日《阜阳日报〈平原〉副刊》）

端午回家

上一次回家，父亲关照，过节都回来吃饭。都回来，也就两个人，我和他。孩子还远在千里之外，我们的巢也空着半个。

父母的家，也就是我们兄妹几个嘴边上挂着的"咱家"，是一棵大树的根，哥、妹和我，是它的梢节枝杈。回家，回的是父母和弟三个人的家。母亲已经十几年不能操持家务，父亲耳背，打炸雷兴许能听出嗡嗡怎大的响动。年届八十的人了，还宝贝似的养着一个老儿子。母亲只跟人说，他不是个明白人。三口人规规矩矩地仰躺在沙发上，等待我把出锅的粽子端上来。这已经是第三次包粽子了。父亲喜滋滋地说："咱过三回节了。"父亲总把吃粽子和端午节联系在一起，只是少了菖蒲和艾草。少了菖蒲和艾草，还有端午节的风情吗？不禁遥想当年。

一个村庄被一条深险的寨沟围起来，围成桃花深处野人家。春来，蔷薇花就来，妖娆地开遍沟沟坎坎。夏至，草木欣荣，菖蒲和艾草，围着村庄疯长蔓延。

菖蒲和艾草，总是在端午节那天被祖母采了来，插在门头上，又一把一把置于家中的角角落落，连床上的席子下都铺了一层。祖母的蓝布衣襟的扣眉子上，也特意插着一枝艾草。母亲则是把艾叶别在耳朵上，走几步，用手指扶一扶耳后的艾叶。我不用戴艾草，但我的耳窝子里被人灌了雄黄酒，一大早被那凉飕飕的玩意折腾醒。

端午节的孩子们去上学，手里都拎着自家包的粽子，比一比谁家的手艺好。班里有个姓刘的女生，家传的精湛手艺，让人啧啧称赞。她拎来的粽子，不用麻绳捆扎，角角棱棱严丝合缝，一张苇叶子卷一下，再卷一下……裹成正三角，从底到上穿出来，露出一根尖尖的小尾巴，拎起来像一只玲珑的青荷包。男孩子摘了菖蒲的花穗，拿来当枪使，你杵他的脸，他杵你的背，课堂上满是菖蒲臭烘烘的气味。

同桌的男孩是家里的"独蛋"，很是受宠。他书包里还装了一个双黄的咸鸭蛋，被文具盒压得扁扁的，半裸着蛋黄。油亮油亮的蛋黄像个初生的小太阳一样诱人喜欢。男孩说："给你吃吧，我实在吃不下了。"我摇摇头。还劝，还摇头。再劝，还是摇头。男孩索性把咸鸭蛋塞进窗子下的墙缝里。

日日经过窗前，看那红亮亮的蛋黄还在，口里咽一咽唾沫，心里很是羡慕男孩可以有咸鸭蛋吃。

哥打电话说，端午还是回不去了，让我多操心。我在厨房里做饭，妈每隔几分钟就拄着拐杖围到我跟前问："你哥啥时回来？"一遍一遍跟她解释："打电话说了，过节回不来了。""都不回来了吗？你嫂子呢，你侄女呢？"又一遍一遍跟她重复解释。

门前的栀子花开得压弯枝条。想起妈年轻时戴艾叶的样子很有灵气，摘一朵，戴在妈的耳朵上。妈摇着头说："闻不到香，啥也闻不到。"她仰脸盯着我，又问："你哥到底回不回来？那一坛咸鸭蛋可是要淌油了。"端午节，终于有咸鸭蛋随便吃了，可人回不来。

母亲嘴里没剩一颗牙齿，只要见我拎东西进屋，就张大嘴巴给我看，说："买的啥东西，我没牙，咋吃？""买的是荔枝。"母亲斜靠在床头上，我一粒一粒剥好荔枝，掐碎了，她张大嘴巴，我送进她嘴里。如果是西瓜，切碎，剔籽，放在白瓷碗里，母亲自个儿拿叉子扎着一块一块往嘴里送。对她的口味了，她就一个劲地点头，口舌忙得腾不出闲空赞一声。

想起祖母在世时，端午节的早上，都要往寨沟里抛两只粽子。问因由，祖母也说不好，只道鱼鳖也要过节。缠足的祖母不知道屈子，更不闻《离骚》《天问》《九歌》，祖母这一辈子跟辞赋不搭边。早年，她曾听人说，我的祖父被抓了壮丁之后，在一场战役中，渡船被炸沉，葬身鱼腹。她拿粽子喂了鱼鳖，鱼鳖就不碰祖父了。

自从祖母走后，家人不再往寨沟里扔粽子。话又说回来，村庄没了，寨沟早填平，起了高楼，往哪儿扔去呀？

母亲也住进高楼林立的小区里。小区里养花草树木，但不养菖蒲和艾草。艾草可以去集市买到，但菖蒲已经多年不见了。兴许，它躲进某个清净的水塘边，一岁一岁生息，让怀想旧时光的人惦念。

（发表于 2016 年 6 月 9 日《颍州晚报〈奎星楼〉副刊》）

父亲的脚

父亲的脚，穿41码的鞋子。父亲一生行走城市乡间，一双布鞋，一辆永久牌加重自行车，几本教科书，一件简单的包裹，风雨淅沥中，伴随父亲萍踪半生。父亲喜欢不紧不慢地迈着步子，贴着地面起步、迈步，脚步沉稳、踏实、坚毅，声音闷实、厚重，像光膀汉子抡圆了大锤砸在木桩上，一声闷响推波出去的余音。深夜归来，一阵犬吠在村庄上空散落，我趴在床沿上细细分辨，聆听父亲的脚步。听见父亲的脚步声，我就能闭上眼踏实地睡去。年少的我，所有的期冀都牵绊在父亲的那双脚上。

每天清晨，父亲推出那辆半旧的自行车，把一个黑色的手提包挂在车把上，抹过厨房的屋角，踩几下脚踏板，纵身迈上去，一溜烟就远离了我们的视线。我喜欢追着父亲的车子奔跑，父亲起先还柔声劝我快回去，回头看我追出村外，就厉声呵斥。我怏怏地慢下脚步，大口喘着粗气，很依恋地看着父亲的身影被那辆自行车带走。父亲要去的是阜南二小，那座城市那所学校于我是极度的陌生和新奇，尽管那个充溢着奇幻的地方距离我家不足4公里，可我有限的记忆却检索不到几多有关的印记。那年的夏天，我实在禁不住心中的向往，光着脚丫，拎着鞋子，一路追着父亲跑出了二里地，父亲实在无奈，把我抱上了车子的前杠。在那里，我很荣光地被冠以"校长千金"的称呼，小小的心里第一次充盈着自信和满足。

父亲一脚一脚走过的路，在闭塞落后的淮上乡间曲折蜿蜒。父亲早年在淮河岸边的大水窝里一待就是数年。那里庄台上的人家稀少，方圆数公里甚至数十公里内只有一所像样的学校。父亲曾说过一段往事：晚饭后下庄台溜达，庄民提醒别走太远，看这架势洪水要来。父亲说就一会儿，一根烟灭了就折回头。可谁知一根烟没抽完，就听有人嘶喊："大水来了！"父亲慌忙折回头，大水已与他期遇，庄台近在眼前却与他隔在两边。父亲举着鞋袜衣服，蹚过齐腰深的洪水摸索着返回学校。

我年幼时体弱多病，心脏发育不完全，天气稍有变化，隔三差五病就来了。发病时，遇上阴天下雨或夜半月黑，父亲把我驮在肩膀上，深一脚浅一脚蹚在高高低低曲曲弯弯的乡野荒径上。我趴在父亲的脑门上，清晰地听见父亲愈行愈沉的喘息声，合着愈行愈沉的脚步声，蒸腾成一股热气，细细的汗珠漫过父亲的额头。我抱紧父亲的脖颈，抱紧一棵强大生命之树给我的支撑和依托；父亲行进的双脚，摆渡一个弱小生命在多舛命运中泅渡。从黄发垂髫到负笈远行，至而今岁月催老容颜，一路走来，环顾而行，父亲负重一生的脚，父亲板板正正的脚印，烙在我走过的路上，或深或浅，或隐或现，不曾遗落。

自从二十年前生出眼疾，父亲的脚步日趋蹒跚、滞钝，开始寡言少语，经常一个人独来独往，走起路来，步子拖得很沉、很慢、很吃力的样子，犹龙钟之态。父亲老了……我们默然神伤。

父亲病了，在医院里躺着输液。一次普通的感冒竟把他折腾得夜夜咳嗽不休，他说这小病想要他的老命。他自个一人不声不响地去住院。我去看望他，临走时我说："爸，我给你洗洗脚吧。"父亲不知所措地局促起来，忙不迭地说："不用不用。"我打来一盆热水，撩起水很仔细地搓揉着父亲的这双脚。我已经记不清有多少个年头没细细端详这双脚了，只是在父亲节的时候，打个电话询问一下他鞋子的码号及对款式的喜好，然后去名牌鞋店为他挑一双鞋子，心存美意地送过去，不管中意不中意，都能收到父亲"咯咯"的笑声。我自认为这样做过之后，应该算是"孝顺"了，捧着这双脚，始觉沉重和不安。这双载着我在雪雨泥泞中步履艰难跋涉的脚，脚力迟缓，粗糙皱褶，筋脉曲张盘结。岁月的齿轮倾轧在这双脚上，碾去了先前的弹性和光润，我与它久已陌生。

我在想，倘若哪天，父亲这双脚再也走不了路了，我把我的脚给他。

（发表于 2010 年 6 月 14 日《阜阳日报〈平原〉副刊》）

191

几度乘风问起居

朋友说，从小到大，她没喊过爸。家中接连来了两个女娃，她又跟来了，很不受家人待见。她很畏惧父亲，以为父亲不稀罕她。远在外地工作的父亲偶尔回家一趟，她也总躲避着不敢见。

朋友的话让我内心五味杂陈。我和她有所不同。我和母亲一直亲不起来，曾一度怀疑我是家里捡来的皮孩子。我自打出生就体弱多病，花光家里所有的钱，还债台高筑，可依然是个病孩子。一个病孩子，是来讨债的，自然招人嫌弃。我在外面惹了是非，母亲点着我的脑门跟人说："她吃药蚀愣了，别理她。"父亲把我的一双小手握在他的掌心里，跟人解释说："这孩子遭过大罪……"以求得别人的宽谅。我的童年是在父亲宽厚温暖的双手呵护下走过来的。

深秋的夜晚，淋着雨，瑟缩着躲在大树下，等父亲。一等不来，我憋着不哭；二等不来，我憋着还不哭；三等不来，我蜷曲在树根上，膝盖抵着脸，一声一声低低抽泣。听见父亲的脚步声，我放声大哭着跑过去，拉住他的自行车。父亲抱起鼻涕、眼泪、雨水抹一脸的我，放到车子的前杠上："回家。"那一刻，我才知道我是一个有人要的孩子。

童年的生活里，一提起我，就是我的病。一年要有两次住院。前半年为春上的一次住院发愁，后半年为秋上的一次住院发愁。父亲深夜里坐在床头吸烟，猩红的烟蒂在黑暗中明明灭灭。父亲为钱发愁。都说我的命是买的，我不知道我的命能值多少钱。每次住院回来，我张开膀子往家里飞，祖母颠着小脚远远迎出来，笑得合不拢嘴。母亲低声说："咱家一大笕子粮食又没了。"我懵懂明白，一大笕子粮食换了我的小命。

记忆里，家里一直就有一个红木箱子，不大，红得鲜亮，里面藏着家里仅有的几册书籍。后来听祖母说，我四岁那年得了重病住进省城医院，医生要为我截肢，可我又有先天性心脏病，父亲怕我下不了手术台，买了只红木箱子等在手术室门前，准备用来装殓我。那只红箱子后来成了我专用的书箱，一直陪伴我完成所有学业。

父亲从不跟我提起箱子的事，只是告诉我，有个王奶奶是我同室病友，天天给我梳辫子，捉虱子；还有个远房叔叔，为了去医院看我，跟车间主任告假不允，偷偷翻墙头跑出来，被罚了工资。他让我记住他们的恩情。

　　村里有个比我大几岁的男孩，得了一种怪病，肚子大得像水桶。家人不肯花钱为他治病，没过几年就死了。男孩学习成绩好，将来准是个出息人，死得可惜。大人们都这么说。许多年之后，男孩的父亲每次看见我，就眼泪巴巴地跟父亲说："还是你牙咬得紧，你不护钱，把你妮子治出来了；我眼窝子浅，怕花钱，把俺娃的命丢了。"父亲也难过地说："我已经丢了一个孩了，我不能再把妮子丢了。"父亲说的"丢的一个孩"，是指早年溺亡的弟弟。

　　漫长的寒冬过去，终于等来漫野的野蔷薇花开。我也是一株野蔷薇花，战战兢兢地，开在晨风里。祖母常常念叨，这人一长大，病自个儿就掉了。记不清是在遇见哪一个春天时，祖母的话得到应验。

　　谁大把大把偷走了父亲的光阴，他怎么就老了呢？看着父亲蹒跚的背影在马路上缓慢移动，不得不承认他老了。父亲的耳朵背了，跟他说话，十句有九句听不见。听不见他就笑笑，不多言语。几日前，看他哆嗦着填一张履历表——教龄：42 年；农村执教：33 年。心中生出一种痛。

　　在外地工作的哥哥天天打电话问，家里还好吧，咱大还好吧，总是梦见走在回家的路上。我回：都好，都好。日日问，日日这样回；年年问，年年这样回。十年，二十年，他还这样问，我还这样回，愿老天给我们机会。

　　夜晚的灯亮着，星星和月亮，不知是哪个照着我的窗子，给了我夜的灵感，让我一次次写下关于父亲的文字。这样的文字，从键盘上长出来，一路走一路泪如雨下。不管了，让它下吧。

（发表于 2016 年 6 月 16 日《颍州晚报〈奎星楼〉副刊》）

可曾闲来愁沽酒

小时候，我是家里的"赖孩子"。之所以"赖"，是因为疾病缠身，病恹恹的一副"赖相"。有一年，整个春天我嘴里都犯鱼腥味，一口一口的腥液，从早吐到晚，走到哪儿都招人嫌弃。长大了才知道，那是因为长期营养不良导致的严重贫血。父亲从学校回来，黑色手提包里偶尔会装一包小点心。每次听父亲压低声音唤我："妮，把门关上。"我明白一准是父亲又给我"开小灶"了，仰着脸牵着父亲的衣角一阵欢喜。家里孩子四五个，一点小东西，三捏两不捏，都没影了。父亲怜我体弱多病，总是私下里买点小点心给我吃。记得是用牛皮纸捆扎得很结实的一个方方正正的礼盒，父亲解开一根细细的麻线，掏出一把螃蟹腿状油亮又焦黄的东西，透着香又透着甜，我们管它叫"焦壳"。我用小手捧着，"嘎嘣嘎嘣"嚼着，时不时还回头看看门外可有动静，像只偷油吃的小耗子一样惴惴不安。

我跟外公一直亲不起来，他活着时，我恨过他。对他的怨恨，缘于父亲与母亲一次争执中，我偷听来的一句话。父亲说："一个四五岁的小孩子躺在医院里，快要死的人了，哭着要吃一根甘蔗，他连两分钱一根的甘蔗都没舍得给妮子买，还是当姥爷的吗？"四五岁的孩子本没多少记性，但父亲说的这些话，我记心里去了。父亲倾家荡产为我捡回一条小命，这条小命比他自己的命还金贵，他见不得别人家不好好待见我。外公一辈子手紧，不舍得花两分钱，定有苦衷，但父亲眼窝子里有灰星儿下不去啊。我那时很知足，庆幸有一个很爱自己的父亲。有这份爱为我抵挡风雨，我的世界已经完美，我也就不介意其他人怎么待我了。

有一天晚上，父亲回来很晚，家里已经熄灯歇息了。只听他低声跟哥哥说："明儿早起，学校老师去阜阳参观，也让你去。别让妮子知道了，她太小，不方便。"我天生耳朵尖，一字不落都听见了。睡一更醒一更，尖着耳朵听鸡打鸣，心尖里惦记的都是这事。第二天天不明，父亲和哥哥刚刚动身，我大哭着撵上了，光着脚丫子，拎着鞋。哥哥恨得推我回屋，父亲怜爱地把我抱进屋，使唤母亲给我换一件像样的衣服。我哪有能出门的衣服，母亲翻出一件她的夹衣给我穿上。母亲的衣服太大了，把我从头一直套到脚脖，我滑稽可笑得像个麦田里的稻草人，被父亲抱上自行车的前杠推走了。

那次父亲带我们去了清颍公园，第一次见到狼和猴子和满满一大间屋子的鸟，各种各样的颜色，各种各样的叫声，热闹得像过年逢会。去一次阜阳，像去了一次天堂，我的见识比一庄子的孩子都广，足以让我向他们炫耀三年两载的。

四十年光阴，转眼已成往事。父亲老了，耳聋了，眼花了，脾气也大了，还时常犯迷糊，总之，没原来值得我们崇敬了。时常抱怨，父亲怎么变得不可理喻了呢？自恃很自立，以为自己的内心很强大，强大到可以完全脱离一个风烛残年的老人的怀抱，所以渐渐把他轻视了。一些看不惯的事，欺负他耳背，嘀咕他两句，发发怨气，不知道他是否能觉察一二？我发表在报纸上的文章，他都拿着放大镜反复看。总以为他不懂我文字背后的心境。一次，他拉我进卧室，小声说："把门关上。"然后，他语重心长地说："妮子，你活得心累啊。你有事别瞒我，我一点都不糊涂。啥事不能跟爹说呢？"我转过身去，任泪水奔涌……许多时候，只有把自己摔疼了，才记起有个人惦记你，才明白那个人的好，才相信那个人对你有多重要。

每个周末，不管多忙，不管刮风下雨，我都回家一趟。时常，刚进家门，母亲不无遗憾地说父亲出门溜达去了，一时半会儿回不来呢。给父亲买一瓶酒、一盒茶叶。父亲年轻时不善饮酒，喜欢喝茶。上了岁数，一个人独斟，慢慢喝上瘾了。妈说，想你们兄妹几个了，他就喝酒。

站在路口等父亲时，远远看一眼家门，看窗下父亲栽的花花草草开花了没有，心中已经十分欢喜了。

（发表于 2013 年 6 月 15 日《阜阳日报〈平原〉副刊》）

孩子，你是我今生最美的神话

时光回转。1994年4月30日的傍晚，一声纤弱的啼哭，宛若一朵兰花绽开，上帝把你捧到我面前。天使的微笑还来不及绽开，你的小脸已是艳若桃花。窗外的花季，一群青蓝色的蝴蝶，婀娜翩跹，莹莹的一簇，是蓝天逗留在这里的缩影。于是，每个春天，我都会栽一盆这样的蝴蝶兰，悉心呵护着，等着它吐绿展叶，盼着它花开如云。在一季季的期盼中，我的女儿亦如兰花般静悄悄地竞相开放。

一个雨后清新的早晨，兰花的翅膀羞答答舒展开来，清纯的蓝色萼片上透着一种幽雅的灵气，这样的灵性传递给我一个欣慰的信息：女儿如兰，如兰的花季，家有小女初长成。十五年的牵绊，岁月如织，每一个日出日落，风清月白，流年似水，流走我青春明丽的色泽，多少载不去的艰辛与酸楚，化作花下这抔泥土，培护着一朵花一季季地开放。花间凝结的露珠，是一位母亲辛劳的汗滴混合着欣慰的泪水滴下。

孩子，你不会知道，曾经幻想着"打马走天下，罄书人间不平事"的那个女子从向往中的那片莽莽草原走出来，释手放下所有的梦想，只为展开双臂迎接你的到来，取而代之的是一个背负命运纤绳的母亲角色。扮演这样一个鲜活的角色，痛着，累着，一并快乐着。她终于看见一个重生的自己，在生命的地平线上，氤氲而来，弥漫开如兰的空谷幽香。孩子，你就是母亲的来生。

记得在你刚出生不久，因泪囊管阻塞，眼疾终日不愈。医生嘱咐我，每隔两小时滴药水一次，不舍昼夜，持久坚持。那段日子真的很难熬，每天12次地按时给药，我已经对自己体内的生物钟失去了感应，困顿、乏累，让一个年轻母亲憔悴如枯木残枝。

由于我的体质虚弱，让你提早来到人间，妈妈总感觉很愧疚，千方百计弥补对你的歉疚。一位经世的老人告诉我，新生儿的胎盘可以滋补你细若游丝的孱弱幼体。刚好，我的一位世交是位妇产科大夫，一团团尚存母体温热喷发着浓烈血腥味的鲜活胎盘，隔三差五地送过来。至今念及那副场景仍令我心悸呕吐，但为了奇迹能在女儿身上出现，直面血腥的恐怖，又怎能奈何一个执着的母亲？

记得一个炎炎酷暑的夜晚，室内突然停电了。热气，像锅炉一样蒸腾起来；汗流，像被激怒的野马咆哮而至，一发不可收拾。我就在地面铺开一张草席，放你在中央，轻摇一柄蒲扇，一张一弛，来来回回，驱赶暑热，驱赶蚊虫，驱赶黑夜，驱赶流星，驱赶所有惊扰你甜美梦苑的精灵。我幸福地抚摸你凝结在嘴角的那轮弯弯的微笑。

我家有女初长成。女儿每天上夜自习很晚才能回来，我卧室的门一直都为女儿敞开着，等着她进门后与我互道一声问候，关切地为我捧上一杯茶水。寒来暑往，始终如一。

你拉着母亲的手，母亲攥着你的手，迈出人生步履的一小步，一小步……你快乐，母亲陪你撒泼般大笑；你痛着，母亲陪你流泪到天明。母亲的视野永远牵绊着你一时一日、一月一载的成长历程，你是开在母亲心畔的兰花一朵。心中萦绕着你的馥郁芬芳，母亲的此生，足矣！

孩子，请记住：你是我今生用生命塑造的最美的神话！

你是一树一树的花开

　　一中操场西侧，植一行紫叶桃。四月初的日子，一树一树的胭脂红，恣意烂漫，贵妃醉酒的样子。每个傍晚，都要去看它。只看一眼，心就化成了一滴水，盛在眼里。每个花蕊浅斟一盏笑意，蓄一泓小女孩一般纯净的眼神。小女孩就端坐在这个校园的某个教室里，一束马尾松被一根橡皮筋高高揽住，流苏一般垂下来，运动衫深蓝色的背影里，悬下来一条清幽的河，一条甩动起来就奔向腰际的河。之所以每天来看花，是因为这花儿就开在教学楼下，离那个明亮的教室近，离小女孩明净的眼神也近。有一种气息融进花香里渐渐弥漫过来，是我再熟悉不过的乳香——我一直觉着她身体里始终未能蜕去婴儿时的乳香。

　　她是我的小孩子，我唯一的孩子。我望着教学楼第四层从西边数过来第四个窗口，眼中漾起温润的波，有一种柔软的东西自心底溢出，慢慢流经每一根血管，身体在温暖的沐浴中酥软。我给脚下的每一棵发芽的小草让路，给每一朵花一个问候，给每一棵树一份敬意，我向整个校园致敬，以一颗谦卑的心向滋润和抚育我孩子健康成长的这片土地致谢！因了一种天性，为母之心更懂得感恩和谦卑。

　　在每天的饭桌上都能等到一个小趣事。今天她讲的是他们班有个绰号叫"妹妹"的男生，长得人高马大的，张口拉风换气都是娘娘腔，伸个懒腰还要扮个媚态。邻座女生实在忍无可忍，吼道："三八，闭上你的乌鸦嘴！"班上前仰后合倒伏一大片。我也笑得差点喷饭，她不时笑上一阵子，每一次回味她都忍俊不禁。一听到她的笑，我就醉了，还有比孩子的笑声更令人愉悦的声音吗？十八年了，我的耳蜗里一直贮存着这天籁般的童音，这声音是一剂祛湿、驱寒、散瘀疗伤的汤药。累了，病了，伤了，痛了，喝下这汤剂，我就能爬起来直着腰杆向前走。

　　这个春天有些纠结，差点误了佳期。楼下人家的院子里，一棵樱桃树，一棵石榴树，一棵柿子树，一棵蜡梅树。四棵树扮了生旦净末粉墨登场，出将入相，天下四时之景尽收眼底。第一眼看到樱桃花开了，是春分的前一天，我嚷着让孩子出来看春天。在孩子促狭的视角中，一个春天的光景，不就是一树樱花的烂漫吗？高三了，没有闲心唱，更没有闲情牵一缕清风入怀，闲看百般红紫斗芳菲。早上，孩子捡起一缕发丝给我看。孩子脱发了，脊背也微微弯曲，疲倦的双眼几乎离不开润眼液的滋润。每个月有那么两天腹痛呕吐，躺在床上不能上课，我每次都许诺下个假期里带她去大医院就诊，可每次都不能兑现，哪个假期不是让她去补课呢？孩子的状态像个极度超负荷劳作的童工。我心里酸痛，可又有什么办法呢？千万高考学子，哪个背上不负着一座大山？哪座大山背后不站着辛酸的母亲？

我无法将碧水蓝天托在掌心里带到孩子眼前，我只想让孩子多看一眼春色，对这个春天多一分美好的回忆，就去人家的菜园摘了两朵油菜花。金灿灿的花朵，捧在手心里，心里多了一种负罪感。拿给女儿时，只说是别人丢弃的我捡了回来。做母亲的姿态，为了孩子，卑微到尘土里又当何虑？

发现自己越来越脆弱，听不得孩子的哭声，见不得孩子受委屈，更不能容忍花蕾般的孩子无辜遭残害。哪一个孩子受伤害了，撕裂的岂止是哪一位母亲的心？每次去学校给孩子送雨伞，一只袋子里装进去家中所有的雨具。不期而降的雨，总是跟粗心的孩子过不去。窗子里投过来那么多期盼的眼神，哪个不是我的孩子？

趁着孩子正在上晚自习，我忍不住跑上楼，躲在回廊一角偷偷去看那个深蓝色的背影。看着看着，回廊里就多了一个只会傻笑的女人。她一手支眉尖一手摊在桌沿上，正专注于一本书。我的眼睛一眨不眨地探究，这个深蓝色背影与我有多少相同或相近的元素？都是 A 型血；讷口少言，不张扬；心地纯真质朴，不媚俗。前世要修多少个轮回，才能让我们同血脉同心性？

她偶尔向我使个小性子，发点小脾气，还时不时"欺负"我一下，我怎么也生气不起来。雏鸟一朝羽翼丰满飞出巢穴，守着旧巢的老鸟想多听一句牢骚都成奢望。我储藏着她的快乐与不快乐，那都将成为我最受用的回味。

孩子，记得你出生那天，我从产房的窗子向外望去，满地的蝴蝶兰开得正欢。孩子，记住了，你和蝴蝶兰、杜鹃花、紫藤花、千树万树的花都是人间四月的孩子。

"你是一树一树的花开，是燕在梁间呢喃——你是爱，是暖，是希望，你是人间的四月天！"

（发表于 2012 年 4 月 19 日《阜阳日报〈情感〉副刊》）

你是第三种绝色

若逢新雪初霁，满月当空。下面平铺着皓影，上面流转着亮银。而你带笑地向我步来，月色和雪色之间，你是第三种绝色。

——余光中《绝色》

月色和雪色之间，孩子，我想为你写点文字。

初夏新雨后。乳燕初飞，像极了你蹒跚学步的样子。

一个蹒跚学步的小不点点，正吃晌午饭时不见了。正着急忙慌地四里找寻，一个黑黑的、瘦瘦的、扎着两个朝天辫的小不点点，牵着满头白发的太姥姥进门了。原来，中午做饭时，太姥姥在锅下烧火热得汗流浃背，这会儿到东屋山头的大槐树底下乘凉去了。那天，吃饭的人多，没人留意老人去了哪里。独小不点点发现少了太姥姥，出门把太姥姥找回来了。她把太姥姥牵到众人面前，仰脸望着大家，指指太姥姥，叫一声"太"。小不点点还不太会说话，只会说单个的一个字"太"。粉红碎花的小裙子太大了，把她包裹得像个好看的夹心小糖果。这个可爱的夹心小糖果给我们的大家庭补上了一堂很重要的道德课。

太姥姥八十四岁无疾而终，你那时还只有两周岁。时过二十多年，说起太姥姥系着围裙弓着腰身喂你米汤，苍老的双手抚摸着你的小脸，你说模模糊糊还记得。那些时光碎片，连我都没收藏好，而你却保存了下来。每年的清明节，你都随同我去太姥姥坟前烧纸磕头。你说太姥姥走得早，没能尽上心，只能磕头了。

姥姥病重的那一回，你正好赶上了。送入医院后，要做五花八门的各类检查，来来回回搬动一个危重病人跑上跑下，揪着心忙乎大半天，累得你小脸煞白，满头满脸的汗往下流。姥姥看似到了水米不进的地步。你脱掉鞋，坐到病床上，把姥姥抱到怀里，头靠在你的胸口上，跟她脸贴着脸，慢慢哄着，喂她药。"来，听话，咱吃个糖豆。嗯，好得很。来，咱再吃一个，再吃一个咱就好了，好了咱就能回家了。"那以后，姥姥的饭和药，顿顿都要你喂，只有你喂，姥姥才肯乖乖地配合。

姥姥在去鬼门关的半道上奇迹般地又回来了。你三姨说，外甥女这次立了大功。

石榴花艳艳地开着。清晨的第一声鸟鸣，就藏在石榴花间。鸟语与花语，不知道哪个先到为好。

那年，你4岁。汗津津的小手心里，攥着一张糖果纸。我清楚地记得，那是吃过早饭去公园时，妗子给的一颗糖果。糖果你慢慢吃了，整整一个上午，你都攥着那张又滑又薄的糖果纸，直到回到家，把它扔到垃圾桶里。你委屈地说，在公园里没找到垃圾箱。

连雨不知春去，一晴方觉夏深。牵牛花爬上篱笆，成群结队开花，像一群跳芭蕾舞的小姑娘。

8岁时，你为保护青蛙跟一群毛孩子打过架。乡下的男孩子，泼皮惯了，整个夏日里，通身就挂一个大裤衩子，满世界地疯。用网罩捉青蛙卖，是他们的一大乐趣。那次去姥姥家，就让你撞上了。你跟他们讲道理，宣传青蛙是害虫的天敌，人类的朋友，根本没人听。也不知道一个女娃娃家，哪来那么大勇气和力气，一把夺过装有青蛙的网兜，呼啦啦抖个底朝天，半网兜青蛙顷刻间全部跃入水塘中。那群男孩子一起向你扑过来。等邻家孩子跑过来喊我过去，看到你跟他们滚作一团在地上撕扯。姥爷时常拿这事夸你有胆气，颇有几分像小英雄雨来。

18岁了。湘江北去，橘子洲头。长沙，一座英雄辈出的城市。美丽的岳麓山下，湖南中医药大学，你来了。你加入到当地生态环保卫士当中去，并参加"保护湘江母亲河百公里徒步毅行"活动，回来后，掉了一个大拇趾甲盖，你一声都没吭。那个貌似柔弱的小姑娘，以一个坚定捍卫者的身份，勇往直前，在守护大自然的行动中，从来都不曾缺席。

一城烟雨，半顷荷塘，十里蛙声。自来自去梁上燕，相亲相近水中鸥。一转眼，这般美好都染了秋色，又点了雪色。

一转眼，你已是一名白衣天使。心不近佛者，不可为医。一直以来，你都在为救助和关爱自然界的弱小生灵而奔走呼吁，而今，你的肩上又多了一副担子：救治病者。路遇倒地病人，袖手旁观、避而远之的人多如牛毛。这世道，多一事不如少一事。而你，奋力抢救，又默默无声地离开。医者，仁心。这"仁心"二字，放到自然界去，难道不是救助世间生灵之中的弱者吗？立志成为庇佑大自然弱小生灵的仁医，是你的夙愿。关爱和救助城市流浪猫狗，你已经在行动。出门时，你习惯随身带点零食，以备给饥饿的小动物果腹。我们家的臭臭，就是一只遭人遗弃的气息奄奄的幼猫，如今成了家中最活泼的一员。

纯洁、善良、悲悯，是上天给你的底色。而你带笑地走来，月色和雪色之间，你是第三种绝色。

（发表于2019年7月5日《阜阳日报〈情感〉副刊》）

我的小鸟回来了

看过一串一串紫藤花，回来看你的照片，你的照片有兰花的气韵和心性，清净地开着，兀自芬芳，淡远尘埃。

你来过，四月听到你的空谷跫音。我只是把四月的花蕊打开，放你进来，你却给了我一季又一季的温馨。我不知道该用哪个词表达一种心情，就像不知道该用哪一种花表达春天。我想小蜜蜂是最懂得每一种花的心意的，采过百花，酿出百花蜜，那是它和花儿对春天的表达。紫云英开了，踩着铺满大地的彩云，我去买紫云英蜜；槐花开了，雪一样落满屋顶，我去买槐花蜜。每一种花蜜都是花魂。你不在家的日子，怕你错过看花的好时节，替你把那一缕清香收藏好，待你回家一一品尝。

离你那么远，除了看照片，我能做什么呢？你每次去郊游，我淡淡的语气里其实近乎哀求，拍一些照片发给我吧，我想看。知道你不喜欢照相。每一张照片，我都仔细标注了时间地点，是留给自己慢慢回忆的，我怕岁月把我变傻，忘了你一年一年的模样。我不喜欢在网上晒自己的私生活，更不喜欢炫耀一些小得意，但我愿意把你的照片炫耀给周围的人看，我愿意有人跟我分享你的纯真笑容。作为母亲，你清纯的模样是最值得我炫耀的。

我是应该维护你的，每个人都有脆弱的一面，我不允许有人伤害你的自尊。曾经有两位朋友，每次见面总是喋喋不休地夸耀自己的女儿学习成绩如何如何优秀，上了名校，又读了研，给他们挣足了面子。他们是想用这种所谓的"优秀"把我的孩子比下去的。我鄙视他们，从此不来往。我的女儿所拥有的人性高度，我看得见。她懂得尊重世上的每一种生命，从不伤害一草一木，对待弱小生灵有一种悲悯情怀，她是有大爱大情怀的人。

你选择学医，因为你有仁爱之心，你愿意帮助那些被病痛折磨的人。这些年，医患关系被炒得沸沸扬扬，我是有一些顾虑和担忧的。每次看伤医案的视频，都看得心惊肉跳。以前，觉着那些恶性事件离自己还远，不必操那份闲心。孩子学医了，才觉得那血淋淋的刀刃，每一刀都砍在我的身上，让我猝不及防。那年暑假回来，给你买了双节棍，请了师傅，想让你跟着学练双节棍，一个女孩子孤身在外，万一遇上点麻烦，也好防身。万一，万一，那把刀举向我的孩子，我能教孩子怎么做？作为一位医学生的母亲，我已经无奈到极点。

你不在身边，除了数日子，我能干什么呢？数你离家的日子，数这一学期的大月小月，数到期末，开始数你返程的日子。从你坐上返家的火车那一刻，又开始数你假期的日子，半天半天地数，一个时辰一个时辰地数，真怕一不留神，把日子数"过"了，你又该飞了，把我这老鸟留在巢里看家。老鸟在家里也不能闲着，练太极，把一身的病都拿掉，让你五六十岁的时候，还有个身体棒棒的娘陪着。

过几天，你就要回来了，小住几天。你要去医院实习，以后没有寒暑假，一年就那么几天的假期。你每次回来，我都要忙活大半天把你的小窝收拾得一尘不染，连床底下的地方，匍匐着爬进去，也要用毛巾仔细擦过。看到镜子里的一个大花脸，一个人乐了。前两天，忙着把家里的纱门都换成新的，淡淡的蓝色，淡淡的花纹，很素净。做了两朵玫红的绢花，装饰在门帘上。你进门时，一眼看去，一定会喜欢。

刚巧，在你回来的头两天，我要外出采风。迟疑着给你打电话说这事，你一个劲地安慰我说，不要紧的，你尽管去吧，我在家等你。小鸟要飞回来了，坐巢的老鸟却要飞走了。放下手机，眼泪还是下来了。

（发表于 2015 年 4 月 29 日《颍州晚报〈奎星楼〉副刊》）

心在远方

房间里挂着一个香包，满屋子兰花草的香味。这是女儿临行前特意买给我的。我送她到长沙读书去了。回到家，走进那间空屋子，随便想一想女儿的音容和气息，酸涩的眼泪就能倒灌到鼻腔里。空寂的日子结成一张蛛丝网将我困住，我的脆弱无可救药。整个晚上，我都把自己浸没在兰花草的香味里，我在跟自己的心谈判并努力说服它：把女儿的气息置换成兰花草的香味。只要嗅一嗅这香味，女儿不就一声不响地坐到我身边了吗？

那天早上，站在宾馆门前送女儿去学校军训。学校就在马路对面，朝前走几十步就到大门了。女儿穿着军装，匆匆融入人流。我追在后面看她甩动马尾辫的背影，一直等到眼睛再也分辨不出哪个小点点是她，才折回身。那口子疑惑不解，我只说自己想多走几步透透气。

一对东北的夫妇去跟孩子告别，看见他们在教室门前相拥而泣，我也哽咽不能语。我知道我无论如何都不比他们坚强。在长沙的那几个日子里，所有的时光都用来兑换眼泪，我的包里随时都预备着纸巾。一句话，一个背影，一个闪念，都是我低头掏纸巾的因由。

我站在她们寝室的阳台上，把刷好的鞋子挂到栏杆的外面晾晒。一抬眼就看见一个个整齐的新生方阵，着统一的空军服，军帽是扁圆的呢子样式，女生戴在头上刚好罩住辫子的根部，马尾辫从帽檐下垂下来，透出一股英气。男生手没那么巧，捏不出边线来，像个瓦罐一样倒扣在头上，样子滑稽又可爱。我把目光放在每个方阵的每一列背影上，努力想分辨出哪个是我家的刘竞喆。她的辫子比别人的更粗更长，身形偏瘦，那身军服穿起来挺合身的。我瞟来瞟去，怎么也找不到落点。同龄的孩子走在一起，像一块地里的庄稼，一个长相，很难分出个彼此。我把孩子交给这块土地了。每个孩子都是这块地上的庄稼，每一株庄稼都能吮吸到湘江的乳汁，那是哺育过英雄豪杰的乳汁。湘江，因膜拜你的灵性，我千里而来，把孩子交给你养育。

终于要回去了。站在第 12 栋宿舍楼下等着见孩子一面。正午的太阳明亮得有些刺眼。想着这是最后一刻的相见，眼泪先下来了，走到空旷的地方不住地抹鼻子。真不知道什么时候积攒那么多眼泪以备这一刻挥霍。着统一军服的新生从我们身边走过，没有谁在意我们焦虑的眼神。我们的孩子拎着饭盒从人群中分离出来，她脸颊汗水淋漓，头发有些蓬乱。我牵着她的手，另一只手臂抱住她的肩，什么话也没说出来。孩子很镇定，看见我的失态，只说了一句："又怎么了，不是还可以视频的吗？"就默不作声陪在我们身边，她在努力克制着自己。她爸担心盒里的饭会凉，一遍一遍催她上去，她不肯，说饭盒保温，没事。直射的阳光下，我们并肩站着，她比我高过一个头顶，我只好略略扬起脸来看她。那件细格子的淡绿色衬衫背后，已经透出汗渍。一上午的军训从8点到8点12点20分结束，她很累，可她不说；她很热，她也不说。这两天每次军训回到寝室，第一件事就是拿起瓶装纯净水一仰脖子喝下去，一瓶水喝下去大半，才说："渴死了。"这就是我的孩子：隐忍、镇定、坚毅。

一座城擦着车窗向身后退去，岳麓山远了，湘江送一程再送一程。前方的铁轨朝着夜的深处穿越，翌日丑时，我又将与这座城相去千里。意念一片空寂中我问自己：我走了吗？我怎么没把自己的心带走？

那晚下起雨了，一只飞蛾扑到窗下避雨。我打开窗子放它进来。哪个弱小的生灵不需要爱的呵护呢？心中牵念着独在异乡的孩子，对这个世界也格外仁慈了。

清秋早起，天晴了。牵牛花睁着蓝色的眼睛，温雅地含笑，每朵花都是它们迎接每一个日子的笑脸。

该去乡下看望母亲了。我离开家的这段日子，她也日日夜夜牵挂我。天下的父母都是一般的心肠。

（发表于2012年10月9日《颍州晚报〈奎星楼〉副刊》）

长沙有没有下雨

每天开电脑，我都要查查长沙有没有下雨。去年春天，长沙的一场暴雨中，那个坠井的孩子走了。天底下的母亲，守着那只缺失的窨井盖，心痛如焚。长沙多雨，多暴雨。打电话反复叮嘱孩子，雨大别出门，走路别踩窨井盖，不安全。孩子回："我都多大了，走路踩啥子窨井盖？"多大的孩子，才不让我操心呢？

一座城，住了你的一个亲人，你和这座城都亲了，关于它的点滴信息，你都备加关注。这座城替你养着亲人，每时每刻关照她，看着她笑，听着她说话，伴着她读书，给她空气和阳光，让她健康快乐地成长。你敬仰并感恩这座城，接替你继续担当你未尽的角色。

小家雀飞走了，守着空巢的老家雀，仿佛守着一座空城。四野的花，开到荼蘼花事了，你都不觉得这个春天热闹过。三月的樱花满枝满枝地开着，楚楚怜怜的花容，看得人心一片一片碎了，满满的两眼泪花。一朵樱花，被攀摘的人丢弃在路旁，快蔫了。我捡起来，捂在手心里，想给它一些呵护，用体温为它疗伤。我眼里的春天，每朵花都是孩子的脸，每一朵花之于我，都有孩子的气息。心中空寂时，就来看看花；看看花，就看见远在湘江畔的孩子了。

路上遇见推婴儿车的女子，忍不住回过头多看一眼。我在想，二十年前我是不是和她一样年轻，双手环抱胸前的孩子，她的小小心跳，像一只喘息的小松鼠，轻轻撞到我胸口上。她那柔嫩的肌肤，曾是我身体的一部分，我把我的身体分割给她，让她替我好好保管。从此后，她必须向我保证：不许饿着，不许渴着，不许热着，不许冻着，不许伤着……她必须毫发无损地替我保管好我给她的那一部分！那些年，我耳朵里一直都有一种幻觉，只要孩子不在身边，哪怕是去趟茅厕或去提一桶水，须臾间，我就能听见她的哭声。那哭声确凿无疑，催促我飞奔回家，却看见床上的小家伙依然熟睡着。我被这些幻觉牵着，寸步不敢离开她。

这个春天，执意要在拥挤的阳台上移植一株蝴蝶兰，天天给它浇水，看着它一片一片长出新叶，等着它慢慢打开花蕾，放出一只蓝蝴蝶，翩跹起舞。花开了，孩子的生日就不远了。孩子不在身边的日子里，有一朵花陪伴我，已经很温馨了。我的思念，是一只缄默的蓝蝴蝶，从四月里飞过，不着一丝痕迹。夜晚的月光栖息在蝴蝶的翅膀上，一滴露在梦乡里洇湿一座城，孩子的笑靥晕染成一片海。

孩子有一头漂亮的黑发，喜欢让人给她编两只长辫子，再结两只粉色蝴蝶。那天早上，她起个大早，说要提前去上学，有个秘密回来再告诉我。放学的时间过了，午饭的时间也要过了，左等右等就是不见她回来。她沮丧地跑回来了，一头一脸的汗水。她说今天是母亲节，想给妈妈买一枝康乃馨，一早赶去，一直等到上课铃声响过，花店也没开门。放学后再去，花卖完了，跑了好几家花店，都没有。孩子边说边抹眼泪。我抱起她，像抱起一个卡通娃娃，她太轻了，都是我没把她照顾好。

有一件事，我一直在做，已成一种习惯：关爱身边的小生灵，为那些需要帮助的人尽一点绵薄之力。冥冥之中，好像有一只手，推着我去做一些事。这么做，我不知道是不是该向神灵期许什么。一个母亲，除了孩子的平安健康，还能期许什么？唯愿十次百次予他人以援手，在孩子需要帮助时，换来一次别人的相助。倘若遇见摔倒的人，你扶不扶？扶。怕不怕？不怕。我的亲人也有摔倒的时候，也需要有人搀扶一把。我相信世间有善恶因果。

那年，我带她去浴池洗澡，刚脱掉衣服，突然有个女生晕倒在我们旁边。我从地上抱起她，用我们自带的浴巾裹住她的身子，把她放到躺椅上。我向浴池的工作人员要杯水给她喝，那人看了看女生吐得满身满脸脏兮兮的样子，没给。我又穿上衣服，跑到外面的超市买了一盒酸奶，把吸管放到她嘴里，慢慢挤给她喝。十来分钟后，孩子缓过来了，我扶着她进去淋浴，帮她洗发搓背，收拾干净后，她向我笑笑，走了。回来的路上，孩子一直不悦，吞吞吐吐说了一句："妈，人家没说谢谢。"我跟她说："咱不需要人家谢，我只希望我的孩子遇到困难时，也有人帮一把。"

一转眼，孩子长大了。我给她梳辫子时，要略略踮一下脚尖。她给我挑拣白头发时，我也不用坐下来，站着就行了。不经意间，发现她长大了。她不再趿拉着我的大鞋子满屋子敲击着"踢踏踢踏"的声音，事实是，我在拣她的鞋子穿，她去年的鞋子，我穿着刚刚好。每天放学后，我想拉她坐到我的膝盖上抱抱她，她不肯了。她把那间卧室规定为"我的房间"，让我没事别动她的东西。她每天放学后，进屋就随手关门，她在"我的房间"里，开始藏心事，她把我隔离开，自己偷偷体味长大的过程。

她上大学了，一去就是1400里。小孩子家走那么远，还乐颠颠地盘算着开学的日程，让我这做母亲的情何以堪？要离开她的最后一晚，在一个小旅馆里，由于舟车劳顿，她沉沉地睡去。我用手臂轻轻抱住她，泪水无声无息直流到天明，但愿她在睡梦中毫无察觉，我不想让她看到我的脆弱。朋友问我，怎么不见你想孩子？只在长夜来临时，我才会把我的孩子捧到心尖上，细细思念。我的夜晚有多长，谁会知晓？

她的房间，我替她留着原来的模样。白墙上花花绿绿的涂鸦，柜子上贴的青春偶像，台灯上系的一只粉色蝴蝶结，书桌右上方吊着的一串风铃，床头上碰一下就颤个不停的一对阿公阿婆，还有一柜子的玩具狗，我都替她原封不动地留着。楼下人家养了一只猫咪，女儿喜欢得不得了，天天趴在阳台上，跟猫咪说话。女儿走了，我经常去跟猫咪说话。它下了一窝猫仔，我打电话告知女儿，两只黄的，两只花的，喜得女儿直蹦脚丫子。

每次走过她的母校，我都想进去看看，看看那间教室，那个她邻座的窗子，还有那棵香樟树，那棵桂花树，那方水塘，那片睡莲。水中游来游去的小鱼儿，一定还帮我保管着那个长发女孩的一声声笑，一声声银铃落地。我在电话里，也会告知她这一切。校门前的煎饼摊，油炸豆腐摊，时常会变换位置，我都留意着。孩子放假回来时，想吃了，尽管径直走过去，不用费周折。

长沙什么都好，就是多雨。孩子昨天打电话说："妈，我受不了啦，这儿天天下雨，再这么下个不停，我都快长绿毛了。"今天傍晚，孩子又打电话过来，兴奋地说："妈，雨停了，还看见彩虹了，第一次亲眼见，幸福死了。"

长沙，雨停了，天边放一道彩虹，弥补连日来对人们的亏欠，很像一位母亲，亏欠了孩子什么，她一定会想尽办法加以弥补。这个四月，我欠孩子一份生日礼物，我能拿出手的只有文字，也只好是这篇文章了。

（发表于 2014 年 5 月 8 日《颖州晚报〈奎星楼〉副刊》）

淮水
天
上

听听鸟语

有梦无梦，一早醒来，听听鸟语，心若莲花。

孩子睡得沉，啾啾鸟声，也闹不醒她。无梦到天亮的香睡，转过二十年，给孩子了。

渐知天命，心性淡泊。近日读诗，尤喜诚斋诗中的童趣。"梅子留酸软齿牙，芭蕉分绿与窗纱。日长睡起无情思，闲看儿童捉柳花。""一叶渔船两小童，收篙停棹坐船中。怪生无雨都张伞，不是遮头是使风。""篱落疏疏一径深，树头新绿未成阴。儿童急走追黄蝶，飞入菜花无处寻。"不曾考究诗人写这几首诗时的年龄，凭直觉，料定也在知天命之后吧。知天命，去尘世浮华存真性情。孩子渐渐长大，自己慢慢变老，回过头来去看，才发觉孩子的天真无邪有多珍贵，这个时候，才知道于心底有多爱孩子。

去蛋糕店转转，店主问，买给大人还是孩子吃。我随口答，给孩子。她指指地上的一个小孩，有他大吗？我哑然失笑。我的孩子不比店主小几岁，像一只猫一样温顺可爱的小咪咪，长多大都是我眼中的小孩子。

这几年，孩子不在家，身边的空虚需要一些东西过来填补。孩子小时候爱猫如命，我时常唤她咪咪，她颠颠颠跑过来应着。邻家收养一只流浪猫，我就替她关注着这只流浪小猫的成长信息。小猫一日一日长大，生下一窝猫仔，取名一个黑妞，一个黑蛋。电话告知，她嘻嘻乐着。一日傍晚，邻家主人钓鱼归来，小猫一声一声乞怜，缠住他不放。主人火了，呵斥道："啊？会唱歌也不给你吃，趴一天，就钓两条鱼，给你吃吗？"忍俊不禁，打电话相告，她嘻嘻嘻嘻乐不停。我时常把身边的快乐传递给她。

逢春不游乐，但恐是痴人。我把这边的春天码成文字，捎给远方的孩子。白玉兰花开了。每晚都沉醉于一片香雪中，双手沉甸甸浮起来，身体像花瓣一样打开，把自己融化了，归于天地，归于太极。一个人无趣，跑到林子里去听鸟语，小半天才回来。朋友说，抽空去他家乡的南湖听听云雀的叫声，嘀嘀嗒，嘀嘀嗒，那声音好听死了。什么时候起，于清净处，喜欢听风之语、水之语、花之语、鸟之语。天籁之音在耳，只觉半世尘烟落尽，心境清远。

琐碎的日子，许多细微的事物，以往也未必看出它的好，这个年纪，都可以有耐心看下去了，对弱小生命也多生几分怜爱。好多花谢了，紫藤花还开着。怕它不声不响溜走，朝朝去瞻望。花藤下，折下身子，看见地上的小蚂蚁正为生计忙活，从我的脚上、腿上"翻山越岭"，还赌气蜇了我一下。是我占了它的地盘、挡住它的去路，我给可爱的小家伙让路。它们都是孩子。我也有孩子。

芳菲四月，燕子回来了。燕子回来了，我欢喜得心花怒放，好像我的孩子回来了。细雨蒙蒙中，一双燕子落在窗外的一根电线上私语，唧唧复唧唧，娇娇滴滴的小女生小男生一般。唧唧复唧唧，轻声慢语，两个孩子在一起有诉不尽的柔肠。它们就在楼房的屋檐下做窝，我有幸与其结为芳邻。白天，小女生待在家里抱窝，整个身子都不见，只把小尾巴翘在巢穴外；小男生飞来飞去忙生计——男生嘛，就应该养家糊口。每个清晨，小家伙都比我醒得早，啾啾之声不绝于耳，把我闹醒。惦记着两个小家伙，一早醒来便去楼下看它们的窝里有什么动静。小家伙还没出世，这几日还算消停。待它们都出壳了，不知该有多闹腾。孩子这几日刚回家来，不晓得窗外新添一邻居，呢喃燕语，也不妨碍她一觉睡到大天亮。

倚在窗台上，听听鸟语，等待小生命降临，一日复一日，陪它们慢慢长大，就像陪伴我的孩子慢慢成长一样，心中都是满满的幸福。

（发表于 2016 年 4 月 28 日《颍州晚报〈奎星楼〉副刊》）

星期五的电话

等孩子的电话，心跳一分钟比一分钟快。孩子每周五不上晚自习，她趁这个时间打电话跟我聊聊天。从湘东到皖北，相隔1400里，她的声音像一只云燕从云端飞过来，俯冲着降落在我的掌心。我把这声音贴在耳朵上，听她的喘息，听她和我一样快的心跳。

她说他们班同学一道去"农家乐"野炊了，买农户自产的青菜、鸡蛋和肉，土灶，柴草烧火，体验一次真正的烟火滋味。同学中间，会做饭的借此大显身手，系上围裙，像个当家主妇，对那些笨手笨脚的同学颐指气使，我孩子分派到的差事是洗碗。金秋十月，农家到处是挂满果实的橘树，可以随便摘下来吃，摘多少都行，主人都乐意，温和得像自家叔伯。

我孩子乐坏了，生平第一次吃到自己亲手摘下的橘子，直夸湖南人淳朴厚道。

她说长沙的秋天就是夏天的小尾巴。天还热着，街上的超短裙照穿不误，树叶还茂盛地绿着，突然夜间就起了大风，第二天一早冷得穿两件毛衣都挡不住寒冷。夏天和冬天就像是隔着一个巷道的邻居，抬腿就到。

她说长沙人心肠真好。"十一"长假前一天，有位同学去饭店吃饭，把回家的火车票忘饭桌上了。店老板循着车票上的信息，颇费周折，硬是找到学校把车票亲手交还给那位粗心的同学。

想想那个同学丢失火车票心急火燎的样子，青虚虚的两腮是不是还挂着泪疙瘩？

她说买了一个漂亮的青花瓷碗，端起碗才会有吃饭的感觉。用餐盒吃饭总有种吃临时饭、赶时间的感觉，怪怪的，果然用碗盛饭才能吃出饭香嘛。其实，孩子潜意识里是在找家的味道。她想家了，我也想她。

她说每周一上午三节的解剖课，已经没有刚开始那么恐惧了。一个三个月大婴儿，头好小，一巴掌大，脑壳还软着，眼睛闭着，舌头吐着，特别诡异……她居然没觉得恶心，还温柔地去抚摸。

我知道孩子已经渐渐喜欢上她所选择的医学事业。她把十八岁花季的碧水蓝天，移栽在岳麓山下。那儿，湘江锦绣，杏林春满。

她说2010级的一个叫李修奇的学哥，因突发脑溢血抢救无效，不幸身亡。

他的父亲，农民工，一个大山里的汉子，在承受着巨大悲痛的同时决定捐出儿子的两个肾脏，被分别移植给了两名尿毒症患者，使他们获得新生。他的尸体，捐给了母校，为他未尽的医学事业做一块铺路石。那位失去唯一儿子的父亲说，修奇是个懂事的孩子，从小就心地善良。这一次给他做出的决定，他在九泉之下也会答应的，儿子的生命能够以另一种方式获得延续。

我擦着眼泪，请女儿为我完成一个心愿：代我这个做孩子家长的深深为他鞠一躬，我敬佩他和他的家人。

她说这个周末想去橘子洲头看烟花，每周六晚八点的音乐焰火晚会，已成为橘子洲头的一大景观。这个周末的音乐焰火主题是"橘洲飞梦"。五彩绚烂的烟花，装饰了一座古城美丽的梦。这梦里，一定有一缕耀眼的光芒，属于那个叫李修奇的孩子。

（发表于 2013 年 1 月 13 日《颍州晚报〈记事〉副刊》）

淮水之上

雨过天青

前日，去一个集镇的私家花园看牡丹。临行前，特意翻了翻旧相册，其中一张就是在牡丹前的留影。任岁月一遍遍洗过，青春的模样还在。唯有牡丹真国色，花开时节动京城。牡丹花开灼灼如火，年少的心无畏无惧，在牡丹花前想怎么摆就怎么摆了。紧身黑裤，白帆布鞋，罩一件雨过天青色的衫子，一脸清净，无遮无拦。年轻真好，凭一袭青春底色，也敢压一压牡丹的霸气。

女儿也有一件雨过天青色的衫子，那天看她穿着出门去，长发垂至腰际，心中好一阵羡慕。多年不敢碰那些素淡色系的衣服，怕自己担不起岁月的清苦。穿什么好呢？太艳了，女儿戏谑我像个乡下媒婆。本来就是乡下婆子，不与人做媒便是。

出门去看景，拿春色喂喂眼睛。拍花容，拍蝶影，拍柳荫，拿来跟人分享。不自拍，怕自己入不了风景。太爱惜自己年轻时的那点羽毛，怕老的人都这样吗？

修太极，写文字，滋养本心。世间行走，一直以为自己还有一点底气，可以拿来示人。那日，翻开报纸指给父亲看我的照片，说自己得了个奖。父亲眼都没抬一下，就说放那吧。过几日再去，报纸散落在锅灶前，差点成了做饭生火的火引子。羞愧难当。再不会拿那点小玩意与人说去。

晚间，想起很久没跟范老师联系了，真怕有什么变故，毕竟八十四岁的人了。范老师是我在太和一职高读书时的班主任，视学生如己出。电话打一遍，又打一遍，老师耳背了，都没听见。回过来电话的是他女儿，她说你是记者吧，经常见到你的文章。我说不是，就是偶尔写写。问她："范老师也看吗？""看，每次见到你的文章都拿给他看。"放下电话，不自抑想掉眼泪。

微雨霭芳原，春鸠鸣何处。跟女儿说，紫藤花开了，你不去看看吗？那么爱惜紫藤花的一个人，怎忍心让它空结雨中愁。站在紫藤花下，内心有一种柔软，直抵苏子的诗句——只恐夜深花睡去，故烧高烛照红妆。世间唯有苏子，以赤子之心，呵护着一种花，这般柔情，天下谁能匹敌？

女儿在捡地上的花瓣。暮雨慢慢落着，华灯下，那件雨过天青色的衫子，甚是好看。

清明节，有朋自远方来，不亦乐乎。一起聊起孩子的成长经历。朋友圈里经常有晒自家孩子怎么怎么出息的。潜水，浏览，不出声。

朋友讲了身边发生的一个真实的故事：一个母亲，儿子是学霸，考北大，读硕，读博，一路顺风顺水。毕业后，求职却不顺。当得知一直暗恋的那个女孩嫁人了，而他始终未敢向女孩表露心迹。趁母亲出门打麻将深夜未归，他悬一根麻绳吊死在阳台上。那个母亲说："你知道我儿子为什么学习成绩那么优秀吗？从小到大，是我硬打出来的。我要他考第一，他就不敢考第二。考砸一次，回家来，我手里的棍子还没举起来，他已经吓得尿裤裆了。我就信奉一个理念，成绩是拼命学出来的。我要求他每天早上比别人早起床一个钟头，晚上比别人晚睡一个钟头，一周下来，就等于比别人多学一天。"她万不曾料到，那么优秀的儿子会自杀。儿子死后，她再不能睡个踏实觉，怕黑，一闭眼，满脑子都是儿子吊死在阳台上的情景。

我一点点也不同情那个母亲。怯懦，自卑，不敢失败。这就是她棍棒打出来的儿子。心痛到无语。

女儿是一名普普通通的护士，她很知足，也很快乐。那天陪她去报到，总护士长问，愿意去什么样的科室？孩子答道："忙点的，累点的。"总护士长回头对我笑笑，说："你家孩子跟人家不一样哦。"

她说心不近佛者，不可以为医。知女莫若母。她懂得关爱他人，也懂得珍爱自己，让别人快乐，也让自己快乐。执着，坚韧，勤奋，不虚妄。青春就该有它最本真的底色。

她热衷养花草了，阵势有点虚张。快递发来一个大包，打开看，一盆野蔷薇，价格不菲。早年间，这野蔷薇田边地头随处可见，疯长得厉害，斩都斩不尽，走路生怕被它刺着。可这一转身，却是大牌驾到。喷壶、铁铲、专用有机肥料、杀虫剂等一应俱全，随时为大牌侍驾。早半天搬到东窗台，晚半天挪到西窗台，太阳到哪它到哪，大牌下嫁到俺们家，小心伺候着，生怕有所怠慢。

我们去看梨花，十里梨花胜雪。那样的一片海，融进去，就淹没了。我不知道她在哪儿，那件雨过天青色的衫子，被蓝天化掉了。一路小跑着出现时，长长的黑发间，有花瓣在飞。

喜欢看她在阳光下奔跑的样子，像一只欢快的小雀。

（发表于 2017 年 4 月 20 日《颍州晚报〈奎星楼〉副刊》）

214

在你手心里

台灯下，一只小黑虫蹿了出来，沉下一根手指头摁死了它。嗅嗅手指头，恶臭。庆幸这个臭虫被我逮住了，没让它祸害女儿。孩子身上那张皮，像个水发的糟鱼，蚊虫沾一下就是一撮的痈疮。痒啊，恨不得指甲盖抠到骨头里去。蚊虫不叮我。我想跟她换张皮。她肤色没我白皙，额头没我饱满，也不是双眼皮。我想跟她换张脸。我想把身上的优势都给她，让她完美。她写作文，马虎惯了，得不了高分。我激将她，说："写那个样子，别丢你娘的人。"她扑哧一笑，说："要丢也是丢我语文老师的人，我语文是他教的，又不是你教的。"人家认为有其女定有其母呢，你不糟蹋了我为文的好名声？一把剥好的花生，先填住我的嘴，又填住她的嘴，我们俩又相安无事了。

行人道上，谁丢了一地的花，粉嘟嘟的，娇羞。扔地上太可惜了。我一朵一朵捡，呵护在手心里，像呵护着一张孩子的小脸。女儿嗜花如命，从来不忍心残一片花瓣。阳台上每株花凋落，她都要葬的，花有花魂，见不得俗尘。我捧回一手心的花，惊得女儿眼光放亮，她的心际装不下花的奢侈，犹似安于清贫的人无动于金子的诱惑。平等地爱大自然中的每一个生命，孩子胸中的大爱，高过为母。一只小麻雀，误入我的斗室。被我追着满地扑腾，"吱吱"地叫。还是被我拿在了手里，捂在手心里，仿佛是我的婴儿，我想百般宠爱它一回。黄黄的嘴角，青灰色的喙，小家伙刚学试飞，愣头愣脑就做了我手中的婴儿。我坐在椅子上，一边安抚着这个婴儿，说着软语，抚慰着一根根受惊吓的羽毛，一边在等，孩子快放学了。我没有贪心，我就想让我的大孩子亲眼看仔细我的新婴儿。那个读高中的孩子，太清苦、太闭塞了，高远的天空拒绝了一个孩子对飞鸟的仰望和触摸。她那双渴求的眼睛，被书本淹没，被黑板和高高的院墙屏蔽。是飞鸟和天空在拒绝一个孩子的渴望吗？鸟儿的眼，双瞳剪水，无一丝纤尘。它是天空纯真无邪的孩子。女儿回来了，我把小鸟托在手心里给她看，谦卑地想讨她一片欢心。女儿并不高兴。妈，你不该捉它，它受了惊吓以后会远远避开人群的，就更难生存了。孩子的心软得能捏成窝窝头。我煞费苦心想向她袒露一点母爱，却适得其反。我的自私和贪欲伤了小生灵，也伤了我的孩子。

孩子属狗，她也就堂而皇之地成为狗的朋友，哪家的狗生就哪副德性，她都要数落一番：看你熊样，小眼，乌嘴，长毛，厚皮，见谁都龇牙，没个狗样！太郎拿鼻尖蹭蹭她，她掏出纸巾替它揩眼屎。小熊是个乖孩子，温顺得像只小绵羊，女儿拿它当闺室密友，吃个糖果也要咬半块塞它嘴里，小熊甩甩舌头，吐了。女儿不高兴，瞪它，也瞪那半块糖果。小熊想说：粘牙，不好吃。黑子是个邋遢精，吃东西从不挑剔，好待见。女儿捡起半块糖，塞它嘴里，它吧唧吧唧嘴，咽了，两眼泛着油光，等着奖赏。女儿掀起它的两个前爪，跳慢三。蹒跚学步时混迹狗堆，而今十六七了，出落成清水芙蓉，还没出江湖，在巴掌大的地界上，荣膺狗帮掌门人。此人，非刘竞哲不能也。

大号叫个啥？她爷爷耳背，听成刘素娥。还油菜花呢，女儿差点气晕。

冬天的冷，脚手先遭罪。我想给她买副手套。给我的同学买一副吧，她的手已经冻伤了。我们一起去挑拣手套。货架上的手套被她翻检一遍，挑了一双白底碎花的棉手套，精巧别致的式样，很适合漂亮女孩子的一双手。女儿手里又多个充电式温水袋，拿眼神试问我。夜冷，用这个给她焐被窝。我回她一个赞许的眼神。那个同学我见过，戴副眼镜，斯文，清瘦。爹娘外出打工供养几个孩子念书，一年也难得回家一趟。都是爹娘养大的女儿，哪个不招人爱？

寒风里，她的小手冰凉。当年细得跟虾腿似的小爪爪，总算长大了，长大了也不过跟个鸡爪一般。把小手捂在我的手心里，我俩的手温，冷暖交换。孩子啊，莫让自己受冻，我的幸福，攥在你的手心里。

（发表于 2011 年 5 月 9 日《阜阳日报〈平原〉副刊》）

你的童年无处安放

又一次搬家。大大小小的包裹堆了一地，都是旧物。如果以有用和无用来简单区分它们的实用价值，基本归于无用。丢下这个，又拿起那个，都不忍遗弃。

对旧物的依恋，一直持续到现在。她的胎发和第一次剪掉的辫子，我都原封不动保管着。孩子长大了，每个阶段的衣物我都保留了一些。怕哪一天自己老了，傻了，记不清孩子小时候的模样，那些旧物能帮我唤醒记忆。搬一次家，只是换一个新地方住，那些旧物又跟着过来了，塞得满屋子都是。

它们是旧物，不是废物。它们把岁月藏起来，等着你回放。那个时代的孩子是不断被迁徙的候鸟，只有出生地而没有故乡，他们不知道乡愁是什么滋味，也无处安放童年的时光。只有那些旧物，储存着他们呱呱坠地后的第一声啼哭、第一声笑、第一声奶声奶气的爸爸妈妈、第一行行走的脚印……一千个"第一次"的气息都潜藏在这些旧物中休眠，等待你以不同方式唤醒。

这个时代，中国从乡村迈向城市的步伐太快，以至于他们丢失了家园的概念。他们常常念及的是爷爷的家在什么什么地方，姥姥的家在什么什么地方；爷爷院子外面的老榆树上有一只鸟窝，姥姥门前的枣树下，阿猫阿狗又打架了。爷爷和姥姥的家，其实是家园，有村落，有房院，有阳光和雨露，有月光和星辰，有花草树木，有鸡鸭猫狗，还有前后左右走动的邻居。家园里是一片有热气的生活。而他们自己的家只是单元里的一套房子，房内，装着一家几口人和他们的影子，仅此而已。

孩子的玩具狗塞了一床头柜。她有每晚抱狗狗睡觉的习惯。不知从什么时候起，她开始惧怕夜的黑，一个人缩在被窝里抱紧她的玩具狗，才会找回安全感。一个人拖着皮箱去长沙上大学时，皮箱里依旧塞着那只白色的长毛狗，假期回来依然不忘带着它。她也不嫌来来回回麻烦。

参加工作这两年，把狗"戒"掉了。这次整理房间，翻出来一窝狗，那只白狗已经不白，灰扑扑的，还有点泛黄，乖乖的模样还在，挺心疼人的。心一软，又把它装入包裹，准备随身带走。

孩子那么喜欢小动物，一直没条件养，总觉得亏欠她童年一个玩伴。现在条件好些了，竟然养了两只猫。亲戚朋友不免埋怨我，那么忙，还伺候两个"嫌人精"，图啥呀？如果做任何事情一定要说出个缘由的话，我只能说，我欠孩子童年一段快乐的时光，现在只是一厢情愿地想补偿给她。

那年夏天的一个午后，我睡午觉起来，发现她蜷缩在房间的一角抽泣，小小的、又瘦又黑的躯体一下一下抽动着。我扳过她的肩膀，捧起她满是涕泪的脸，问她怎么了。她说："我太孤独了，找不到一个人跟我玩，连只猫都不让养。"说完，她号啕大哭了很久。

现在想起来，心依然痛着。一个母亲想要主导一个家，必须要有话语权，而我那时没有。

时隔多年，那些痛不能抹去。养猫，是为孩子养的。她说养一只就立马养一只，她说再养一只就再养一只。我现在能做的，只能是一点一点补偿她童年的缺憾。

生日照中那件鲜艳的花裙子，我也留下了。喜欢把头埋进你的衣服里，深深地吸一口气，贪恋衣服上的乳香味。三四岁的光景，扎满头的"朝天椒"，穿上新买的花裙子，拉着我非要串门去、上街去、上姥姥家去，显摆得脚底板不粘地。小小的一个人儿，只需要一点点满足，就已经快乐满满了。而今，当你拥有十条裙子的时候，还有那么快乐吗？成长的岁月中，丢掉最多的是快乐本身。

在抽屉的一角，翻出边角破损的小册子，刚好有我的手掌大。第一次看见你写我的文字（很多时候是我在写你）。那天是母亲节，你早就注意到学校对面有一家鲜花店，攒了很久的零花钱，就想在这一天给我买一枝康乃馨。那天你去早了，花店还没开门，焦急地等了许久，直到上课铃声响起，你才离开。好不容易等到中午放学，飞跑进花店，康乃馨已经卖完了。

我想起来那天的事了。满头满脸的汗，湿漉漉的小手，攥着一小卷湿漉漉的角票。你说，没买到康乃馨，跑了几个地方都没买到，不知道哪儿还有。说这话时，一脸的惶恐和愧疚，仿佛一个天大的事没有完成。

不是每一条来时的路你都能记起，人生的下半程，是靠追忆来延续的。

百般思虑后，这些包裹还是进来了，塞满新家。相对于旧物，留给新物的空间就格外有限。而随着新物源源不断地进驻，迟早还会有一批旧物被淘汰出局。我不敢保证，那些旧物还能陪伴我多久，下一次必须丢掉的是那件花裙子还是白色长毛狗。

我需要一个更大的空间装进去你的童年。最好是，用一个美丽家园收藏你的快乐，你的哭泣，你的长发，你的笑颜如花。家园，在哪儿呢？

今晚，姥姥窗前的月光有着栀子花的香气，而你已远走高飞。

（发表于 2020 年 6 月 29 日《颍州晚报〈奎星楼〉副刊》

紫藤花下

紫藤花开了。

像惦念远游的孩子，夜夜不得安睡。归期近了，已在归途，近在咫尺……日子靠得越近，内心越是忐忑。这一载，吾儿一去，音信不闻，令我悬望。怕长路漫漫，跋山涉水，经野市、过溪桥、歇凉亭、宿旅驿，一路苦了孩子。

像母子的一场相见，无限欢喜掩藏于心，却道，你回来了。嗯，回来了。彼此的凝望，结成晶莹的紫露。

它柔弱的内心，一定是想给我一个惊喜。它是一个早慧的孩子，心思细腻、行事稳妥。它不动声色，一点一滴酝酿着心思，不让我觉察到一丁点的痕迹——它什么时候学会跟我藏心思了。它枯瘦的枝条，从冬雪中缓慢苏醒，望见桃花红、杏花粉，不急；油菜花像一把火，点着了整个三月，不急；魏紫姚黄开遍，也不急。它的心思都在四月。四月像是它中意已久的一位公子，风度、气度、温度，都刚刚好。那一袭紫色，在无垠的旷野中兀自呈现，烟霞一样，仙境一般，坠落人间四月。诗不得，画不得，歌不得，舞不得，令众生心醉沉迷。

昨夜的雨敲打窗棂，滴滴跌在心畔。紫雾一般的花蕾，怕雨水偷去几许，少了一分颜色。雨尽天明，分明那紫色出离得更是清新脱俗。花下，一人一凳一茶，清坐良久，颇为奢侈。无边香气漫溢而来，陶醉其中，忘记自身从何而来，只觉得身披霞衣、脚踩祥云去往天际。

春光明媚着，紫藤花春睡初醒，开得刚刚好。想唤一个人过来分享。窗帷紧掩，她正酣睡。走近窗台，手指轻触了一下玻璃，忍着没敢叫醒她。这个贪睡的孩子没在偷懒，她是刚刚下了夜班，困乏得咽不下早餐的一杯牛奶，洗洗涮涮，倒头睡去。刚刚还怡然自乐的心里，游走着一丝纤细的隐痛。她是我的大姑娘，一介白衣使者。

陆续有了二姑娘——黄须小儿。

黄须儿乖。大姑娘说，走，咱们上楼睡觉去。拎起来往肩上一扛，起身走人。黄须儿像只鹰一样蹲在她肩膀上，昂着头，翘着大尾巴，颇有几分驯鹰人的神武。

二姑娘先前独享尊荣，颇得大姑娘的宠爱。蹭她被窝，喝她茶水，把毛球球丢进坐便器里，上蹿下跳，打碎器物，弄得满地狼藉。她顶多拎着棍子训斥一番，勒令下不为例。二姑娘眯缝眯缝眼睛，爱睬不睬，隔三差五故伎重演。更不可饶恕的是，它僭越职权，逮不着耗子的时候，上树捉鸟，残害生灵。念它绝育时挨过一刀，遭过大罪，无儿无女可以依靠，心就此软了下来，手里的棍子始终没拎起来。

　　紫藤花似乎没什么心事，它一路艰辛，悄悄抵达芳菲四月，只是想告诉我，它回来了。它那么恬淡地开着，把一串串花蕾挂满我仰望的天空，让紫色的香气将我萦绕，无非是想让我快乐。就像我的大姑娘，她想表达一种心意，决不畅快淋漓地向我倾吐。语言的功能最是迟钝，我们木讷着，却懂得彼此的爱意。她在那样的一个岗位上，每天面对被病痛扭曲的脸和一声声痛楚的呻吟，她像一只破茧而出的蝴蝶，悄悄隐藏起自身的疼痛，天使一般始终面带微笑，飞向每一位患者。可回到家，她是一个刚刚从战场上撤下来的战士，不想说话，抱一只猫进去，关上门。这是她休整的方式，抱一抱猫，一个人静一静。黄须儿是她疗伤的一剂良药。跟一只猫独处，它能给予一个人最简单的快乐，这种快乐可以纯粹到无视他物的存在，由心底生出纯净的容颜。

　　午后的阳光，从紫藤花丛洒下碎碎的花影。二姑娘会陪我在花下小憩，它是我捡来的孩子，认我作亲生母亲。母女间的体己话，能说上一小会儿，不像大姑娘，言语羞涩。二姑娘不能见我出门，连哭带嚎一路跟上来，非把我逼停。折回头，连哄带骗送回家。跟它说，妈妈一会儿就回，你蹲这儿别走，妈妈回来抱你。等过一会儿回来，它就在原地一动不动等着。抱在怀里，心口窝贴得暖暖的。这世上，一直等你回家的，还有几个？

　　那些小蜜蜂一定是跟紫藤花相处得很亲密，朝夕相伴，形影不离，缠缠绵绵的话语倾吐不尽。小蜜蜂吃苦耐劳，耿直忠勇，敢于舍命护家，虽其貌不扬，但不失为一个顶天立地的汉子。若得紫藤花一寸芳心，那便成就了天地间的一段奇缘。唉，也不知这姑娘的芳心暗许了谁。

　　暮春的好，就在于姹紫嫣红、蜂飞蝶舞的喧嚣渐渐歇去，取而代之的是恬淡、舒缓、含蓄、明净之美，色调偏好于青蓝紫，譬如紫藤花、蝴蝶兰、紫云英、紫薇花、紫荆花、紫罗兰、泡桐花、梓树花、楝树花等。那舒展的枝蔓，袅袅婷婷的花姿，氤氲着淡淡的哀愁，遗世而独立。时光里有一些清苦的碎片，慢慢落在这些花儿上，淡淡的颜色染着淡淡的苦、淡淡的香，孤傲而清绝。这些花，是来世间修行的。

　　一直觉得喜好四月，是因了这些花儿，其实是因了一个生命的到来，让我钟爱四月，以及这些花。世间的每一种相遇，都是缘。母女的相遇是缘，与一只小动物的相遇、与一种花草的相遇，都是世间的缘。感谢这些相遇，让我们有缘相亲、相爱、相依、相守。

黄须儿伸着懒腰打着哈欠出来了。大姑娘紧随其后，长发如瀑，一袭长裙，浅白浅紫，临水而立，如一泓紫藤花的倒影。她浅笑着走过来，紫藤花也浅笑着走向她；她开口跟小蜜蜂说话，小蜜蜂也开口跟她说话；阳光轻轻地洒到她身上，她把阳光洒给遇见的每一个生灵，如同爱的播种。

〔发表于 2021 年 4 月 30 日《阜阳日报〈平原〉副刊》〕

一个人说话

她该年过七旬了吧，坐在公园最僻静的一角，一个人说话。春夜的紫藤花在嘈杂激扬的舞曲中兀自赶着自己的花事。合欢树略略闭一闭眼，就梦见自己开满丝绒花，漫天尽是绯红的流云和舞步翩跹的仙鹤。公园那个僻静的角落，是我每晚以无极状态修静的地方。地儿不大，仅容一两个人转身。紫藤花淡淡的香气和合欢树葳蕤的叶子，一眼即可入怀。

她就在那一角坐定，一个人说，一个人听。说给谁呢？先走一步的老伴，或泊在外乡的孩子？声音细若流水潺潺，像俯在一个人的耳畔唠着家常。忙活了一天，夜晚难得一片清静，把白天的琐琐碎碎都倒给一个人听，听者无疑是她心中最近的人。我站在离她三步开外的地方，分明听见她的声音，对她所说的什么却全然不知。我不想听见她在说什么，可又想知道她为什么会一个人独语。我知道我不是她的倾诉对象，没有一个字是拿来给我听的。只是，我想知道一个人悲苦的内心在孤寂的夜晚是如何踟蹰而行的。一个世界抵达另一个世界的途径，除了梦境，还有内心。内心让声音飞起来，飞到无限远，飞入另一个人的内心。

我有些悲戚。一个人对远方对另一个陌生的世界该寄予多少期冀，才生出如此牵肠挂肚的话语？我不禁想到我的母亲，好多年我都不懂她为什么总跟一只猫说话，言语里却是对上天的期许。一次我在窗外看见她怀里抱着猫，说："天爷，让我的儿也好，女也好，家人都好，都别挂念我。我年年过年都请鼎香。"我总是经不住一些话语的轻轻摇撼，流下眼泪。从大年三十的第一碗年夜饭摆上桌敬拜天神后，母亲就开始焚香磕头还愿，再许愿。直到年初一凌晨，母亲"请"的鼎香还燃着袅袅余烟。母亲以这种近似迷信的方式诠释对上天的虔诚，她确信她的虔诚能庇佑我们一家人平安幸福。这些年，我们都越走越远，在母亲身边，一只猫都比我们更能抚慰母亲的孤寂和疾苦。

其实，我时常也在一个人说话。每一个在夜晚写字的人，都是在跟自己对话。只是，一些话变成铅字不胫而走，与另一些人的孤寂共鸣，成了一群人的心灵独语。这两年，我于太极中修静，修的也是体察内心的安静。习惯了一个人与自己的内心对话，习惯了一个人望着天空思念故去的亲人，习惯了羞于对自己最亲的人表达炽热的语言。我把自己退守到一个人的境地，说一些安适的话，缓一缓一颗心的日渐疲劳。我和那个独自一个人说话的老妇人一样，把心中想说的话留着说给自己听。想念孩子了，忍一忍眼泪，也不去对她表达"想念"这两个字。我怕啊，怕"想念"飞过去的那一端，会闪过泪花，徒增悲戚。孩子那边一切都好，我不担忧，我时时如此宽慰自己。我自恃从不迷信，可每当送孩子远行千里之时，我要瞒着身边的人施行一次小小的"善举"，借以期许神灵于冥冥之中庇佑我的孩子一路平安。我带上一些衣物及食物，和预备好的零钱，去街上送给那些无家可归的人。我自忖很单薄很无助，一个做了母亲的人，不知道该施以何术，才能为自己的孩子祈福禳祸？

孩子发短信来，说她正在参加长沙"沿湘江万人徒步百公里毅行大型公益爱心活动"。这个貌似柔弱的孩子，以积极参与公益活动的方式，向全社会倡导关爱并保护被誉为"东方莱茵河"的湘江，也为自己即将到来的十九岁花季，着一笔粉嫩的颜色。我在心里对她说："孩子，加油！"

公园的夜晚，被混杂的声音笼盖，难觅一席僻静之地。所谓的"僻静一角"，无非是闹中取静而已。喧嚣的城市里，能守闹中一静，实属不易。这几个晚上，我都把那个"僻静一角"留给那位老妇人。她喃喃自语的时候，佝偻的腰身，很像我的母亲。我离她那么近，却像隔着一道河，风带走流水的声音，我什么也没听真切。漫漶的紫藤花和高大的合欢树，它们听见了什么？

（发表于 2013 年 5 月 7 日《阜阳日报〈情感〉副刊》）

手心手背

　　母亲差人捎来一包花生。没敲开门，挂在防盗门的把手上，人走了，没留下话。母亲的东西我一眼便能认出，一段粉红的尼龙绳，搓得光滑匀溜，绾一个漂亮的蝴蝶结，结结实实地系在端口。这是母亲的手艺和心慧。

　　拄着拐杖的母亲像一截枯败的弯腰柳树，岁月的辎重压弯她的脊梁。那些个锄、镐、锨、镰，依旧泛着青春的光泽，远远地躲开母亲，轻蔑地投来不屑的眼神。倒是猫咪狗崽们，越来越觉得母亲终于温和下来，一天天大着胆子在母亲双腿间磨来蹭去，卖着乖腻。收拢双手把拐杖抱在胸前的母亲，像长在土地上的一株庄稼，摘下棒谷后，任秋后的风瑟瑟地摇晃着依然枯立的秸秆。母亲蚌壳样的双手，让我无法追忆曾经鲜亮的光泽。我从小她十八岁的三姨那里检索过似曾相识的青春线条，可怎么也复原不了那张被岁月腐蚀过的脸谱。那个走路裹着尘土，出工喊着号子，和男劳力一样挣着整工分的女人，风风火火去哪了？那个女人，蹚过涸泽的沟坎，一口气追出半里地，终于拧着耳朵把一个光脚丫的毛丫头扯回家。她喘着粗气，舞动的拳头如翻飞的陨石流砸出我满眼的金花。我被她生硬地夹在两腿之间，剪羊毛似的捋去满头的毛发，虮子处心经营的巢穴也被连根拔起。那个整天都戴着顶针、砸在身上生疼的拳头，那个把我剪成刺猬，任由大大小小、生生熟熟的可恶面孔取笑我的人，让我与那个女人至少生分了十年！父亲不在家的时候，我生病了，咬紧牙从不吱一声。一次患中耳炎导致耳膜穿孔，我痛得倒地打滚，就是不去向她哀告。清秋之夜，因高烧不退昏昏沉沉睡了一整天的我，烧成了败血症，呼吸已细弱游丝，被晚归的父亲急急地送去医院，才捡回了小命。我那时坚定地想：就这么死了，我也不向她讨饶，我要让她为我流最后一滴眼泪，廉价的眼泪。父亲一次对她施以拳脚，我就立在一旁纹丝不动，冷眼旁观。那个挨打抽泣的女人怀里还奶着一个婴儿，她是那个婴儿的母亲，却不像是我的，我对她感觉不到缘于血脉的亲情。一种恨，滋生的罪孽，让我周身的每个毛孔都张扬着毒性。那个应该被我称之为外公的人，因与她的亲缘，与她相仿的面相和性情，直到离世，我都不肯多看他一眼。我用我的毒芒戒备着与她相近的每一个人。

　　经年的遗恨，被一个婴儿出生时柔弱的哭声击溃。产房很简陋，没有多余的地方再安置一张床。她围坐在我的床沿，已经两天两夜没合眼，垂下的双腿开始浮肿，走出去给孩子洗尿布时有些蹒跚。我在假寐。她轻轻抱起我身边的婴儿，她的外孙女，努起多皱的嘴唇，缭雾一般地呵着气息，那个轻如羽毛的吻，在孩子的小脸上，一片片滑过。恩怨在这一刻冰释，心中五味如潮水般决堤而来，我被天谴覆没。那样的日子，在我还是婴儿，吮过她的奶水后，我一定也被她这样吻过。她的身影，青春馥郁，面似银盘肤如凝脂，弯腰捡起满地的尿布，凿开冰冻的河面，她哈着冻僵的指头，让每块尿布又重新浸透太阳的味道。我一直都举着恨的拳头，从来不肯接纳的人是，我的，母亲。我天天穿着她做的衣服，顿顿吃着她做的饭菜，却恨了她这么多年。

我是一个卖着苦力的脚夫，日里夜里负重行走，却不知道放下挑担，眺望一眼远方清明的风景；四时风景不同，春有群芳秋有清月，夏有荷韵冬有晴雪，独不能入我瞳孔、沁我心脾。我的心念被一只嗜血的蚊虫梗阻，透不过一丝的清风。

迈过花甲之年的母亲，眼睛里时常闪过一丝柔弱的光，被我无意捕捉。她最不愿服输的是我的奶奶，她这辈子都在赶超奶奶，可岁月似乎对她苛刻了些，让她不能尽如所愿。奶奶八十四岁还站在照片里慈眉善目地冲她微笑。

母亲不常进城，即便进城，也多半是出入医院的缘故。病房里，白大褂头也不抬，就询问床上病人的以往病史。我转过脸细细打量那蓬凌乱稀疏的花白头发和泛着青光的脸：慢性胃炎，胃肌瘤，胃底静脉曲张，返流性食管炎，还有空洞的牙床……这些让我长着见识的名词关联着床上的病人，医生像熟悉萝卜白菜一样，用娴熟的符号记录下这些名称。白大褂顿了顿，这才抬眼打量眼前的这个病人，觉得应该还有什么遗漏，继续询问，我又说出一长串病理名词：高血压，腰椎间盘脱出，双腿静脉曲张，还有满脚掌大大小小的鸡眼……医生又认定一个新名词：轻度脑血栓。母亲早上起来摔倒在茅厕门口，她挣扎着爬起来，觉得头晕恶心。她说自己没大碍，但还是被强迫住进了医院。这里满满当当的病人，或轻或重，与母亲有着相同的病，心脑血管疾病。躺在病床上的母亲，不停地输液，手背上密布着针眼，青紫一片。针管扎下去，没有呻吟，只是痛苦地闭一下眼睛，我侧过脸不敢张望。哥哥把她抱进抱出，像抱个无助的婴儿。我喂她馄饨，她执意让我先吃，她说她生病了，吃过的东西不干净，不能拿给我吃。我眼窝发热，让脸对着风扇。

母亲的院子里，终年花香沁脾，鸟语入耳。蜡梅、红梅、绿梅、迎春花，次第迎春；桃花、杏花、梨花、樱桃花，招展戏春。光艳的石榴花穿着红裙子，小姑娘似的在枝头跳跃。最袭人的要算八月金桂飘香，满眼的莹黄，扑面的馥郁，接着澄净的远天，撷来浸酒、泡茶、入馅、煲汤，唇齿留香，思若故人。

一片阳光安静地抵达母亲的面前，母亲的面颊泛着红晕。母亲戴上花镜，手中轻巧地握着剪刀，一片薄薄的纸，须臾，飞出蝴蝶的翅膀。接着，喜鹊闹梅，四喜梅，寿字梅……朵朵羞答答开落在母亲的围裙上。

我仔细看过母亲的手——手背和手心，青筋和老茧，没有肉。

（发表于 2012 年 3 月 28《颍州晚报〈奎星楼〉副刊》）

迎着那束光亮

母亲说她年轻时会打花棍。

那时是大公社，成立有宣传队，挑选相貌端庄的大姑娘小媳妇和年轻力壮的后生排练节目。打花棍，扭秧歌，玩花挑子，跑旱船，踩高跷，天天锣鼓喧天，热闹得很。母亲年轻时鲜亮的模样，像花儿一样绽放在岁月的光影里。只是这光影离我太远，我的想象力总追不上母亲的回忆。她只言片语的描述和简单的几个手势，让我无以从时光的回响中，还原她舞动花棍时曼妙的身姿。

母亲七十多岁时，因严重的腿疾住院治疗。病房里几个人闲聊，不知怎地就扯到扭秧歌、打花棍这事上来。母亲插话说她会打花棍。旁人都用异样的眼神看她，她怕人家不信，立马就要下床演示一番，幸亏被人及时制止。她都忘了自己是因为啥来住的院。

母亲会剪花样，喜鹊登梅、四喜梅、龙凤呈祥、花好月圆，等等，多到记不下，见样学样。用她的话说，为姑娘时，赶一趟集，瞄一眼人家绣花鞋上的花样，回到家就能剪出来。

母亲剪的花样，我是记得几回的。一次，母亲扛着锄头立等要去出工，生产队长的出工哨子已经吹过两遍了，哥缠着她就是不让走，非得让给剪个小小虫（麻雀）才肯罢休。母亲放下锄头，找来爹的烟盒纸，展平了，"噗噗"吐两口吐沫，对折，再对折，垫板凳上压一压，拿针尖"啪啪啪"扎个遍，四折纸妥妥帖帖地吻合在一起，剪刀下飞出来的便是四只小小虫。哥像得了多大个宝贝似的，贴在堂屋正当门的墙上炫耀，来人一进门瞄见，便夸这鸟好看，跟真的一样。

母亲六十岁往后健康每况愈下，已经被各种病缠倒了。不能干活，她也不闲着，剪出来各种各样的花样，夹在一本本厚书里，谁去给谁一本，一再叮嘱：放好，别弄丢了。也许是倍感珍惜，当初总想藏到最隐秘的地方，天长日久，最后连自己也记不得藏哪里了。后来搬家的时候，特别留意那些旧物，每一张纸片，每一块布头，都经我的手仔细筛查过，终于得偿所愿，找到母亲送我的那本花样。失而复得，弥足珍贵，怕被再次藏丢了，索性摆在案头，日日瞻望。

母亲当年强撑着病体，用了整整一个冬天的时间，想为我们多留点她的手艺活。搓麻线，扦秫秸梃子，缉（qī，一针对一针地缝）箅子，缉锅拍子，缉筢头子，缉筛子，缉秫梃子筐。头天晚上把一捆秫秸梃子浸泡到水里，第二天一早捞上来，还挂着冰碴。母亲戴着老花镜，红肿着手指，整天坐在一张小方桌前，摆弄被冷水浸透了的冰凉冰凉的梃子，纳几针就要对着冻勾的手指哈一口气，实在不济事，就把双手揣怀里焐一焐，再接着做。做好的物件挂在墙上，过年时家里来客，人手都有一份。她欢喜，我们难过。她每次到我家，嗔怪我咋不把那些东西拿出来用，其实我是不舍得用。陈年的流光把它们镀得金黄，封存住母亲的气息、温度和指纹。

近几年，有好几次，料想她要被岁月打败、命悬一线之时，家里已经着手安排后事。出乎意料，她又"得胜还朝"了。每一次的险胜，都让她元气大伤。她像一位征战沙场的将军，每一次的出征都是生死未卜，晓得她很勇敢，但不可能永远都是常胜将军。前年，沉疴在身的母亲终于敌不过早春的料峭春寒，病得气息奄奄。医生说，就这一两天的事，你们早做准备吧。那一晚，我把其他人都安顿歇息，独自一人默默坐在她床头，握着她冰冷的手，一任泪水漫流。一夜，一包纸巾抽完还不济事。黑夜里她感知我压制不住的抽泣，慢慢举起手，摸摸我的脸，拢拢我的发梢，抹抹我满脸的泪水，指指床的那头，示意我睡下。我抱着她冰凉的双脚贴到心坎上，一动不动，假装睡意已沉。她在床那头一直用手轻握我的脚趾，想给我一点温暖。我们不知道谁该给谁更多一点温暖，以驱赶寒夜蚀骨的寒。

母亲那一次又做了常胜将军。

为了不让母亲的记忆流逝得太快，我们经常会让她答一些题。譬如，你娘叫陈东影，对不对？点头，拍手。你兄里（小弟）叫曾献付、你二妹叫曾献侠、你三妹叫曾献娥，对不对？不住地点头，欢快地拍手，哈哈哈大笑着，满口的涎水外溢。她全部都答对了，每次都这么棒。

昏黄的灯光下，她不肯睡去。窗外，月季花的香气从黑夜里漫过来，她的脸颊泛着微醉的酡红。她跟我们耍小聪明，闭上眼假寐，试探我们是不是在她睡下后立马离去。我们颇费一些功夫才能把她哄睡。待她的气息均匀，响起微弱的鼾声，我们才轻悄悄离去。走出门外，回头望见她窗前的那束光亮，心头涌起波澜。我知道，无论什么时候，迎着那束光亮，我都能找到温暖我人生的源泉。

（发表于 2021 年 5 月 21 日《阜阳日报〈平原〉副刊》）

远行

一树辉煌，华丽得无与伦比。它站在深秋的舞台，不是谢幕，而是远行。就像梅艳芳，站在舞台上，形销骨立，一袭白婚纱，用尽力气唱《夕阳之歌》。这是她人生中唱的最后一首歌，绚烂而凄美。

一年之中，总有几个重要的日子，是在等待中悄然而来。比如今天，东方既白，外罩一件棉衣，赶四公里的路，去看银杏树。千叶万叶层层叠叠朝着天空堆砌，像蜂群营造蜂巢，它们在造一座金色的佛塔。旭日瞳瞳，佛塔放射出神的灵光，一瞬间照彻大地。

它不是要将金色光芒带到另一个世界，而是要送秋天到另一个地方去。带给一只落单的小鹿，或一个孤独的孩子。寒夜即将来临，它带着神的旨意，把周身的暖交还大地，抚慰哀鸣的小鹿和低泣的孩子。

我的朋友消失一段时间后又出现了，他得癌症了。他说："现在终于什么都不用想，可以自由自在远游了，看山看水，过简简单单的日子。"每隔一段时间，问候他一声："你还好吗？"等他回复，有时到夜深。提着的心忐忑不已。终于，一个大大的笑脸浮现。大段的视频发过来，美如仙境的画面，配着醉美的音乐和精妙的诗篇。朋友潇潇洒洒的背影隐现在青山绿水间。含着眼泪笑着回复他：珍重且珍重！远足的人，远方不只有远方，还有牵挂和祈愿。别走得太快，那么美的风景，一定要慢慢看。

经历过太多离别，像个玻璃人一样，脆弱得一碰即碎。每每想起那些远行的亲人，总是夜不能眠。

外祖母带着大舅改嫁给外祖父，成了母亲姊妹三个的后母。外祖母是个寡净（方言：干净利落）的小脚女人，一辈子缠黑裹腿包黑头巾，争气傲强，说话响亮。

那是1995年的初冬。头天晚上，外祖母留三姨住下，娘儿俩叙话叙到鸡叫。

"娘，你渴不？我起来给你倒点茶？"三姨问。

"睡吧，冷，别起来。"外祖母答道。

挨到天麻麻亮，外祖母跟三姨说："我要走了，叫你哥起来。"

已经断饭好几天的外祖母，不知道哪儿来的力气，自己起来，下床，扶着墙，走到堂屋，靠着箔篱子墙，点着指头，镇定自若地指挥一家人操办她的后事：桌子条几挪走，中堂条幅撕掉，地扫干净，床上的秫秸箔抽掉，靠东边铺地上，麦秸铺箔上，白布单铺好，她睡到上面。刚躺下一小会儿，又起来。叫人把便桶拎来，一丁点儿的浊物都不能沾她身，她要干干净净地上路。妗子突然说："趁着身子还软乎，赶快把白裤子给她换上。"外祖母大怒，呵斥道："还没给我洗净身子，弄脏了衣裳，我咋去见你大（方言：爹）？"

三姨问："娘，你想俺二姐没？"

"想，让人去接，快去快回，慢了来不到。"

三姨又问："娘，想俺大姐没？"

"想，别去接了，她来不到了。"说完，她长长地叹了口气。

果真，二姨赶在晌午饭前头来到，见着了外祖母；我母亲晌午饭后头才赶到，晚了，没见着外祖母。母亲哭天抢地，怨自己路子远。

时至今日，三姨依然坚持说，外祖母只是走了，走远了。

走远了的，还有我的祖母。祖母的家已经搬过三次。好家着不住三搬，棺材板已经散架，重换了大理石料子的。1996年的春天，祖母走的时候，油菜花开得恣意妄为。祖母迷失在漫野的金色中，忘了回家的路。眼睁睁看着她小小的身形融化在花海中，这成了她离家出走至今未归之谜。

我手里有一只未纳好的布鞋底，小脚鞋，一大拃长，白粗布面，单层底，针脚不算整齐。祖母没把她的这只鞋底纳完，走了。我把这只鞋底放到窗台上，等待祖母随时来取。就像她偶尔出远门时，忘记随手关门，半道想起来有个事落下，又折回来把门关上。二十多年了，太阳、星星、月亮把白布面染成黄布面，祖母耐着性子去远行，我耐着性子等她。

每至年关，镇上逢集，林林总总的各色物件很是诱人，我总不由自主挑来挑去。挑一顶老年人的黑色绒线帽子，或一双尖头的小脚棉鞋，拿在手里把玩片刻不忍释手，不知道该买还是放下，犹疑不定。万一，哪一天祖母又记起回家的路，悄然降临到我们眼前，这些东西祖母正好能用得着，不是吗？

秋风凉，黄叶满地。黄表纸烧了一堆灰烬。磕头，给祖母送钱花。花花绿绿的冥币没买，怕祖母认不得新钱，不收。她在落日下行走，满头的白发被风吹着，吹到长河边，吹成满眼的荻花。

天还冷，起早赶路，就是想多看一眼银杏树。它绽放着生命中最绚烂的色彩，温暖而妩媚。仰视那一树的灿烂辉煌，竟感动得泪流满面，仿佛那份华彩，也是我生命的一部分。

我相信世间美好生命的离去，不是消失，而是远行。

（发表于2021年12月24日《阜阳日报〈平原〉副刊》）

忍 冬

门前一株忍冬, 干巴巴的枝条拧巴成碗口粗的一捆, 耷拉在栅栏上。年前, 朋友帮我刨开冻土, 移栽过来。他说, 这野生的, 耐活, 不怕冻。

母亲的病还是不见好。蜡梅花年复一年地开。剪了三两枝, 插在母亲床头。母亲躺在床上, 不须抬头, 就能闻到花香。花枝冷, 我的手也冷, 母亲从被窝里伸出温乎乎的手, 抓住我不放, 给我焐上一阵子。母亲的手, 就是一把老骨头裹紧在一张皱皮里头, 连大鱼际都是瘪的。一片片的瘀血从肘弯往前漫延, 直至指节——哪儿能扎上针, 哪儿就青紫一片。

母亲委屈得像个孩子, 跟我们哭诉, 疼。手上、脚上都留置了针, 同时挂四瓶吊水。抚摸着她的额头, 安慰她说: "这小护士真笨, 咋扎怎么疼, 让俺妈受罪了。下回换个粘贤(能干)的。"她开始呜呜啦啦说话, 我听不甚懂。小妹翻译道: "外女(外孙女)扎针不疼。"妈在夸我闺女给她扎针不疼。母亲挨针时, 很少喊疼, 闭闭眼抿住嘴忍过去。这次脚上留置了针, 一定很疼很疼。

下雪了, 满世界的白。没陪护证不准进。三姨有腿疾, 弓着腿站在住院部门外不走, 跟门卫耗着。三姨说: "上班时间不让进, 我等到你们下班。我姐住院我来看一眼, 犯多大法?"耗了一两个小时, 等门卫换班时, 三姨见机溜进去。她两眼淌着泪水, 浑身湿冷, 花白的刘海又压一层雪。母亲拉着三姨的手, 笑了一下, 轻唤一声: "三妹。"声音很轻, 轻得像一片彩云飘进梦里。母亲比三姨大17岁, 三姨3岁大时没了娘, 长姐如母。用母亲的话说, 三姨是在她跟前长大的。三姨几乎每天都来探视, 不让进就外面等着。总能碰着好说话的, 她笑笑说。

吐血, 输血, 母亲的身体里长年缺着一种东西, 血。无论什么时候做检查, 都显示贫血。医生问: "哪个家属过来说一下患者的既往病史?"哥能说三四种, 小妹能说五六种, 我能掰着指头说出十种以上。母亲这辈子像攒钱一样攒下这么些病, 她都不怎么喊疼。这些病是怕了她吗? 都不敢让她疼吗? 母亲说她年轻时走路挺着脯子, 腰杆直直的, 拐过屋山角, 灶屋里烧火的祖母都能听到咚咚的脚步声, 知道是她回来了。母亲干活不知道惜力, 挖茨淮新河时当妇女队长, 带头喊着号子, 一脚蹬下去半锹深, 推车子抬筐,总能跑到人前头，使不完的力气，跟男劳力干一样的活，拿一样的工分。

母亲是什么时候跟病开仗，怎就吃了败仗？起先是消化道疾病。弥漫性胃炎、胃息肉、食管裂孔疝。每到阴天受寒，咳咳咳，从胃里往外倒黑黢黢的酸水，地上洇一大片。接着，腰椎间盘突出，腿部静脉曲张，伙同满脚掌的鸡眼，把她的身架骨提前报废了。她一得了空，就弓着腰端盆热水，从厨房挪到堂屋，洗她的老烂腿，泡她的鸡眼。她说她两个脚板长的都是钉，一走路钻心地疼。戴着老花镜，拿把剪子，剪她的鸡眼，两个脚掌被她瞎摸着剪得坑坑洼洼。还有她满口的牙，疼一个拔一个，全拔完了，剩下一个空洞洞的瘪嘴，嚼不动东西。后来，高血压、脑梗、冠心病、肝硬化、肝腹水、胃底静脉曲张等，合谋趁火打劫，遭洗劫后的母亲，只剩下一张皮包着骨头。

散落在她面庞和发间的褐色斑点，是大白云还是小白云滴洒在生宣上，晕染的水墨山水？岁月的勒痕，如鞭子一样落在她身上，像落在一丛枯枝上。漫长的岁月里，苦日子、累日子、痛日子把她的身躯熬成一个词：枯瘦如柴——无垠的旷野中，无尽的北风把一树繁花吹成了一根干柴。

小妹搂着她的脸庞，给她哼唱一支童谣："咱俩好，咱俩好，咱俩对钱买手表；你戴戴，我戴戴，你是地主老太太。"小妹咯咯笑一声，吧唧香一个，她也抿嘴笑一下。妹说小时候妈教的歌子，就剩这一个还没忘。我也想起一个："皂角发芽，俺妮会爬；皂角开花，俺妮会叫妈；皂角打纽，俺妮会走。"老歌子是她的止疼剂，你哼唱的时候她会睡一会儿。就像当年躺在婆婆车里的我们五个，一听她哼唱，就止住哭闹，闭上眼乖乖睡去……她必须要安安稳稳地睡一觉。天不亮还要起来给几个上学的孩子做早饭，喂猪羊牛，喂鸡鸭鹅，下地干活。十亩半地的责任田，种稻麦菽黍、青菜瓜果，养活老老小小八口人。到了晚上，灯下纺线织布，缝衣纳鞋，鸡叫三遍才上床。

好好睡吧，母亲，梦到一只黄鹂鸟唱歌了吗？

没有人记得母亲的生日是哪一天。直到这个时候大家才忽然意识到这是一个很重要的事情。她以前无意间念叨过，她是腊月生，十六？二十六？没人记得住。此时的母亲，已经没有力气回答这个颇费精力的问题，她已经断饭有一些时日了。哥说，不管是哪一天，今年必须给她过。他专程去阜城买来一大盆蕙兰，娇嫩的鹅黄，映着母亲的脸，她可爱得像个安卧的婴儿。

熬过大年三十，熬过正月十五，寒冬快熬过头了。母亲，忍一忍，冬天就过去了。我们陪着你熬过严冬，迎接又一个春天。你看门前的那株忍冬，已经发芽了。

她突然问："俺娘在哪呢？""在西付庄，三姨那庄。"又问："可远呢？""不远呀。"这是她跟我说得最清晰完整的一次话。她在问路，回归的路，通往母亲怀抱的路。一个归宁的小姑娘，扎着油黑的长辫子，穿着碎花的水红棉袄、翠绿的棉裤、大红的绣花鞋，走在浩荡的春风里。

母亲走了。

上天能再借我一个母亲吗？我的世界开始下雪……

她去了那边，那边很远，隔着三尺黄土。

那边开着桃花，开着李花，开着杏花……那边是春天。

先天弱智的弟弟，不会表达自己的情感，每到吃饭时，趴在母亲的遗像前，轻声喊道："妈，吃饭了，我想你了……"

哥在门前栽了两株梨花。梨花开时，满园的白，满地的白，满世界的白，都是思念母亲的白。

梨花落后清明。

（母亲曾献英于 2022 年 2 月 24 日，农历壬寅年正月二十四日，上午 9 时 44 分仙逝，享年 86 岁。）

（发表于 2022 年 4 月 8 日《阜阳日报〈平原〉副刊》）

第三章 我的桃花源

当归

"来没，还没来吗……我要干哕……"

母亲用尽力气说完这句话，已经天明了。

母亲开始出现叹息式呼吸。她在等一个人，等了一夜也未归的人。她撑不住了。深陷孤城，四面楚歌，十面埋伏。她孤勇一人，无数次地冲锋陷阵，直杀到遍体鳞伤，弹尽粮绝。

上半夜，她把额头贴到小妹的胸口，瑟瑟发抖，呻吟道："儿呀，怕啊，我怕哩很呀……"她说看见一个人，就站在面前。小妹挥动棍子，咒骂着驱赶那个人，那个人就是不动。小妹显然是打不过那个人，哥一定能干过那个人，但哥还未来到。小妹安慰母亲说，天亮哥就到家了。

晓得人这一生有多少次离别，又有多少次当归而未归吗？下一次，也许就是诀别。

总能记起野蔷薇花开的时节，我在村口挥手，母亲放下锄头，朝我笑笑。她一笑，漫野的野蔷薇花都开了。迎着朝阳，我去上学，母亲下田锄草。粉粉的花影，彩云一般大片大片栖在田埂、地头、渠边、河畔。我的梦中也栖着大片大片的花影，它让我开始憧憬人生最美好的事。傍晚母亲荷锄归来，身后追着小蜜蜂和黄蝴蝶，她去汲水，满屋子飘着茶水香甜香甜的气息。

时间能停下来吗？我需要一个满身芬芳的母亲，在我挥挥手时，她就站在不远处朝着我微笑。

她身上穿着她最喜欢的那件衣裳，浅浅的、粉粉的，开着碎碎的花。这是一个梦境，造梦的人每天都会让人置身野蔷薇花开的梦境。那也是我最喜欢的一件衣裳。因为喜欢，所以买给她穿。

她的呼吸越来越困难。急匆匆赶到的医生摸了一下脉象，听听心脏，翻看眼睑，摇摇头，小声说：就今个儿的事了。

"不能吧，哥还没回来呢，她会等我哥的。"我们大声争辩道，断然不会相信医生的判断。

岁岁复年年，她都在等那个漂泊异乡的儿子回家。

她装扮得像个上花轿的小娇娘，大红的对襟褂子、大红的绣花鞋、明晃晃的耳环、明晃晃的手镯，花白的头发梳得捋顺，齐刷刷贴到耳根。她坐在花影下的藤椅上，阳光的斑点跳动在她的身上。她见着谁都一把攥住手，乐得哈哈哈大笑，然后定睛看着我说："大闺女。"我故意问她："那个呢？是你三妹吗？"她撇一下嘴，更正道："俺三闺女。"又呵呵呵乐个不停。哥每次回来，母亲都要穿一身最喜气的衣服坐在门前等待他的到来，这是一种仪式，迎接儿子归来的仪式。

她会一遍遍问："你明个儿会走吗？"

"你好好吃饭，我就不走。"她大口大口吃饭，哥端着空了的碗，大声表扬了她。母亲受到极大鼓舞，每回吃饭，扬起下巴，嘴巴张得又圆又大，像极了一只待哺的雏鸟。她不睡觉，怕一睁眼看不到哥。应对这个小精小精的人儿，没有一些手段，怕是哄不住她。

哥收拾好行李，拍拍母亲说：出去一趟办个事，一会儿就回。她低下头，不言语。哥刚一离开，她大哭不止，像个无助的孩子迷失了回家的路。不住地说："哄我，哄我，走了，走了。"相见，一怀的热泪；离别，又是一怀的眼泪。我给哥发短信：母亲哭了。我分明看到哥在车窗内抹了一下眼睛。

一次次离别后，又一次次重逢，这是人生的大欢喜。这样的人生，才得以让母亲在满怀希冀中期待下一场仪式的到来。

我们的家在母亲那里，母亲的家在哪呢？她的娘家，小曾庄，承欢膝下，承载她十八载光阴的地方吗？不是。母亲把那个地方说成是"你姥娘家"或"俺娘家"，她回到出生之地，叫"归宁"。匆匆来匆匆走，从不过夜。"一家老小等着呢，没饭吃。"她一边往外走，一边回头跟姥爷说。

母亲专门有一件归宁的衣裳，平时舍不得穿。月白色，细洋布，大襟褂子，二八月穿身上，不大不小，不紧不胖。母亲专拣清明前头春光明媚的日子，蒸一大竹篮老雁馍、老雁蛋，左胳膊扢一截子地，换右胳膊扢一截子地，走在通往小曾庄的田间小道上。无边的麦田碧波荡漾，母亲像一只月白色的小小鸟，飞翔在快乐的天空下。

她的家在六里桥，那儿是我们的老窝。7个孩子相继出生，两个夭折，一个意外亡故。老屋修修补补，遮挡近半个世纪的风雨。门前的老树抽出新枝，做了母亲新的拐杖。一根拐杖和一张轮椅，拢在屋角，它们会私语什么——白头宫女在，闲坐说玄宗吗？

她突然大口大口吐血。红玫瑰凋落在她浅浅粉粉的衣裳上。她一生的血，只在短短几分钟内，枯竭殆尽。母亲在无尽的等待中耗尽最后的生命。天地间，只剩下一个纸一样白的母亲。

人世间的悲苦，泣成一地雪。猎猎的风，吹不动一丝云彩。

跪下。谁厉声呵斥道。哥长跪在母亲面前，母亲安详地合上了双眼。那个在他转身离开后，像个孩子一样号啕大哭的人，一睡不醒了。大红的寿衣，映照着她的脸庞。她的脸庞映现出温婉的笑容——她笑起来真好看。

扎幡的师傅用心极了，人世间最美的色彩，在他手上，都能演变成一朵朵娇艳的花儿来。哥打幡，走在出殡队伍最前头。五彩缤纷的花朵，踩过遍地白雪，绽放在春日里。那仿佛不是送母亲离开，而是送她远嫁。

当老屋空无一人时，我知道，母亲永远都在，墙上的老照片都在，我们都在。

我想种一盆当归，来年清明，移栽到母亲坟前。

（发表于 2022 年 6 月 6 日《颖州晚报〈奎星楼〉副刊》）

十年，我的"盛唐"时代

摆弄蜂蜜时，指尖上沾满黏稠的蜜汁，甜蜜的诱惑一下子强大无比，轰然撞开内心的防线，我的小小的欲望破戒而出，舔过一个指尖，又舔一个，再舔一个……不管了，即便现在就"那个"了，我也要尊享这一份绝美的甜蜜滋味。

十年了，我不能提那个词。那个词像糖糕一样黏上我，硬把我说成"糖人"，说我血液内糖分过剩。唉，怎么会是"糖人"……少吃一斗米，瘦成个"唐人"多好，想见太白、子美、乐天，骑上毛驴慢慢悠悠就上路了，腿一抬就到脸面前了，至少不用像现在这样颇费周折地穿越清明元宋了。所以我把"剩糖"置换为"盛唐"，给自己虚美的内心遮遮瑕疵吧。

那年，整天抄政治笔记，得了腰椎间盘突出症，趴在床上不能翻身。医生让边理疗边吊吊甘露醇。附带又问一句："血糖没问题吧？"我30刚出头的人，血糖能有啥问题。没过多久，脸肿了。医生说："还是查查血糖吧。"查了，吓得一跳不敢跳，糖尿病，潜伏几年了。这个该死的"糖贵妃"，我以匹嫡之礼待之，它却先入为主，把我给踹了。查了相关的资料，预知若干年后，心脑血管病变，肾衰，失明，截肢……像多米诺骨牌，只要碰倒第一张，其后的所有骨牌就会不可逆转地倒伏下去。

人若倒霉，喝凉水都塞牙。这说大不大、说小不小的病，像埋在我身体里的地雷，不知道哪一天会爆雷。中老年人扎堆扯"糖人"，我也插嘴，一个个诧异的眼神，简直把我当怪物打量，几乎众口一词：你也是糖什么什么？你才多大点儿？我是糖什么什么限量升级版。

给自己宽心，病来了咱不怕，不是还没撞上癌症吗？（即便撞上癌症又能怎么样呢？）管住嘴，迈开腿，绕开甜蜜，躲过安逸，万里征程一步一步走。告别那些千娇百媚的甜蜜身影，霸王别姬般的决绝而悲壮。小宝贝踮着脚尖把一颗剥好的荔枝举到我嘴边：妈妈就尝一颗，一颗不碍事的。人天生骨子里都有贪欲，一颗吃下去，就会惦记下一颗。我把小宝贝的小手挪开，嫉恨地看一眼那个叫荔枝的精怪，背过身去。

光忌食还不行，腿脚也要挪出屋去。小县城就巴掌那么大个地儿，也没个去处。去公园跟大妈扭广场舞去。每天早晚卖劲地蹦跶，折腾得汗流浃背。

血糖倒是降了，腰也小了，但感觉身体抵抗力还是不行，感冒、鼻窦炎呀腹痛、腹泻什么的，好像跟我有过什么勾搭似的，老缠我。有天早上，一个拳师告诉我，练太极拳有助于那个病的康复。我这人听劝，交一百块钱，立马蹬掉高跟鞋，穿着丝袜跟着他走了趟"左右野马分鬃"。一月学了二十四式，可想那架势端的，跟鬼子进村似的。

　　缘分这东西，就像暗恋你的那个实心眼后生，不来找你，也不在你面前晃，就在一个拐角处等你。你一年不来，他在等，你两年不来，他还等，直到你出现。与真正的太极结缘，实乃三生有幸。2010 年起，追随恩师修炼吴氏太极。三年多的桩功下来，行拳走架手上有了东西，身体状况也大为改观，那些老缠我的小毛病，怕了我似的，躲得远远的。虽然目前还没有能根治糖尿病的良方，但我对战胜这个病魔越来越有信心。

　　十年，我不但没有被"剩糖"撂倒，反而在与它一次次的交手中，"听"出了它的"空门"，一步一步逼它退败。

　　（发表于 2014 年 6 月 5 日《阜阳日报〈颍人情感〉副刊》）

我家那闺女

五点刚过一会儿，她把鼻子贴到我额头上，叫妈妈。我说："妈妈困，再睡一会。"她不闹，蹲在枕头边上打呼噜。假寐。她起床了，妈妈就得起床。妈妈不起床，她有的是办法不让妈妈睡安稳。开始舔爪、舔肚皮、舔尾巴、舔屁股，接着为我效劳，舔我的头发和脸，涩涩的舌头磨蹭得有点痒。我也假装睡着，懒得吱声。她拿小爪子抓我的头发，很轻，挠一下、一下，再拍拍我的脸，换一只爪拍另外一边脸，毛茸茸的小爪爪拍得两边脸痒痒的，直到我不忍心再看她百般辛苦地讨好。

起床，跟她上演打斗。她仰面躺在床上，肚皮朝上，二目圆睁，四爪张开，迎战我的攻势。我虚晃一招佯攻她的屁股，实则一巴掌重重落在了她的脑门上。她气急败坏，立即反击，跳起来向我身上俯冲，没捉到我的手，结结实实捉到一只脚，隔着袜子咬定大拇指，前爪蹬，后爪刨，折腾死耗子一般整我。我偃旗息鼓了，她趁势抓我一爪，撒腿就跑。她啥时候也没吃过亏。

她是只猫，叫臭臭，10个多月大，起个贱名好养。她一撒泼，蹬鼻子上脸，我家大宝贝就揭她老底："又脏、又臭、又瘦、又丑的弃猫，要不是妈妈把你捡回来，早饿死你八百回了。"臭臭跳起来扑她。臭臭才不喜欢总有人揭她老底。朱元璋当了皇上也不许提他讨饭那档子事。发迹了，都一个德行。

2018年4月22日晚，我捡只猫回来。东环路旁边的油菜地里，有个东西在晃动，抓出来一看，是只小花猫，一大拃长，喵呜喵呜叫。走过一个牵狗的妇人，劝我：挺可爱的，留着吧。我家住楼上，咋喂呢？迟疑中，手松了，小花猫又窜回到油菜地里。继续往前走，越走心越往下坠，越走负罪感越强烈，就感觉今天自己干了一件亏良心的事。折回走，跟自己说，若再能遇上，一定带回家。缘分：回到原地，只听猫叫，没撵上；打开手机照明，照见脚边上卧着一只小黄猫，不动，也不喵呜，半闭着眼，软软地瘫在那儿，拎起来都站不稳，是一只饿得将死的小咪猫（母猫）。跟那只小花猫应该是一窝丢弃的。遭遗弃的多为咪猫。人类对性别歧视从来没有休止过，深受其害的岂止猫类。动了恻隐之心，捧在手心里，贴在心窝处，细声安抚着，小心呵护着带她回家。

跟着到来的"五一"小长假，我是跟猫过的。学着当年祖母的样子，嚼馍掺鸡蛋黄喂她。她太小，体质太弱，吃了就便血，淋淋不净，十来天方见好。

虽然便血不止，但精神尚好，全无病态，黏着满屁股的血便，毫无顾忌地蹦上蹦下，慌得我到处捉她洗屁股，一天七八次。学着新妇给婴儿做尿裤的样子，给她用丝袜做了"尿不湿"套上去。她恼羞成怒，连连翻着跟头用嘴把那块遮羞布扯下来，躲到犄角旮旯任我千呼万唤就是不出来。

她名正言顺地成了我们家二姑娘。大姑娘手里有大把的闲钱花不完，唰唰几下，几百块钱出去了。猫粮、猫罐头、猫奶粉、猫零食、猫药、猫盘子猫碗、猫砂、猫厕所、猫玩具、猫洗浴用品……接下来的几天里，一一到来。《猫咪疾病大全》也邮购一本，放床头上，随时翻看。我极力鼓励她努力钻研，一则做个合格的好姐姐，二则将来失业了，自学成才当一名兽医，也能养家糊口。

看世界杯足球赛，满场的人跑前跑后，连个球都接不住，臭臭大为不屑。一只球远远飞过来，眼看要出界，说时迟那时快，臭臭一个鲤鱼跳龙门猛扑过去救场，"扑通"撞到荧屏上，"喵呜"一声摔下来。看动物世界节目，狮群追赶一只小鹿，眼看着惊慌失措的小鹿就要落入狮口，臭臭临危英雄救美，断喝一声，一个箭步蹿上去，撕咬领头的雄狮。那英雄气概，不亚于鲁智深提个铁禅杖大闹野猪林。

臭臭不喝自己碗里的水，专挑姐姐漂亮的雕花瓷杯喝，脸大杯口小塞不进去，索性用小爪推翻杯子，舔流出来的水。打碎一只了，大姑娘觉得还是原先的杯子好看，又买了一只一模一样的，又被打碎。大姑娘手里掂着个软塑料棒，满屋子追着臭臭吓唬，臭臭不怕她吓唬，蹿上蹦下跟她打游击。

那口子不常回来，臭臭欺生，他刚睡下，臭臭拿爪子扇他大嘴巴。让一只猫欺负到头上，是可忍孰不可忍。嚷道，养这猫干啥？我笑，恁大个男人咋跟个猫一般见识。日久生情，多有亲近，臭臭舔过自己的爪爪，不忘帮他舔两下，那口子也受用。只是蹲下穿鞋系鞋带时，臭臭忙着添乱，耽误他出门。

二姑娘纵有千般不是，但有两条是顶呱呱的好，不偷吃嘴，解手知道上厕所。

（发表于 2019 年 3 月 13 日《颍州晚报〈奎星楼〉副刊》）

第四章

《雨·月光》

看花

经过花市，停下来看花。不买花，只是看。脚底下沉沉的，一寸一寸拢向一朵花，看真切了，听真它的气息了，站定，留下一抱的距离。一抱的距离，它守着它的贞操，你守着你的纯洁，纯美地喜欢着，不悲不喜，不惊不惧，不癫不狂。喜欢，是扫过一眼后，心尖拂过一点淡淡的潮红，低下眉，扶一扶簪花，又继续赶路，不回眸，不留恋，千山过后心如止水。喜欢，才配得上看花的心境。

看花，看到心里、眼里有东西闪过，会想起与你隔山、隔水的那个人。他记得你家乡的秋天，遍野都是明黄的野菊花。每年那个时节都对你说，想来看花。不说看你。他急急地打电话过来，说遇见一个与你操相同口音的顾客，一打听，知道是你的同乡，居另一座小城，距一百多里。撂下生意，与那人拉了小半天的家常，就是想从那一方乡音里，揣摩你的音容。一个已届不惑之年的女子，没什么值得人惦念的，只是偶尔种种文字，让文字开出一些花来，随便人欣赏。他也是看花的人。

风景总是别处的好。经年遇见的一个人，睿智沉稳，温厚端良，具备天底下好男人的所有品质。相看的第一眼，你的心突然崩塌了一大截，这是二十年前本该遇见的人呀，怎么被长长远远的岁月流放到此时此地了？黄花初戴时，他去了哪里？去了哪里？此时此地，他开在别人的花圃里，你看看作罢，看看作罢。他清癯的身形，也和你一样吧，长年累月里，在尘世里滚爬，没人给一句宽慰的话，没人递一杯暖胃的茶，现世的日子，薄凉到无语。几十岁的人了，千万别起攀摘之念。心中实在放不下，隔着疏篱，时常来看看花。看看花，给他一个欣赏的眼神。一个眼神，足够温暖一个人清寂的日子。人活着，受不了那么多折腾，收了欲念，彼此的烟火日子才清宁安稳。

这一生，有许多向往而终未抵达的地方。一纸好墨，好在有大片大片的留白；一生好景，好在有一山一山的念想。所有脚力不济的地方，臆想中，都有一个等你千年的人。江南的雨巷，那个结着丁香一样愁怨的姑娘，终究没有遇见，你遇见的只是一首诗。缘分之外，所有的风景只是风景，所有的花只是花，你未能等到的那个人，早入了别人的风景。多少风雨过后，你只是看花的人，看花而已。

暮雨慢慢落着。喜欢在雨中撑一把伞，走走停停。时光里有一些清苦的碎片，落在一篷慢慢开着的楝树花上，淡淡的紫，孤傲而清绝。捻灭多少根挡在尘土外的心念，才修来一场无关风月的花期。它兀自开着，碎碎的花簇拥成团，高悬在半空中，断了尘念，只许人仰视。一种花，要经历多少回无望的爱与被爱，才舍得放下？放下，心才能走到高处，以一种凌云之势，无视尘俗。它做了花中的修行者，一钵梵音，一豆青灯，了绝万千尘烟。你看或不看，它都在那里，不增不减，不卑不亢。人世间，你只需做一朵这样的花，随便人看或不看，你都在那里，不增不减，不卑不亢。

许多人一生会遇见好多好多喜欢的东西，你买不起它，搬不走它，养不活它，留不住它，徒自伤悲。放一颗清净心过去，喜欢一处风景，多驻足片刻；喜欢一座城，多来一趟；喜欢一个人，多看一眼……所有的风光都收在心底，何处来何处去。只有远远近近高高低低地看过，才知道，真正适合你的东西并不多。喜欢一朵花，好生留下一帧照片，经年的某个月夜，起了远念，再看那花，已经不觉得心痛了。真真切切喜欢过，此生何须拥有？

岁月落入发间，结了点霜。人在秋天，比不了春红夏绿。凉凉的风来了，黄叶要走了，高远的天把你的眼神洗得湛蓝湛蓝。再去看花，多了一分浅浅的爱怜，像刚看过一朵小女孩散发乳香的脸。

（发表于 2014 年 5 月 20 日《颍州晚报〈奎星楼〉副刊》）

雨 季

　　江南的雨重又回到《雨巷》，回到一本书的某一页，回到我的指尖和眼底，我的情绪开始泛滥。一把油纸伞下的惆怅，像一场紫藤花的谢幕，簌簌洒洒的，不偏不倚，落一满怀。臆想中，江南的雨季，总有一把油纸伞在等我，而我在等一场邂逅。

　　一杯茶苏醒了，像经历一个雨季，叶叶脉脉舒展开来，长成一片小树林。茶烟氤氲，所有的绿都溯回源头，重又回到枝头，回到明前的江南。一杯茶，盛一国山水。我的想象总是从一杯茶开始起程，心飞起来的时候，身子开始轻了，轻到一只蝴蝶的大小，被一片叶子托起。茶山的采茶人，把一山的情歌采进背篓里。年少轻狂的茶啊，焉能不生出绵长的情丝？

　　没去过江南。真的很想去江南。雨季来临的时候，想和燕子谈一场恋爱，让它把我带走，去江南私奔。燕子双双飞去，我滞留在红薯地里，瞪大眼睛看着满地的红薯把我喂大。目光被一只断线的风筝牵走，我盼着我能像一棵梧桐树一样长高，梅子黄了的时候，被一个雨季蓊郁。

　　许多年过去，一个又一个雨季来了又去，江南的那把油纸伞在静谧的日子里洗去一些颜色，那帧苏绣的红莲花，开到几时才肯收拢一缕香魂。我离江南还是很远，上千里的路程，隔着几千个日子望去，谁的墨韵在一张宣纸上把二十四桥明月召之即来？"三十六陂春水，白头相见江南。"白头相见江南——王荆公还在等江南的一场相见吗？

　　茶汤从一片小树林里走出来，走过一场雨季，一盏青花瓷盛着，刚刚好的温度，一个人端着，清坐，刚好配得上两个字"清福"。端起一杯茶的工夫，栀子的花骨朵把青玉色的蚌壳拿开，石榴花摆了摆小裙子，玫瑰花就那么扬起脸唱西皮流水。时光走过它们面前，像放映一场有关青春的电影。它们的青春年年复来，我的青春流落在一杯茶里吗？不忍再品，不忍再饮，我的青春啊，还是留一盏慢用吧。

　　一场雨歇下来，在等另一场雨。窗子开着，树矜持着不敢妄动。那些花，像是来五月做客，也没带一把伞，淋得妆都残了。

　　有一把伞带在身边心里踏实多了。早上出门的时候，一个短信提示我：雨季来临，出门带把雨伞。是雨季的号码。那会儿，心被这句话温得热热的，像一杯刚刚煨好的酒下肚。我的指尖有些玫瑰花的颜色，摁下键，回复："因为雨季的不期而至，让我多了一份关注，喜欢看雨在风中的舞步、听雨敲打窗棂的旋律。那纷飞的雨声牵我至曾经放飞梦想的岁月；那个独自行走在风雨中，结着淡淡哀愁的清纯背影，从暮霭中走来，为雨季捡起零落花间的诗行。"

许多年过去，我还保留着这些文字。只想问一声：雨季，还好吗？

（发表于 2012 年第 8 期《散文诗世界》，2012 年 7 月 18 日《颍州晚报〈奎星楼〉副刊》，5 月 28 日《亳州晚报〈西淝河〉副刊》）

第四章 雨·月光

雨·月光

　　雨天，怀想月光。暗沉的夜，雨霏霏，浸湿昏黄的街灯。走在雨中，伴我同行的，是一把默不作声的雨伞，它荫护着我不被雨水浸染。路上的行人，匆匆往返穿梭。谁会臆想雨天外，一弯新月静好，泻一地清朗的月光？一镰弯钩，浅浅浮在天幕的一角。那月光，漫过山崖，浸过幽谷，走过竹林，自天边抛洒下来，一座城市便浸润在岚烟一般的薄暮里。月光下，一个身影，飘逸似幻，淡漠如烟，涉过月光清朗的瞭望，迢迢而来，沾满我湿润的眼神。用手指蘸一砚淡墨，轻轻浅浅勾勒一个城市疏朗的线条。中国画讲究布局、浓淡、远近、倚让，我不懂。一个城市，因了一个身影的徜徉，让我牵念成茧。我的期盼，牵出一丝长长的思念，穿越暗夜的阴沉，穿越雨幕的淅沥，像镖一样向那座城市飞去，淡月下，翻飞成蝶。

　　覆雨遮望眼，心情沉寂成一片宁静的海。那片海，蓝得深邃、幽寂。是"小舟从此逝，江海寄余生"的苏轼，舞尽一池墨香的那片海，是韩红穿云裂帛、回旋荡气的那片海。那片海，消匿于遥远的地平线，是我望眼欲穿、欲罢不能、纷纷扰扰的两个字——我的唇，再也没有力气吐出的两个字。

　　那片海沉寂了。眼中扯出一个长长、灰灰的背影，渐行渐远、渐远无书，直至灰灰的背影湮没于那片海。把眼睛闭上，海却在眼角涌起一朵浪花，咸咸的，在腮边滚落。

　　忘了那片海吧，忘了曾经的深情。掩上眼睑，左手攥紧右手，有个声音对我说。茫茫夜，我在雨中，雨伞替我遮挡雨点的敲打。脚步没了方向，像一只迷失的风筝，在风中跌宕。雨，眼前只是雨，只有雨珠在我的掌心滚动，这座城市这个夏天一直都在下雨，何来月光？月光却从另一座城市迁徙而来，掠过我湿漉漉的目光，缄默于心底。那座城市的晴雨表，每天被我点击出屏，那座城市里的那个身影，影影绰绰中，把我的目光典去，呆呆的，不知遣还。薄寒浅冷日暮里，不扮红妆，着一袭青衣，临水自鉴，把你的名字咀嚼成一粒红豆。微阑的夜幕下，新月如钩，你把鹊鸟衔来的桂枝装进一首诗。我在彼岸，便把桂枝栽成一株四季飘香的丹桂，蝶舞蜂吟，浅笑成双眸盛不住的一泓秋水。

　　此去经年，良人已远。一个锁住我缱绻相思的密码，攒动成你的名字。

不知道是怎么把你弄丢了，我以为，在一个清晨，或傍晚，在雨后，或月下，你的身影还会悄悄回来。你轻轻落座，我盈盈顾盼，尘嚣外的竹篱兰亭，我们合奏那曲高山流水之音。在醇香的梦中把你丢了，你走得那么远，终也辨不出你的方向。你的背影幻化成月的清辉，像一面张开的蛛网，黏住的总是自投罗网者。一寸一寸思念，一段一段追忆，都疯长成满地的月光。漫天霏霏淫雨中，月光是你的，属于你的栖身之苑，我的眼眸穿越时空的一瞥，惊慌成惴惴的麋鹿。远远地，摁紧自己潮起的渴望，不敢添一丝的惊扰，给你。

　　淋在雨中，你不用知道，我冷不冷。因为，你的眼中，斟满月光，一片清凉。雨和月光，两重天，两不相望，两不相望。

　　（发表于 2010 年 8 月 25 日《阜阳日报〈情感〉副刊》）

春闺四叙

美人春睡——樱桃花

阳光把小风儿晒软和了，绵绵铺开，给小姑娘养瞌睡。小姑娘粉粉的脸蛋儿，沾了细细的清露最好看。心苞里藏着一丝淡淡的花蕊，暗香里还未抽出相思的苦、爱情的甜。心底无事，才是纯真年纪。卷珠帘，看桥上行人桥下流水，只浅浅一笑，心似闲云。谁家有女初长成，养在深闺人未识？

细细地下了半宿的酥雨，一夜之间，她就醒了，满枝、满树、满院地开着。醒了，也不叫醒前前后后的人家，鸟儿婉转的啼鸣也落在其后。小姑娘安静地醒着，安静得像一朵云，被天空留在怀里。喜欢浅浅的粉红色，就穿一身浅浅的粉红色，不为悦己者容，只为心中喜欢。乡野里的孩子，天性淳朴，只为喜欢而喜欢。喜欢夜空里月光的柔美，喜欢早早出门看露的清莹，喜欢三两只雀飞来飞去絮叨着家长里短，喜欢风从四野里带来每一个物候的花信。喜欢，才是没有心结的原爱。

她自顾自地开着花，一团一团似云非云，似睡非睡。她在早春清寒的晨风里，从容地舒展每一缕花魂。她起得那么早，就是要赶路的，她要赶在桃李杏梨醒来之前动身，侍弄好自己的花事。她的花朵那么小，没法跟人家争花期的，人勤春早，小小的樱桃花就凭一个"勤"字，摘了村野"早春第一花"的头牌。

傍晚，一只鸟靠近枝头，唧唧啾啾，清越的啼鸣，缠绵而幽婉。她不晓得自己有多美，也不知晓谁在为她心意彷徨——有美人兮，见之不忘，一日不见兮，思之若狂。开花的年纪，小小的樱桃花，有没有藏一点点心迹，让谁来猜？

贵妃醉酒——桃花

怀春的年纪，花容玉貌，这般的暖风醺醉，这般的摇曳生姿，怎个不叫人"多情却被无情恼"。

生在山野人家，却出落得清丽柔媚风姿绰约。千朵浓芳依树斜，一枝枝缀乱云霞；凭君莫厌临风看，占断春光是此花。春天本就是多情的季节，踏春的人，醉醉的步子，误入桃花深处，遇见等在前世里的那个人，这相思怎个了得？一坨绯红的心事，付诸一段琴弦，洇透卷卷诗书，演绎一段又一段红袖添香的故事。

小桃西望那人家，出树香梢几树花。桃花开了，漫山遍野都听见花开的声音了。有没有一只鸟儿衔一枝花信风给你，捎去你我今生的约定？去年今日此门中，人面桃花相映红；人面不知何处去，桃花依旧笑春风。那一面，只那一眼，满心满眼都是一个人的影子了。平生不会相思，才会相思，便害相思。一瓣一瓣的心，被一枝暗香浮动，一缕魂魄中了爱情的魔，从此后，一寸相思千万绪，人间没个安放处。待月西厢下，迎风户半开；拂墙花影动，疑是玉人来。亲，今晚来吗？

绯红的云，经了一场绯红的雨，楚楚怜怜的，贵妃醉酒一般，更添了几分妩媚。等着一个人的到来，从朝朝到暮暮，从花睡到花醒，等得心都累了，等得清寂凋落一地。心中藏了爱情的人，总也躲不开那一团情丝的缠绵。小轩窗半开，风来过，鸟音来过，滴滴答答的雨也来过。亲，你为何不来？你不来，我怎敢独自老去？

清野，烟雨迷蒙中，四平调起，似天音袅袅："海岛冰轮初转腾见玉兔玉兔又早东升……"

春雨江南——杏花

他去了江南。从此，一双眼望断江南，洇湿整个春天。蘸一滴浅粉、一滴珠白，沾一滴清露，染一枝杏花，探向水桥边，盈盈含笑。站在一个季节的深处，她只想在桥边再等一次，不为看尽燕啭莺啼桃红柳绿，只为那一次擦肩而过时，深情的回眸惹来两情脉脉，注定今生不能忘却。每个人的内心都等过一个人，许多年后才明白，其实自己要等的永远是一场空。该来的不必等，不该来的，永远也等不来。空等一个人的苦，值不值，只有自己的心知道。中了心魔的人，当真是无药可救了。

道白非真白，言红不若红；请君红白外，别眼看天工。红尘中，远离繁华，着一抹浅淡颜色，安于一隅。楚楚的杏花，前世里谁牵过你的手，说好来生还要一起走？今生谁负了你的心，让你笑中含泪？二十四桥烟雨中，谁的心如涟漪涨满江南？爱着一座城，只因为爱着一个人；思念一座城，只因为思念一个人；念着一个地方的好，只因为念着一个人的好。只因为苦苦等着一个人，你的心变得无限包容。爱，真的会低到尘埃里去吗？

小楼一夜听春雨，深巷明朝卖杏花。他从深巷中侧身而过时，会不会深情地多看一眼那个卖花的女子？会不会买一枝杏花，贴在耳际，听一听她的心跳？

白衣胜雪——梨花

请教一位丹青能手，如何画梨花。答曰："先用大白云蘸白色，要浓重些，点出五瓣为一朵。梨花一组是多朵组成，槽生叶丛中，按构图需要去点梨花花朵的分布多少和浓淡的变化。梨花点画完整后，为了使梨花颜色白洁，在花心点一点汁绿，更增加花白的程度。"生宣未展，羊毫未开，心中早有一树梨花香雪似海。

粉淡香清自一家，未容桃李占年华；常思南郑清明路，醉袖迎风雪一枝。她从宋时明月中走来，天上人间的路，落满诗香词韵。她在云朵间，捡起一声声鸟鸣，带回春天。

她用白云裁了罗裳，于心底辟一处清凉，种下月光。抱一把琴，抚一曲天音净心。夜半，风静，柳眠，东君睡了，她在万籁无息中禅心入定。这样的女子，真不该落入尘世间。这样的女子，令人不忍靠近一步，只远远地看一眼，敬畏着，爱怜着，心碎着，直让人爱到伤心落泪。她是云端的云，雪峰的雪，是出逃了一夜也无处栖息的月光。她不是凡物，别拿世俗的眼看她，她是水墨丹青晕染的另一个飞天。

清明的雨落个不停，琴声无眠，梨花带雨，零落一地的月白。雨声敲碎一池涟漪，她在雨中一夜一夜遗世独立。心事落在琴弦外，又与谁轻轻说？雨啊，别淋湿她的心。她是春天的一片雪，一尘不染地来又一尘不染地去，不给这片尘世留下一丝惊扰。

世间总有一些人，活在自己的纯洁里，终身不渝。

一树梨花一溪月，不知今夜属何人？

（发表于 2014 年 4 月 1 日《颍州晚报〈奎星楼〉副刊》）

红了樱桃，绿了芭蕉

一粒种子，一月里萌芽，长到十月，能成什么景？母亲说："怀胎十月，生了个你。"忍俊不禁。我是在说另一桩事。哥在电话里问："还能写个千八百字吗？"我说能。那就写吧。弦外之音，谓：廉颇老矣，尚能饭否？

端月伊始，写到十月。十篇稿子，像十个乡下丫头，被《阜阳日报》引入厅堂，羞羞答答，正襟危坐，起身给颍淮之滨的众乡亲，道个福安！

感谢王编，感谢张编！让乡下丫头一般拙朴的文字，于惴惴惶恐中迎来一缕柔润的曙光。这光热，于我，温暖备至，蓬荜生辉。《雨·月光》写好后，放到空间里，一位网友留言，说我掏空了他的心思，那雨、那月光牵绊着千般惆怅落满他的心怀，并建议我投稿。回想许多次投稿已石沉大海，心意惘然。踯躅反复之后，还是投了。刚按下发送键，又悔了，忙着撤回，终未撤回成功。暗笑自己，平淡安分地过你的小日子不好吗？干吗招惹人家《阜阳日报》，碰个灰头灰脸地回来，落个老大不自在？

电话，王编打过来的，说《雨·月光》写得很不错。看过通话时间，11分钟。这11分钟我的脑子都在亢奋着，竟罗织不出一句王编的教诲与慰勉，晕了。什么都不说，什么也别想，开弓没有回头箭。写吧，土得掉渣的东西也能卖上好价钱。深沉凝重的呼唤声中，我的老屋、我的村庄、我朝思暮想的故园，从心底氤氲而来，轻轻浅浅的勾勒中，淮上人家，行走其间。泼洒之间，淮河泱泱之水汹涌胸际，我若箬笠翁，搴舟拥桨，泛歌中流，乐哉逍遥。千里淮河，从六盘谷走下来，相拥58条支流，奔涌而下。累了，在我的家乡弯了下腰，留下一道弯。先人逐水草而居，繁衍生息。村庄、树木、稻谷、牛羊、豕兔、鹤凫，把影子照进河水，这方泽土，便被淮河哺育成膏腴之地。我在岸上行走，一步一景，满眼入画。我的文字涨满泠泠的风，于五彩墨韵中，从容出发。

把零零碎碎、散乱杂糅的支离词条与语句，以文字的阵列，用一种舒缓流畅的笔势，整合铺染成远远近近、高高低低、清清浅浅的风景。着手去做这件事时，黄花初戴。懵懂少年，不知愁滋味。50万字的手记，涂满青春的酸涩。那时，在太和一职高读书，灯下自习，室外人声嘈杂，我却能两耳清静，心无旁骛，与我的文字神交。日记本时常不翼而飞，两腮泛红的我倚在黑板边上，磕磕绊绊地吆喝两嗓子，日记本被一只手举着向我示意。我喝唬着用手指点着他的鼻尖："不许再偷看我的私密日记。"那家伙扑哧笑出声来，说："就你那点破事，还有谁不知道呀，稀罕个啥？也就是喜欢看你写的文字。"在语文课上沉溺于三毛的文集，被怒不可遏的老师逐出了课堂，我也执意与他较劲，愣是一个星期没踩他的课堂。后来，因为文字的缘分，我们握手言和，做成朋友。毕业时的留言簿上，一番嘱托和期望的话语，意味深长。

作别美丽的校园，轻轻地招手，犹如作别西天的云彩。从另一程的驿站出发，人生苍茫，满眼迷蒙，手足无措。从此，搁笔，不敢张扬。"暮去朝来缘底事，不如早早还家。"天使降临，陋室生趣。义无反顾地勇担起母亲的角色，柴米油盐，清淡寡凉，与文字相隔两岸，已侯十七年整。十七年弹指一挥间，岁月成蹉跎。暗问自己：我还能回到原地与文字往来吗？怯懦到不敢四处张望，躲进李汉荣的文字深处潜修、蛰伏、蚕噬，张口闭口就是李汉荣，抬眼阖眼还是李汉荣。朋友打趣说，睡梦中可别喊出李汉荣，免得误会哦！"俯仰之间，以为陈迹。"于这位被俗人戏称为"猪已杀"（朱以撒）书法名士的指腕之间，品味其典雅厚重、丰赡华美、跌宕灵动的散文语言风格，于峻逸畅达的笔墨中，一览魏晋风度。毋庸置疑，我的文字站在他们的影子里，望其项背以为瞻仰。因为景仰之至，所以咿呀学语。

暖暖的春日，街上一老妪撑着旗杆高的竹竿，上端扎两骨节稻草靶子，插满一嘟噜一嘟噜红彤彤的绣球，绿樱红面黄穗穗，精致得很，都看傻眼了。买一串提在手中，一脸的妩媚，轻飘飘似云步。一路走来，牵一串惊羡的目光回转。仿佛一脚又跨进童年。回头说与友人，索性送我一帖："天下之至文，未有不出于童心者。"（语出李贽《定心论》）。天地融贯，古今皆然矣。

有人隔屏探问：芳龄几何？回复：家有爱女年方一十六。文字中的纤弱女子是我的前世。笑声穿屏而过。听见自己的白发扎成一堆窃窃私语，嘲笑老妪黄瓜涂绿漆——装嫩！一把年岁了，痴人说梦一般，说先写点东西，伸伸筋骨，试试拳脚，将来想为自己写一本书。那口子把眼斜成三角，觊觎而视：你就显摆吧，整天就琢磨你那淫词滥调，当心走火。"老不正经"挂在他嘴上，成了一口禅。心痛，在网上写下自述：我的路，谁也挡不住，我的余生就是要与文字结缘！一种悲悯由衷而生，突然想放声高歌：大风起兮云飞扬……

一间安静、宽敞、明亮的写字室，轻轻推开窗子，有阳光洒进来，有花影移过来，有鸟儿的叫声散落。启开电脑，键盘在与我言欢。呵呵，这些，我有吗？我有的只是往来无闲客的办公室，和一台老旧的公用电脑。我的文字，我的每篇文章，与生俱来，都是刨开喧闹的覆裹，于心底静谧的潭穴，抽丝剥茧一般，抒出颤动心灵的呐喊。我的先辈，枕着一抔黄土，安然入睡。先人身下的这方泥土承载着他们的灵慧与淳朴，把我的双脚托起，我视若父母之灵肉。故土一旦归为钢筋水泥、浑浆浊流的恣意跋扈之地，想拿出一点清醒和良知，摁一摁心痛的地方，安抚一下先人明慧的双眼。于是，写了《村庄我的村庄》《老屋》。

站在秋日高远澄明的天空下，瞻前后而顾左右，不敢高声语。叹岁月若流水，空荡去青春韶华。恍惚间，一沓跫音自大宋纷乱的硝烟中翩然而至，竹山先生临风挥袖，与我同叹：银自笙调，心字香浇，流光容易把人抛……

（发表于 2010 年《阜阳报业》第 10 期）

开窗放入大江来

杖乡之年，他若着了唐装，从熙攘的人流中潇洒地走过来，你是不是有些沉醉并油然而生敬意？他的儒雅气度，他的谦谦君子之风，犹胜当年。

我从来都尊他为师长，绝不仅仅是一张报纸。他的眉眼，他的谈笑，他的心性，都在字里行间流转。每每捧读，正冠，正襟，净手，净心，见字如见师长，心存敬畏。

他以六十五度风华，化作一段彩虹，穿越风雨，从颍淮两岸走来，引领时代风采，凝聚民声、民心、民意，关注民生、民计、民权，为千千万万的颍淮乡亲传递党的温暖和关怀。六十五载春秋，六十五部华章，凝聚几代报人的心血和汗水，见证了阜阳的时代变迁和社会发展。

他和我的父辈很熟。我的记忆里，那些端端正正的文字，在一盏煤油灯下，被父亲捧在手里。父亲的声调，时而字正腔圆，时而抑扬顿挫。摇纺车的祖母在听，纳鞋底的母亲在听。我手中的小石子不知不觉掉下来，一个一个砸在脚面上。门外的小黄猫倦了，枕一筐月光，睡了。一张张报纸，贴满东西两房的墙面，父亲用一根白麻秆，一字一句教我识文断字。累月在耳边厮磨，日子久了，连母亲和祖母都识得几个大字。

后来，父亲老了，看不清报纸了，但他时常还记挂着老伙计，每一期转发中共中央召开全国政府工作会议，制定关乎国计民生大政方针的报纸他都保留着。有那些红头文件在身边，他就觉得日子安稳、生活踏实。

风霜染层林，水月清寒，他还好吧？

十年前的一个冬夜，因学习培训，我寄宿在离阜阳日报社不远的旅店。淅淅沥沥的雨中，我举着伞，怀有崇敬之心，在报社门前驻足良久。一个个的窗口照出来温暖的光，这温暖投进雨中，拨亮根根雨丝，消去几许寒意，雨脚落在伞上，飘逸动人。雨中伫立的我不再觉得寒夜风冷。我无法揣想那些窗口下的报人以一种怎样的状态投入工作，但他们一定很累，没准晚饭就用一包泡面顶着。我敬畏文字，也敬畏为文字而辛勤忙碌的人，所以压抑着内心的悸动，不敢近前惊扰他们。

十年，在俗世的烟火中劳碌，且放下笔端的彷徨心意，沉入水底，做一颗沉睡千年的莲子，无意开花。每一次对文字的触碰，像是与他的又一次重逢，惊悸中又乍起一池涟漪。他的身影时常让我想起哺育我长大的那个村庄，岁月远走，印象清晰如近在咫尺，多少尘烟散去，我留它在骨子里。很想像儿时那样，蹒跚迈步不慎跌跤时，有个魁梧的身影搀扶我一把。我把羞涩的文字和期待的目光一并投向他。他以博大宽厚的襟怀滋养着我的文字，栖居于此，他便是文字诗意的故乡了。从青丝到白首，从原乡到异乡，从心尖到笔端，谁能放下故乡？

我把我的文字交给他，他指着一块大平原，就像父亲当年指着刚承包的一块肥沃的土地，对我说，种瓜得瓜，种豆得豆。我种下清荷，种下月光，种下故乡远去的乡音，种下人间大爱和悲悯情怀，操千古清音，洗万象尘心。

他在这块土地上耕耘，也在这块土地上放歌。他是耕者，也是歌者。颍水、淮水从他的胸中流过，稻花香了，高粱红了，鱼儿肥了。习习晚风里，乡亲们乐于围着他，班荆道故话丰年。他是"风、雅、颂"，是这块土地上土生土长的一部"诗经"。西湖柳荫下，云亭山影里，探书院荷风，晓杏林莺啼，俯仰吟哦间，人间气象已万千。

他已经花满枝头、果实累累，可他并不满足于已有的丰硕成就。展望未来，他早已胸有成竹。开窗，望远，凝思，挥毫。一行惊鸿仙至，跃然纸上："要看银山拍天浪，开窗放入大江来。"

（发表于 2014 年 8 月 1 日《阜阳日报特刊征文 T49 版》，获《阜阳日报》创刊 65 周年征文一等奖）

一生一世一起走

　　有些缘分是注定的，该走到一起的迟早会走到一起。譬如一个署名"疏篱"的女人，和一份报纸的缘分。

　　那些年，颠来覆去把一张报纸翻得起皱泛黄，傻傻地，对着副刊的每一篇锦绣文章，临渊羡鱼。血脉里有东西沉浮，手心里微汗，技痒。还瞎站着干嘛，结网去。我就不信五心朝天、面壁十年修不成明心见性！

　　抱给晚报的第一个"转世灵童"，乃《秋深不知归处》。不敢贪天之功，心虚气短，署了个别名：疏篱。李蕾蕾老师真给面子，居然摆在奎星楼的头条。支开李蕾蕾老师，私底下晒晒咱的私货：打从第一篇文章"横空出世"至今儿，无一篇"落马"。楚国的养由基整个百步穿杨百发百中，明儿咱也东施效颦弄个十步穿杨过过瘾，若何？

　　玩笑开大了，脸上有些挂不住了。

　　一个已届不惑之年的女人，没过过生日，连父母都不记得她的生日是隆冬的哪一天。有些痛隐在身体深处，不足为外人道。但她想对晚报倾诉，她信它，也信蕾蕾老师。写了《泗渡——写给自己生日的文字》。诸多时日过去，有位男士问我："你知道疏篱是谁吗，我读过她的《泗渡》。"感动于《颍州晚报》让一个素不相识的人记住疏篱和她的《泗渡》。那一刻，有一滴眼泪直往下坠落，脸颊分明泅润几分羞色。一个懂你的人，才配担待起"朋友"这一称谓。今生幸遇晚报，如逢一生知己，足矣。

　　一份报纸二十年一路徒行，足迹能遍布多远？僻远乡野也能一睹其芳容吗？一年深秋去蒙洼蓄洪区采风，洪灾过后重现勃勃生机的土地上，有两样东西让我记忆犹新：菊花、报纸。整修一新的农家小院里，隅中的太阳亮晃晃地照下来。一簇白菊花偏安一隅，静如处子，莹白如玉的花瓣，低眉含羞，颔首凝香。一白发老者，架一眼镜，倚在一把椅子上，品茶，看报。阳光和老者支在胸前的报纸时时相拥，我看见漫漶着花香的文字走过来，向我示意。那些文字，簇拥着李蕾蕾老师，在那片屡遭洪水肆虐的土地上，年复一年，清馨如白菊一盏。

　　时常有周边地区的文友对晚报独有青睐，笔墨偶见诸报端。甭管旧识或新友，只要招呼一声，我这个义务交通员就会把报样准确无误地寄过去。事情也有不凑巧的时候。一次，为一期报纸，满城报摊到处狂抓也无处觅踪，无奈之下，就委托阜城的郑传省和陈怀瑜两位老师分别为淮南的武梅和东至县的苏潘云寄去报样。不图个啥，就觉得都是跟晚报有缘的人，彼此都是朋友。有朋自远方来，在家门前尽点古道热肠的举手之劳，也为咱淳朴厚道的阜阳人赚点美誉，不亦乐乎？

那天午饭后小憩，刚刚躺下，文友打来电话，说一位晚报的热心读者从阜阳大老远赶过来，想见我一面。这两年，一见面故作诧异状，投其所好地恭维得你不知天高地厚，让你脚底下踩棉花，诸如此类，时而有之，不足为奇了。但有读者上门面见，还是令我感动且感激。感动于还有那么多朋友和我一起对文学这片净地的挚爱和坚守；感激晚报让一个文作者微弱的声音于人海中和声相应以成旋律。

和着晚报的墨香，也让我有幸拜读王秋生老师和亓龙先生等诸多文学前辈风流蕴藉、波澜老成的珠玉之作——信手拈来，闲处着笔，疏疏洒洒，却自成文章。端着他们的文章，心中揣着一种敬慕，笃定心思正襟危坐才敢把目光放下来，与文字轻轻触碰。

通过副刊平台，以文会友，结识了一大批优秀文作者，他们都是我的良师益友。若冲着阜城吆喝一嗓子：哪天得闲到奎星楼请喝酒去！随遇儿、夜猎、大道、寸言、临子、邦东子、雨山燕子……哪个不给姐个面子？

择一城终老，遇一人白首。果真如此，生命如花香，不饮自醉。让文人骚客把花前月下最浪漫的事都编排给那些痴男信女听去吧。清夜独坐，推窗，数五六星星，听三四虫鸣，写一二文字。突然想吟诵苏轼的《行香子》："清夜无尘，月色如银……且陶陶，乐尽天真。几时归去，作个闲人。对一张琴，一壶酒，一溪云。"

倘若心中有此情境，愿与晚报相随，与文字同行，一生一世一起走。

（发表于 2013 年 5 月 27 日《颍州晚报〈奎星楼〉副刊》，获《颍州晚报》创刊 20 周年征文一等奖）

疑是惊鸿照影来

11岁时，手里攥着买书包的两元钱，在百货商店踟蹰大半天，没舍得松手。最后，还是忍不住去了邮局，把攥得冒油的两元纸币买了两本杂志，《当代》和《收获》。新书包没买成，回家差点挨了打，还错过了晌午饭。那年读初中一年级。

文字的跃动犹如春心初动，战栗的双手把书紧紧揞在战栗的胸口上。第一次体验，文字的诱惑力远远大于对一个新书包的奢望，读书比一顿饭搪饿。

当班主任举着我的作文本，站在讲台上大声告诉班里所有人，将来我能成个"笔杆子"时，我羞红着脸，半天没抬起来头。"笔杆子"是多了不起的人物，那是作家、记者的代名词，在我心目中都是光芒万丈的人，我哪敢往那攀。彼时读初中三年级。

在一次冬修水利工程的临时播音棚里，见到两位比我年龄稍长的县报记者，同道推介说我也有此爱好，建议投稿。回去吭哧了几天，终觉东西浅薄，羞于示人。平生以为，必有扛鼎之作，方能置身"笔杆子"之列。平常书生，平常文字，哪能入他们慧眼。想想作罢。当时就读太和职高。

得见《阜阳日报》，惊遇陌上人如玉，疑是惊鸿照影来，拟将半生托付。

文字第一次变成铅字出现在《阜阳日报》平原版上，是2010年1月13日的事。有点受宠若惊，不太敢相信天上掉馅饼真的能砸到我头上。跟报社不熟，跟编辑不熟，也没人引荐，文章写得也不成熟（在今天看来，实话没有套话多），第一次尝试投稿居然被采用了。灰姑娘穿上水晶鞋的幸福感瞬间涌遍全身。大喜过望，找不着北，得30元稿费，摆一桌宴席，呼朋引类，觥筹交错，扶墙而归。恍惚间，感觉自己离那个遥不可及的"笔杆子"又近了一步。结账，400多元。朋友说，你这锤子买卖，折一大老腰。

小刀初试，信心倍增，屡发屡中，欲罢不能。最多的一次，一个月内在《阜阳日报》副刊上了四篇稿子。领一次稿费，请一次客，回回都是倒贴皮。说我不是个过日子的女人，说去好哎。千金难买我乐意。抛却油盐酱醋，尘世的生活中就剩这点不染烟火的东西。文字之于我，就像雪域高原上盛开的雪莲花，千百次的匍匐朝拜，只为一睹她圣洁的容颜。

第一次去报社，是拿一笔稿费。王笑丹老师电话告知：《红了樱桃，绿了芭蕉》被《阜阳报业》用了，现金支付稿酬，你来拿吧，大家见个面，熟悉熟悉。时间已过上午十点，去还是不去？犹疑不决。王老师又打电话过来："来吧，我请客，约几个人陪你，编辑们很想见见你。"打车过去，一个清瘦的白衣书生立在走廊等我。一见面就是一个羞涩的笑容，那笑容更令我羞涩不安，仿佛梦里的一个人，突然就落在你面前，令你张皇失措。他是邢军朋老师，受王笑丹老师嘱托，特意在此等我。我问，王老师去哪儿了，张斌编辑呢。王老师回家取酒去了，珍藏多年的家乡美酒文王贡。张编提前去学校接孩子过来，陪我吃饭。席间，叙了些闲话，得知邢军朋的爱人已身怀六甲。邢老师是江南人，照他们家乡话说，想要个"烧火的"（女孩），姑娘乖巧听话，更讨人喜爱；"放牛的"（男孩）太调皮劳神。饮了点酒，已有几分醉意。醉眼看几位编辑老师，儒雅谦和，清秀脱俗，自带几分仙气。相比之下，我一个没出过远门，也没什么见识的乡下丫头的窘相，也不知道惊吓到他们没有。

一名寻常不过的文学作者，无论如何也不曾料想有朝一日能成为他们的座上客，令报社这些"大笔杆子"们青眼有加。受此殊荣，感动乃至受宠若惊，感谢、感恩，并愿以半生文章相许。

似水流年。只为那惊鸿一瞥，痴心不改。十年间，得益于编辑老师们的辛勤栽培和读者朋友们的深情厚爱，我这个初出茅庐的乡下丫头也在不断成长，先后在《阜阳日报》副刊发表文章一百多篇，成为贵报不折不扣的铁杆作者和读者，其中十多篇文章分获省市级奖项。十年的笔耕不辍，虽未能如当年恩师所愿，跻身"笔杆子"之列，但至少离年少时的文学夙愿越来越近了。"平原"是我的母土，只有写出更优秀的作品，才能回报她的恩泽。

借助《阜阳日报》这个平台，结识了众多的文朋诗友，其中有不少慕名已久，时时聆听教诲，受益匪浅。

岁月这把杀猪刀，对那些清新儒雅独具风韵的人，也会网开一面，只把花香和祝福给了他们。看来，王笑丹老师势必一直帅下去了，活到老，帅到老。张编那里，只有清水和芙蓉。后来，邢军朋老师离开报社，偶有联系，得知他们家当年来了一个"放牛的"。弹指十年过去，想必这个年纪刚刚好——暮野四合，飞鸟归林，少年郎骑着青牛，挥动牛鞭，牧笛声声，吹落一地枣花。

（发表于 2019 年 8 月 1 日《阜阳日报 70 周年报庆特刊 34 版》）

故遣青州从事来

"醉中不得亲相倚，故遣青州从事来。"醉吟先生传书来。

平生不善饮酒，也不懂酒，但千里迢迢，自大唐而来的青州从事，就在路上。不忍拂了先生的美意，遂邀金种子酒业掌门人张向阳同行，携十里春风，出门恭迎。素来热诚厚道的张掌门，定能以他的雄厚实力和不凡魄力留住这千古酒神。

向来敬酒，如敬恩师：敬畏，敬重，修静。只因恩师也是酒门人。

"酒者，形似清水，性如烈火。经天地阴阳二气运化，自然而柔绵能壮筋骨强，纯刚气能催气血生，阴阳平衡相依。"语出恩师徐艳峰。

吴拳师父徐恩师曾受聘于一家酿酒企业。一个大隐于尘世之人，深谙太极之玄妙，道法自然，承阴阳相行、刚柔相济之机理，酿甘冽柔绵之纯浆，成阴阳大器。

心中揣着这一份恩情，那一日，一脚踏进金种子酒业，十里香风拂面，莺啼燕啭，如入福地。杏花、烟柳、雨巷、小桥、流水、马头墙，恍然觉得，又在江南遇上春。那一刻，无端生出一个念头：能不能借一席之地，容我身心俱乏时，入此修静。

五百年古窖池，五百年的窖温，一如既往，唤醒五谷之神，纳天地之华，吮颍淮之髓，酿东方神草。

兰花指尖，一盏酒，盈盈一握，浅浅一啜，饮罢，莞尔一笑，艳若桃李。北方有佳人，绝世而独立，一饮倾人城，再饮倾人国。举座皆惊。直惊得，一哥们东子，呆若木鸡，馋涎欲滴，事后又恐贻人笑柄，一再开脱：哥馋酒，真馋酒，哪是馋人？

从来诗酒趁年华，且将新火试新茶，休对故人思故国。子瞻半生苦旅，浪迹天涯，笑傲人生，诗酒天下。最爱那句："竹杖芒鞋轻胜马，谁怕？一蓑烟雨任平生。"一蓑烟雨任平生。唯持此心境、此修行，才是我瞻仰的子瞻。

"天子呼来不上船，自称臣是酒中仙。"酒壮胆气，诗仙这架子，想怎么摆就怎么摆，连天子也不睬。浩如烟海的大唐诗篇，如果没有李白的出现，会不会黯淡许多？李白的诗篇，如果没有酒，还会流芳百世吗？能不能这样说：

酒香成就李白，诗香成就大唐。

一个叫酒海的法器，贮满酒，红绸封口，藏于地下。在地下，三千樽酒海闭关修行，打坐，哼经，参禅。静候，三千尊佛开光。岁月的沉香，慢慢、慢慢融进来。有一个精灵慢慢、慢慢被岁月喂养大，它藏在酒海里，听见那些诗人来过，那些诗行，重重叠叠，砌满窖藏。它从醉吟先生那儿来，自称青州从事，是来转世的。

它叫——"东方神草"。

不曾品尝"东方神草"的神韵。倘若掌门肯赐神草一樽，定借神来之笔，为东方神草，谱东方神曲，以贻之。

（发表于 2017 年 4 月 8 日《阜阳日报〈平原〉副刊》）

第四章　雨·月光

261

父亲，我们想您了

淮水
三上

——写给袁隆平院士

我这样称呼您，才觉亲切，
今晚，不再吃一粒粮食。
以此，唤醒饥饿的记忆。
这一整夜的黑，慢慢洗刷我的肠胃，
荡涤得湿润、清凉、透明、光滑。
当巨大的悲哀袭来，我咽下的眼泪，
有个洁净之处可藏。

您走了，禾下乘凉的人少了一个。
您巨大的身影还在960万平方公里的大地上
茁壮成长，
稻花香了，有您；
蛙声一片了，有您；
沉甸甸的谷穗里，您的笑靥如花。

您擎起巨擘，驱赶走饥饿和死亡的阴霾，
让噩梦戛然而止。
为此，我替已经躺在地下多年的祖母谢谢您，
您的粮食救活了她和她的孩子，
以及她的那一代人。

您慈祥的声音回荡在几代人的梦里，
禾下乘凉。我想在禾下种一株洁白的莲花，
等待汗流浃背的您经由此过，采下献给您；

我想在禾下告诉我的孩子，
我们都要做一粒好种子，
不论扎根在多么贫瘠的土地，
都要努力结出沉甸甸的谷穗。

我想在禾下置一书案，念书吟诗，
当晚风习习，我写下字字句句，
砌成诗行，轻声说爱您，
就像爱着我的父亲。
稻子熟了，您说，妈妈我想您了。
稻子熟了，中华大地的儿女们含着眼泪说，
父亲，我们想您了。

（发表于 2021 年 5 月 25 日《颍州晚报〈奎星楼〉副刊》）

第四章 雨·月光

263

范老师

背地里有人叫他老面，我听了心里不舒坦，很长一段时间都在为这事犯忌。老面是太和的土话，是说一个人遇事不跟人争高下，软软捏捏，浑身没刚气，有点窝囊。

窝囊又面筋的人，是范老师，我在太和一职高读书时的班主任。1990年9月，瓦蓝瓦蓝的远天，铺衬着村庄的安宁、树的端庄、鸟的娴静。我拎着个大包裹，走进一扇敞开的门，范老师不在。且等，且四顾。草顶砖墙的两间宿舍，伫立时光里太久，历尽沧桑，憔悴得像一位暮年的老人。屋子里的摆设，简陋得只剩下十六条腿；床、桌、椅、切菜擀面的案板。只需瞥一眼，目光已经落到深山野岭，那个仿佛活在荒蛮偏远之地，过着粗衣简食生活的人，是一个怎样的老师？

一件半旧的白的确良衬衫，整整齐齐地套在一个发须花白的干瘪老头身上，连颈和腕都扣得严严实实，像挑在葵花秆上的一张假人。岁月凋落的枯枝残叶，覆盖着那张脸，一双眼坐在深井里，汨汨地冒出清泉。清浅的笑，很温和，一口黄牙，是装上去的塑料假牙。放心吧，孩子来到我班里，都是我的闺女小子。范老师把家长们送出大门口，说着宽慰的话。

当时，很是飘飘然，在心里轻视着这个"土老帽"。走上讲台的范老师，手里拿着三角板和圆规，没带教科书。柱体、椎体、球体，在他那支粉笔的挥戈下，具象而又清晰。他打着舒缓的手势，于滔滔不绝中，所有枯涩的数学名词，仿佛从一把琴弦上流出来，像雪在开融，冰在释解，像春风化雨，浸润心田。那一刻，他似乎从卑微的形体中破茧而出，他是肖邦，是舒伯特，是理查德·克莱德曼。课堂上所有的学生，都是这场盛会全神贯注的听众。一节课下来，范老师兴致未减，依旧沉浸在亢奋中，目光如炬，两颊泛着红晕，矜持地抿着嘴唇，终又笑出响声，一口牙发灿，像个鹤发仙童。我终于被他折服，这位50年代毕业于安师大数学系的高材生。

我一直担忧，这个年近六旬形容清瘦的老人，日日粗茶淡饭，像个陀螺似的从早忙碌到晚，有一天会不会垮下？每个周末急着赶回家侍弄几亩庄稼，晚上又一身泥、一身汗地赶回学校，累得走路腿都打弯。班里哪位同学家偶遭变故，生活费用接济不上，或有个头疼脑热，同学间嗑个牙、拌个嘴、闹个情绪，他都要嘘寒问暖，关怀备至。一学期下来，谁家几口人，兄弟姐妹有几人，家住哪村哪屯，家长姓甚名谁，他都熟稔于心。有一天，他还是病倒了，烧得满脸涨红，颤颤巍巍地走进教室，枯瘦的双手支撑在讲台上，嘶哑的声音时而被一阵阵剧烈的咳嗽中断。那堂课，他依旧按原计划讲完了内容，全班同学给了他热烈的掌声。

范老师还有一个绰号：范马列。他很得意于这个绰号，认为这是对他忠诚于党的事业并为之奋斗终身的褒奖。在当下物欲横流个人欲望迅速膨胀的时代，很多人嘲笑他迂腐、守旧、不开窍。在这所学校，即便论资排辈，评定个高级或特级教师，亦无人出其右。可范老师临到退休还乡，还是个中教二级。遇到学生为他愤愤鸣不平，他"嘿嘿"笑两声，紧着抽两口烟卷，摇摇夹着烟卷的手：作罢，作罢。孩子啊，我能有今天，很满足了，年轻人有前程，我理当谦让他们。我是个孤儿，生在旧社会，长在红旗下，是党和人民培养了我，此生当铭记这份恩情，踏踏实实做好本职工作，我哪还能跟党讲条件？

我至今笃信，范老师是千千万万任劳任怨默默奉献的普通劳动者中的一员，是坚信只有把自己放到大海里才不会干涸的那滴水。"范马列"，是他奉献一生的最激昂的音符。

（发表于 2011 年 7 月 1 日第 49 版《阜阳日报·七一特刊》，获《阜阳日报》建党 90 周年征文二等奖）

稚子无邪

几家人相约去看望一个亲戚，没进门就听见孩子在哭闹。一个男孩靠在门框上仰着脸，眯缝着眼，大张着嘴巴，泱泱地哭个没完没了，闹得一屋子人心慌。问原委，闹着要妈妈带他去买玩具，这会儿家里来了客人，他妈妈一时走不开，就哭上了。九岁的男孩，都上小学三年级了，还把婴儿的哭闹把戏搬上来演，不可笑吗？

由此想起一个四岁小男孩，曾给我留下深刻印象，几年过去，竟也不能忘。跟人夸赞起这孩子的可爱时，于心底惦记起他的成长，心中满满的都是怜爱。

那年夏天去省城探望吴拳师父徐恩师，大早晨的太阳就能把人晒得皮肉生疼。刚进太极馆练功房，就见一男孩趴在地上额头贴着地板，一个接一个翻跟头。我知道他是谁，他是跟着爸爸一起来练功的。没来之前，已经不止一次听人说过他的趣事，每个人说起他时，都爱得不行。

男孩剃个月牙头，光脚丫，穿着背心裤衩。见师父领人进来，他只抬头看了一眼，又接着翻跟头，地板上尽是滑滑的汗渍。师父跟我们说，先练练走桩。说完就出门了。男孩爬起来背着手走到我们前面，一本正经地说：来，跟我后面，练。我们都被逗乐了。其中一位年近六旬的男士笑得眼泪都出来了，说："你说咱咋混吧，让一个孙子辈的领着练功。"男孩小脚丫抠紧地皮，一招一式都极为认真。不一会儿，满头满脸的汗往下顺。男孩说："大家累了，休息会儿。"他跑到师父房间里拿出一袋葡萄干，用牙撕开，给每个人抓几粒。说："练得不错，犒赏大家。"大家一阵哄笑。他黏乎乎的手心里盛着七八粒黄澄澄的葡萄干，伸给我。我蹲下来，接过他的"奖品"，问他几岁，他伸出四个手指头，晃了晃。四岁。

中午在男孩家开的快餐店就餐。我们五六个人陪着师父坐在一起喝酒。男孩一个人坐在邻桌，甩掉拖鞋，爬上高高的长凳，捧着饭盒，安安静静地吃着。饭盒里有一团米饭，一锅铲菜，旁边的一次性塑料杯子里盛着一杯白开水。我们逐个给师父敬酒，正喝着，他光着脚丫从长凳上跳下来，手里举着那杯白开水，走到师父跟前说："我敬徐伯伯一个。"说完跟师父碰了一下杯，仰起脸，一口气喝完，又爬到长凳上吃饭。

吃过午饭，外面的大太阳正毒。坐上车，开始倒车掉头。倒几次，车头还是没掉过来。转头一看，只见男孩光着脚丫子跑出来，站在门前打着手势吆喝着"倒，倒，还倒"，指挥我们往后倒车。车开出去时，我们跟他挥手，看见他的嘴角上还沾着米粒。

下午两三点钟，练功房里热得像个大蒸笼。师父说："实在撑不住的，可以来空调房里休息片刻，但还得继续练。"忽然门外传来一声很响亮的童声——徐伯伯，我来啦！小男孩拉着爸爸的手蹦蹦跳跳走进来。男孩的爸爸静静地站桩，男孩也在旁边站桩，站一会儿就不想干了。爸爸啪叽啪叽两巴掌打在他屁股上，男孩哭着捂着屁股，又乖乖地站回原地。师父后来对我们说："知道钢铁是怎么炼成的吗？"

下午练功结束的时候，师父从房间里拎出一大袋水果，让带回去给男孩吃。师父逗他说："你能拎动都归你。"他看了看那一袋子水果，摇摇头，灵机一动，把小手一挥，说："那就让大家都来分享吧。"

几年过去了，小男孩也该长成大男孩了。跟他有过一面之缘的人在一起总念叨他，说起他的天真可爱，大家还是乐不可支。

这样的小孩子，怎不让人疼爱有加？

（发表于 2016 年 5 月 17 日《颍州晚报〈奎星楼〉副刊》）

泅 渡
——写给自己生日的文字

泊船上枯着一两只鱼鹰，样子极难看，蓬乱的羽毛像一窝炸开的刺，头和颈反扣在脊背上，缩成黑黢黢的一疙瘩。每只鱼鹰的脖子上都拴着一根绳子，这绳子就成了制约贪欲和鲸吞的纲纪，捉大鱼上交渔人，捉小鱼下咽活命，出生入死，一生都在为别人忙碌。年老力衰，实在捉不了鱼了，谁也不会白养着它，肉腥又不能食，挖个坑埋掉算了。斯是鱼鹰，它的命途跟你的情感无关，你想怎么同情是你的事，鱼鹰早出晚归、日复一日忙碌着它的营生，昨天怎样，今天和明天依旧怎样。谁又能替鱼鹰扛着劳碌的命？

身后，所有的秋光都老去，我站在入冬的渡口回头看自己。四十部春秋，一程一程扛过来，太阳一万四千次落下又升起，峰回路转已至中年。中年的自己越活越像鱼鹰。

生命之初，路过的那个冬天，纷飞的大雪淹没了飞鸟的低鸣，田野和村庄，庄稼和树木，在夜的沉寂中，被还原成一种白，虚静清灵的白。生命始于白，安于静。那个静白的冬夜，给了我生命最原始的启示。世事轮回，直至今日，我遇见一个人，一个又重新安顿我生命中最初始的静与白的人，我的恩师，徐艳峰老师。虚虚地站，头在当空悬，闭上眼，不说话，时间在走。你渐渐找不着自己，躯体被空气融化，只剩下一双脚还留在大地上，和着地脉涌动。生命简略到只有一种白，白以静的姿态，抚平身体里的痛，生命复归纯真。感谢太极，感谢恩师，赐予我生命另一种境界。

我遇见文字，和文字遇见我，已不是同一条河流。我在文字里寻觅属于自己的那一份安宁，那些与安宁相关的音符。在某个静谧的时刻，一小口一小口呷着高山茶的恬淡时光里，它们来了，像一贯鱼，一路花，一涧清泉，参与我文字的成长。在月光和诗的领地筑个庄园吧，一坡茅草、几根藜杖，修个茅舍，扎个疏篱，故人就栖身此中了。目光落下的地方，植几株幽篁，风里雨里，与少陵野老把盏细述"雨洗娟娟净，风吹细细香"。临水处，植柳，也植一株梨树，习惯柳下待月，喜欢二月梨花的白。梨花一瓣一瓣落入梦乡，别葬它，种下，发芽了，生出不着彩的文字，我就是那素衣的种花人。月上柳梢年年待，只叹旧人不复来。那一种荒漠耗尽一池酽墨，终也铺陈不下那一抹依偎在心底的青青柳色。

放下文字和太极，转身融入人流，走进商场，细细挑拣鸡蛋、土豆、大葱、小白菜，操持日子里烟火熏蒸的每个细节，低下头拥着老翁、老太太把一大堆青菜挤在中间。仰着的、俯着的、正着的、侧着的，簇成一团的脸，熏着烟火味，浮着谷黄色，谁还识辨得出那个一袭清气的女子？自行车还剩下半成新，吱吱扭扭开始出毛病。跟自家很靠谱，看上去还算光鲜，身体里已捂着多年的痛。冬日粗砺的风刮干了十指的鲜润，僵瘪的指头使尽浑身解数，殷勤探看，终也不能媚获签到机那家伙字正腔圆的两个字：谢谢！眼看着签到时间要过点，排在身后的同仁着急上火，替我发狠：剃了它！呵呵，不能剃，我还指着它在浸满灵光的白纸上绽放千树的梅花。身边敲过来一阵高跟鞋，各自说着蜜罐里的日子，男人怎么的爱，公婆怎么的疼，小天使怎么的乖，今天沐海风，明天漾舟楫，早上薏米莲子羹，晚上鸡汤煲人参，小模样养得让日子倒着走。转过脸去看天，一脸的泪。

越来越游离人群，越来越把自己边缘化。朝谒文学的路很远很僻静，需要一个人安静地走。不必磕着等身长头五体投拜在朝圣的路上，心在路上，文字已与我同行。彼岸的曼陀罗了无牵挂地开着。荒渡，枯着一两只鱼鹰。我想去彼岸，播种文字。泅渡，所有的人都在岸上，等我。等我最坚强的一丝笑上岸，或目送我最无畏的身躯被岁月带走。终于明白，生命只是一段流光，人生，就是从此岸到彼岸的路程。

（发表于《亳州晚报〈西淝河〉副刊》2011 年 11 月 21 日，《颍州晚报〈奎星楼〉副刊》2011 年 12 月 4 日）

自己买花自己戴

属于玫瑰花的季节，不经意来了。小姑娘的花篮，装满一个花季的温馨与浪漫。热烈奔放的红玫瑰，高贵典雅的黄玫瑰，隔山隔水远涉重洋，舶来一个"情"字，让一个平常日子，平添几分情致。细润柔长的叫卖声，和着袭人的花香，诱惑着一颗颗悸动的心。怀春的少年啊，十七八的好光景，正配得上这花儿的容貌。

白天的喧嚣，平息了。夜在蛰伏中醒来，星子不约而至，静候着与月的一场幽会。这样的夜晚，天上人间，人间天上，上演着多少爱情的风花雪月？

撩开眉睫上被风骚动的发梢，望着天，步若行舟，心在舟楫上如叶飘零。喜欢把自己交给幽寂深邃的夜。找一个角落，最好能坐在一棵树下，疏影婆娑，斑斑落落地能遮掩住我散落一地的心思。这个年岁了，把四都抛身后了，别说与花无缘，绿叶也不剩几枝了。一把青丝，夜夜染着霜色，系挂沉疴在身的父母，牵念不谙世事的孩儿，事业家庭，烛烧两头。把自己掰成碎片，扯成丝絮，也忙不完事务繁杂，理不清家事凌乱。整天惶惧着一个人的脸色，隐忍着不敢有丝毫的差错，一夜一夜地憔悴。心，累了，口不能说也不想说，缄默着去望天，望月，望星子，望遥远的前世。我是谁的转世？若生命再有轮回，我就做佛前的一朵青莲，参悟的，是禅，不是文字。

翻遍上下五千年骚人墨客的遗墨，寻不到"爱情"两个字的渊源与踪迹。庆幸的是，这个赤裸在弗洛伊德解剖刀下的舶来品，不曾侵染先人清澈澄明的眼。骚人的笔，蘸好余墨后，浸润得风姿绰约，揣度起"爱"的臆象，一波三折，一顾再顾，迟迟不肯落墨。这世间，怎一个情字了得？墨，清清浅浅的，把情窦初开的情怀婉约成一朵娇羞的莲花："记得小蘋初见，两重心字罗衣，琵琶弦上说相思。当时明月在，曾照彩云归。"或，纷纷繁繁地，把一川离愁纠结得千回百转："梳洗罢，独倚望江楼。过尽千帆皆不是，斜晖脉脉水悠悠，肠断白蘋洲。"抑或山崩海啸般，演绎着感天撼地的盟誓："上邪！我欲与君相知，长命无绝衰。山无陵，江水为竭，冬雷震震，夏雨雪，天地合，乃敢与君绝！"这般的，如小夜曲一般舒缓、含蓄、羞涩、朦胧的爱，或似泱泱大河般粗犷豪放、酣畅淋漓的爱，才是中国人大手笔的写意。自从"爱情"这两个字被近现代文人引进国门之后，骤然走俏，年轻人之间轻轻嘘一口气，便把这两字送进对方的耳朵，轻如飘絮。少一分古人的儒雅与淡泊，多一分现代人的庸俗与做作。经营着爱的浮华，时尚着爱的潮流，难怪今人慨叹：爱情两个字，好辛苦！

为爱而辛苦，累，也一并快乐着。也许吧！人不能只为爱情活着。没有熊掌，我们就不吃鱼了吗？守着一份平淡，波澜不兴，天高云淡任我行，不好吗？

夜，安抚着耳鬓厮磨、相濡以沫的平淡，和不平淡的爱情。玫瑰花的叫卖声，被不平淡的爱情诱去，悠长在深巷里，一声盖过一声，走远又走近。心在岁月里沉寂，似一潭老水，不波不兴。暗夜中，我在寻找一丝光亮，照亮心中的文字。

这个春天，这个被星子和月问候过的夜晚，我，还有许多人，依旧不会遇见爱情。可我听见羞答答的玫瑰静悄悄地开。推开春天的门，自己买花，自己戴。

（发表于 2011 年 3 月 3 日《阜阳日报〈情感〉副刊》）